그곳에 희망을 심었네

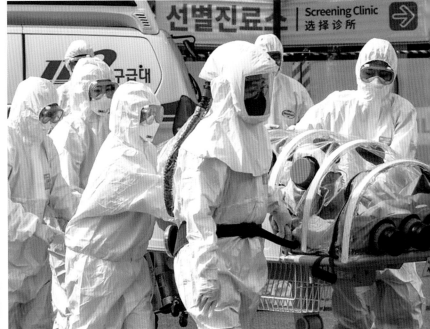

생활치료센터의 운영

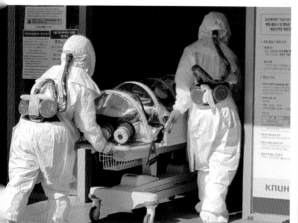

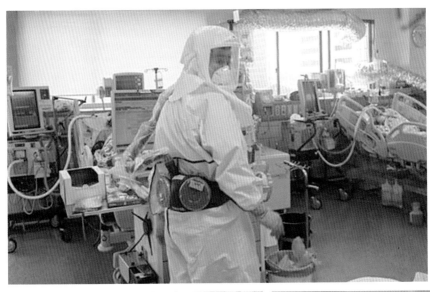

눈물겨웠던 국민들의 응원

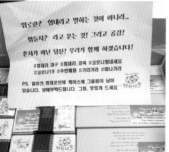

코로나-19 대구 의료진의 기록

이재태 엮음

學而思 학이사

2020년 대구의 봄

이재태

　희망찬 한 해를 기약하던 연초에 우리를 기다린 건 불청객 코로나-19였다. 그건 결코 달콤한 추억이 될 수 없고, 그가 남긴 상처는 깊고도 진하다. 2020년 1월 20일 이후 우리나라에서 30명의 환자가 발생한 한 달 동안, 코로나는 먼 곳에서 발화된 큰 불에서 튀는 작은 불티를 보는 정도로 생각했었다. 그러나 2월 18일 대구에 첫 환자가 등장하며 모두의 일상이 무너졌고, 순식간에 온 도시가 적막과 공포에 휩싸였다. 신천지 교인들을 중심으로 매일 수십에서 수백 명의 확진자가 나타났다. 2월 29일 하루에만 741명이 진단되는 등 불길은 걷잡을 수 없을 정도로 우리 삶의 공간으로 번져들었다. 시민들은 매일 발표되는 확진자 수를 지켜보며 불안해했다, 확진된 환자는 순서대로 병원에 입원되었으나 곧 음압병실 용량을 넘어선 발생을 감당할 수 없었기에, 의료시스템도 붕괴에 직면하였다.

　대구의 상황을 걱정스럽게 지켜보던 의료계도 사태가 급격하게 나빠지자 극도로 긴장하였다. 전국의 의료인과 봉사자들이 대구로 달려왔고, 국민들도 안타까워하며 애를 태웠다. 중앙 정부와 대구시에서 코로나 병상을 확충하여 치료에 나섰고 수용하지 못한 중환자들은 광주, 전주, 부산을 비롯한 전국의 병원에서 받아 주었다.

대구·경북과 인근 16곳에 생활치료센터가 설치되고, 대학은 학생 기숙사를 제공하였다. 여기에 전국의 병원들도 의료진을 파견하여 동참하였고, 3000명 이상의 환자를 입소시켜 치료하였다. 의료진, 공무원, 군 장병, 관계 직원들 모두 방역복 속에서 땀을 흘렸다. 그 당시는 세상을 떠난 이웃에 마음 아파할 정신적인 여유도 없었다. 그러나 결국은 환자들을 치료하고 국민들의 공포감을 해결해주며, 지역사회를 감염으로부터 보호하는 임무를 완수했다. 시민들도 스스로를 봉쇄하며 자제하였고 그동안 참 성실하게 살았다. 모두 깜깜한 어둠 속의 진흙탕에서 생존을 위해 몸부림쳤다. 그러자 온통 먹구름만 가득한 하늘에서도 서서히 햇살이 보이기 시작했다.

이제 우리나라에 코로나-19가 등장한 지 100일이 지났다. 그동안 전국의 10,780명 확진자 중 대구 시민이 64%(6852명)였고, 경북을 포함하면 68.5%를 차지한다. 생명을 잃은 249분 중 대부분이 대구·경북 주민이었다. 이번 코로나-19 KOREA는 그야말로 대구에서 펼쳐진 코로나와의 전투였다.

나도 3월 한 달 동안 코로나의 현장에 있었다. 코로나의 공포는 두려웠고 때로는 섬뜩했다. 그러나 우리 이웃이 아프고 어려운 상황에서 아무런 도움도 줄 수 없다는 무력감은 정말 힘들었다. 어디에서 어떤 일이 주어져도 하겠다고 자원했고, 생활치료센터로 배치되었다. 그곳에서 모두 애타는 마음으로 달려와 주신 전국의 의료진, 자원봉사자, 공무원, 군인들과 함께 열심히 일했다.

　대구로 봉사왔던 많은 분들은 전장으로 향하는 비장함으로 가족들과 눈물의 이별을 했다고 했다. 우리는 대구에 살며 매일 코로나 병원으로 무감각하게 뚜벅뚜벅 출퇴근을 했을 뿐이었는데, 이 도시에 들어오면 바로 무시무시한 코로나에 감염된다고 확신하는듯했다. 우리는 다른 세상에 사는 이방인이었기에 실없는 웃음이 났었다. 그런데 시간이 지나니, 도우러 온 사람과 여기서 살아야겠다고 몸부림치는 사람은 마음가짐이 다를 수도 있겠다는 생각이 들었다. 대구 의료인이라고 환자를 더 열심히 진료한 것은 아니겠으나, 아파하며 신음하던 가족을 더 안타까워한 것은 사실이었다. 이건 우리의 일이었고 그 누구에게 대신시키지 못할 나의 임무이라는 절박함이 있었기에 결사적이었을 것이다.

　우리는 생사의 고비를 넘기고 무사히 가정으로 돌아가는 이웃들의 뒷모습을 바라보며 안도의 한숨을 쉬었다. 보람이 있었다. 퇴원하던 그들도 진심으로 고마워했다. 긴 사연을 담은 감사의 편지를 남겼고, 평생을 살면서 나의 뒤에는 위대한 대한민국과 국민이 버티고 있다는 것을 처음으로 느꼈다는 분도 있었다. 어느 주부는 자신보다 집에 남겨진 가족들을 보살펴 달라고 사정했다. 우리들 이웃의 애환을 제대로 느꼈다.

대구에서 코로나-19를 겪었더니 모두에게 감사할 일이 넘치고도 넘친다. 환자를 돌보며 도움을 준 것보다 내가 더 큰 마음의 선물을 받았고 위로를 받았던 것이다. 의료진을 격려하고 환자들의 완쾌를 바라는 애절한 마음을 보내준 위대한 우리 국민들에게 진심으로 감동했다. 모든 걸 제쳐두고 대구로 달려와 준 전국의 의료인, 공무원, 자원봉사자, 군인들 그리고 성원해 준 국민들의 따뜻함을 오래오래 기억할 것이다. 사회공동모금회와 적십자사, 의사회를 통해 기증된 엄청난 후원금과 의약품, 식료품과 함께 전해진 국민들의 따뜻한 편지에 눈가가 촉촉해진 경우도 많았다.

오랫동안 대구에 상주하며 현장을 지휘한 정세균 총리를 비롯한 공무원분들의 헌신에도 감사드린다. 특히 가장 열심히 일했음에도 정치적 일정과 맞물려 필요 이상의 비난을 받았던 권영진 대구시장의 진정성에도 심심한 감사와 박수를 보낸다.

학이사 신중현님이 코로나-19 대구 진료현장에서 있었던 의료인들의 기억을 우리 시대의 기록으로 남기자고 제안하였다. 아직도 코로나-19가 종식된 것은 아니지만, 점차 안정을 찾아가고 있으니 그것도 필요하다고 생각했다. 엄청난 희생을 치룬 대구의 코로나-19 기록은 공식적인 백서로 남겨지겠지만, 땀과 눈물이 범벅이 된 일선 의료의 단상들은 또다시 망각의 과정을 밟을 것이기 때문이다. 이번에 코로나 전사로 잘 알려진 김미래, 박지원, 이은주 선생께 동참을 부탁드렸더니 흔쾌히 동의해주셨다. 이에 더하여 많은 분들이 기꺼이 경험을 공유해주셨기에 마침내 이 글집이 나오게 되었다.

대구가 코로나의 공격을 온몸으로 막았다. 이 경험이 미래를 준비하는 데 도움이 되어야 한다. 기억의 절차에서 6시간 미만의 단기기억은 신경섬유 간의 접속에 의하여 이루어지나, 그 이상의 장기적인 기억은 이를 위한 특별한 단백질의 생성이 필요하다고 한

다. 이 글집이 대구 의료현장을 기억하는 한 가지 단백질이 되기를
기대한다. 이 책이 고통을 받던 대구에 대한 혐오의 막말을 일삼은
모 여류소설가와 역사학자에게도 읽혀지길 바란다.

　스페인 세비야를 기반으로 하는 축구팀 레알 베티스의 팬들은
"지더라도 베티스 만세 Viva er Betis manque pierda!"를 외친다.
간절한 팬심이다. 우리는 지지 않았다. 그러나 "지더라도 끝까지
대구 만세! Viva er Daegu manque pierda!"다.

2020년 5월
엮은이 씀

2부 코로나 단상

달구벌
의료
현장에서

이심전심以心傳心

이은주

칠곡경북대학교병원 음압중환자실 간호사

대학을 졸업하고 전공을 살려 지금의 직장에 정착하였고, 소위 '생계형 간호사'가 되어 살아가고 있지만 오래전부터 품고 있었던 막연한 꿈 하나가 있었다. '언젠가, 어떤 곳에서 나를 필요로 할 때, 나는 그곳에 있어야 할 것이다.'

그 '언제'라는 순간이 '지금'이 되고, 그 '어떤' 곳이 내가 태어나고 자란 고향 '대구'가 될 수도 있다는 상상은 미처 못 했지만 말이다.

신종 코로나 국내 확진자가 늘어나고 있다는 뉴스를 봤다. 특히 내가 살고 있는 대구·경북 지역의 확진자가 급증하면서 의료진이 많이 필요할 것이라는 소식도 들었다. 그러던 중 직장에서 공식적인 의료진 파견 공지가 있었다. "코로나 바이러스 감염 환자를 위한 의료진을 파견할 예정이니 지원을 받습니다"라고 '메시지'가 왔으니 망정이지 만약 "자, 지금 당장 지원 인력이 출발해야 합니다."라는 이야기를 들었다면, 즉시 그 자리에서 엉덩이를 떼고 파견 대열에 합류해버릴 기세였다. 그때 내 마음은 그랬다.

같은 지역에 부모님을 포함한 가족들이 살고 있지만 독립하여 생활한 지 어언 10년이다. 가족 모두가 걱정할 테니 그냥 다녀올까 하는 생각도 잠시 들었지만, 어쩌면 정말 만에 하나 일어날 수도 있는 최악의 상황을 떠올리지 않을 수 없었다. 그때 나는 무엇이라 설명하면 좋을까 말이다. 부모님께 알리기로 결정하고 여러 가지 그럴싸한 말들을 많이 준비했는데, 전화 너머로 한결같이 다정하게 딸을 품는 나긋나긋한 아버지의 목소리를 듣자마자 나는 대뜸 이렇게 말하고 말았다.

"아빠, 코로나 환자를 돌볼 의료진이 부족하다고 해요."

"혹시나 먼저 손 들고 간다고 하지 말아라."

하하, 역시 우리 아버지다. 그렇게 사랑으로 염려로 지금의 나를 키워내셨지! 나는 더 이상의 말을 하기가 머쓱하여 대충 그러한 아버지의 의견에 동의한다는 뉘앙스를 풍기며 전화를 끊었던 것 같다. 그러고는 수간호사께 메시지를 보냈다.

"지원합니다.^^"

사흘 뒤 나이트 근무를 마치고 아침에 퇴근하여 한숨 자고 점심 때가 되어 일어났는데, 수간호사로부터 온 부재중 전화가 찍혀있었다. 파견이 결정되었고, 당장 내일 출발이라고 했다. 나는 다시 전화를 걸었다.

"아빠 나, 거기 있지~ 코로나 병원에 가게 됐어요."

"허허… 네가 간다고 했구나!"

역시, 역시 우리 아버지다. 만감이 교차하면서 왠지 모르게 눈시울이 붉어졌다. 그 후에 무슨 말을 더 나눴는지 기억은 잘 나지 않지만, 이러저러한 단어들을 빌려 최선을 다해 서로의 사랑을 표현한 것 같다. 자식 사랑에 둘째라면 서러운 어머니께서 펄쩍 뛰며 애태우실까 이 소식을 전하는 미션은 아버지께 부탁드리며 전화를 내려놓았다.

늘 시끌벅적한 가족 단체 대화창에는 다음 날 파견 첫 근무를 마치고 나온 나의 안위를 전하기 전까지 한동안 정적이 흘렀다.

비장함, 설렘, 두근거림, 근심, 염려, 걱정, 두려움, 공포, 떨림, 어색함, 낯섦….

파견근무 첫날 코로나-19 전담의료기관으로 지정된 대구 동산병원에 도착하여 주차를 하는 그 잠시 사이 스쳐 지나가는 오만 가지 감정에 머리가 휑할 지경이었다. 나의 주된 감정이 무엇인지, 무엇 때문에 내 심장이 그렇게 쿵쾅거리며 요동하는지 알 수 없었다.

같은 직장에서 근무하다 함께 파견된 동료 간호사들을 만났고, 뭔가 매우 분주한 상황실 구석에 자리를 잡고 이방인처럼 앉아 관리자를 기다렸다. 모두가 처음 경험해보는 이 낯선 기류를 진정시키려는 듯 우리는 몇몇 일상적인 대화들을 나누었다. 그 대화들 가운데 '각오'라는 단어가 직접 오가지는 않았지만, 분명 우리는 자연스레 서로의 각오를 나누고 있었다. 사실 함께 파견 나온 우리도 서로가 초면인 서먹한 사이였는데 말이다. 그렇게 우리의 전우애가 싹트기 시작했다.

'낯선 자들이 한 배에 올라 누구보다 절절한 사이가 되다.'

'이심전심以心傳心'. 낯선 관계에 쓰기에 적절한 사자성어가 아님에도 우리는 분명 '이심전심'이었다. 이 외딴 섬에서 잠시 좌초되기로 결단한 '우리'였으므로, 이제 막 시작될 우리가 아니면 지켜 낼 수 없는 이 전투에서 함께 싸우자는 그 비장하면서도 어색한 결심이 우리의 공통분모가 되어주었다.

시작을 여는 시간은 느리게 흐르는 것 같았다. 하지만 그것도 잠시뿐, 상황실에 도착한 지 채 몇 시간이 지나지 않은 이른 오전부터 결심이고 나발이고 돌아볼 틈도 없이 우리의 하루가 시작되었다. 여러 언론사의 카메라 세례를 받으며 선배 파견자를 따라 방호복 탈의실로 향했다.

속성 벼락치기로 전날 밤 동영상을 보며 머릿속으로만 익힌 방호복 입기를 하루가 지난 오늘 실전에 옮겨야 하는 미션부터 만만치 않았다. 차근차근 꼼꼼히, 그렇지만 빠르게! 감염관리의 중요성을 알고, 지식을 갱신해가며 임상에서 일을 하고 있지만 상위레벨 방호복을 처음 대하는 이 부자연스러운 몸뚱이를 추슬러 단련시키는 일은 한동안 큰 숙제가 되었다.

감염병의 경로가 비말을 넘어, 공기(에어로졸)에 이르면 나 하나 조심해서 나를 지키는 것 이상의 책임의식이 더욱 필요하다. 의료 진 모두가 집단생활을 하는 상황이므로 서로가 서로의 밀접 접촉자가 되고, 어느 한 사람으로 인한 구멍이 순식간에 최후의 보루인 이 배를 가라앉히는 사태로 번질 수 있기 때문이다. 이 싸움에서 이기려면 내가 곧 너이고, 네가 곧 나인 듯 서로를 지켜야 한다.

우리는 그렇게 매일 소리 없는 전쟁터로 들어갔다. 대구 동산병원의 한 건물 전체가 통째로 코호트 격리실이 되었다. 글로만 배웠던 상황이 눈앞에 있었다. 이미 여러 가지 모습으로 이 거대한 코호트 건물 안의 분위기와 방호복을 입은 느낌을 상상해 보았지만, 현실은 정말이지 어떤 장르로든 상상 이상이었다. 여기저기 흰 시트로 덮인 텅 빈 상태의 넓은 로비를 처음 마주했을 때는 마치 우주인이 되어 폐가를 탐방하는 것 같은 이상한 느낌이 들었다. 숨을 쉬고 있지만 숨을 참고 있는 것 같은 답답함은 끝이 없었고, 약속된 두 시간의 끝이 오기는 하는지, 때로는 시간이 이대로 멈춰버린 것은 아닌가 싶기도 했다. 찜질방에서도 경험해보지 못한 온몸의 땀구멍이 한 번에 열리는 신기한 경험을 했다. 고글과 마스크로 눌리는 탓에 생기는 국소적 통증으로 얼굴의 여기저기에다 테이핑을 해보지만 아주 피할 방법은 없었다.

그날그날의 컨디션에 따라 증상이 덜하거나 더하곤 했는데, 한번은 입실 30분 정도가 지났을까 숨이 막혀오며 당장 모든 보호구를 탈의하고 뛰쳐나가야만 살 수 있을 것 같은 극도의 공포감과 함께 온몸에 소름이 돋는 듯한 한기가 들었던 적이 있었다. 정신을 가다듬으며 내가 있던 - 무려 8층에 있던 - 병동 위치와 출입구를 떠올리며 여차하면 뛰쳐나갈 루트를 머릿속으로 그렸다.

그 와중에도 내가 뛰쳐나갔을 때 홀로 남아서 수십 명의 환자를 다 간호해야 할 동료와 밖에서 다음 교대를 준비하고 있을 동료들이 먼저 떠오르던, 그 상황이 속으로 내심 우스우면서도 슬펐다. 다행히 어찌어찌 심호흡을 하며 상황은 잘 지나갔으나, 후에 다른 간호사들과 경험을 나누다 보니 이러한 경한 공황발작 증상을 경험한 사람이 여럿 있었다. 모두들 수차례 반복해서 두통, 어지러움, 메스꺼움 같은 증상을 겪었다.

투약을 위해 한 환자당 많게는 예닐곱 봉지가 되는 수십 명의 약을 확인하려면, 비닐 안의 약을 습기 가득한 고글 너머로 이리저리 돌려가며 째려봐야 했다. 환자가 직접 이동할 수 없으니 식사를 나누는 것조차 녹록치 않았다. 도시락밥을 가능한 일반식처럼 드리려다 보니 종종 가지 수가 늘었다. 반찬 따로, 밥 따로, 국 따로, 디저트 따로, 구호품 간식 따로, 물 따로 이렇게 수십 명 분을 나누려면 커다란 카트 위에 싣고 내리기를 반복할 수밖에 없었다.

농부의 땀으로 일궈낸 한 알의 쌀에 그렇게 우리의 땀을 곁들였다. 마음은 2배속, 3배속으로 돌아가고 있지만, 방호복을 입은 우리의 동작은 뭔가 슬로우 모션으로 표현한 영화 속 장면처럼 느리기만 했다.

근무 사이 휴식시간 휴게실에 삼삼오오 모이면 '처음 물질하는 해녀같다.', '육체적 한계치를 조금씩 업그레이드하는 것 같다.', '며칠 있다 보니 마치 이러한 증상들이 원래부터 있었던 만성질환처럼 느껴진다.' 등등 창의적이고 해학적인 표현들로 묘사된 각자의 느낌들을 나눴다. 이제와 생각해보니 우리는 그러한 대화를 나누며 서로에게 격하게 공감하는 방법으로 스트레스를 해소하고, 서로를 다독였던 것 같다.

이러한 내용들이 한동안 반복해서 언론에 비춰진 의료인의 모습일 것이다. 코로나-19 거점병원 파견을 다녀왔다고 하면, 대부분 이러한 경험담을 예상하고 있고, 관심 있게 듣는다. 최근 몇 달 새에 경험한 내용 중에 위와 같은 일들이 속해 있기는 하지만 내가 겪은 그 경험에서 이러한 경험은 정말이지 이렇게 몇 단락만으로도 정리할 수 있는 지극히 표면적인 것들 중 일부일 뿐이다.

(대구동산병원, 2월 28일~3월 12일까지 자원봉사)

내가 경험한
기적

이은주

칠곡경북대학교병원 음압중환자실 간호사

1. 삶과 삶이 섞이다

이웃사촌이라는 말이 대한민국의 현재에도 통할까? 우리에게 이웃은 어디 있는가? 나의 팔로워가 나의 이웃이라고 하기는 어렵지 않을까? SNS에 내어놓는, 자신을 표현하고자 하는 소위 '아이템'은 개인의 선택 여하에 따른 것이라 그 뒤에 가려져 있는 한 사람이 어떠한 삶을 살고 있는지를 정확히 나타낼 수는 없기 때문이다.

우리는 댓글 한 줄로 손쉽게 지구 반대편에 있는 사람의 마음에 용기를 줄 수도, 스크래치를 낼 수도 있는 어마어마한 세상에 살고 있다. 하지만 다수인 평범한 우리의 현실적인 생활반경은 이전과 크게 다르지 않게 가족, 친구, 직장의 좁은 울타리를 좀처럼 벗어나기 어렵다. 멀리 갈 것도 없이 나 같은 범인의 영향력으로는 수년을 함께 직장에서 일하고 있는 수많은 직원들 가운데 몇의 마음 한구석 정도나 얻을 수 있을까 말이다. 하물며 이곳의 격리된 환경에서는 오죽할까.

각자는 고립되어 있다. 모두가 고립되어 있다. 의료진 및 봉사자들은 격리병원에서 지내다 보니 다른 사회생활은 고사하고 가족들 낯을 볼 시간도 줄었다. 격리되어 있는 환자들은 말해 무엇하랴. 가족의 안부를 묻고 세상의 소식을 들을 수 있는 휴대전화가 있지만, 직접 얼굴을 마주 보고 사람과 눈을 맞추며 인사하고 안위에 대한 요구를 할 수 있는 사람이라고는 눈앞에 있는 의료진들밖에 없다. 그조차 방침상 가능한 전화로 의사를 전해야 한다고 하니, 고독과 외로움이 알 수 없는 질병에 대한 공포에 힘을 실어준다.

의료진이라는 이름으로 그들 앞에 서 있는 우리에게는 그들의 두려움에 실린 힘을 뺄 수 있도록 도와야 할 의무가 있지 않을까 -감염자와의 접촉 최소화가 원칙임을 알기에 짧은 한마디의 말 가운데 무엇을 담아야 할지 더욱 고민했던 것 같다. 우리의 그 한마디가 그들의 마음에 닿기를- 겉으로는 모두가 갇혀있는 것만 같은 이 작은 사회 안에서 우리는 어느 때보다 더 활발히 서로 섞이고 있었다. 서로의 삶이 이곳에서는 쉽사리 섞인다.

코로나-19라는 이 낯선 병원체는 여러모로 많은 이들의 삶의 방식과 삶을 대하는 태도를 바꾼 것 같다. 우리는 격리된 작은 사회인 병원 안에 있을 뿐이었으나 대구 시민, 대한민국 국민, 이민자들의 삶까지도 우리 가까이 다가왔다. 외부에서 끊임없이 들어오는 구호품 안에 넣어둔 작은 그림, 손편지, 메시지 한 줄, 해외 각국 재외동포들의 영상 메시지를 통해서도 그들과 나의 삶이 공존한다는 것을 느꼈다. 그들은 일면식 없는 낯선 우리, 아파하는 환자들과 가족들, 생활고를 겪을 이웃과 이 지역을 보며, 긴축재정을 결심하고, 저금통을 털고, 무언가 새로운 선물을 생각해냈다. 전우 같은 동료가 되어, 친구가 되어, 대신 돌보아 줄 가족이 되어, 응원자가 되어, 지지

자가 되어 비록 한시적이더라도 이 나라 모두의 삶이 섞이는 것을 경험했다. 마치 발가락에 생긴 작은 상처에도 온몸 구석구석이 반응하여 끝내 다 나을 때까지 그 부위를 지켜내는 것 같았다. 지극히 평범하지만 누군가를 살리는 일에는 전혀 평범하지 않은 기발한 아이디어를 떠올려 실현시켜내는 수많은 그들을 나 역시 존경하고 응원한다.

"The Lord prefers common-looking people. That is why he makes so many of them."
                                                      - Abraham Lincoln
"신은 평범한 사람들을 좋아한다. 그것이 바로 그분께서 보통 사람들을 이렇게 많이 창조하신 이유다."   - 에이브러햄 링컨

2. 알 수 없는 적과 싸우는 '우리'의 자세

나는 보는 내내 마음을 조마조마하게 만드는 공포, 스릴러 장르를 잘 보지 못한다. 그런 내가 본 몇 안 되는 공포, 스릴러 영화 중 2007년 작 영화 〈미스트〉와 2018년 작 영화 〈버드박스〉에는 한 가지 공통점이 있다. 그것은 공포를 끌어내는 대상이 보이지 않는 불확실한 존재라는 것이다. 보이다 안 보이다 하는 것도 아니고, 관객은 볼 수 있는데 주인공은 보지 못하는 것이 아니라, 관객도 주인공도 보지 못하는 대상이 영화 전체를 이끌어 간다. 아슬아슬한 그 순간들 대부분을 눈을 감고 있었으니 줄거리를 잘 설명할 수는 없지만, 보이지 않는 무언가를 향한 공포감이 꽤 오래 남아있었다.

불확실함에서 오는 공포감 - 보이지 않아서, 볼 수 없어서, 상대를 잘 알지 못하는 것에서 오는 두려운 감정이 신종 감염병을 마주

하게 된 우리의 상태와 닮아 있지는 않을까 -

외면하고 싶은 부분이지만 우리는 분명 생명을 담보로 달려들어야 하는 상황에 놓여있었다. 과거형으로 쓰고 싶지만 이 글을 쓰는 지금까지 아직은 현재형이다. 아직 '놓여있다.' 그럼에도 불구하고 여기 다수의 우리는 그 자리를 지키고 있다. 적을 바로 알기 전까지 도망이라도 다녀야 마땅하지만, 이미 그 적을 만나 고통을 겪고 있는 이들이 있기 때문이다.

한쪽에서는 알 수 없는 적을 드러내기 위해 진단키트를 개발하고, 빠른 진단을 위해 '드라이브 스루' 방식을 도입하는 아이디어를 내는 등 애를 쓰고 있으며, 한쪽에서는 무장해제시키는 방법을 도무지 알 수 없는 이 적을 파하기 위해 신약개발에 사투를 벌이고 있을 것이다.

그들이 각자의 자리에서 그들의 재능을 살려 싸워가는 동안, 우리는 환자를 붙잡고 있다. 달이 바뀌고 또 바뀌도록 내 집 잠자리에 발 뻗고 누워 본 기억은 몇 손가락으로 꼽을 수 있을 정도로 버티고 있고, 이 글을 쓰고 있는 지금도 이미 익숙해져 버린 숙소 병실 침대에 앉아서 노트북을 두드리고 있지만 환자나 그 가족들을 생각하면 윈스턴 처칠의 명언이 떠오르며 뭔가 아리다.

"It is no use saying, 'We are doing our best.' You have got to succeed in doing what is necessary."　　　- Winston Churchill
"'최선을 다하고 있다'고 말해봤자 소용없다. 필요한 일을 함에 있어서는 반드시 성공해야 한다."　　　　　　　- 윈스턴 처칠 수많은 감염병이 지나가고 나서야 그 실체를 드러내고, 백신이 개발된다. 이제까지 그래왔다고 '이번에도 그럴 것이다.' 라고 손 놓고 있는 우리는 아무도 없다고 믿는다. '우리' 에는 정말 우리 모두가 포함된다. 앞서 언급했던 각 분야의 전문가는 물론이고, 병원에서 시시각각 변하는 환자 상태를 관찰하며 처방을 고민하고, 간호를 위해 애쓰며, 각종 검사를 돕는 이들, 그리고 이 모든 일련의 과정이 원활하도록 각처에서 돕는 손길들, 환자 가족은 물론, 침상에서 병마와 싸우고 있는 환자 자신까지.

'우리' 모두는 '이번에는 지켜내리라.' 며 내달리고 있음을 믿는다. 될 것 같이 달려드는 우리에게 지금 필요한 것은 끝까지 가는 인내다. 지금은 현재 상황을 돌파하고 다음을 준비하는 것에 집중해야 할 때다.

> "You can't go back and change the beginning, but you can start where you are and change the ending."   - C.S. Lewis.
> "과거로 돌아가서 시작을 바꿀 수는 없다. 하지만 지금부터 시작하여 미래의 결과를 바꿀 수는 있다."   - C.S. 루이스

에필로그

2주의 짧은 시간이었지만 그로 인해 얻은 오래도록 기억하고 싶은 소중한 만남들을 떠올려 본다. 먼저는 오랜 시간 격리 환경을 겪으며 견뎌내고 있었던 여러 환자들과의 만남이다. 각자의 사연이 있고, 각자의 속상함이 있을 터인데 잠시 터져 나왔던 한두 문장이나 한숨들로 짐작만 할 뿐, 길게 나누며 위로할 수 있는 상황적 여

력이 안 되었다는 것이 안타까웠다.

몇몇 반가운 후배들과의 만남도 있었다. 한 후배와는 거의 10년 만에 재회하였는데, 그 시절 나는 조교로 그 후배는 근로학생으로 학교에서 만나 가까이서 수개월을 보냈었다. 그렇게 수년을 지나 그 후배는 본가가 있던 대전으로 취업을 하여 거처를 옮겼고, 나는 쭉 대구에 있었으니 만날 수가 없었을 텐데, 후배도 이 일로 대전에서 대구까지 파견을 나오게 되어 만난 것이다. 그저 예쁘고 장하고 기특했는데 그만큼 응원과 칭찬의 말을 건네지 못한 것이 아쉽다. 간만에 재회한 우리는 함께 사진을 찍어 모교 교수님께 보내 드렸다. 당신께서도 뿌듯하셨으리라. 또 한 명은 2020년 졸업과 동시에 봉사를 나온 기특한 후배였다. 우리 각자 가는 길은 다르지만, 이러한 위기 상황에서 함께하고자 모일 용기를 낼 수 있다는 것에 마음이 따뜻해졌다.

중학교를 졸업하고 20여 년 얼굴도 못 본 사이가 되어버린 어린 시절 단짝 친구는 TV에 나온 파견 의료진들 가운데 내 얼굴을 어떻게 알아보고 알음알음 연락이 왔다. 예쁜 아이들의 엄마가 된 그 친구는 자고 있던 남편을 깨워 나를 소개하고, 아이들에게는 '내 친구'라며 자랑을 했다고 했다.

마지막으로 한 팀을 꾸려 한 병동을 돌보았던 잊지 못할 여러 동료들과의 만남을 떠올려본다. 모두 경력도 경험도 다르지만 같은 마음으로 서로를 응원하고 보살피기를 자청하며, 매 근무마다 매 상황마다 무슨 일이든 내가 하고 오겠노라 서로 벌떡벌떡 일어나던 자랑스러운 동료들이었다. 뿌연 고글 너머로도 선명히 보이던 그들의 당찬 눈빛들을 기억할 것이다.

나는 나를 위한 시간, 내가 즐길 수 있는 시간, 내가 더 편할 수 있는 시간과 누군가를 돌보아야 하는 인내의 시간을 맞바꾼 것이 아니다. 몸이 너무 지치던 어느 날 잠깐은 그런 생각을 해본 적도 있지만, 시간이 지나면서 마음이 조금씩 바뀌었다. 나를 필요로 하는 그 시간 그 장소에 내가 있다는 것. 그곳에는 겪어봐야 아는 희열이 분명 있다. 그리고 누군가는 꼭 지켜야 할 그 자리에 내가 있을 수 있다는 것, 그 자리를 감당할 만한 능력이 준비되어 있다는 것은 불평할 일이 아니라 감사할 일이라는 것이다.

2주간의 파견근무는 끝이 났지만, 그 후에도 코로나-19 감염 환자를 보는 일은 계속되었다. 파견되었던 기간 동안 내가 근무하는 칠곡경북대병원은 부서의 하드웨어, 소프트웨어 모두를 개조하여 코로나 환자를 위한 음압 중환자실을 만들었고, 원내 중환자실 경험이 있는 인력들을 모아 이곳에 배치하였다. 중환자실 임상 경력이 없는 나를 포함한 몇몇 부서원들은 신규 간호사 시절보다 더 많은 시간을 처음 보는 장비들과 환자의 상태를 파악하는 공부에 할애하며 중환자실 경력자들을 도와 코로나-19 환자들의 밤과 낮을 지키고 있다.

(대구동산병원, 2월 28일~3월 12일까지 자원봉사)

끈질긴 코로나-19,
더 끈질긴 대구

박지원

칠곡경북대학교병원 63병동 간호사

코로나-19 지정병원으로 가기까지

2020년 1월, 새로운 한 해를 맞이하며 친구와 카페에서 설레는 마음으로 2020년 상반기 계획을 적어보았다. "운동하기, 수영하기, 부모님과 해외여행 가기…" 모두가 2020년 새해를 맞이하고 들뜬 모습이었다. 우리 가족은 부모님의 결혼 30주년을 맞이하여 중국 상하이로 해외여행을 가기로 했다. 비행기표를 예매하기 바로 직전 중국이 심상치가 않았다. 신종 바이러스로 인해 우한 지역이 봉쇄되고 다른 지역 거리에도 사람들이 없다. 하지만 1월 초 아직 국내 확진자는 생기지 않은 터라 '난 괜찮지 않을까?', '뭐 큰일이야 있겠어?'라는 생각에 여행을 가도 되지 않을까 생각했다. 하지만 하루하루 시간이 지날수록 점점 더 불어나는 확진자 수에 혹시라도 병원에 해가 될까 싶어 해외여행을 포기했다.

2020년 1월 20일, 우리나라에 첫 코로나-19 확진자가 발생했다. 일본행 항공기의 환승객으로 중국인이었다. 병원에 선별진료소가 만들어졌고, 면회객 방문 제한이 시작되었다. 그래도 내가 사는 대구에 생기지 않아서일까? 병원에서 일하면서도 크게 걱정하거나, 신경 쓰지는 않은 것 같다. 하지만 2월 18일 대구 첫 확진자가 발생했고, 이동 경로가 발표되고 대구는 순식간에 쥐죽은 듯 조용한 도시가 되었다. 확진자가 다녀간 곳은 유령 건물이 되었고, 사람들은 집에서 나오지 않았다, 처음 겪어보는 상황에 막연한 두려움이 몰려왔다. 아침에 눈을 뜨면 전날 확진환자 수를 찾아보고, 경로를 확인하는 것이 일상이 되었다.

2월 18일을 기점으로 대구의 확진자 수는 기하급수적으로 늘어갔고, 환자들을 치료할 병상이 없어 대구시는 중앙정부에 지원을 요청했다. 질병관리본부에서는 대구의 몇 개의 병원을 코로나-19 전담 병원으로 지정했지만 더 큰 문제는 부족한 의료진이었다. 연일 의료진이 부족하다는 뉴스와 대구시의사회장의 간절한 호소문을 읽고 간호사로서 내가 할 수 있는 일은 지정병원 의료진으로 자원하는 일뿐이라 생각했다.

한 번도 경험해보지 못한 이 상황을 직접 겪어보고 싶은 마음도 있었다. 하지만 병원 사정도 있기 때문에 무작정 내가 간다고 할 수 있는 상황이 아니라서 우선 병원에서 공지사항이 내려올 때까지 기다렸다. 지정병원 지원 의료진을 모집한다는 병원 공지 문자를 받고 수간호사님께 말씀을 드렸다. 우선 우리 병원도 현재 코로나-19로 인해 병동 상황이 급변하고 있어 어떤 상황이 될지 몰라 우선은 기다려보라고 하셨다.

2월 27일 수간호사님은 지정병원에 파견근무를 가겠냐고 물어보셨다. 처음 이야기 드렸을 때는 병원 사정상 파견을 가지 못할 것 같았기에 이미 마음을 접고 있었는데 갑작스러운 이야기에 조금 고민도 되고 걱정도 되었다. 조금 생각할 시간이 주어졌고, 결국 자원하기로 결정을 하고 부모님께 우선 전화를 드렸다. 부모님도 "그 위험한 데 왜 가려고 하느냐.", "너희 병원에서 최선을 다해서 일해라."고 말씀하셨지만 결국 내 고집대로 가겠다고 말씀을 드렸다. 그렇게 파견 바로 전날 결정이 되었다.

첫 출근 전날 밤, 부모님께 한 번 더 내 의견을 말씀드렸다. 부모님 앞에서는 하나도 안 무서운 척, 괜찮은 척했지만 막상 침대에 누우니 많은 생각과 걱정들로 뜬눈으로 밤을 지새우다 결국 1시간밖에 잠을 못 잤다. 아무래도 내가 근무를 하고 집에 왔을 때 가족들에게 혹시라도 바이러스를 전파시키지는 않을까 하는 걱정이 가장 많이 되었다. 파견 전날 밤이 걱정과 두려움 그리고 설렘으로 지나갔다.

파견 첫날 아침부터 가족들이 일어나 출근 전 응원을 해주었다. 큰 응원을 받고 두려움과 설렘으로 코로나-19 지정병원에 도착했다. 병원 건물을 가만히 살펴보고 있으니 괜스레 뭉클한 감정이 솟구쳤다. 간호부장과 인사를 나누고 간단하게 현재 병원 상황, 근무조 등을 소개받았다. 이제 설렘과 두려움, 또 내가 위기상황에서 조금이나마 도움이 되어야겠다는 마음을 가지고 병동으로 들어갔다.

적응하기 어려운 레벨D 방호복

환자들이 있는 건물과 의료진들이 있는 건물이 달라서 반팔 활동복을 입고 건물 밖에 마련된 착의실로 향했다. 2월이라 아직은 날씨가 풀리지 않아 꽤 추웠다. 하지만 처음 근무를 들어갈 때는 긴장해서 추위도 느끼지 못했고 같이 근무할 선생님들만 따라서 걸어갔다. 난생처음 입어보는 레벨D 방호복을 옆 선생님을 따라 입었다. 입는 데만 15분이 넘게 걸렸다. 하루하루 지나갈수록 5분 만에 방호복을 입을 만큼 시간은 빨라졌지만 끝까지 레벨D 방호복이 적응되진 않았다.

레벨D 방호복만 입었을 뿐인데도 땀이 나고, 숨이 막히고, 괜히 몸 이곳저곳이 가려웠다. 분명 바깥은 추운 날씨였는데, 숯가마 한가운데 있는 것처럼 땀이 줄줄 흐르고 호흡이 가빠왔다. 고글까지 습기가 차서 앞에 아무것도 보이지 않을 때도 종종 있었다. 어지러울 때면 의자에 앉아 눈을 감고 심호흡을 하며 괜찮아지길 기다린다. 보안경과 N95 방역마스크가 얼굴을 눌러서 가렵고, 아파서 나도 모르게 손을 올려 얼굴을 긁고, 머리카락을 넘기고, 고글을 움직이려고 했다.

같이 근무하는 선생님들이 그 모습을 보고 엄청 놀라시며 절대, 절대 손을 올리지 말라고 당부하였다. 안 된다는 건 알지만 정말 너무 가렵고 아파서 아무것도 집중이 안 되고 더 가려웠다. 더 힘든 건 레벨D 방호복을 입고 나면 2시간 동안은 화장실도 가지 못하고 물도 마시지 못한다. 평소에는 2시간 동안 화장실을 안 갈 수도 있고, 물을 안 마실 수도 있는데 못 한다고 하니까 더 힘들어진다.

레벨D 방호복을 입으면 땀이 계속 흘러 갈증이 심해진다. 그래서 레벨D 방호복을 벗고 나면 시원한 물을 많이 마셔야지라고 생각하지만 또 혹시라도 다음 방호복을 입을 때 화장실에 가고 싶을까 봐 휴게시간에도 물을 적게 마시고, 방호복을 입기 전 마지막까지 화장실을 억지로라도 간다. 근무를 얼마 하지 않았지만 마치 한 달 이상은 근무한 느낌이다. 온몸이 쑤셨고 산소 공급이 원활하지 않다

보니 두통까지 온다. 레벨D 방호복이 일체형이라서 모자까지 쓰면 목이 저절로 앞으로 숙여져서 목, 어깨까지 많이 아프다. 몇 번 레벨D 방호복을 입다 보면 잘 눌리는 곳, 고글과 마스크를 써도 후드 사이에 벌어지는 부분이 있음을 알게 된다. 각자 자신만의 방식으로 레벨D 방호복을 입기 전 피부가 눌리지 않도록 메디폼을 이곳저곳 붙이고, 벌어지는 부분은 종이테이프로 다시 한번 꽁꽁 붙인다. 절대 바이러스가 침투하지 못하도록!

다른 병동에서 일하던 간호사는 근무 중 고리에 걸려 레벨D 방호복이 찢어져서 다급하게 건물 밖으로 나가 레벨D 방호복을 벗고, 샤워를 하고 다시 레벨D 방호복을 입고 병동에 들어오기도 했다. PAPR(전동공기정화호흡기) 후드를 착용하면 마스크는 N95 마스크를 착용하지 않고 보통 의과용 마스크를 착용하고 PAPR기계를 허리에 메고 호스를 후드 뒤편에 고정하면 정화된 공기가 후드 안으로 들어온다.

호스가 분리되면 후드 뒤편 구멍으로 병실 안에 있는 공기, 침방울이 들어올 가능성이 있다. 움직이며 근무를 하다 보면 호스가 간혹 빠질 수 있기 때문에 조심해야 한다. 다른 벽에 부딪히면서 호스가 분리돼서 그날부터 자가격리를 들어가는 의료진도 있었다.

하루는 정맥주사를 4명이나 바꿔야 했다. 병동에서 주로 하는 일이긴 하지만, 고글을 쓰고 두 겹의 장갑을 끼고 주사라인을 바꾸는 건 쉬운 일이 아니었다. 고글 안에서 계속 땀이 떨어지고, 습기가 차서 혈관이 보이지도 않아 더 힘들었다. 환자들에게 잠깐만 기다려달라고 한 뒤 습기가 마를 때까지 기다렸다. 겨우겨우 손등에 정맥주사를 잡고 나서 고정을 위해 테이프를 자르고 있었는데, 테이프가 장갑에 달라붙어서 힘겹게 떼다가 엄지손가락 장갑이 쏙 찢겨나갔다. 다행히 환자도 마스크를 착용하고 있어서 손가락에 침방울이 묻거나 하진 않았지만 후다닥 나가서 손을 씻고 새 장갑을 다시 꼈다.

레벨D 방호복은 벗을 때 특히 조심해야 한다. 방호복, 고글, 마스크의 바깥 부분은 오염되었기 때문에 벗을 때 혹시라도 얼굴이나 피부에 닿지 않도록 바깥 부분을 돌돌 말면서 천천히 벗고, 마스크는 최대한 앞으로 당긴 후 숨을 참고는 벗어야 한다. 벗고 나면 2시간 동안 고글, N95 마스크, 후드로 눌린 부분이 새빨간 자국으로 선명하게 남아있다. 두 시간 정도가 지나면 서서히 눌린 자국이 없어진다. 그러면 또다시 레벨D 방호복을 입어야 할 시간이다.

격리병동의 생활

격리환자들과 의료진은 최소 접촉이 원칙이라서 일반병동과 다르게 환자들을 자주 보지는 못한다. 환자들은 복도로 나오는 횟수를 최대한 줄이고 병실에서만 생활한다. 일인실에 배정받은 환자들의 경우에는 병실 안에서 마음껏 활동이 가능하지만 다인실의 경우는 그마저도 불가능하다. 짧게는 일주일, 길게는 한두 달이 넘는 기간 동안 침대와 그 주변에서만 생활하기란 여간 어려운 일이 아니다.

의료진도 레벨D 방호복으로 힘들긴 하지만 오랜 기간 격리병동 생활을 하시며 한 병실 안에 갇혀있는 환자분들의 답답함과 고됨에는 비교할 수 없을 것이다. 병원 생활이 길어질수록 환자분들은 자신만의 방법을 찾아 시간을 보낸다. 아침 근무 시간에 환자들의 체온 측정을 위해 병실에 들어가면, 병실마다 아침을 맞는 모습이 다양하다. 각자 침대에 앉아 블루투스 스피커로 흘러나오는 라디오를 들으며 대화를 나누기도 하고, 병실 사람 모두 마스크를 쓰고 침상 앞에 서서 휴대폰 영상을 보며 국민체조를 하기도 한다.

어떻게 체조를 하게 되셨냐고 묻자 하루 종일 누워있다 보니 몸이 피곤하고, 기분도 우울해져서 아침마다 병실 사람들과 같이 체조를 하며 대화를 나눈다고 하셨다. 환자분의 말대로 침대에 누워서 하루를 보내다 보면 몸도, 마음도 약해져서 언제 끝날지 모를 격리 생활이 고달프게만 느껴질 것이다. 창문을 열고 상쾌한 공기를 마시며 몸을 움직이는 잠깐의 시간이 환자들에겐 귀한 하루 일과가 되었다.

어느 60대 환자는 병원에 오셔서 식사도 거의 하지 않고 약도 챙겨 먹지 않으신다. 간호사들도 걱정이 되어서 환자에게 갈 때마다 식사를 챙겨드리고 조금이라도 더 드시도록 먹여드렸다. 또 같은 병실의 환자들도 걱정이 되었는지 이제 식사시간마다 돌아가며 이 환자의 식사를 챙겨드린다. 자신보다 더 힘들어하는 환자를 위해 도와주는 모습에 마음이 따뜻해졌다.

병원이나 요양시설의 집단감염으로 전원되어 온 70~80대 노령의 환자들이 대부분인 병실은 또 상황이 다르다. 대부분 오랜 침상생활을 하고 계셨던 분들이라 자가 간호가 결핍되어 간호사나 보호자, 간병인의 도움이 꼭 필요한 분들이지만, 격리음압병원엔 보호자도, 간병인도 없다. 인력이 부족해서 50~60명의 환자가 입원해있는 병동에 간호사 2~4명이서 사소한 데까지 세심하게 간호하기란 사실상 불가능하다. 그래도 모든 간호사들이 최대한 그분들을 더 집중적으로 간호해드렸고, 식사를 챙겨드리고 기저귀를 갈아드렸다. 최소한의 보조 밖에 해드릴 수 없어서 죄송했고 이 분들은 코로나-19가 무엇인지도 몰랐을 텐데 감염되어 치료받고 계시는 모습에 가슴이 아프고 답답하다.

모든 의료진들이 그렇듯 환자에게 감사하다는 말을 들으면 순간 힘든 것을 잊고 뿌듯하다. 한 환자가 심한 오한이 있어 체온을 측정해보니 38.1℃의 고열이 나고 있었다. 담요를 덮어드리고 의사에게 보고 후 해열제를 드렸다. 환자가 고열로 인해 몸이 축 늘어지고 많이 힘들어하기에 물수건으로 몸을 닦아 드렸다. 얼마 후 열이 떨어지자 "우리 때문에 너무 고생이 많으세요. 감사합니다."라는 인사를 했다. 그 말을 들은 앞 환자도 "우리 빨리 나아서 퇴원할게요. 조금만 힘내세요."라고 해주셔서 내가 조금이나마 환자들에게 도움이 된 것 같아 뿌듯하고 기분이 좋았다.

이틀 전에 산소마스크로 고농도의 산소를 공급받으며, 컨디션이 좋지 못했던 환자가 오늘은 코에 넣어진 플라스틱 관으로 공급되는 산소량을 많이 낮춘 채 편안한 모습으로 침상에 앉았다. 손전화로 전해진 편지와 사진들을 보고 있었다. 시간적 여유가 있었던 터라 환자에게 다가가서 이게 다 뭐냐고 여쭤봤다. 그분의 아들, 딸, 손녀, 사위가 보내온 손편지와 가족사진이었다.

"옛날 기억 잊지 말라고 애들이 편지랑 사진 보내줬다." 하시면서 편지를 천천히 읽고 계셨다. 편지에는 "빨리 퇴원해서 놀러 다니자.", "가족들 모두 모여서 할머니 위해서 기도하고 있어요.", "의사, 간호사 말 잘 들으면 금방 건강해질 거야." 편지 하나하나에 꾹꾹 눌러 담았을 그 진심을 생각하니 뭉클했다. 면회도 하지 못하고 전화로만 연락을 하면서 가족들은 연세 많은 할머니가 많이 걱정됐을 것이다. 옆에서 같이 편지를 읽어보다가 몇 달 전 돌아가신 우리 할머니 생각과 환자 혼자 힘든 시간을 보내며 많이 외롭고 힘들었을 것을 생각하니 순간 눈물이 났다. 마스크에 고글까지 쓰고 있어서 티가 안 나서 다행이었다. 편지를 다 읽으시곤 사진을 한 장 한 장 넘기면서 자식들 이야기를 해주셨다. 며칠 전까지 대답도 잘 못 하고 힘들어하시던 분이 이제는 편히 웃으며 힘들어하지 않고 이야기를 하는 모습에 참 다행이라는 생각이 들었다. 가족 이야기를 할 때는 비록 짧은 시간이었지만 힘들어 찡그린 표정이 아닌 환자분의 환한 웃음을 볼 수 있어 좋았다.

환자분이랑 꼭 일주일 안에 산소호흡기를 제거하고 화장실도 혼자 걸어가자고 새끼손가락을 걸고 약속했다. 또 퇴원하면 간호사, 의사, 병원 찾아가서 맛있는 거 많이 사준다 하시길래 꼭 건강한 모습으로 찾아오시라고, 기다리고 있겠다고 말씀드렸다. 찾아오시지 않더라도 꼭 빨리 완치돼서 사랑하는 가족들과 함께 좋은 시간을 보내셨으면 좋겠다. 혼자서는 작은 침대에서 내려올 수도 없는 컨디션으로 힘겹게 코로나-19와 싸우고 계신 환자분을 보고 하루빨리 건강한 모습으로 퇴원해서 가족들과 좋은 시간을 보내길 바라는 마음으로 짧게 기도했다.

생활치료센터가 생긴 후 경증의 환자들은 생활치료센터로 옮겨가면서, 입원치료가 필요한 환자들이 많이 오고 있다. 그래서 그 전보다 항생제, 수액이 많아져서 병동은 조금 더 바빠지고 있다. 하지만, 입원치료가 꼭 필요한 사람들에게 병실이 주어질 수 있고, 이분들이 좀 더 빨리 치료를 받을 수 있어서 다행이다.

생활치료센터에 계시다가 2번의 음성 판정을 받고 퇴원하는 환자를 보았다. 한 달 정도의 병원 생활을 끝내고 집으로 가시기 전 짐을 정리하는 모습에서부터 웃음이 새어나온다. 가족들의 품으로, 일상의 품으로 돌아가는 것은 정말 행복할 것이다.

내일은 더 많은 환자들이 퇴원하고, 더 좋은 컨디션으로 회복되길 바란다.

의료진 이야기

코로나-19 지정병원과 생활치료센터가 처음으로 만들어졌으나, 정확한 치료지침은 없어 의료진들이 많은 어려움을 겪었다. 하지만 일주일 정도가 지나고 큰 틀의 지침이 병원으로 내려오면서 의료진들이 병원 사정에 맞게 빠르게 세부적인 지침을 만들고, 병원 상황에 맞게 바꿔가며 잘 따라주고 있어 신속하게 체계가 잡혀가고 있다.

간호 업무는 평소보다 많이 줄었지만, 환자가 다른 병실로 전실 가면 환자를 옮기는 일, 빈 침상 청소, 식사 나눠주는 일 등등 원래 하지 않았던 업무를 해야 하는데 생각보다 체력이 많이 소비돼서 힘들다.

다른 병원 간호사들과 만날 일이 없는데 같이 근무하면서 이야기도 하다 보면 방역복의 답답함은 잠시 잊히기도 한다. 간호사실에 있는 보드 판엔 언제부터인지는 알 수 없지만 간호사들 서로를 위한 문구들이 적혀있다. 따뜻한 응원으로 서로를 격려하면서 힘든 근무시간 조금이라도 웃어본다. 인계시간이 되면 앞 근무조를 위해서 뒤 근무조가 조금씩 일찍 들어와서 빨리 인계를 받고 퇴근할 수 있도록 배려해준다. "화이팅!", "수고하셨습니다." 서로를 응원하며 병동을 떠난다.

　매일매일 근무조가 새롭게 정해지기 때문에 하루하루 다른 병동으로 배정받는다. 처음으로 중환자실로 배정을 받았다. 중환자실 경험이 없어서 가기 전부터 많이 걱정이 됐다. 일반병동과 다르게 활력징후와 I/O(섭취량·배설량)를 한두 시간 간격으로 확인해야 하고 그 시간이 아니더라도 모든 환자가 환자감시장치를 하고 있기 때문에 수시로 산소포화도, 맥박을 확인하고 이상이 있을 경우 경보음이 울리므로 즉각적인 대처를 해야 한다. 하지만 방호복을 입고 환자들에게 빨리빨리 달려가기란 참 어려웠다. 중환자실에 계시는 분들은 섬망이 오는 경우가 많은데 그런 환자들을 간호하고 기저귀를 시간마다 갈고 체위변경을 하는 일이 방호복을 입고 있어 평소보다 10배는 힘들었다. 일반병동보다는 환자 상태가 좋지 않기에 언제 응급상황이 생길지 모른다는 불안감에 모두가 더 집중하며, 신경을 곤두세워 일했다. 적극적으로 일하고 싶은데 매일 일하는 병동이 바뀌니까 물품이 어디 있는지, 환자 상태가 어떤지 매번 파악하고, 새로운 사람들과 일하는 것 자체가 어렵고 스트레스를 받는 상황이다. 하루 휴일을 보내고 또 중환자실을 배정받았다. 지난번 중환자실 근무가 많이 힘이 들었던 탓에 많은 걱정을 하고 갔다. 다행히도 환자 대부분 안정적인 상태여서 크게 바쁘지 않았다. 함께 근무한 다른 병원에서 온 간호사들은 모르는 기계에 대해 하나하나 설명해주면서 알려주었다.

　방호복을 입으면 체력소비가 많고 산소가 원활하게 공급이 되지 않기 때문에 2시간 정도 근무를 하고 교대를 하게 되는데 한 간호호사는 근무시간이 훨씬 지났는데도 다른 간호사들이 조금 더 편하게 일할 수 있도록 병동 정리를 하느라 2시간이나 더 근무를 했다. 또 다른 간호사도 환자 모두에게 다 찾아가서 불편한 건 없는지 물어보고 혼자 누워만 있는 환자들에겐 말동무가 되어주었다. 이런 간호사들의 노력과 희생 덕분에 환자들은 더 좋은 간호를, 간호사들은 더 좋은 환경을 제공받을 수 있었다.

따뜻한 마음들

코로나-19 지정병원에 직접 근무해보니 의료진뿐만 아니라 진료에 차질이 없도록 지원해주는 모든 사람들, 어려운 상황에서도 기꺼이 자원봉사해주는 사람들 등등 정말 많은 사람들이 와서 도와주고 있었다. 특히 병동에서 식사와 폐기물 정리를 해주는 봉사자들이 정말 큰 역할을 하고 있었다. 레벨D 방호복을 입고 두 시간동안 한 번도 쉬지 않고 움직이면서 정리해준다. 얼굴은 땀으로 범벅이 되었고, 숨이 가빠 말하는 것도 힘겨워 보인다. 그분들에게 진심으로 존경의 마음을 표한다.

다른 나라는 코로나-19가 확산됨에 따라 사재기를 하고, 의료진들이 사용할 마스크, 가운, 심지어 음식조차 없어 의료진들이 거리로 나와 의료진을 위해 기부를 해달라고 호소한다. 하지만 우리나라 사람들은 최전선에서 일하고 있는 사람들을 위해 기꺼이 자신들의 마음을 모아 후원물품을 보내주었다. 대구에 가장 많은 확진자가 생겼으니 이곳으로 전국 각지에서 직접 만든 음식들, 조금이나마 보탬이 되라며 자신들의 마스크, 정성을 담은 손편지를 보내주었다. 점점 편지를 많이 보내주어서 병원에는 의료진들이 사용하는 건물 1층에 편지를 모아 붙여두었다. 모두가 힘든 시기에 우리를 위해서 보내준 마음이 너무 감사했다. 어린이들이 고사리손으로 의사, 간호사 그림을 그리고 맞춤법이 틀린 삐뚤삐뚤 손편지가 너무 귀여워서 다들 읽고, 사진을 찍어간다.

의료진이라는 이유로 너무 과분한 사랑과 관심들을 보내주었기에 송구스러운 마음도 들면서, 더 열심히 일해야겠다고 생각했다. 우리나라 국민 모두가 영웅이고, 칭찬받아 마땅하다.

지정병원을 떠나며

마지막 근무는 중환자실이다. 오늘도 중환자실은 바쁘게 돌아간다. 의사들과 간호사들은 눈코 뜰 새 없이 환자들을 보살피고, 시술을 하고, 기록을 한다. 의식 없는 환자들이 조금이라도 불편할까 봐 체위변경을 하고, 닦아주고, 손과 발을 주물러준다. 어느 누구 대충 일하는 사람이 없다. 하루라도 빨리, 한 명이라도 건강히 퇴원하길 바라며 모두가 땀을 흘리고, 잠시도 앉지 못하고 뛰어다닌다.

정해진 근무 일정을 모두 끝내고, 코로나 검사를 받았다. 괜스레 검사 전날 불안하고 무서웠다. 혹시라도 양성이 나오면 나 때문에 지정병원 운영에 차질이 있진 않을까 하는 마음에 걱정이 되어서 양성판정을 받는 꿈까지 꿨다. 검사는 너무 힘들었다. 코 끝까지 긴 면봉을 넣고 마구 돌린다. 눈물이 주르륵 흘렀다. 결과가 나오기까지 떨리는 마음을 감출 수 없었다. 다행히 음성 판정을 받고, 마음이 홀가분했다.

첫 근무를 위해 떨리는 마음으로 동산병원으로 출근한 게 얼마 되지 않은 것 같은데, 2주가 흘렀다. 2주 동안 코로나-19 확진자 수는 조금씩 줄어가고 있고, 모두들 각자의 자리에서 최선을 다해 지키고 있다. 정부, 의료기관의 대응과 기술이 체계적이고 세계 어느 나라보다 높은 수준임을 알 수 있었고, 우리나라 국민들이 정부의 지침에 잘 따라주고 개인위생과 사회적 거리두기를 잘 지켜준 덕분에 확진자 수가 큰 폭으로 줄어들었다.

지정병원에 근무하면서 따뜻한 마음과 응원을 과분할 정도로 많이 받았다. 응원의 힘으로 다시 나의 원 소속 병원으로 돌아가 상황이 종료될 때까지 코로나-19 환자들을 돌보려한다. 생각보다 길어지는 상황에 의료진, 방사선사, 임상병리사, 자원봉사자, 소방대원, 국민 모두가 조금씩 지쳐가는 듯하다.

코로나-19가 장기화가 될수록 최전방에서 일하시는 분들의 수고를 잊지 말고 기억해주길, 하루빨리 모든 게 일상으로 돌아가길, 모든 사람들이 따뜻한 봄을 맞이하길 바라며 파견근무를 마무리한다. 우리 모두에게 평화와 희망을 기원하면서….

(대구동산병원, 2월 28일~3월 12일까지 자원봉사)

새 희망을
꿈꾸다

이현아

경북대학교병원 506 동병동 간호사

2019년 말, 중국에서 정체불명의 전염병이 퍼지고 있다는 소문이 돌았다. 아무도 예측하지 못한 대유행의 시작이었다. 다른 세상의 일일 것만 같던 코로나 바이러스의 확산은 1월 20일 1번 확진자를 시작으로 국내에도 등장하였다. 지방까지는 퍼지지 않기를 간절히 바랐지만, 결국 대구에서 신천지 교인 31번 환자의 발생으로 들불처럼 번져나갔다. 대구 의료의 최전선에 있는 우리 병원도 코로나와의 고군분투가 시작되었다.

국가지정 음압병상을 운영하는 격리병동의 옆 병동인 우리 병동에도 31번 환자 이후 폭발적으로 증가하는 확진자들로 인해 급격한 변화가 몰아쳤다. 병원 집행부의 발 빠른 대응에 따라 우리 병동에 입원해 있던 환자를 하루 만에 다른 병동으로 전실 보냈다. 그리고 코로나 환자와 접촉한 환자에 대한 능동 감시자 간호를 거쳐 응급실을 방문하는 코로나-19 의심 환자 간호까지 매일매일 변화무쌍한 업무를 하게 되었다. 그러다가 결국에는 밀려드는 코로나-19 환자의 진료를 위해 병원의 격리병동 확대 운영 방침에 따라 3일간의 음압병동 공사 후 우리 병동은 격리 음압병동으로 재탄생하게 되었다. 3월 14일부터 코로나 확진자를 받기 시작했고 나는 본의 아니게 말로만 듣던 소위 '코로나 전사'가 되었다.

TV에서는 마치 태어날 때부터 영웅이었던 것처럼 의료진들을 비추기 시작했지만 막상 내 일이 되니 간호사로서 1년도 일하지 못한 내가 이 일을 감당할 수 있을까 싶었다. 가장 먼저 근무 소식을 알린 건 가족이었다. 부모님의 염려 가득한 말에 "내가 아니면 누가 하겠어."라며 호언장담했지만 가장 두려운 건 역시 나 자신이었다. 혹시 내가 감염이라도 되지 않을까 하는 두려움도 있었지만 무엇보다도 내 주변 사람들에게까지 위험을 끼치지 않을까 하는 걱정이 더 컸다. 그러던 차에 감사하게도 대구시에서 숙소를 지원해준다고 하였고 덕분에 조금은 가벼운 마음으로 업무에 임할 수 있었다.

병동 오픈 후 다양한 경로로 감염된 환자들이 베드를 채우기 시작했다. 환자들은 교차 감염의 우려로 다른 환자들과는 일정 거리를 유지하며 접촉을 최소화해야 했다. 음압병실을 만들기 전에는 시끌벅적한 병실들과 복도였지만 음압병실로 바뀐 후 적막뿐이었다. 병실 안에는 음압기 소리만이 울렸고, TV도 없는 병실에선 환자들이 고독과 싸우고 있었다. 당연하게 환자들은 정신적으로 지쳐갔고 유일하게 만나는 사람인 의료진, 그 중에서도 가장 자주 접촉하는 간호사들이 그들이 감정을 퍼부을 수 있는 유일한 사람이었다. 원래 이런 사람이었을까 싶을 정도로 환자들은 짜증 섞인 태도로 우리들을 대했다가 다시 미안하다며 사과하곤 했다. 사실 레벨 D 방호복을 입고 있으면 흘러내리는 땀, 가쁜 숨으로 인한 체력적인 고통도 있었지만 환자들의 우울감과 무력감이 내게도 전이되는 것 같아 정신적인 고통이 더 컸다.

효과적인 치료제도 없으니 면역력이 바이러스를 물리쳐 줄 때까지 마냥 끝없는 기다림만이 그들의 유일한 무기가 되어야 했다. 저먼 외딴섬에 사회적으로 고립된 환자, 그들을 지켜야 하는 우리, 모두의 마음이 서글프고 무기력해지기도 했다.

그러나 시작이 있으면 끝이 있는 법. 그 와중에도 서서히 희망이 보이기 시작했다. 오랜 기간 입원 중이던 환자들의 코로나 바이러스 검사에서 마침내 약양성, 음성 등의 소견이 나타나기 시작한 것이다. 마침내 우리 병동에서도 완치자가 나왔다. 벚꽃이 피기 시작할 무렵, 꽃이 보고 싶다던 환자가 퇴원하게 되었다. 활짝 웃으며 감사하다고 거듭 인사하는 환자를 보내면서 환자와 우리 모두의 노력이 보상받는 것 같았다. 방호복 속의 나도 눈물이 날 것 같았다.

두 달 전까지만 해도 코로나 바이러스 감염 환자가 매일 폭발적으로 증가하여 다른 나라에서 예의주시하던 우리나라가 이제는 코로나 환자 관리의 모범적인 사례로 전 세계의 관심을 받고 있다. 수많은 역경에도 이겨냈던 국민성으로 우리는 또다시 기적을 이루고 있는 중이다. 외로움과 고독을 이겨내고 결국 퇴원한 환자처럼 아직도 백신과 치료제가 만들어지지 않은 바이러스지만 우리는 또 답을 찾을 거라고 믿으며, 오늘도 나는 스스로 당당한 코로나 전사가 되어 능숙하게 방호복을 입고 있다.

평범한
일상

구성미

경북대학교병원 내과중환자실 간호사

뭔가에 눌린 듯한 얼굴의 자국들과 찜질방에서 방금 나온 듯 젖어 있는 옷들, 잠자는 시간을 제외하고 거의 모든 시간 동안 얼굴의 반 이상을 가리고 있는 마스크, 보고 싶어도 보지 못하고 문자나 전화로만 소식을 전하고 있는 나의 가족과 친구들, 꽃이 피는 쾌청한 날씨에도 창밖만 바라보고 있는 집순이….

이 모든 것들은 불과 두 달 전까지만 해도 생각해 보지 못했던, 지금 나에게 일어나고 있는 일상의 모습들이다. 이전의 나는 여느 직장인들처럼 퇴근시간에 기뻐하고, 주말엔 가족과 어디론가 여행을 떠날 계획을 세우는 것에 행복을 느끼며, 매스컴 등을 통해 접한 여러 사건사고들에 이런저런 얘기들로 오지랖도 부려보는, 지금은 생각할 수 없는 누가 봐도 평범한 일상을 보내고 있었다.

중국에서 코로나-19로 우한이 폐쇄되고 있을 때도 그저 안타까운 마음에 걱정스런 말만 할 뿐, 그저 딴 나라 일이라 생각했다. 단지 내가 간호사이기에, 대학병원에 근무하는 의료인이기에 혹시 발생할지 모를 중국과 같은 상황에 대비하여 병원에서 주는 자료를 볼 뿐이었다. 딱 그 정도로만, 대비라면 대비를 할 뿐 더 이상의 노력은 하지 않았다. 무슨 자신감이었는지 절대 그런 상황이 생기지 않을 것이라 믿었고, 만약에 그런 일들이 생긴다고 해도 그냥 무사히 가볍게 지날 것이라고 믿어 의심치 않았다.

하지만 내가 확고하게 믿었던 상황들은 조금씩 바뀌어 가기 시작했다. 코로나-19 확진자가 한 명, 두 명 나오면서 내가 사는 이곳에도 그런 상황들이 생길 수 있겠구나 하는 생각이 들었다. 하지만 그런 상황들이 생긴다고 해도 우리가 컨트롤할 수 있을 정도로만 일어나리라 믿었고, 잘 해 나갈 수 있다고 확신했다. 그러나 상황은 내가 예상할 수 없을 정도로 너무나 갑자기 바뀌어 버렸다.

우리 부서에 있던 일반 환자들이 다른 병동으로 옮겨지고, 비워진 병상에 코로나-19 확진자들이 입원하기 시작했다. 처음 환자가 입원했을 때만 해도 잘 해낼 수 있을 것이라고 자신했으나 2번째, 3번째 환자가 입원하면서 그것이 얼마나 무모한 생각이었는지 스스로 자각했다.

내가 근무하는 곳은 음압병상이 있는 대학병원 중환자실로 코로나-19 확진자 중에서도 중증의 환자가 입원하는 곳이다. 중환자실에서 환자의 상태는 순간순간 변화하며 거기에 즉각적인 대처를 해야만 하고, 조금만 늦어지면 환자들은 그만큼 위험에 노출되게 된다. 그래서 항상 긴장한 상태로 환자를 모니터링하고 환자에게 변화가 생기면 바로 달려가 즉각적인 처치를 해야 한다.

하지만 코로나-19 치료지침상 환자와 의료진 사이에는 병상의 음압 유지를 위한 차단벽과 두 개의 차단문으로 가로막혀있다. 그리고 자신의 보호뿐만이 아니라 감염의 전파를 차단하기 위한 명분하에 정해진 순서대로 입고 벗어야 하는 방호복과 그로 인해 내 몸에서 넘쳐흐르는 땀들, 착용 시간에 비례하여 점점 뿌옇게 흐려지는 고글과 힘들어진 호흡으로 두통과 메스꺼움을 유발하는 N95 마스크처럼 필수적이지만 시간과의 싸움에서는 불리한 장비들이 존재한다.

처음 환자 치료를 시작했을 때에는 다른 무엇보다 이 장비들이 가장 큰 고민거리였다. 내가 제대로 착용을 하고 있는지, 제대로 탈의는 하고 있는지, 방호복으로 인해 의식이 있는 환자들이 의료진에게 더 큰 두려움을 느끼지 않을까 하는 갖가지 걱정을 하게 되었다. 하지만 시간이 약이라고, 두 달여의 시간 동안 방호복을 입고 생활하는 것에 익숙해져서 더 오랜 시간 환자를 간호하는 것이 힘들지 않게 되었다. 그리고 환자 역시 걱정했던 것보다는 방호복에 대한 거부감을 나타내지는 않아서 내심 안도감을 가졌다.

코로나-19로 입원한 중환자실의 대부분 환자들은 입실과 동시에 인공호흡기 치료를 시작하게 된다. 환자의 안위를 위하여 진정요법을 사용하게 되는데, 이로 인해 환자의 의식은 소실되고 혼자서 아무것도 할 수 없는, 전적으로 의료진에게 모든 것을 맡길 수밖에 없는 상태가 된다. 말할 수 없는 환자의 불편감은 환자에게 부착된 갖가지 모니터와 기계의 수치가 말해 주게 된다. 그 수치를 바탕으로 환자가 호흡이 힘든지, 아니면 기대했던 것보다 진정요법의 효과가 떨어지는지를 파악하여 처치를 하게 된다. 그래서 중환자실에서는 사람의 소리보다 기계의 경보음 소리에 예민해진다.

아무리 귀를 기울이고 있어도 우리 앞을 가로막고 있는 차단벽과 나의 귀를 막아버리는 방호복으로 인해 각종 기계의 경보음 소리를 듣기엔 힘든 점이 있다. 일을 하다가도 미세하게 들려오는 작은 소리에 중환자실 전체는 정적이 흐르기 시작하고 모든 간호사들은 한 번 더 귀를 쫑긋 세우고 소리가 나는 곳을 찾아 헤맨다. 어떠한 기계의 경보음 소리도 나지 않는 중환자실은 거기에 있는 환자들이 평안하다는 것을 의미하는 것이기도 하다.

병으로 인해 생기는 문제점들에 대한 치료 결과는 바로바로 눈으로 볼 수 없지만, 하루에도 몇 번이고 몸을 돌려주고 닦아주고 영양 조절을 해 주고 대소변을 정리해준다. 우리의 작은 손길이 환자가 좀 더 긴 시간 편안하게, 이외의 문제들로 고통받지 않도록 하는데 도움이 된다는 것이 다른 어떤 상황에서보다 성취감을 더 느끼게 한다.

코로나-19 환자들에게는 면회객이 없다. 감염의 위험성으로 인해 모든 환자들은 1인실에 격리되거나 코호트 격리가 되며 가족들은 감염의 유무에 상관없이 환자를 만나볼 수가 없다. 환자의 상태는 주치의가 하루에 한 번씩, 아니면 급격한 상태 변화 시에 전화로 알려줄 뿐이다. 중등도가 낮아서 몸을 자유롭게 움직일 수 있다면 통화로 보호자의 걱정을 덜어줄 수 있지만 이곳의 환자들은 그런 통화가 불가능한 경우가 대부분이다. 다행히 입원을 해서도 상태가 심각하지 않을 시에만 보호자와의 통화가 가능하다.

상태의 악화로 호흡이 점점 가빠져 힘들어하는 순간에 환자에게 주어지는 보호자와의 통화는 환자의 노력과 의료진들의 선택이다. 감히 마지막이라 생각하지 않았기에, 그 순간의 선택들이 후에 환자에게 주어졌었던 마지막이라는 것을 알았을 때 느껴지는 감정은 뭐라 표현하기 어렵다. 그 순간 환자가 한 번 더 힘을 내어 통화하는 것에 도전하지 않았다면, 상태가 악화될까 두려워 의료진이 다른 선택을 하였다면, 그 마지막 기회마저 없었을 거라는 사실에 그렇지 않을 수 있었던 안도감과 더불어 다양한 가능성에 대해 생각할 수 있게 되었다.

보고 싶어도 올 수 없는 보호자나 아파서 누워 있는데도 보호자들의 손길마저 느껴보지 못하는 환자들이 참 많이도 안쓰럽고 안타깝다. 사람의 생과 사가 함께하는 병원이라는 곳에서 중증 질환으로 입원해서 치료 후 회복되어 퇴원하는 사람들은 이 시간이 지나고 난 후에 가족들과 만나 이때의 일들에 대해 얘기를 나누겠지만, 그렇지 못한 분들도 많다.

여러 해 병원에서 근무하며 삶의 마지막을 맞이하는 분들을 많이 보았지만 코로나-19 환자들의 경우는 간호사로서 해 드릴 수 없는 많은 일들로 무력감이 들게 한다. 입원과 동시에 보호자와 헤어져 만나보지도 못하고 정말 마지막이 되어서야 1개의 방호벽 창문을 통해 마주하게 되고, 이마저도 자가격리 기간인 보호자에게는 허락되지 않는 그런 상황에서 누구에게도 위로를 할 수 없는 현실이 암담하기만 했다.

임종 전 한 환자의 가족들이 와서 유리창 너머 환자를 보며 오열하는 모습에 나 역시도 같이 울었다. 그분들에게 어떤 위로의 말도 할 수가 없어서, 가시는 길에 가족의 따뜻한 손길마저 한 번 느끼고 가지 못하는 현실이 슬펐다. 그 가족분들은 임종을 보고 집에 돌아가시며 마지막으로 "아프지 않게 옮겨주세요."라는 당부의 말을 남겼다. 이러한 상황에서는 떠나시는 길이 편안하고 외롭지 않기를 바라며 환자에게 부착된 장치들을 조심스럽게 정리하며 이것이 내가 할 수 있는 유일한 일이지만 이렇게라도 해 드릴 수 있음에 감사했다.

두 달여의 시간을 거치면서 점점 자가 호흡이 가능해지고 의식이 돌아와서 회복기에 접어드는 환자들이 있다. 길지 않은 시간 인공호흡기를 사용했다면 자가 호흡이 돌아와서 기관내삽관을 제거하고 자기 의사표현을 말로 하지만, 긴 시간 인공호흡기를 사용하였다면 기관절개술로 인해 자기 목소리를 내지 못하는 경우도 일어난다. 뭔가를 표현하려고 해도 소리가 나지 않아 입 모양, 눈빛, 손짓, 발짓 그리고 힘없는 손으로 갈겨 쓴 글씨들로 스무고개처럼 정답 맞추기를 한다. 딱 하고 알아들으면 좋겠지만 그럴 수 없는 것이 현실이다. 본인이 말하는 것을 못 알아들으면 짜증도 내고 화도 내시지만 알아들으면 기뻐하시는 모습에 어려운 시험에서 만점을 맞은 듯한 희열을 느끼게 된다.

여러 명의 환자들이 중환자실을 거쳐 갔다. 코로나-19라는 특수한 상황이기에 결과가 좋지 않은 경우에는 어떤 때보다 더 큰 의욕 저하와 우울감이 찾아왔고, 회복되어 중환자실에서 나가는 경우에는 누구보다 더 기뻐하기도 했다. 오늘도, 내일도 환자들은 아직 있을 것이고 이런 상황들이 언제 끝이 날지 모르지만 전보다 더 나아진 지금, 지금보다 더 나아질 내일이 되기를 바란다.

시간이 지난 어느 날이 되어 옛일을 회상하면 2020년 봄은 두려움과 공포심에 둘러싸여 피었는지도 모르고 떨어지는 꽃잎처럼 시작하였다고 기억할 것이다. 그러나 모두가 잘 견디고 참아내었기에 다시 희망과 안도감으로 충만한 평범한 일상으로 돌아올 수 있었다고 말하는 우리의 모습들을 볼 수 있을 것이다.

코로나 병동의 기억
_어둠을 헤치다

배은희

경북대학교병원 506 서병동 수간호사

2020년 2월 24일

　월요일 아침에 출근 후 얼마 지나지 않아 어느 환자의 입원 결정이 되었다는 연락을 받았다. 산소를 사용하는 신천지 교인으로 코로나 환자라는 것이 내가 들은 환자에 관한 모든 정보였다. 우리 병동에 지원 나온 간호사 두 명과 함께 레벨D 방호복을 착용한 후 음압카트를 끌고 환자가 타고 있는 앰뷸런스로 다가갔다. 아니나 다를까 환자는 산소농도를 최대로 한 산소마스크를 쓰고 있었다. 끙끙거리며 병실에 도착하였을 때 수축기 혈압이 80~90mmHg, 동맥혈 산소분압도는 70~80%(정상은 95%)대로 체크되었다. 지극히 상태가 심각한 환자였다.

　주치의는 가슴 X-선영상을 보고 폐 기능이 거의 없는 상태로 추정되었기에 임상적으로 생존할 가능성이 없다고 하였고, 보호자에게도 이 사실을 설명하였다. 보호자들은 오랜 시간 상의한 뒤 모든 연명치료를 거부하겠다는 의사를 밝혔다. 아직 의식이 명료한 이 환자를 보며 만약 이분이 코로나-19가 아닌 다인병실에 입원한 일반적인 환자였다면, 의료진과 보호자가 조그마한 가능성이라도 있다면서, 기적이 일어날 것이라는 믿음으로 포기하지 않았을 것이라는 생각이 들었다. 그냥 안타까운 마음뿐이다. 가족이 그런 선택을 했다는 걸 알 리가 없는 환자는 홀로 음압병실에 남겨졌고, 어떠한 방법이라도 생명 연장을 위한 치료는 포기하겠다는 가족들의 의사를 들었던 나는 환자 곁에서 2시간 동안 간호를 하다가 병실 밖으로 나왔다. 코로나-19 사태의 음압병동에서는 그냥 안타깝다며 발을 동동 구르고 싶은 일들이 너무나 많이 일어난다. 하루하루가 비극적인 단막극이니 이런저런 착잡한 생각이 많은 요즈음이다. 여기서 간호사로 일하는 것은 육체적으로도 어렵거니와, 감정적으로 완전히 방전되는 정신적 노동이다. 그러나 아직은 포기하고 싶지 않다. 내가 마주한 환자나 내 의욕까지도 악착같이 지킬 것이다. 포기할 수 없다.

우리 병동에서 마침내 첫 사망자가 발생했다. 코로나 환자의 사후 처치에는 6명의 인원이 달라붙어야 한다. 각 병동에서 우리 병동을 돕기 위해 간호사들을 파견해줘서 인력은 충분하지만, 이 사람들에게 감염에 대한 교육을 하면서 일을 해야만 했다. 집에 고위험군에 속하는 가족이 있는 간호사들은 코로나 환자가 입원을 시작한 이래 아직까지도 집으로 퇴근하지 못한다. 드디어 응급병동이 폐쇄되며 그 병동을 숙소로 사용하라는 지시가 내려왔다. 이젠 병원 내에서 먹고 자며 일을 할 수 있게 된 것이다.

2020년 3월 9일

7번째 사망 환자가 발생했다. 첫 사망자 이후 사망자 수는 계속 증가되고 있다. 만성 기저질환이 있거나 고령의 환자들이 사망 고위험군인 것을 알고 있었지만 최근 생각했던 것보다 사망하는 분들이 많다. 간호사들이 근무하는 중 거의 예외 없이 매일 사후 처치를 해야 하니 정신적으로 버티기가 더 힘들다.

코로나 사망 환자는 몸에 주렁주렁 달린 주사나 몸에 접착된 모니터용 테이프, 산소 및 소변 도관 등 온갖 부착물도 떼지 않고 바로 봉인하는 시신처리를 해야 하므로 고인에 대한 존중과 예의가 없는 것이 못내 마음이 아프다. 사망자는 바로 화장을 한다니, 가족들의 비통한 마음은 더할 것이다.

늘어나는 입원 환자들로 인하여 타 병동의 간호사가 추가로 파견되어 왔다. 3월 9일에는 간호사 63명, 수간호사 2명으로 코로나 격리병동을 운영하게 됐다.

2020년 3월 16일

11번째 사망 환자가 발생했다. 코로나-19 환자이기 때문에 임종 과정을 가족들이 옆에서 지켜볼 수 없다는 것은 언제나 안타깝다. 이미 보호자들이 생명이 멎을 순간에 심폐소생술이나 연명치료를 중단하겠다 하였지만, 옆에서 보는 간호사의 입장에선 더 이상 무엇도 해드릴 것 없이 바라보기만 하는 것이 마음 아프다. 임종과정에 있는 환자의 보호자에게 전화를 걸어 상황에 대해 설명한 후 하고 싶은 말씀을 전달하라며 환자 귀에다 핸드폰을 대어주었다. 의식이 없고 맥이 없어진 환자는 이미 아무 말도 들을 수 없다. 그러나 아내인 할머니가 그 환자가 들리도록 외치는 통화 내용이 내 귀에도 울려 퍼지니, 마음이 아팠고 눈물이 흐른다. 이 상황이 50년 이상을 같이한 노부부의 마지막 이별 의식이기 때문이다.

2020년 4월 10일

다인실에 입원 중인 환자 한 명이 가족과 통화 중 오늘이 자신의 생일이라는 얘기를 했단다. 가족들과의 면회도 허용되지 않는 이 음압병실에 한 달 가까이 격리되어 지냈으니 얼마나 답답할까… 하는 생각이 들었다. 우리 병동 간호사 한 사람이 개인의 돈으로 마련한 조그만 조각 케이크를 그 환자에게 생일 선물로 드렸다. 환자는 감동 받았다며 감사 인사를 표했고 그의 즐거워하는 모습을 보는 우리도 위안을 받았다. 마음이 훈훈했던 하루였다.

2020년 4월 17일

이xx 간호사는 2주의 자가격리 후 병동으로 복귀했었다. 대구에 코로나-19 첫 확진자가 나오던 2월 18일 근무 중에 마스크를 착용하지 않은 환자의 간호정보 조사를 하였다. 이 환자가 코로나-19로 확진되자 이 간호사는 밀접접촉자로 분류되어 2주일간 자가격리 조치되었다. 그날 퇴근 후 오랜 시간 동안 자동차에서 보내며 어떻게 자가격리를 해야 하는지 고민하다 친정으로 가서 2주일을 보냈단다. 당시 코로나 감염에 대한 공포심은 엄청났다.

이후 2주가 경과되며 격리기간이 끝난 3월 4일 병동으로 다시 복귀하였다. 그러나 코로나 병동 근무 간호사는 가족 내 감염을 우려하여, 집으로 퇴근하지 않고 대구시에서 마련해준 숙소에서 2개월 동안 생활했다. 그러던 중 두 달의 시간이 경과하였고, 코로나 검사에서 음성 결과를 확인한 후 휴가를 받아 그립던 집으로 갔다.

두 달 만에 엄마와 상봉한 6살 아들의 첫마디는 "엄마 뱃속에 이제 코로나 세균 없어요?"였다고 한다. 코로나 확진자가 대구에 처음 생겼을 무렵부터 지금까지 격리 생활을 했던 것은 아들을 코로나로부터 지켜주겠다는 마음에서 너무나도 철저하게 집에 가지 않았던 자신이 너무 속상하고 안타까웠다고 했다. 그동안 엄마를 보지 못해 얼마나 외롭고 무서웠을까 생각하니 아이에게 너무 미안했다. 함께 있는 며칠 동안 많이 안아주고 사랑한다고 말해 주었지만 다시 업무에 복귀하기 위해 집에서 나와 숙소로 쓰고 있는 호텔방에서 출퇴근하였다. 병동에서 그는 "아이에게 더 많이 사랑한다고 말해주지 못한 것 같아서 문득문득 눈물이 난다."고 했다.

2020년 4월 24일

2020년 1월 20일 아침 감염관리실에서 병동으로 전화가 왔었다. 그것은 코로나-19와의 전쟁이 시작될 것이라는 알림이었다. 그날 이후 발생하는 상황들은 생전 처음 겪는 일이라 당황스러웠다. 긴장되고 두렵기도 해서 처음엔 밥도 잘 못 먹었고 간호사들은 시간외근무를 많이 했다. 때로는 한밤중에도 불려 나오느라 잠도 자지 못했다.

간호사들이 사용할 물품 청구와 박스 정리하기에도 정신이 없을 지경이었다. 처음에는 방역 후드 물량에 여유가 있었음에도 나중에 더 필요할 때 사용하여야 하기 때문에 아껴두었는데, 이 때문에 동료들이 힘든 상황에서 너무 어렵게 지냈던 기억들이 나서 그때를 생각하면 지금도 가슴이 아프다. 당시에는 그야말로 하루하루가 전쟁 같은 날들의 연속이었음에도 서로서로를 격려해가며 또 서로의 건강상태를 염려하고 마음으로 챙겨가며 진한 동료애로 극복하였다.

서서히 시설과 장비들이 보충되고 인력이 충원되어가면서 체계가 잡혀갔다. 음압병동에 걸린 엄청난 과부하를 해결하기 위해 일반병동에서 갑자기 파견되어 온 간호사들 또한 얼마나 당황스러웠을까? 그런데 이들도 어느 순간부터 우리 병동식구들과 어울리며 협동하여 난제들을 해결해 갔고, 업무별 프로토콜을 만들어서 다른 병동이 코로나병동으로 개소할 때 교육 자료로 활용될 수 있게 했다.

코로나 병동의 간호사는 기본 간호와 환자별 전문 간호는 물론이고 식사, 양치, 배변, 개인위생, 일상생활 지원, 정서적 지지 등 간병인과 보호자 역할을 한다. 심지어 청소나 폐기물 처리, 화장실이 막히는 것까지 뚫어야 했다. 병동에서 간호사들은 모든 분야에서 못 할 일이 없었고, 시간이 경과해도 이런 일들을 도와주는 인력이 배치되는 것도 아니니, 간호사가 해야 할 역할들이 하나씩 추가되기만 했다.

첫 사망자가 생겨 사체 수습도 간호사의 몫이 되었을 때는 젊고 연약한 여성 4~6명이 무거운 남성 환자의 시신을 수습하고 옮기고 해야 된다는 사실에 눈물을 흘리기도 했다. 하지만 우리 병동의 간호사들은 오히려 그런 나에게 '괜찮아요, 잘 할 수 있어요.' 라는 눈빛을 보내며 위로해 주었다. 또 임종을 앞둔 환자와 가족들에게는 서로의 마음을 전달해주고 또 양쪽을 모두 위로해 주는 마지막 정서적 지지를 아끼지 않았다. 망자들이 편히 가실 수 있도록 환자와 가족들에게 최대한 심적 배려를 하였다.

이번 코로나-19를 겪으면서 우리 병동에서 있었던 일들을 정리한 간호사들의 기록을 읽어 보았다. 모두 저렇게 힘들었으면서도 국가 지정 감염병 입원치료병상 근무자로서 마땅히 해야 할 일이라며, 책임감과 사명감으로 각자의 역할에 최선을 다하고 있는 부서원들이 마냥 자랑스럽기만 하다. 예측하지 못한 일들이 많이 일어났기에, 일주일 간격으로 겨우 짰던 근무 번표마저도 수정하기가 일쑤였건만 어느 누구도 투정 한 번 하지 않았다.

특히 모두 건강하게 이 무시무시한 코로나 감염의 틈바구니 속에서 건강을 지켜가며 웃음을 잃지 않은 채 오늘도 음압병상을 꿋꿋하게 지키고 있다. 우리의 자랑스러운 코로나-19 전사 동료들의 모습에 감사할 따름이다.

당신들이 있어서 코로나-19가 종식되고 그저 평범한 일상으로 돌아갈 날도 머지않았으리라.

사랑합니다. 우리 병동 식구들.

어둠이 짙을수록
별은 더 빛난다

칠곡경북대학교병원 간호사 (공로연수 중)

1월 25일 (토) : 조용히 다가온 어두운 그림자

작년 12월 말에는 두 딸이 대만과 필리핀에 있었다. 그런데 필리핀의 화산폭발로 마닐라공항이 폐쇄되었기에 초조하게 기다린 적이 있다. 다행히 무사히 귀국하였지만 그 시기에 중국 우한에서는 신종 코로나가 계속 발생한다는 보도가 있었다.

2020년 경자년 음력 새해가 밝았다. 설을 쇠기 위해 방문한 가족들과 즐겁게 보내고 있을 때, 우리나라에서도 중국인 여성의 코로나-19 확진에 이어 한국인 첫 확진자가 발생했다는 방송이 나왔다. 아이들에게 마스크를 준비해 주고 개인위생에 대해 주의하라고 하였다. 우리와 관계없는 이웃나라 이야기라 생각했다. 그러나 어두운 그림자가 서서히 우리 곁으로 덮쳐오고 있었다.

2월 10일 (월) : 기생충 아카데미 4관왕

오전 내내 봉준호 감독의 기생충 아카데미 4관왕 시상식 중계를 지켜봤다. 우리나라 국민임이 자랑스러웠다. 짜빠구리와 '독도는 우리 땅'을 개사한 제시카 송을 부르며, 기생충 신드롬에 젖어들었다. 그리고는 5개월도 채 남지 않은 퇴직 전 공로휴가(안식년)를 보내기 위해 들뜬 마음으로 작고 큰 행사계획과 여행지를 조사하고 있었다.

우리나라의 코로나-19 환자는 27명이라는 보건복지부 중앙사고수습본부(중수본)의 정례브리핑을 보았다. 대부분이 외국을 다녀온 사람이란다. 아들과 여행에 대해 조사하던 것도 멈췄다. 도와주지는 못해도 남들에게 폐는 끼치지 않도록 주의 또 주의 해야겠다. 서울의 아이들에게 문자를 보냈다. 거기는 인구 초밀집 지역이니 손씻기, 마스크 끼기 잘 지키라고.

여기는 걱정하지 말라고. 대구는 청정지역이라며 안도했다.

2월 18일 (화) : 대구 31번 확진자

내일은 얼음이 녹아 물이 된다는 우수雨水지만, 어제는 눈발이 날렸고 오늘은 영하의 매서운 칼바람이 분다.

오전 10시 질병관리본부에서 코로나-19 31번째 확진자인 대구의 60대 여성을 발표했다. 대구의료원에 격리 입원된 그녀의 동선도 발표되었다. 신천지 신자 다수가 접촉자여서 이들에 대한 전수조사를 시행한다고 했다. 갑자기 두려움이 일었다.

확진자의 동선이 발표되자 여기저기 관련 있는 사람들의 안부와 가짜 소식까지 여러 내용의 문자들이 떠돌았다. 면역력을 올리는 방법, 방역의 기본수칙은 이렇게 해라 등 많은 문자가 날아왔다.

보건소에 근무하는 후배, 대구의료원 응급실에 근무하는 동기, 다른 의료인들의 피해는 없는지 걱정이 되었다. 저녁에 대구의료원의 동기로부터 연락이 왔다. 대구시의 연락을 받고 두 개의 병동을 비웠고, 확진자 33명을 한 병실에 한 명씩 입원시킬 예정이라고 했다. 서로의 안전을 걱정하며 불안한 밤을 보내야 했다.

2월 22일 (토) : 대구의 긴급 상황

21일 대구시 간호사회로부터 퇴직자와 유휴 간호사를 대상으로 자원봉사 요청 메시지가 왔다. 확진자는 84명이나 검사결과를 기다리는 사람과 검사 대기자 수를 보아 환자가 급증할 것이라 발표되었다. 지원자가 많이 있으리라 생각했으나, 아직은 심각성을 못 느꼈는지 서너 명만 지원했단다. 인력이 소진되는 것을 대비하여 단계적 인력 투입을 준비해야 한다는 것을 익히 알고 있는 터라, 지원자가 많다면 후발대로 지원할 생각이었다. 생각보다 적은 지원자로 맘이 급하고 혼란스런 생각이 들었다.

나의 작은 힘이나마 도움이 된다면 얼마나 좋은 일인가! 내가 먼저 지원 신청하고 주변에 함께 참여하자는 문자를 보냈다.

"이럴 때가 나이팅게일 정신을 발휘할 때가 아닌가 합니다. 누구나 이 상황이 두렵습니다. 그러나 우리는 소명을 지닌 직업인이고 굳은 의지와 원칙을 준수한다면 무사히 소임을 다하리라 봅니다. 많은 참여 부탁드립니다. 저는 이미 자원을 했고 곧 투입이 될 것 같습니다."

한편으론 두려움과 불안이 자리 잡고 있었다. 쫓기듯 살아온 35년 후 얻었던 7개월의 안식년은 달콤한 시간이었다. 이 달콤한 시간마저 갑자기 멈춰지는 것 같았다.

오늘 154명이 새로 확진되어 환자 수는 1,200명이 넘었다. 대구시는 패닉 상태에 이르렀다. 대구시는 대구의료원의 병상을 조정했고, 대구 동산병원의 코로나-19 병상도 확보되었다.

대구동산병원은 성서의 새 병원이 개원하여 이전 후 병상을 축소해서 운영하고 있었기에 방치된 병상을 유용하게 사용할 수 있었다. 처음에는 확진자 모두 음압병상이 있는 병원에 입원했으나, 환자 수가 급증하여 환자를 분류한 후 코호트 격리한다는 중앙대책본부의 발표가 있었다. 신천지 환자가 95% 넘게 입원하자 시민들은 신천지에 대한 감염병 예방 및 관리에 관한 긴급행정명령 조치를 요구하기 시작했다.

대구 시민들은 자발적으로 자가격리를 시작하게 되었다. 경북대학교병원에서 확진자 접촉으로 감염내과 의사와 88명의 의료인이 자가격리 중이라 하였다. 대구시의사회에서는 각종 의료물품 부족을 호소하였고, 우선 사비로 물품을 사서 의료봉사를 나왔다는 다급한 보도도 있었다.

대기하면서도 현장에서 사투를 벌이고 있는 후배들을 생각하니 답답하고 한편으로는 두려웠다. 틈만 있으면 코로나-19 실시간 상황판 앱을 들여다보았다.

긴장과 불안을 해소하기 위해 취미인 자수와 그림을 그려 봤지만 별 소용이 없었다. 저녁 무렵 조카의 결혼식을 취소한다며 시누이의 전화가 왔다. 축복받으며 결혼식을 올려야 했을 신랑 신부를 생각하니 마음이 무겁다. 안타깝다. 그들의 맘은 어떨까?

2월 27일 (목) : 봉사 전 교육

TV에는 온통 코로나-19 의료품 및 의료인 부족이라는 보도가 나오고 있다. 그러나 자원봉사 신청 후에도 보건복지부에 몇 번 전화했으나 계속 조금만 기다리란다. 그러다가 동산병원에서 봉사할 것 같다는 연락을 받았다.

모든 물품이 부족하므로 방호복 안에 입을 옷도 간단한 것으로 준비해 오라고 한다. 이게 무슨 상황? 정말 그런가? 안에 입을 특수 가운(수술복)이 모자라면 각 병원에서 약간의 파손된 물품을 수거해 공급하면 될 것 같은데…, 긴박한 상황이라 조율이 어렵겠구나 하는 생각이 들었다.

이날 늦은 시간에 근로복지공단 대구병원에서 봉사할 것이라는 통고를 받았다. 바로 그 병원으로 향했다. 완전히 봉쇄된 장소에 기거하지 않으면 안 되었기에 봉사기간 동안 남편은 서울로 장기 출장을 가고 집에서 혼자 지내기로 했다. 병원까지 데려다 주던 남편의 얼굴은 걱정 반 불안 반이었다. 마누라를 군에 입대시키는 기분이라며 애써 웃어주었다. 사실 남편이 먼저 나서서 지원에 대해 이야기했지만, 나의 뒷모습을 보며 남편도 맘이 착잡했으리라.

병원 입구에서 명부를 확인한 후 열을 재었다. 병원 로비에는 19명의 타 지역 간호사와 민간 간호사들이 모였다.

코로나-19에 대한 주의 사항과 관리에 대한 기본 매뉴얼을 포함한 기본적인 설명뿐만 아니라 필요한 브리핑도 없다. 레벨D 방호복, 보안경, N95 마스크 착용하는 방법만 1회 실습한 뒤 이어진 의사들의 교육일정에 쫓겨 다시 로비에 나와 기다렸다. 긴급하게 코로나 전담병원으로 지정되었기에 준비가 다소 미흡한 듯하다. 사상 초유의 사건에 모두 허둥지둥 정신없이 일을 하는 것 같다.

이럴수록 업무지침에 따라 긴급하게 컨트롤 타워를 만들어 가이드라인을 제시해야 하는데 아쉬움이 많다. 칠곡경북대병원에서는 2015년 메르스를 겪으며 규정과 매뉴얼을 만들고, 병원 방문문화 개선과 긴급대응에 대한 시뮬레이션을 여러 번 훈련한 경험이 있다.

병원은 다양한 직제들이 모여 근무하는 집단이다. 병원인증평가나 긴급사태가 발생할 때 간호파트가 이 모든 것을 맡았었다. 교육을 마치고 나올 무렵 모 신문 기자와 인터뷰를 하니 이제 시작되었구나 하는 생각이 들었다. 덜컥 겁이 났다. 아직 건강하나, 잘못해서 내가 코로나-19에 걸린다면 나이 들어 봉사한답시고 나와서 주변인과 가족들에게 피해를 줄 것 같아 걱정이 되었다.

'난 잘 할 수 있어.', '노장 간호사로 후배들에게 본보기가 되고 기본에 충실하며 최선을 다하자.', '어려운 이 시기에 나이팅게일의 정신으로 마땅히 해야 할 일이다.' 하고 다짐을 했다.

2월 29일 (토) : 첫 근무 날

아침 일찍 전날 일간지에 실린 나의 인터뷰에 대한 동료 수간호사들의 응원 메시지는 나를 더욱 단단하게 해주었다. 오래간만에 임상에 서본다는 기대감이 설레게 했다. 제대로 된 교육 없이 일을 시작하니 여간 불안한 게 아니다. 일찍 병원으로 향했다. 병원 건물 외곽에는 컨테이너들이 즐비했다. 어디가 어디인지 분간이 되지 않았다.

새벽 6시, 싸늘한 아침 공기는 턱이 떨릴 만큼 추웠다. 온풍기가 없는 탈의실 컨테이너 내부는 냉골 그 자체였다. 탈의실에는 특수 가운이 치수대로 정리가 되어 있고 새것으로 준비되어 있었다. 특수가운(수술복)과 의료인 보호 장비는 여유 있지는 않으나 2~3일 정도의 여유분이 있었다. 데이 근무는 7시, 이브닝 근무는 15시, 나이트 근무는 23시에 교대하고, 팀마다 두 조로 나뉘어 2시간 교대로 근무했다. 근무가 아닐 때는 휴게실에서 대기했다.

첫날 본 병원 간호사 1명과 자원봉사 간호사 2~3명, 조무사 1명이 한 조가 되어 근무를 시작했다.

방호복 입는 방법을 영상물로 반복 연습하였지만 방호복을 입는 순간 가슴이 답답하고 얼굴 전체를 짓누르는 듯 고통이 느껴졌다. 엉거주춤한 걸음과 어둔한 행동이 우주인이 달에 착륙해 무중력 상태로 걷는 것 같았다.

입, 출구가 구분되고 병원 전체 내부에는 최대한 오염을 막기 위해 두꺼운 비닐로 집기들을 씌워 차단하고 있었다. 엘리베이터도 확진자와 의료인 전용으로 다르게 지정되어 있다.

이 병원에는 200병상의 경중 코호트 환자가 입원하게 된다고 했다. 자가격리 중인 환자들이 관할 보건소로부터 연락을 받고 입원했다. 겸연쩍어하는 사람, 불만스러운 표정으로 툴툴거리는 사람, 미안함과 죄책감으로 눈시울이 붉어져 오는 사람, 무언가 쫓기듯 안절부절못하는 사람, 다양한 표정들이 배정된 병실로 속속 입실하게 되었다.

병실 생활 안내를 한 후 환의를 갈아입고 활력징후를 체크했다. 무증상자와 경미한 증상자, 고열과 설사를 동반한 환자, 폐렴 증상을 동반한 환자, 자가격리 때 증상이 있어도 입원이 어려워 고생했다는 환자도 있었다. 90% 이상이 젊은 환자들이다. 사회적으로 이슈가 된 집단감염이라 모두 어두운 표정으로 불안해하며 각자의 침상에서 꼼짝도 하지 않았다.

환자들과 직원 식사는 같은 1회용 도시락으로 배식되었고, 7가지 반찬이 제공된 발열도시락으로 국과 밥을 따뜻하게 먹을 수 있었다. 환자들에게는 외부와 단절되는 상황이라 간식과 과일이 추가로 제공되었다.

3월 2일 (월) : 시간이 지나도 익숙하지 않을 보호구

일간지에 "안식년 60세 간호사까지 대구의 부름에 달려갔다"는 나의 글이 1면을 장식했다며 남편이 연락해왔다. 아이들과 병원 동료들이 보내준 응원 메시지도 가슴을 따뜻하게 했다.

밤새도록 방호복을 입고 이리저리 돌아다니는 꿈을 꿨다. 자는 둥 마는 둥 하면서.

코로나-19에 관한 관리지침과 매뉴얼이 없는 상태에서 의료인의 감염 보호를 위해 환자와의 최소 접촉 원칙을 지켜 소극적 케어를 하도록 시스템이 마련되었다. 각 침상마다 스크린을 치고 환자들 간의 접촉을 최소화했다. 환자들은 마스크를 착용했고, 검사와 활력상태 측정 시만 복도 출입을 허용했다. 무증상자도 2주간 격리 후 검사결과 음성판정을 받아야 해제된다. 외부로부터 물품반입도 제한하게 된다.

코로나-19에서 환자복, 이불, 시트를 포함한 모든 물품은 폐기가 원칙이었으므로 입원 시 물품 반입을 최소화했다. 이러니 면도기,

샴푸, 생리대, 화장티슈, 속옷, 손세정제, 소독티슈, 치약, 칫솔, 스킨, 로션까지 제공하는 간호사실은 작은 슈퍼마켓이었다. 마스크는 하루 한 장씩 제공됐다.

우리는 최전선에서 흰 갑옷으로 무장한 채 코로나-19라는 적군과 맞섰다. 환자들에겐 흰 갑옷이 아니라 천사의 흰 날개로 느껴졌으리라 믿는다. 병실은 황량한 무인도에 갇혀 생존에 필요한 최소의 식량만 공중에서 받는 느낌이다. 활력징후를 측정할 때 복도로 나온 환자들은 입원 때와 달리 또래들과 떠들며 여행이나 MT 온 것 같은 표정이 된다.

활력징후와 흉부촬영, 진단검사 등을 체크할 때 환자들과 많이 대면하게 된다. 답답한 병실 생활을 위로하기 위해 대화를 해보니 "평소 아침식사를 안 했는데 여기서 바른생활을 하게 됐다."며 웃는 환자, "음식 맛은 좋고 병원 환경도 좋다. 그래도 하루빨리 나가고 싶다."는 환자. 모두 나의 아이들 또래다. 이들이 이 답답한 현실을 얼마나 인내할 수 있을까? 그들에게 심리적, 정신적, 전인간호를 할 수 없는 것이 너무 슬펐다.

휴게실에는 "숙소에서 자기 전 맥주를 마시지 않으면 잠을 들 수가 없다."는 간호사, 어느 누구는 코로나 현장에 간다고 하니 어린 아들이 "엄마 죽으러 가?"라고 했다며 애써 웃었고, 누구는 엄마가 보낸 커다란 과일바구니에 힘을 얻고 하루를 인내한다고 한다.

퇴근하여 보호경과 마스크에 의해 쓰리고 따가운 얼굴에 마스크팩을 하던 중 대구의료원에 근무하는 동료로부터 씁쓸한 문자를 받았다. 이브닝 근무 때 선별진료소를 통해 들어온 노숙자가 심폐소생술을 40분간 받았으나 사망했다고 한다. 소생술에 전력을 다했던 의료인들은 112 신고 후 코로나 검사 결과가 나올 때까지 모두 격리되었다고 했다. 당장 내일 아침근무를 나와야 하는 상황인데도 오도 가도 못한다. 코로나 검사도 기약 없이 밀렸고, 경찰서의 검안도 오지 않는단다. 의료인도 부족한데 이런 일로 계속 힘을 빼야 하니 정말 힘든 상황이라고 한다.

확진자가 하루 500명이 넘어가니 곳곳에서 힘들다며 휴대폰 문자가 울린다.

3월 3일 (화) : 허광한 동대구역

오늘은 비번이다. 현장근무 동문들의 문자방이 뜨겁다. 무방비 상황인 일차 접점 지역인 보건소, 응급실 등에 근무하는 간호사들은 힘든 심정을 이야기했다. 환자와 확진자들의 방역과 후송문제로 이리 뛰고 저리 뛰는 중인데, 폭주하는 시민들의 문의 전화에 늦게 대응하면 불평과 빈정대는 사람이 많다며, 업무를 어렵게 하는 일이 너무 많다고 했다.

증상이 있으면 선별진료소와 1339를 통해 검사받도록 안내하면 "당장 응급실로 갈 테니 검사해라.", "사람이 힘 드는데 어딜 자꾸 가서 하라고 하느냐." 등 긴급사태라 이해해 달라는 말에도 아랑곳하지 않고 자기 말만 하더니 다짜고짜 욕을 한다. 배로 늘어난 온갖 업무들로 몸과 마음이 만신창이가 되며 종일 여러 곳을 뛰어 다닌다고 호소했다.

나는 어린 시절 묵호읍(현재 동해시)에서 자랐다. 1969년 그해 여름방학 때 콜레라의 유행으로 학교 격리실에 집단격리 되었고, 개학은 연기되었던 기억이 있다. 모든 주민들이 동사무소 앞에 줄을 서서 콜레라 예방 접종을 받았었다.

오후 TV에선 대구시 정례브리핑이 있었다. 6곳의 생활치료센터를 확보했고, 3천 베드의 입원실을 목표로 추진하고 있다고 한다. 다소 숨통이 트일 수 있을 것 같다.

자원봉사 시작 시점에 남편은 서울로 출장을 떠나고 내가 집에서 출퇴근하며 반려견 두 마리를 돌봤다. 남편이 대구에서 업무를 보고 바로 서울로 떠난다며 그때 촬영한 동대구역 모습을 보내왔다, 눈물이 났다. 허광하다는 말밖에. 코로나 토네이도가 굉장한 위력으로 휩쓸고 간 듯하다.

오후에 세월호 가족과 학생들의 정신치료를 담당했던 정 교수께서 〈감염병 진료 참여 의료진을 위한 마음건강 지침〉 자료를 보내주었다. 감사를 전하고, 충분한 휴식과 기초체력에 도움이 되도록 각종 영양제를 복용하며 내일을 준비한다.

3월 4일 (수) : 어둠이 짙을수록 별은 더 빛난다

하루 휴무를 하고 출근해 보니 새로운 시설물이 보였다. 직접 부서장에게 의견을 제시했던 내용이 반영되어 상황실용 컨테이너가 마련되었다.

근로복지공단 대구병원도 코로나-19 전문병원으로 결정한다는 지시가 하달되고, 48시간 만에 제반시스템을 구축하느라 모든 직원들은 휴일도 없이 혼신의 노력을 다해서 제반시설을 갖추었으나 그래도 부족한 것이 많아 힘들었으리라 본다. 간호사 선배로, 젊은 간호사에게는 엄마 같은 마음으로 현 상황의 어려움과 고충을 들어주고 의견을 나누기도 했다. 의료진의 소진에 대한 지지와 노고에 대한 응원을 위해 모든 국민들이 동참해 줄 것을 지속해서 언론을 통해 홍보를 했다.

어린 후배 간호사들은 힘들다는 소리도 없이 서로를 격려하며 일하고 있다. 2월 28일경 입원할 때부터 폐렴 증상을 호소하였던 환자 두 명은 산소와 수액 요법을 시행하다 집중적 관리를 위해 대학병원으로 전원 갔다. 빈 병상에는 대기 중이던 환자가 바로 입원했다.

95% 이상 환자가 특정 종교집단에 의해 감염된 상황이라 어떤 환자는 조금만이라도 다가오면 좋으련만 스스로가 차단한 채 마주치지 않으려고 경계한다. 우울지수가 높다고 생각될 때 환자들 심리적 변화를 사정하고 이야기도 들어보면서 공감해 줘야 한다. 그런데 환자 자신도 스스로가 외면하고, 감염노출 기회를 최소화하는 간호사들도 적극적 대응을 하지 못하게 된다.

같은 또래들이 입원한 병실의 어린 환자들, 꽃 같은 나이에 누가 날 볼세라 큰 눈망울을 굴리며 경계하고 두려워하던 모습은 온데간데없고, 서로 어깨를 맞대고 웃으며 병원생활에 적응하는 것 같았다.

레벨D 세트를 입는 것도 20분 정도 소요되는데 안경을 쓰는 나는 보안경이 여간 성가신 게 아니다. 귀 언저리는 헐듯이 따가운데…. 마스크가 맞지 않아 머리에 지끈지끈한 두통이 발생했다. 이 괴로움도 잠시, 환자들을 만나 밤새 안부를 묻거나 관리에 대한 교육도 하고 병동생활을 이야기하다 보니 어느새 교대시간이 다가왔다.

3월 5일 (목) : 15년 만에 밤근무

15년 만에 밤근무를 처음 하는 날이다. 간호사는 밤근무가 힘들어 대다수 이직한다.

나 역시 20년 가까이 밤근무를 했었기에 그다지 내키지 않지만 이런 상황에 무엇인들 못 하겠는가? 오늘도 안경 때문에 보안경에 서리가 끼어 앞이 안 보이고 보안경과 안경다리가 맞닿은 부분의 통증으로 귀 안쪽까지 욱신거렸다. 마스크 안에 이산화탄소가 차서 졸음과 두통도 왔다.

환자들은 모두 소등하고 간호사실은 주변의 적막을 깨뜨리지 않으려고 조용하게 자판을 두드리며 새로운 전달사항과 오더를 정리하고 있다. 아침부터 복용할 약들을 정리하고 소독티슈로 주변을 청소했다. 간호사실은 유리막으로 단절되어 있어 병실 복도에서 소리를 쳐도 거의 들리지 않는다.

조금 열린 출입문 사이로 서걱서걱 방호복을 스치는 교대자들의 발걸음이 들렸다. 밤근무를 같이 하던 P 간호사는 간간히 숨소리가 거칠어지고 힘들어 하더니 인수인계를 마치자마자 급히 뛰어 나갔다. 속이 메스껍고 구토가 난다고 했다. 부랴부랴 탈의하는 모습이 너무도 안쓰럽다. 끝나려면 멀었는데, 그동안 잘 견딜 수 있으면 좋겠다.

레벨D 세트를 제거하는 컨테이너 박스 탈의실도 출입구 문이 양쪽으로 뻥 뚫린 상태다. 매서운 맞바람만 치는 컨테이너 안은 냉동고 속에 들어가는 느낌이다. 한밤중인 이 시간에는 쌓여 있는 폐기물 박스 하나 수거해 줄 인력이 없다.

오염된 방호복 세트가 널브러져 있는 이곳에서 턱이 부딪히는 추위를 참으며 착의할 때보다 탈의할 때 신중을 기해야 한다. 몇 배나 주의를 기울이며 한 겹 한 겹 벗을 때마다 부디 오염되지 않도록 기도하는 맘이 들었다.

간밤엔 꽃샘추위로 대구 기온이 영하로 내려갔다.

대기실에서 방호복을 입을 수 있는 착의실까지 100m 정도 거리와 반대편 탈의실에서 대기실까지 150m 거리를 반팔 수술복만 입고 전력질주해서 뛰어야 할 정도로 온몸에 뼛속까지 찬 기운이 들어왔다. 왠지 이 느낌이 슬펐다. 이제 제발 멈추어 달라고, 허공을 보며 외치고 싶었다.

초밀접접촉자인 우리는 격리되어 있는 환자 이상으로 방호복 속에서, 병실에서 세상 속으로부터 격리된 상태에서 안간힘을 쓰며 따뜻한 희망의 봄을 기다린다.

3월 6일 (금) : 훗날 이 시간을 되돌아 본다면

컨테이너 옆 벚나무에 꽃들이 만개해 있다.

밤사이 이뤄지는 업무는 환자와의 접촉을 최소화하면서 이루어지기에 매우 단순하며, 환자 병실은 모두 자느라 고요하다. 더 이상 진행되지 않고 빠른 완치로 생활에 복귀했으면 하는 바람과 확진자가 더 이상 생기지 말아야 할 텐데… 하는 바람뿐이다. 우리가 끄는 의자 소리와 서로가 내뿜는 숨소리만이 적막을 깨트린다.

답답함과 추위와 싸우며 두 시간마다 오고가는 대기 중간에 잠시의 쪽잠은 이 모든 것에서 잠시 해방되는 시간이다.

모든 상황을 기억할 수가 없어 환자들이 모두 잠든 시간에 일기를 적어보려고 했으나 많은 어려움이 있다. 기록하려 해도 쓴 내용을 반출할 수 있는 방법이 없다. 병동에는 의료인 개인 소지품 반입이 안 된다. 휴대폰은 생각할 수도 없고, 종이를 이용하면 오염물질로 폐기해야 한다. 또한 공공병원인 이 병원은 일반 인터넷 접속은 통제되어 있어 메일조차 보낼 수가 없도록 되어있다. 환자들과 의사소통용으로 사용하는 휴대폰 한 대만이 유일한 인터넷 정보를 얻을 수 있는 통로이다. 병동으로 들어오게 되면 외부세계와는 모든 것이 단절된다.

오늘도 여러 곳에서 후원품이 들어왔다. 많은 응원 메시지가 오고 초등 친구들도 특산물인 기정떡과 함께 응원 메시지를 보내왔다. 친구들아 고맙다, 노장은 죽지 않았다!

엄마가 간호사라서 보냈다는 두 자매의 예쁜 후원품, 어린이집 교직원들의 응원 메시지와 성의 가득한 후원품, 그 외 곳곳에서 보내준 성원들…. 먼 훗날 이 시간을 돌이키면 대한민국 국민 모두가 한마음 되어 이 시간을 견뎌낸 또 다른 역사로 기록되겠지.

3월 7일 (토) : 자양분인 국민들의 지지와 응원

둘째 딸은 오랜 시간 동안 함께한 반려견을 보려고 대구에 자주 왔었다. 대구와의 간접적 차단으로 방문이 어렵게 되고 회사에서도 대구 방문을 통제한다. 두 딸들은 대구는 못 가지만 엄마를 응원하며 일간지에 소개되는 내용을 포스팅해서 보내주었다.

안부를 묻던 아이들이 인스타그램에 엄마 이야기가 많이 조회되어 오히려 걱정된다는 연락이 왔다. 혹시 나쁜 댓글로 엄마에게 상처를 입힐까, 순수한 생각에 참여한 봉사가 변질될까 조심된다며 아이들은 걱정하였다.

생각의 차이겠지만 자신들의 안위와 목숨을 뒷전으로 하는 자원봉사는 아무나 하는 것이 아니다. 물론 원래의 취지와 목적과 다르게 언론 쪽으로 많이 나와 오히려 부끄럽고 부담되지만 우리나라를 세계가 지켜보는 상황에 의료인의 실태를 보도해야 할 의무가 있고, 젊은 간호사들이 힘든 보호구에 의지한 채 환자와 초 밀착된 지역에서 힘들게 사투를 벌이고 있다고 알리는 것도 나의 의무라고 생각한다.

모 일간지에서 편집해 올린 인스타그램 내용에는 조회 수가 5만 6천이 넘었고 댓글에 응원 메시지도 2만이 넘었다. 국민들의 많은 지지와 응원 메시지가 적혀있다. 응원 메시지를 읽으며 나도 눈물이 났다. 국민들이 우리 의료인들을 위해 함께하셨고 많은 응원을 보내고 있다는 걸…. 너무나 감사합니다.

3월 9일 (월) : 꽃이 피어서 봄이 오는 것일까, 봄이 와서 꽃이 피는 걸까?

일요일인 어제는 모처럼 낮에 여유를 부리며 반려견들과 드라이브를 나갔다.

차창 밖 멀리서 보이는 금호강 둑에는 큰개불알풀꽃과 별꽃이 푸르고 하얗게 얼굴을 내밀고, 코로나-19로 위축된 도시라는 상상을 할 수 없을 만큼 사회적 거리두기를 실천하며 시민들은 봄을 만끽하고 있었다.

오늘은 오후 근무를 했다. 몇 명의 증상 없는 환자들은 코로나 확인 검사를 했다. 어떤 환자는 왜 나는 그 검사에 해당되지 않느냐고 호소한다. 답답한 병실 생활이 힘 드는지 목소리가 우울하다. 그저 간호사는 힘든 환자들의 말만 들어 줄 수밖에…. 힘든 시간 서로가 잘 견뎌냅시다.

"수고 했습니다.", "몸 관리 잘 하세요."라는 퇴원 인사를 나누는 날이 곧 오겠지.

3월 12일 (목) : 한 달 같았던 2주

입원 후 2주가 지나니 몇 명의 환자들은 검사 후 퇴원을 하게 되었다. 어제 입원한 70대 할머니는 사소한 일에도 간호사들의 손길이 필요하다. 산소마스크를 쓰고 있어서 검사하거나 화장실에 갈 때도 힘든 상황이다. 간호사들의 잦은 방문에 "자꾸 오게 해서 미안하다.", "내가 아무것도 몰라서 자꾸 물어봐야 돼." 하시며 계면쩍어 하신다.

그러면 "어르신, 격리 생활이 힘들고 어려워도 아무쪼록 잘 지내시고 잘 드셔야 얼른 집에 갈 수 있습니다. 힘들고 불편하면 언제든지 연락하세요."라며 위로한다.

왠지 맘이 아팠다. 보호자도 간병인도 없이 혼자서 모든 걸 처리하고 간간히 간호사들의 손을 빌리는 수밖에 없는 사정이다 보니 오죽 답답하실까. 오늘도 2명의 환자가 퇴원했다. 퇴원한 뒤 텅 빈 침상을 보면서 생각한다. '대기 중인 또 다른 환자가 오겠지…' 라고.

11일 어제는 131명, 오늘은 73명 확진자가 발생하였다. 오늘은 다소 소강되었으나 얼마나 또 걸어가야 할까? 고지는 어디쯤일까? 이젠 여기도 체계가 잡혀 처음 불안했던 맘들이 다소 완화가 되어

시스템으로 움직여 가고 있다. 그러나 얼마 전 개시한 생활치료센터에는 임상경험이 부족한 인력들이 배치되어 많은 혼선이 있다고 한다.

간호 인력난은 하루 이틀 일이 아니다. 특히 훈련된 간호 인력이 터무니없이 부족한 이유는 임금 격차와 일할 수 있는 기반 부족 등을 들 수 있다. 언론에서는 세계적인 팬데믹 선언으로 전 세계가 바이러스와의 전쟁이 시작되었다고 한다. 과연 다른 나라에는 의료진 수급이 원활할까?

우리나라도 이 시점에서는 파견 및 자원봉사자들의 경력을 파악하여 적절하게 배치할 수 있도록 인력 재배치가 필요한 것 같다. 치료센터에도 무증상 또는 경미한 확진자들을 코호트 격리하는 방식이므로 절차와 매뉴얼을 갖추고 제대로 된 지휘체계를 갖추어야 할 것이다.

이젠 보호경과 마스크를 쓸 때 요령이 생겨 메디폼 또는 밴드를 이용하여 덧대어 사용하니 훨씬 견디기가 수월해졌다. 하루 근무에도 계속된 교대로 봉사한 날이 2주가 지났지만 한 달을 보낸 것 같다.

3월 18일 (수) : 등 뒤로 비치는 아침 햇살

일주일 동안 많은 변화가 있었다. 2주간씩 교대로 파견해서 오는 봉사자들은 각자의 근무처로 돌아가고 새로운 파견자들이 투입되었다. 나를 비롯한 몇 명의 민간 지원자들은 4주간의 봉사를 하는 터라 다음 주 25일까지 봉사로 마무리가 된다.

며칠 전 입원할 때부터 고열과 답답함을 호소하던 72세 할머니는 폐렴 증상이 진행되어 대학병원으로 전원을 가시게 되었다. 짐정리를 도와주려고 했으나 "내 혼자 다 할 수 있구만.", "안 거들어줘도 돼요."라며 증상이 진행되는 상황을 외면하듯이 더 씩씩하게 보이려는 모습에 가슴이 찡하다. 이동식 산소를 사용하면서 앰뷸런스를 타는 순간 빤히 쳐다보시며 "애만 먹이고 간다." 하시며 걱정 가득한 모습이다.

"그 병원 가셔도 간호사들이 잘해 드릴 겁니다."

"너무 걱정 마시고 얼른 나으셔서 아드님 기다리는 집으로 빨리 돌아가셔야지요."

퇴원해서 가신다면 맘이 홀가분할 건데 무서울 만큼 전신에 하얀 보호구를 두른 사람들이 할머니를 배웅하고 마중하니 할머니 마음은 어떠할까? 남들이 기피하는 전염병으로 입원하게 되어 돌봐주는 가족도 곁에 둘 수가 없는 상황에 미안함과 두려움으로 쳐다보시며 앰뷸런스에 오르셨다.

새로운 환자 두 분은 병실이 없어 자가격리 중 고열과 전신통, 호흡곤란이 동반되어 불안한 날들을 보내다 입원하게 되었다며 두려움과 안도의 표정을 짓는다.

다인실에서도 각자의 제한된 공간 안에서 활동해야 하는 코호트 격리 생활은 매우 힘들고 답답한 일상이다. 그러나 환자들은 입원을 하게 되면 병원이라는 곳이 본인들을 지켜줄 것이라는 믿음으로 인내하며 병실생활을 시작한다.

대구 확진자 46명. 정말 정신없이 앞도 안 보일 만큼 마구 쏟아지던 소낙비도 다소 소강되어가고, 입원한 환자들은 2주가 되니 음성 판정을 받고 다수가 퇴원하게 되었다.

오늘 경산시 생활치료센터는 문을 닫았고, 그곳에서 의료봉사를 자원했던 분들도 대기가 해제되었다. 평범한 일상으로 돌아가기엔 좀 더 시간이 필요하겠지만 일상의 생활로 돌아가기 전 이 시간의 교훈을 생각해 본다. 두려움과 암흑 같은 지난 시간들, 어떤 어려움과 부족함이 있어도 덮어주고 이해하면서, 우리는 스스로가 암묵적인 규칙을 만들고 잘 유지했다.

컨테이너 생활도 점점 익숙해지고 있다. 아직 아침과 밤이 되면 허허벌판에 착의와 탈의하는 곳을 오가며 추위와 싸운다. 이 부근에는 숙박업소가 많이 없어 모텔 같은 곳을 내 집 삼아 지내는 간호사들, 뿐만 아니라 대구병원 재활치료 선생님들도 병원 입구 통제를 위해 밤낮없이 방호복에 의지한 채 교대근무를 하고 있다. 힘든 상황을 의지하듯 누구인지 알지는 못해도 서로 만나면 인사를 나누며 눈빛으로 보듬어 주고 있다.

나는 평상시 정돈된 모습이 아니면 타인들 앞에 나서지도 않았다. 하지만 이제는 얼굴이 짓눌리고 엉클어진 머리를 해도 그것이 자랑스럽다. 방호복이 바뀌고 장갑 컬러가 바뀌어도 그것이 새로운 패션인 양 스타일을 이야기한다.

밤새 답답했던 방호복을 벗어놓고 오늘도 자기 암시로 소임을 다했다고, 그리고 내일도 최선을 다하겠다고 다짐해 본다. 먼동이 트며 아침 햇살이 등 뒤를 내리쬐고 있다.

3월 19일 (목) : 어깨 펴고, 힘 좀 줍시다

휴게실은 오늘도 어김없이 전국에서 보내온 응원 메시지와 후원

품으로 가득하고 신선한 공기를 흡입하도록 배려한 항균 청정기가 돌아가고 있다.

예쁜 후배 간호사들과 허리를 펼 휴게시간에 잠시나마 쪽잠을 청해도 되련만 엄마 같은 대선배가 이 상황에 자기들과 똑같은 업무를 수행하며 후배들과 동참한다는 걸 자랑스러워한다.

간호사의 위상과 참 간호에 대한 대화를 나누며 이 시간을 잘 헤쳐가리라 다짐했다. 간밤에도 바람으로 추위와 싸우며 보호구 탈의실을 오고갔다. 방호복을 입고 자유롭지 못하게 어기적어기적 걷는 모습이 꼭 우주인 같다.

가로등 불빛은 컨테이너 박스가 우주기지의 촌락인 양 훤히 비추고 병원 내부의 형광등 불빛은 24시간 코로나-19와 사투를 벌이는 환자와 간호사들을 비추고 있다. 초창기엔 특정 종교집단의 환자들이 대부분이었으나 이젠 일반 확진자와 소집단에서 발생된 확진자들도 입원했다.

방역당국의 행정 체계에 급한 결정 사항이 생겼으나 유연성 있게 따라주지 못한 경우가 발생했다. 한 사람의 감염으로 가족들이 감염되어 35세 엄마가 먼저 입원하고, 뒤늦게 어린 아들이 확진판정을 받았으나 동반 입원이 되지 않아 행정적 절차를 기다리며 애타는 엄마의 맘이 시리고 안쓰럽다.

또한 이 상황을 받아들이기 힘들어하며 우울증 모드로 감정의 기복을 호소하는 환자도 있다. 이 사태는 누구에게나 상처를 남긴다. 감염자나 비감염자나 모두 코로나-19 바이러스 앞에 피해자일 뿐이다.

3월 21일 (토) : 축하상 없는 시어머님 생신날

음력으로 날짜를 세어보니 오늘이 시어머님 생신이다.

결혼한 후 한 번도 축하를 거른 적이 없었는데 너무 죄송하다는 말밖에 할 수가 없었다. 여든이 넘으신 노인 혼자 스스로 자가격리를 하며 답답한 아파트에 갇혀, 오가는 이 없는 베란다 밖만 보고 계시겠지.

이브닝근무로 늦은 시간에 전화를 드렸을 때 섭섭한 맘이 묻어나는 목소리로 이제껏 살면서 이런 난리는 처음이라며 불안해하셨다. 마스크는 있는지, 부족한 생필품이나 먹거리는 없는지 여쭈어볼 때 어머님은 그저 걱정 말라고 하시며, "너나 조심하그라.", "자랑스럽지만 걱정이 되니 빨리 마쳤으면 좋겠구만." 하신다. 평상시 다정한 말투가 아니시던 분이 맏며느리가 무척 걱정이 되시나 보다.

3월 25일 (수) : 봄은 반드시 오기에 우리들은 이 추운 겨울을 견딜 수 있다

근로복지공단 대구병원 4주간의 의료봉사를 마치는 날이다. 점차적으로 입원하는 환자 수보다 퇴원하는 환자 수가 늘어나고 있다. 낮과 밤을 망라하고 수시로 울리는 앰뷸런스 소리가 시민들의 맘을 불안하게 하였고, 문 밖을 나서기가 두렵던 2~3주 전과는 다르게 앰뷸런스 소리도 점차 잦아들게 되었다.

온가족이 모두 감염이 되었던 환자들도 퇴원을 하고, 3주간 입원하며 간절하게 음성 결과를 기다리던 환자들은 감사와 응원의 손편지와 함께 퇴원을 했다. 요양병원 집단감염으로 확진받은 환자는 고열이 동반되고 산소포화도가 떨어지는 폐렴 증상으로, 모든 걸

내려놓은 듯 우울한 상태였으나 병실생활에 조금씩 적응하기 시작했다.

30대 초반 훤칠한 키와 수려한 외모인 남자환자는 평상시 편도선염으로 고생한 적이 많다고 했다. 현실을 받아들이기 힘든지 도전적인 말투였으나 지속적인 바이러스의 괴롭힘으로 동전 크기의 구내염과 39도 이상의 고열이 오르락내리락하는 힘든 병마와 싸우는 모습이 너무도 애처로웠다. 감염병이 아니라면 사랑하는 가족이 옆에서 간병해 주었을 것을….

고열이 동반되기 전 전구증상인 심한 오한으로 괴로워했다. 따뜻한 물이라도 마시게 해 주었으면 좋겠다고 생각했다. 그러나 냉온수를 제공할 수 있는 냉온수기나 전기주전자도 마련되어 있지 않다. 이런 사소한 것마저도 환자를 위한 것이 없었고 예상되는 일들을 조금 더 세밀하게 갖추지 못한 우리들의 잘못된 준비에 미안한 맘이 들었다. 봉사가 끝날 이 시점에 이런 문제점이 보였다니, 자신을 질타해 본다. 봉사하는 곳에선 주도적으로 이런 역할을 할 수 없어 못내 아쉬움이 많다.

전 세계적인 유행병 전투에 앞장서 고생하는 후배들과 함께한 시간들이 나의 인생에선 너무 큰 교훈과 선물을 안겨주었다. 죽음이라는 공포 앞에서도 다른 간호사도 하는데 나 하나라도 동참해서 이 어려움을 함께하겠다는 예쁘고 사랑스런 후배 간호사들, 언제나 맘 한구석에는 동참하리라 생각하다 늦게라도 참여하게 되었다는 나와 비슷한 연배의 간호사와 함께 하였다. 늦게 조무사자격증을 딴 어머니와 함께 온 새내기 간호사는 중국 우한에서 유학 중인 동생을 생각해 함께 자원봉사로 나섰다고 한다. 모두 자랑스러운 동료들이었다.

처음 업무를 하며 행정상의 혼선으로 갈등이 많았던 일들도 있었다. 아직까지 부족하고 아쉬움이 많지만 이제는 간호부 이외 임직원들은 병실 내 화장실 청소와 샤워실 청소 등을 정기적으로 분담하여 간호 일손을 덜어 주었고, 필요 물품 관리와 후원품 관리, 방역 담당 등 각자 분장된 일들을 이젠 숙달되어 원활하게 운영하고 있다.

대구는 많은 지자체의 협조와 타 지역에서 온 자원봉사 의료진들로 조금씩 햇살이 보이고 있다. 그러나 여전히 다른 집단감염이 생기지는 않았을까, 매일 아침 통계를 보면서 안도와 걱정을 반복한다. 타 지역에도 더 이상 확산되지 않기를 바랄 뿐이다.

전 세계적 팬데믹 현상에 우리 시민들과 국민들은 코로나-19 지침을 만들어가는 중요한 역할에 앞장서고 있다. 미국과 일본에 있는 친구들이 처음엔 나를 걱정하느라 안부와 응원의 메시지가 있었지만 3월 둘째 주가 지나면서 이런 걱정과 안부는 내가 친구들에게 전해야 할 상황이다. 언어가 통하지 않는 먼 나라도 우리나라가 안정이 된다면 돕고 싶은 심정이다.

오늘로 1차 투입된 민간 자원봉사자들 몇 명은 소임을 다하고 봉사를 마무리한다. 이제는 남은 직원들이 이 상황이 마무리될 때까지 답답한 보호구 속에서 가족들과 떨어져 지내야 한다. 간호사도 사람이고 이 상황이 두렵다. 시간이 갈수록 얼굴에 영광의 상처가 남고 무서운 적군들이 눈앞에 서성거려도 오로지 이 시간이 지나가길 바라면서 가족들을 그리며 굳건하게 버티고 있다.

자랑스러운 코로나-19 전사들은 엄마가 만들어 주는 김치찌개와 된장찌개가 생각나고, 맛있는 삼겹살을 구워먹고 싶고, 친구들과 노닥이면서 맥주 한잔 마시며 봄나들이를 하고 싶다며 소망을 이야기한다.

　간호사들이 배우고자 하는 열망은 어떤 직업군보다 높다. 논리적인 사고와 판단력 또한 뛰어난 집단이지만, 코로나-19에 감염된 환자를 돌볼 때는 일반인들이 상상할 수 없을 정도로 많은 일들을 소화해낸다.

　우리는 신이 내려준 돌봄의 천사들이고 전문직업인이다. 그 소명을 다하려고 오늘도 코로나-19와 싸우며 하루를 보낸다. 어려운 시기에는 누구보다 앞장서는 자랑스러운 대한의 역군들이다.

　내가 이곳에서 지낸 기간 동안 국민들이 보내준 후원품과 응원의 메시지로 힘을 얻었다. 근로복지공단 대구병원 직원들과 51병동 식구들, 아직도 병상에서 힘들어 하는 환자분들, 한 편의 역사를 만들며 소임을 다할 수 있도록 배려해 준 남편과 사랑스런 아이들. 모두 파이팅! 우리는 할 수 있다!

　계절은 봄을 맞이하지만 우리들 맘엔 아직은 폭풍한설이다.

　그러나 봄은 반드시 오기에 우리들은 이 추운 겨울을 견딜 수 있었다.

(근로복지공단 대구병원, 2월 27일~3월 25일까지 자원봉사)

중환자실의
봄

이용훈

경북대학교 의과대학 조교수, 중환자의학

2월 중순까지 코로나-19라는 것은 딴 나라 이야기 같았다. 대구에서 나고 자란 대구 토박이로서, 그냥 아무 이유도 없이 대구는 재난 청정지역이라고 생각했었다. 하지만, 2월 말 대구에 첫 확진자가 나왔다는 소식이 있자마자, 이내 코로나 환자들이 경북대학교병원으로 이송되기 시작했다.

내가 근무하는 내과계 중환자실은 총 9병상인데, 메르스 사태를 겪은 이후 이 중에서 3병상은 음압 격리시설로 갖추어졌다. 코로나-19의 높은 전염력으로 인해, 기존의 일반 중환자들 중 비교적 안정된 환자들은 최대한 다른 병원으로 보냈고, 여의치 않은 분들은 본원 내 다른 중환자실로 이동시킨 뒤 모두 코로나 중환자만 받기 시작했다.

나는 이번에 난생처음 방호복이라는 것을 입어 보았는데, 생각보다 많이 힘들었다. 레벨D 방호복에 N95 마스크, 덧신, 고글, 장갑 등 챙겨야 할 게 많고, 방호복 차림으로 음압구역에 들어가면 일단 덥고, 답답하고, 고글에 습기가 차면 잘 안 보이므로 매우 불편하다. 음압실에서 나오기 전 방호복을 벗을 때 또한 감염이 되지 않도록 수시로 손 소독을 해야 하고 탈의하는 순서를 챙기는 게 번거롭다. 평소 버튼 몇 번 누르면 되는 간단한 인공호흡기 조작에도, 코로나 중환자를 볼 때는 그때마다 방호복을 입고 들어갔다가 나오는 수고를 추가로 해야 했다.

대구 시내에 환자가 급증하면서, 자연히 중환자 수도 늘었다. 기존 코로나 중환자 3병상으로는 감당이 안 되니, 단계적으로 총 12병상으로 확장하였다. 방호복 차림으로 중환자를 돌보는 것은 평소에 비해 2~3배 정도 더 체력이 소모되는 것 같다. 밤낮 가리지 않고 이곳으로 환자가 들어오니 늦은 밤에도 병원 나오는 일이 잦았고, 그만큼 가족과 시간을 못 보내게 되어 체력적으로나, 심적으로나 힘들었다.

하지만, 의료진도 고생이지만, 환자 본인과 그 보호자들의 고충은 이루 말할 수 없다. 코로나 특성상 보호자 면회가 완전히 차단되어, 언제 어떻게 될지 모르는 상황에서 직접 곁에서 얼굴을 볼 수 없다는 것이 참으로 안타까운 일이다. 그나마 의식이 있는 환자는 휴대폰으로 가족과 소통할 수 있었지만, 인공호흡기를 다는 등 더 위중한 상태에서는 환자와 보호자사이는 단절되는 셈이었다.

사망 이후의 절차도 평소와 달랐다. 감염 위험을 차단하기 위해 환자에게 들어가 있던 각종 주사 바늘, 도관 등은 빼지 않고 그대로 비닐로 감싼 다음 소독을 여러 번 반복하면서 포 같은 것으로 환자를 여러 번 감싸서 음압 카트를 통해 중환자실을 빠져 나갔다. 그 이후 바로 화장되는 절차를 밟는다고 들었는데, 가족들과 얼굴 한 번 제대로 못 보고 세상을 떠난다는 사실은 경험하면 할수록 안타깝고 씁쓸하였다.

　코로나 중환자가 모두 안 좋은 결과만 있는 것은 아니다. 상대적으로 젊고, 만성질환이 없던 환자들은 인공호흡기까지 쓸 정도로 위중했다가도, 차츰 회복해서 호흡기 이탈 후 일반병실로 가는 경우가 꽤 있었다. 환자는 기력이 없는 상태고, 의료진은 방호복을 입은 특수한 상황이라 원활하게 대화하기는 힘들지만, 간간히 일반병실로 이동하면서 "고맙습니다."라고 인사하는 환자들이 있다. 고된 일상에서도 보람을 느낄 수 있는 순간이었다.

　코로나 중환자 급증으로 바쁜 나날을 보내면서 한 달 정도 지났을 무렵, 60세의 한 환자가 코로나 치료를 위해 음압 일반병실에 있던 중 상태가 악화되어 중환자실로 내려왔다. 가슴 X-선 검사상 폐렴이 진행되는 양상이었고, 코를 통해 고유량 산소가 투여되고 있었다. 병동에서 작성된 초진 기록에는 직업이 의사라고 돼 있었다. 중환자실로 이동된 후 환자 상태를 보니, 당장 인공호흡기가 필요한 정도는 아니어서 병동에서 하던 치료를 유지하며 경과를 관찰하기로 했다.

　그 환자는 몸 상태에 비해 힘들다는 내색 없이 생각보다 차분하였다. 담당의로서 향후 인공호흡기를 달아야 할지도 모른다는 설명을 하였으나, 어떻게 보면 나쁜 소식이고 불안감을 느낄 만도 한데 전혀 동요하지 않고 잘 알겠다고 하였다. 나중에 제3자를 통해 알게 된 사실이지만, 환자는 경북대병원 내과 의국 선배이자, 의과대학 선배였다. 까마득한 후배이지만 부담을 주기 싫으셨는지, 나에게는 전혀 불편한 티를 내지 않으셨다.

환자분에게는 힘내시고, 좋아질 거라고 긍정적인 이야기를 해 드렸으나, 속으로는 걱정이 좀 됐다. 최대한 생명 유지를 위한 보존적 치료를 열심히 하면서, 자연적으로 치유되는 데까지 시간을 버는 것 이외에 코로나-19 자체에 효과가 입증된 치료제가 없기 때문이다.

하루 이틀 중환자실에 있는 동안 서서히 폐렴이 악화됐고, 호흡수가 빨라지기 시작했다. 잠깐 말을 하거나, 식사를 하는 정도의 활동에도 호흡수가 빠르고 산소포화도가 떨어졌다. 환자분 피검사 결과 중에 당화혈색소 수치가 11이 넘을 정도로 높았기에, "당뇨 조절이 잘 안 되는 것 같다."고 말씀드리니, 웃으면서 농담조로 "이번에 스트레스를 너무 많이 받아서 그런 거 같다."라고 하셨다. 오랫동안 내과 의원을 운영하면서 수많은 환자들의 당뇨 조절을 하셨을 텐데, 정작 본인의 당뇨 조절은 잘 안 됐다는 것이 아이러니하였다. 인공호흡기를 달던 날, 환자분에게 최선을 다하겠으나, 사망에 이를 수도 있다고 설명하였다. 잘 알겠다고 하시면서 해보고 안 되면 어쩔 수 없는 거 아니냐며 전혀 동요하지 않고 여유로운 자세를 보이셨다. 인공호흡기를 달면 자기 호흡을 억제하기 위해 진정제로 마취상태를 유지하니 더 이상 대화가 불가하다.

인공호흡기 적용 후 경과는 서서히 호전되는 듯하였고, 1주 정도 지나서는 진정제를 줄여보기 시작했다. 하지만 기계 호흡 시작 9일 정도 됐을 때, 갑자기 혈압이 불안정해지고, 부정맥이 생기면서 가슴 X-선 사진이 다시 나빠졌다. 투여하는 산소 농도를 최대한으로 올려줘도 적절한 혈중 산소 분압이 유지되지 않았다.

이 상황이 심야에 일어난 일이라 나도 당직의 선생의 연락을 받고 병원에 나왔고, 흉부외과에 의뢰하여 체외막산소요법(ECMO, 에크모)을 시작하게 됐다. 다음 날, 환자의 경과와 갑작스런 심전도 변화 등을 순환기내과 교수들과 상의하였더니, 심근경색의 가능성이 높다고 하여 응급 심혈관 조영술을 하기로 하였다.

심혈관 촬영실은 중환자실보다 한 층 아래에 있어서, 환자를 음압카트에 올리고, 동시에 에크모가 돌아가는 상태로 계속 끌고 가야 한다. 어떻게 보면 내려갔다 다시 돌아오는 것 자체가 아주 위험하기 때문에 선생님의 부인에게 전화를 드렸다. 현재의 위급한 상황과 함께 급사도 가능한 나쁜 예후에 대해 설명하였다. 전화기 너머로 가족들이 걱정하는 분위기는 느껴졌으나, 부인도 환자분과 비슷하게 불안해하시거나 동요하지는 않았다. 오히려 조용한 톤으로 의료진에게 고생하신다며 격려를 해주셨다. 최선을 다해서 치료하고 있으니, 환자분이 무사히 중환자실을 나가셨으면 좋겠다는 생각이 간절해지며 나의 긴장감도 점차 심해졌다.

심혈관 조영술로 왔다 갔다 하는 데는 여러 명의 인력이 필요했다. 감염의 우려로 미리 움직이는 동선을 생각해 놓고 청원 경찰분들이 다른 환자나 보호자의 이동을 통제하도록 했다. 음압이동 카트는 방호복을 입은 의료진 4명이 붙어서 천천히 이동하였다. 순환기내과 교수의 설명으로는 심장 혈관이 좁아진 부위가 여러 곳인데 최대한 스텐트를 넣고, 풍선확장술을 하긴 했으나, 혈관 상태가 나쁜 부분이 워낙 많아서 다 해결할 수는 없었다고 하셨다.

우여곡절 끝에 심장 혈관 시술을 마치고 중환자실로 다시 올라왔는데, 안타깝게도 이후 경과는 좋지 않았다. 이후 에크모를 포함한 중환자실에서 할 수 있는 모든 치료를 다 하였으나, 2일 정도 지난 아침 시간에 사망 선언을 하게 됐다. 개인적으로 지금까지 경험한 코로나 중환자 중에서 정신적으로나 체력적으로나 가장 힘들었던 환자였다. 혼신의 노력을 다했으나, 결국 돌아가시게 되니 허탈감, 무력감이 며칠간 지속되었다.

2020년 2월부터 시작된 대구에서의 코로나-19 유행이 워낙 강력했던 면도 있으나, 감염병 환자를 치료할 수 있는 의료 인력이나 자원 인프라가 다소 부족했고, 급조된 면이 있던 것은 사실이다. 중환자실 담당의는 업무 강도가 세고 출퇴근도 자유롭지 못하여 지원자가 드문 것은 어제오늘 일이 아니다. 병원 경영자의 입장에서도 중환자실 병상을 운영하면 할수록 적자가 심해진다는 사실은 익히 알려져 있다. 이번 코로나 사태가 마무리되면, 중환자실 의료 인력이나 시설들을 대폭 충원하여 향후 신종 감염병의 침입이 일어난다 하더라도 더 많은 환자를 살릴 수 있는 기반이 마련되어야 한다.

4월 말인 요즘은 신규 환자 발생도 많이 줄었고, 대구 시내 거리도 차츰 활기를 되찾는 느낌이 든다. 경북대병원으로 오는 신규 코로나 환자도 뜸해지고 있다. 하지만, 중환자실에는 여전히 못 나가고 있는 환자들이 몇몇 있다. 중환자실에 가장 오래 재원 중인 한 명은 코로나 폐렴 합병증으로 폐 섬유화 후유증이 남았고, 오랜 침상생활로 기력이 떨어져 의식은 있으나, 자발호흡이 어려워서 인공호흡기에 의존하고 있다. 쉽지 않겠지만, 열심히 치료해서 환자가 바깥의 봄기운도 느끼고 두 달째 못 보는 가족과의 만남도 가질 수 있기를 기대해 본다.

그리고 아직 경계를 풀 순간은 아니지만 모두 일상으로 돌아갈 준비도 필요한 시점이다. 지금까지 코로나와의 싸움에서 같이 분투했던 동료들에게는 감사를, 지금도 혼신의 힘을 다하여 병마와 싸우는 중환자실의 환자들에게는 희망을 드린다. 모두 힘내시라.

아울러 삶의 최후 순간까지 담대하셨던 고 허영구 선배님의 명복을 빈다.

코로나-19 검사실이
오염이라구요?

김성호
영남대학교병원 병원장

 2020년 3월 19일 정오경에 중앙방역대책본부(중대본)로부터 팩스가 한 장 날아왔다. 영남대병원 검사실에 긴급 정도관리가 필요하다며 코로나-19 검사를 잠정 중단하라는 행정지도 명령이었다.

 오후 2시 중대본의 언론 브리핑도 뒤따랐다. 본 병원에 폐렴으로 입원 중 사망했던 17세 고등학생 환자의 도말검체에서 코로나-19 바이러스 음성이 나왔고, 병원 검사실에 바이러스 오염이 의심된다는 내용이었다. 사망한 학생의 부검은 필요하지 않다는 설명까지 추가되어 있었다.

 허탈하였다. 모두 의기소침하였다. 우리 병원의 검사실에서 시행한 코로나-19 검사들을 믿을 수 없으니 앞으로 중지하라는 명령이었다. 그동안 약 한 달가량 새벽부터 심야까지 코로나-19 비상상황실을 지휘하며 바이러스와의 전쟁을 치러왔는데, 같이 싸워 온 동료 직원들의 사기가 걱정이 되었다. 괜히 일을 만든 것 같다면서 미안해하시는 진단검사의학과 과장과 팀장에게 힘내라고 말하고, 지금까지 정신없이 달려 왔으니 휴식이 딱 필요한 시점이라고 했다.

이 황당한 상황에 대해 부서장과 임상과장들 사이에 열린 SNS대화방을 통해 설명하고, 힘들어하는 진단검사팀을 격려해 줄 것을 부탁했다.

3월 13일 저녁에 발열을 동반한 17세 폐렴 환자가 응급실에 도착하였는데, 환자 상태가 좋지 않다는 보고를 받았다. 다음 날 아침 호흡기내과 C 교수로부터 ECMO(체외순환 막형 산화요법)가 필요한데, 우리 병원에서 보유한 4대는 모두 사용 중이라 긴급히 빌려 달라는 요청을 받았다. 대구 시내 병원에는 여유 분이 남아있지 않았다. 포항의 세명기독병원에 ECMO 장비가 있다는 정보를 듣고 H 원장께 전화를 드렸더니 흔쾌히 허락하셨다. 총무팀을 급파하고, 진행 상황을 수시로 보고받으면서 긴급 수송 작전을 펴서 ECMO를 달았지만 상태는 걷잡을 수가 없었다.

치료팀은 코로나-19 폐렴 가능성이 가장 높지만 세균성, 진균성 등의 원인에 대해서도 가능성을 열어 놓고 치료를 해보았지만 반응이 없다고 했다. 이 어린 환자는 꼭 살려 보자고 감염내과, 호흡기내과, 소아청소년과, 응급의학과 교수들을 독려하였다. 그러나, 사이토카인 스톰이 발생한 것으로 추정되었고, 다발성 장기 부전으로 진행되어 안타깝게도 3월 18일 오전에 세상을 달리하였다.

오전 진료를 마치고 상황실로 돌아오니 사망 사실에 대한 보고와 확진 검사상 가능성은 낮으나 약간 애매한 부분이 있어 코로나-19 바이러스 진단은 '미결정'으로 판독하고 질본에 검사 자료와 검체를 보내 중대본의 결정을 기다리기로 하였다는 보고가 왔다. 소년의 사망진단서상 사망원인이 코로나 폐렴으로 발부된 사실과 사체 부검을 권유하였으나 일부 유족의 반대가 있다는 등의 보고도 받았다. 사망진단서를 발부한 주치의에게는 질병관리본부의 최종 양성 판결 전에는 사망원인이 '코로나-19 폐렴'으로 발부되면 안 되니 최종 판결 전에 사용할 일이 있으면 우선은 '폐렴'으로 고쳐 발급하라고 했다. 질본의 최종 판결 통고를 받은 후에 필요하다면 사망원인을 수정하는 것이 옳다고 정정을 권유하였고 그 사실을 유족에게도 설명하였다.

3월 20일 오후 중대본에서 검사실 실사팀이 와서 검사실에 대한 정도관리 및 오염 여부, 기존 검사의 오류 여부 등을 조사하였다. 조사단이 3시간 이상 조사하는 동안 조사단장과 별도로 만나 사태 진행에 대해 강력 항의하였다. 자발적으로 결정을 요청한 것을 요청자의 의견은 물어 보지도 않고 수사 발표하듯이 일방적으로 발표한 점, 그리고 이어서 강압적으로 내려진 검사 중지 명령은 향후 의료기관의 문의나 의학적인 토의가 위축될 수 있음을 이야기하였다.

본 병원이 보낸 검체 결과 확인에 수일이 걸린다고 답변한 후 이렇게 바로 다음 날에 전격 발표하고 부검도 불필요하다고 확정적으로 발표하면 그 판정의 정확성과 저의에 대해 많은 오해와 억측이 발생할 수 있음을 강력하게 제기하였다.

코로나와의 전쟁 중인 부대의 바이러스 검사에 대하여 면밀하게 조사한 후 심각한 문제가 있다고 판정되면 검사 중단을 요구하여야지, 언론에 검사 중지부터 공표하면 지금까지 이러한 검사를 시행해온 수많은 의료기관에 대한 국민들의 불신이 발생할 뿐 아니라, 물론 우리나라 의학적 검사 전체도 신뢰할 수 없다는 결론으로 귀결된다는 점을 제기하였다.

　또 지금처럼 비상상황에서 갑작스런 검사 중지 통고로 진료에 차질이 발생한다는 문제점 등을 지적하였다. 한편으로는 그 시간에 질병관리본부장이 기자회견에서 전날의 발표가 영남대병원 검사실 전체의 문제가 아니며, 오염이라는 용어의 의미는 일반인들의 생각과는 다른 검사실 용어라는 수습성 해명이 진행되고 있었다.

　3월 21일 오후 2시 중대본의 최종 조사발표가 있었다. 일부 일시적인 오염이 있으나 사소한 문제로 바로 교정이 가능하고, 기존의 검사에 문제가 없으며, 검사실의 신뢰도는 높다는 발표였다. 검사실의 짧은 휴식은 끝났다. 휴식은 짧았지만 내게는 결코 짧지 않은 시간이었다. 수많은 언론의 전화 인터뷰 요청 및 사망진단서와 관련된 억측성 보도, 우리 병원 결과는 양성이었으나 중대본은 음성이라는 오보에 대한 해명, 억울한 것을 표출하라는 요구, 격려 전화와 문자 등 정신이 없었다.

　우리는 코로나와 전쟁 중이며, 다른 생각하지 않고 더욱 심기일전하여 지금처럼 주적 코로나와만 싸우겠다고 선언하였다. 바이러스 검사실 오염 소동을 겪으면서, 병원과 근무자들은 온탕과 냉탕을 왔다 갔다 하였다. 그러면서 아직도 지루한 참호전투를 하고 있다.

　그렇다. 아직도 우리는 매우 작아서 현미경으로도 보이지 않고, 단순하지만 매우 영리하고, 예측을 할 수가 없게 진화하며, 살아 있는 세포 내에서 증식을 하는 바이러스와 전쟁 중이다. 아직 적에 대해 모르는 것이 너무 많다. 확진 검사에서 양성과 음성이 교대로 나오기도 하고, 수차례 음성이 나오다가 양성이 나오기도 하며, 완치되었다가 다시 양성이 나오기도 하며, 임상 증상과 영상이 일치하지 않기도 하며, 무증상부터 급격히 진행해 사망하기도 하는 다양한 증상을 보이는 적이다.

이번 코로나-19 검사실 소동에서 많은 것을 배웠다. 의학은 소중한 생명이 걸린 과학이다. 인간의 일이나, 실수가 생기지 않도록 최선을 다하는 수밖에 없다는 점을 실감했다.

이 또한
지나가리라

이성구

대구시의사회 회장

2020년 2월 24일 밤 12시가 넘었지만 나는 혼자서 서재에 앉아 있었다. 여러 생각으로 마음이 몹시 무겁고 불편하였다. 어두운 창밖을 보니 바람이 불고 간간히 비가 내리고 있었다.

2월 18일에 대구에서 처음으로 31번 코로나 환자가 진단된 후 환자는 급증하였다. 하루 100명 이상의 환자가 발생하고 있었다. 선별검사소에는 불안에 휩싸인 사람들이 몰려들었고 코로나 환자들이 응급실로 몰리는 바람에 대형병원 응급실이 계속 폐쇄되고 있었다. 메르스 때 정해진 감염병 관리수칙에 따라 환자와 접촉한 의사, 간호사 등 의료진들의 격리가 이어졌다. 메르스 때는 대구에서 환자가 1명만 발생하였기에 이번에도 설마했던 대구가 코로나-19에 전격적인 기습을 당한 셈이었다.

급격히 늘어난 환자를 입원시킬 병상이 태부족이었지만 다행히 계명대동산병원이 새로 개원한 이후 일정 부분이 비어있던 시내의 대구 동산병원에 여유 병실이 있었다. 21일 대구의료원과 대구 동산병원이 코로나 전담 격리병원으로 지정되어서 급격하게 증가하던 환자들에게 입원실을 제공하기 시작했다.

그러나 급격하게 늘어나는 검사를 감당하기 위하여 선별검사소를 늘려야 했지만 이곳을 담당할 의료 인력이 없었다. 복지부와 대구시에서는 대구시의사회에서 의사들을 좀 보내달라고 계속 요청을 하였다. 답답했다. 친하게 지내는 몇몇 의사에게 연락하여 함께 봉사 좀 하자 했지만 그것으로는 턱없이 부족했다. 무엇인가 획기적인 돌파구가 필요했다.

2월 23일, 나는 일요일 동산병원 격리병동에 제일 먼저 들어가기로 결심하였다. 대구시의사회장이 코로나 격리병동에 먼저 들어감으로써 의사들의 봉사에 작은 물꼬라도 터주고 싶은 마음이었다. 2월 24일 내가 근무하는 병원에 출근하여 열흘 정도 출근하지 못할 것에 대비한 준비를 하고, 의사회 사무처 임직원들에게 자리를 비우는 그 기간 동안 해야 할 사항들을 지시하였다. 24일 저녁, 집에 와서 생각을 해보니 현재의 어려움과 다가올 엄청난 일들이 머리에 계속 떠올라 잠을 이룰 수가 없었다.

깊은 밤에 비 내리는 창밖을 하염없이 바라보자니 누가 나의 마음을 알아주나 하는 마음이 가슴에 파고들었다. 문득 고운 최치원 선생의 '추야우중秋夜雨中'이란 시가 생각이 났다.

추야유고음(秋夜唯苦吟) 가을밤에 괴로이 읊나니
세로소지음(世路少知音) 세상에 나의 마음 아는 이 적구나
창외삼경우(窓外三更雨) 창밖에 밤비는 내리는데

등전만리심(燈前萬里心) 등불 앞에서 만 리를 달리는 마음

시인의 마음이 천 년의 시간을 격하여 나의 마음에 절절이 와닿았다. 한참을 그렇게 앉아 있자니 한 가지 생각이 떠올랐다.

지금 대구에는 코로나-19라는 큰불이 났다. 불은 번지는데 불을 꺼야 할 의사들은 부족하다. 아니 부족하다기 보다는 의사들은 어디에서 불이 났으며 어디가 위험한지, 지금 무엇을 해야 할지 모르고 있겠다는 생각이 들었다. 나는 의사회장으로 현재의 상황을 잘 알고 있으며 그 심각성 또한 잘 파악하고 있으니, 우선 이 위급한 상황을 의사회 회원들에게 널리 알리고 모두가 합심하여 이 불을 끄자고 권유해야겠다는 생각이 들었다. 이 위급한 의료재난 사태를 의사 회원들에게 잘 알리기만 한다면, 적어도 100명의 의사들은 달려오지 않겠나 하는 생각이 들었다. 도산 안창호 선생도 '진리는 반드시 따르는 자가 있고 정의는 반드시 이루어지는 날이 있다.'고 하지 않았나.

현재의 상태를 알리고 5700여 명의 대구시 의사들에게 이 어려움에 동참해 달라는 호소문을 써서 문자를 보내기로 결심하였다. 생각을 정리하여 글을 다 쓰고 나니 새벽이 가까워졌다. 아침이 되어 가까운 임원들과 의견을 나누고 내가 격리병동에 들어가는 10시경 문자로 보내달라고 이야기해 두었다.

25일 비가 많이 내리는 날, 나는 대구동산병원으로 출근하여 의사회장으로서가 아니라 자원봉사 나온 의사로서 다른 자원봉사자들과 똑같이 일과를 시작하였다. 그날 아침 업무에 대한 오리엔테이션을 받고 상황실에서 전화로 병실에 있는 환자들의 상태를 파악하여 처방을 하였다. 오후에는 레벨D 방호복을 입고 3시간여 격리 병동에 들어갔다 나오니 많은 전화가 와 있었다. 어떻게 하여 대구 회원들에게만 보낸 그 호소문이 SNS를 타고 전국으로 퍼져 나간 것 같았고 여러 언론사에서도 연락해 왔다.

의사회 사무실에 연락해보니 하루 사이 60명이 넘는 의사들이 자원봉사 참여 의사를 밝혀왔고 현재도 계속 연락이 온다고 하여 조금 안심은 되었다. 자원봉사 신청한 분들을 의료 인력이 필요한 현장에 배치하는 업무도 지시하고 책임자도 임명하였다. 때마침 메르스 사태때 강남구 보건소장이었던 대학동기도 달려오고 신경외과 원장 한 분도 자기 병원 문을 닫고 와서 두 분에게 어디에 어떤 인력이 필요한지 현장조사와 봉사를 해달라고 부탁하였다.

이렇게 하여 나와 의사회의 봉사가 시작되었다. 자원봉사에 참여한 의사는 대구에만 327명 전국에서 45명 도합 372명이 봉사에 참여하여 한 푼의 보수도 받지 않고 지금까지 일하고 있다. 의사회에 등록하지 않고 자발적으로 참여한 사람들은 다 파악하지도 못하였다.

이분들을 생각하면 그저 고마울 뿐이다. 환자는 계속 늘어나 2월 29일에는 하루 741명이 진단되어 2500명이 넘는 환자들이 입원을 못 하고 집에 격리되었다. 이들의 건강상태와 심리상태를 파악하여 위험한 환자를 선별하는 일이 중요한 과제로 떠올랐다. 이때 160여 명에 달하는 의사들이 전화상담 자원봉사를 신청하여, 한 명당 매일 20명 정도의 환자에 대한 전화 주치의로서 상담과 재가 환자의 효율적 관리에 크게 기여하기도 했다. 갑자기 닥친 재난적 질병사태를 맞아 여러 분야에서 고생한 이야기를 다 적자면 끝이 없을 정도이다. 그러나 의사와 간호사를 비롯한 의료진, 복지부와 시청을 비롯한 공무원, 방역팀, 119구급대, 경찰 등 여러 분야의 사람들이 서로 위로하고 협조하며 일해 온 것은 한 편의 서사시였다. 나는 동산병원 격리병동에서 일주일을 근무한 후 1, 2생활치료센터에서 며칠 더 봉사한 뒤 복귀하였고, 이제는 주말이나 필요한 경우에만 봉사 현장을 다니고 있다.

그동안 평범한 의사로 살아왔지만 대구의 사정이 워낙 급하고 의사회의 여러 가지 활동이 알려지다 보니 이래저래 몇 차례 언론에 나오기도 하였고, 많은 사람들로부터 분에 넘치는 격려를 받기도 하였다. 대구시의사회로도 전국에서 방호물품과 격려물품, 성금 등이 답지하여 모두를 놀라게 하였다. 이틀 전 대구 확진자가 '0'이 되어서 모두들 서로 축하해주며 기뻐하였다. 유시유종有始有終이니 이 또한 끝이 있을 것이다.

길가에 화려하게 피어나는 봄꽃들을 보며 속히 이 사태가 마무리되길 빌어본다. 먼 훗날 2020년의 봄을 생각하면 힘들었지만 내 삶의 가장 뜨거웠던 시절로 기억될 것이다. 모두가 가장 힘들어할 때 많은 이들이 내게 물었다. 힘들어하는 이들에게 무슨 말을 해주고 싶냐고. 나는 늘 이렇게 말하곤 했다.

'이 또한 지나가리라'

※ 아래는 2020년 2월 25일 대구시의사회 이성구 회장의 담화이다.

존경하는 5700 의사 동료 여러분!
지금 대구는 유사 이래 엄청난 의료재난 사태를 맞고 있습니다.

코로나-19 감염자의 숫자가 1000명에 육박하고, 대구에서만 매일 100여 명의 환자가 추가로 발생하고 있습니다.

우리의 사랑하는 부모, 형제, 자녀들은 공포에 휩싸였고 경제는 마비되고 도심은 점점 텅 빈 유령도시가 되어가고 있습니다. 생명이 위독한 중환자를 보아야 하는 응급실은 폐쇄되고 병을 진단하는 선별검사소에는 불안에 휩싸인 시민들이 넘쳐납니다. 의료 인력은 턱없이 모자라 신속한 진단조차 어렵고, 심지어 확진된 환자들조차 병실이 없어 입원치료 대신 자가격리를 하고 있는 실정입니다.

사랑하는 의사 동료 여러분!

우리 대구의 형제자매들은 공포와 불안에 어찌할 바를 모르고 의사들만 초조하게 바라보고 있습니다.

응급실과 보건소 선별진료소에는 우리의 선후배 동료들이 업무에 지쳐 쓰러지거나 치료 과정에 환자와 접촉하여 하나둘씩 격리되고 있습니다. 환자는 넘쳐나지만 의사들의 일손은 턱없이 모자랍니다. 권영진 시장은 눈물로써 의사들의 동참과 도움을 호소하고 있고, 국방업무에 매진해야 할 군의관들과 공중보건의까지 대구를 돕기 위해 달려오고 있습니다.

존경하는 의사 동료 여러분!

저도 의사 동료 여러분들도 일반 시민들과 똑같이 두렵고 불안하기는 매한가지입니다. 그러나 대구는 우리의 사랑하는 부모형제 자녀가 매일매일을 살아내는 삶의 터전입니다.

그 터전이 엄청난 의료재난 사태를 맞았습니다.

우리 대구의 5700 의사들이 앞서서 질병과의 힘든 싸움에서 최전선의 전사로 분연히 일어섭시다. 우리 모두 생명을 존중하는 히포크라테스 선서의 선후배 형제로서 우리를 믿고 의지하는 사랑하는 시민들을 위해 소명을 다합시다.

먼저 응급실이건, 격리병원이건 각자 자기 전선에서 불퇴전의 용기로 한 명의 생명이라도 더 구하기 위해 끝까지 싸웁시다.

지금 바로 선별진료소로, 대구의료원으로, 격리병원으로 그리고 응급실로 와주십시오. 방역 당국은 더 많은 의료진을 구하기 위해 지금 발을 동동 구르며 사력을 다하고 있습니다.

일과를 마치신 의사 동료 여러분들도 선별진료소로, 격리병동으로 달려와 주십시오. 할 일이 너무 많습니다.

지금 바로 저와 의사회로 지원 신청을 해주십시오.

이 위기에 단 한 푼의 대가, 한마디의 칭찬도 바라지 말고 피와 땀과 눈물로 시민들을 구합시다. 우리 대구를 구합시다.

사랑하는 의사 동료 여러분!

어려울 때 친구가 진정한 친구요 어려울 때 노력이 빛을 발합니다. 지금 바로 신청해 주시고 달려와 주십시오.

제가 앞장서겠습니다.

제가 먼저 제일 위험하고 힘든 일 하겠습니다.

사랑하는 동료 여러분들의 열화와 같은 성원을 기다립니다.

감사합니다.

대구광역시의사회장 이성구

언젠가는

정명희

대구의료원 소아청소년과장, 대구시의사회 정책이사

하늘이 잔뜩 내려앉아 있다. 한산한 거리, 푸른 가지 위에 새하얀 눈이 내려앉은 것 같다. 그새 이팝꽃이 피어났다. 자연의 시계는 어김이 없다. 희로애락에 휘둘리며 사는 사이에 찬바람을 뚫는 햇살도, 돋아나는 새순도, 연분홍 꽃잎도 느끼지 못하고 우리 곁을 떠나갔다. 근 두어 달 동안 코로나-19로 가슴 졸여 온 날들이다. 이젠 확진자 숫자가 훌쩍 줄어 천만다행이라고 여기며 잠시 눈을 감고 기억을 더듬어 본다.

2월 18일, 보건소에서 보내온 환자가 심상치 않았다. 선별진료소에서 검체를 채취하고 음압병동으로 보냈던 이야기를 들을 때만 해도 설마 음성이겠지 여겼다. 하지만 그런 기대는 여지없이 무너졌다. 그 환자가 청정지역으로 통했던 대구의 첫 코로나-19 확진자로 언론의 주목을 받는 신세가 될 줄이야. 확진자 발생 소식에 쿵! 소리가 들리는 듯하고 뒷골이 당겨지는 것 같았다. 방금 달리기를 마친 듯 숨이 가쁜데 전화벨이 울렸다. 청정지역 대구도 뚫렸다는 것이었다. 대구가 신문에 오르내린 지 벌써 달이 두 번 이지러지고 다시 차올랐다.

선별진료소

파도에 휩쓸리듯 몰려온 환자를 진료하기 위해 24시간씩 돌아가게 당번을 짰다. 입원환자도 봐야 하고 퇴원도 처리해야 하고 외래에다 회의에다 몸과 마음이 정신없이 바빴다. 화장실 가고 허기를 메우는 시간을 제외하고 끊임없이 밀려드는 선별진료소의 대기자를 닥치는 대로 진료해야만 했다. N95 마스크를 하고 고글을 쓰고 전신을 감싸는 우주복 같은 방호복을 입고 덧신을 끼우고 끝까지 올려 종아리에 묶고서 장갑 두 벌을 낀 손으로 선별진료소에서 정신없이 컴퓨터 자판을 두드려대었다. 손은 땀에 젖은 채 불어나 손가락이 저렸다. 어느 정도 정리되어 가는가 싶어 창밖을 내다보면 끝도 없이 이어지는 대기자의 줄과 마주해야만 했다. 그 모습에 그만 머리가 어질어질하고 저 깊은 속에서 울컥 올라오는 것에 절로 눈물이 났다. 차라리 영화의 한 장면이라면 얼마나 좋을까. 좀비 영화를 보고 있는 듯한 현실이 도무지 믿기지 않아 꼬집어보기도 하였다.

이슥한 밤, 뭐라도 좀 먹어야 할 시각인데 몸이 굳어 말을 듣지 않는다. 머리도 깨질 듯이 아파 온다. 잠시 머리를 식히려고 밖에 나서니 기다림에 지친 눈동자들이 전신을 따라다닌다. 입김이 하얗게 피어나는 2월, 매화 송이는 나무에 앙증맞게 매달려 정원 가로등에 평화로운 그림자를 드리운다. 그 나무 그늘에는 오만 가지 격정 가득한 얼굴들이 서서 동트는 시각까지도 아랑곳하지 않고 자리를 메운다. 그렇게 많은 사람이 기다리는데도 숨소리조차 들리지 않는다. 정물처럼, 아무런 말도 나누지 않고, 하염없이 앉아 운명의 주사위를 가늠하고 있다. 어떤 이길 수 없는 힘에 이끌려 온 듯. 문진하고 검사할 자신의 차례가 되기만을 기다리고 있다. 지친 내색도, 불평 한마디도 없이.

측은한 마음이 들어 얼른 다시 진료소 의자에 앉는다. 이따금 들려오는 앰뷸런스 소리는 온몸을 긴장시킨다. 코로나 검사 결과가 나오려면 며칠씩 걸리곤 하는 때라 가쁜 숨을 몰아쉬거나 고열에 들떠 응급구조차를 타고 오는 경우가 많지만, 입원할 수도 없으니 그 감당을 어찌할까. 숨넘어갈 듯 급한 환자 가운데 더러는 상급종합병원에 연락하여 받아 달라고 부탁해 보지만, 늘 어려운 사정이라는 대답만 돌아온다. 환자와 보호자의 항의를 고스란히 받으며 때로는 약 처방하여 경과를 조금만 보자고 할 때도 열을 다시 재어보면서 제발 숫자가 줄어들기만을 기도했다. 환자와 보호자의 일그러진 얼굴을 다시 살핀다. 제발 내 앞에서 큰일이 벌어지지 않기를 세상의 모든 신께 마음속으로 간절히 빌면서 두 손을 모았다.

어릴 적, 자주 입원하던 아이가 어느덧 성년이 되었던가. 자정이 넘은 시각, 낯익은 이름인 듯하여 열어보니 과거 병력이 뜬다. 예전의 단골 환자였던 그가 십수 년의 세월이 지나 찾아왔다. 갑자기 냄새를 못 맡고 입맛이 하나도 없어서 곧 죽을 것만 같다고 호소한다. 주방 일을 하는 친구라서 맛과 냄새에 예민해야 하는데, 열도 없고 근육통도 없이 냄새가 딱 사라져 버렸다고 했다. 밤 동안 꼭 무슨 일이 날 것만 같이 불안하여 야간에 여는 선별진료소를 찾아 헤맸다고 한다. 친구 따라 교회에 나간 지 6개월, 큰 위안이 되어 빠짐없이 예배를 보았다는 것이다. 걱정해서 그런지 갑자기 후각 마비 증세가 느껴지니 더럭 겁이 난다면서 눈물을 보인다. 혹여 자신이 확진자면 공무원인 아버지와 어린이집에 나가는 어머니, 함께 살고 있는 동생까지 다 확진자가 될 수도 있으니 어쩌면 좋으냐며 눈물을 글썽인다. 밀려드는 대기자들로 위로도 못 하고 그냥 너무 걱정 말고 검사하고 결과 챙겨보자면서 다독이는 수밖에 도리가 없다. 동생 빼고 모두 양성인 결과를 통보받을 그가 참 마음 아프다. 누구의 잘못인가. 바이러스에 감염된 그의 불찰인가. 그 부모는 또 어떤 마음일까. 앞집 할머니가 확진받고 입원 대기하다가 돌아가신 것을 보았다고 하던 그의 겁먹은 얼굴이 자꾸 밟힌다. 셀 수 없을 정도로 늘어나는 확진자, 입원 대기하고 있을 그들은 순간순간 얼마나 공포에 떨까. 긍정을 뜻하는 positive가 바이러스가 있다는 양성이라는 의미이니, 그 문자를 받고 온전히 설 수 있는 사람이 과연 몇이나 될까.

사연도 가지가지다. 목숨 걸고 탈출하여 중국으로 건너가 해가 바뀌어 대한민국으로 왔다는 한 새터민은 남한에서 가정을 이루어 아들딸 낳고 살았지만, 때때로 마음이 허전하여 동네 나갔다가 아는 분에 이끌려 마음 수련장을 다녔다고 했다. 곤히 잠든 한밤에 경찰이 문을 두드려 깜짝 놀라 나가 보니, 코로나 검사를 받아야 한다는 무서운 말을 하여 선별진료소를 찾게 된 이야기를 전한다. 세상 모든 죄를 다 지은 듯 고개 떨구는 그가 안쓰럽다. 아이가 학교에 입학해야 하는데 어떡하느냐며 어쩔 줄 몰라 한다.

검사 결과 온 가족이 몽땅 양성이었다. 눈에 보이지도 않는 너무도 작은 바이러스에 온 세상이 발칵 뒤집혔다. 이런 난리가 없다. 생각하니 화가 치민다. 세상을 향해 마구 소리 지르고 싶어진다. 시키면 시키는 대로 한밤중에도 찾아와 검사받고자 하는 저들의 무구한 얼굴이 애처롭다. 몸과 마음이 지칠 대로 지쳤을 그들, 모두 잘못되지 않고 이 시기를 잘 견뎌내기를 소망한다. 나쁜 기억은 경험이라 부르고 좋은 기억은 추억이라 일컫지 않는가.

생치센 - 경북대 기숙사

환자가 너무 폭발적으로 생겨나다 보니 입원할 병실이 없다. 전국으로 흩어져 입원실 찾아 나서고도 수천 명이 집에서 대기하다가 세상을 떠나버리는 나날이 이어졌다. 사망자가 연일 기하급수적으로 늘자 생치센, 발음만 들으면 유럽의 어느 한적한 시골 마을 휴양지일 것 같은 생·치·센! 생활치료센터가 개소했다. 경주 농협연수원에 처음으로 입소한 아이는 가족실에 부모와 함께 있으면서도 고열과 코피가 이어져 병원으로 실려 왔다. 입원하고 치료를 시작하자 금세 열이 내리고 좋아지기 시작한다. 젊은 엄마는 입원할 수 있어 정말 다행이라며 해맑게 웃었다. 병원에 입원하고 저렇게 좋아하는 모습은 평소에는 보기 힘들 것이리라.

날마다 선별진료소로 병동으로 뛰어다니다 보니 의사회 임원들이 하는 봉사에도 참여하지 못해 마음이 불편했다. 모처럼의 일요일, 무조건 경북대 생활치료센터로 향했다. 사십 년도 더 지나 찾은, 의예과 시절을 보내었던 곳이다. 생활치료센터로 선뜻 내준, 번듯하게 잘 지어진 기숙사를 발견하고 반가웠다. 나도 모르게 건물을 향해 구름다리를 건너가니 호루라기 소리가 요란하다. 아뿔싸~! 환자들이 건물로 들어가는 입소 구역이었다. 경찰이 놀라서 마구 달려왔다. 오염구역에 발을 들여놓았으니 얼른 소독기에 들어갔다 나오라고 재촉한다. 어쩌랴. 이 순간 이후 아무런 나쁜 일도 일어나지 않기를 바랄 수밖에는. 수백 명이 가득 들어찬 기숙사는 만발해 일렁이는 벚꽃 그늘과 어울려 참으로 평화로운 풍경을 연출하고 있다.

검사 채비를 한 뒤 방호복을 입고 동료들과 건물 안으로 들어섰다. 2인 1조, 오염물 폐기 통까지 끌고 다니면서 정성껏 한 사람씩 코와 입속에 면봉을 넣어 분비물을 듬뿍 묻힌다. 앳된 얼굴이 가느다란 면봉에 일그러진다. 찡그리면 검사가 잘 안 나올지 모른다고 하니 애써 밝은 표정을 짓는다. 무안할까 봐 마스크로 얼굴을 가려주면서 비 인두와 구강 인두에서 분비물을 묻혀 삼중 포장 용기에 넣어 검체 보낼 준비를 한다. 아는 얼굴도 보이지만, 방호복 속 얼굴을 상대는 못 알아보는 게 어쩌면 다행이지 않은가. 방호복이 오랜만에 고맙게 느껴진다. 짐짓 다른 음성으로 설명한다. 어서 음성 陰性이 연속으로 나와 빨리 집에 가서 쉬고 싶다는 여학생의 창백한 얼굴이 얼른 활짝 펴지기를 고대하며.

생치센 - 중앙교육연수원

해외 교민 입국으로 제천에서 옮겨온 이들의 검사가 급하다며 SOS가 와서 급히 나섰다. 멋진 경관을 자랑하는 장소다. 아침마다 창문을 활짝 열어 운영자의 구령에 맞춰 체조를 한다는 입소자들, 하나같이 무척 얼굴이 밝다. 힘든 가운데서도 단 일 분만이라도 행복한 순간이 있다면 그것으로 버텨나갈 기운이 나지 않겠는가. 어디선가 이탈리아 가수 아메데오 밍기의 몽환적인 목소리가 위로하듯 들린다.

"아름다운 그대, 로마여
그대는 왜 아직도 그토록 아름다운가
우리는 다시 사랑에 빠졌네
황금빛으로 붉게 타오르는 하늘 속에
나의 그대, 로마여
슬픔에 잠겼던 교황들, 훌륭한 교황들, 천사들
꽃을 그리던 화가들
…중략…
로마, 그대는"

　노랫가락 속의 로마를 대구로 바꾸어 위안 삼는다. 묵묵히 견디다 보면 언젠가는 우리 고장, 하나의 세계, 아름다운 그대로 남을 것이니.

메디시티 대구의 코로나-19
첫 7일의 기억

민복기

올포스킨피부과의원장, 대구시의사회 코로나-19 대책본부장

2020년 2월 14일은 국내 코로나 누적 환자가 28명뿐이었고 대구에서는 확진자가 나오지 않았을 때다. 특히 4일째 확진자가 발생하지 않아 진정 양상을 보인다는 분석까지 나왔다. 저녁에 대구시청 8층 보건건강과에서 대구시장, 보건국장, 보건건강과장 등 공무원들과 코로나 대책회의를 하였다. 대구·경북에서는 확진자가 발생하지 않지만, 중국의 상황을 비추어보았을 때 곧 한국에서도 많은 환자가 발생할 것으로 예측이 되니 대구에서 대량의 환자가 발생할 때를 대비하자는 회의였다.

주말이 지났다. 다행히 대구에는 아직도 환자가 발생하지 않았다. 17일 저녁 대구시의사회 회장단이 대구시 보건건강과를 격려 방문을 했다.

18일은 대구에서 첫 코로나-19 확진자가 나온 날이었다. 18일 밤, 19일 새벽 10명의 확진자가 추가되면서 대구시장, 시청 직원들과 밤을 새우면서 상황 대처 준비를 하였다. 당시 확진자에 대한 대처법이 지금처럼 잘 정리되지 않은 시기여서 환자 한 분 한 분을 1인

1실 음압 병상으로 입원시켜야 했었다. 당시 경북대학교병원, 계명대 동산병원장 등 의료기관장들 모두와 SNS 단톡방에서 밤을 새우며 환자 입원, 이송 등을 의논하고 처리하였다. 돌이켜 보면 평소 메디시티 대구협의회를 통한 의료단체와 기관의 회의와 소통이 없었다면 이런 빠른 대처를 할 수 있었을 것이라는 생각이 든다.

현재 대구의 방역시스템은 미국을 포함한 주요 선진국의 코로나 대응 기준이 되고 있다. 이 중심에는 '메디시티 대구협의회'가 있다. 여기에는 대구의 5개 의료단체(의사회·치과의사회·한의사회·약사회·간호사회)와 대학 및 대형병원, 첨단의료산업관계자, 대구시 경제 부시장 등이 참여한다. 협의회는 의료와 행정이 유기적으로 접목해 신속한 대응을 하는 컨트롤타워 역할을 했었다. 이 협의회가 적절한 조율을 통한 과감한 결정을 하지 못했다면 코로나 대유행은 물론, 일반 중증환자들이 진료를 받지 못 할 정도로 응급의료체계가 붕괴되는 의료참사가 벌어졌을 가능성이 농후하였다. 대구 방역 당국이 추진한 다양한 코로나 대응방안에 대해 세계가 주목하였고, 일부 국가는 대구 방역시스템을 코로나 대응 본보기로 삼고 있다고 한다.

대구시청 10층에 감염대책본부가 있었다. 학계의 감염병 전문의와 역학 전문가와 함께 대구시의사회의 대책본부위원 등이 머리를 마주하며 근무를 하였다. 초기 신천지교회를 중심으로 이뤄지는 봉쇄 전략과 함께 중요하게 생각했던 것은 입원 병상확보였다. 병상을 미리 확보해 놓지 않으면 확진자가 급증했을 때 가장 큰 문제가 될 것이라 봤다.

첫 확진자 발생 이틀 후인 20일, 우선 국군대구병원장에게 연락하여 병상을 최대한으로 확보해달라고 요청했다. 당시 국군대구병원은 24병실만 운영 중이였다. 그래서 국군대전병원장에게 24개 음압 병실, 64개 격리병실 사용을 요청하여 협조를 받았다.

국군대구병원은 최단 시간인 6일 만에 303병상의 음압 병상을 만들어서 현재 코로나-19 환자 진료를 보고 있다. 하지만 대구 시내에 더 많은 병상을 확보하는 것이 필요했다. 대구의 공공의료 거점병원인 대구의료원 만으로는 턱없이 부족할 것으로 봤다. 그러나 대구 내 병원들은 당장 병상을 만들기가 힘든 상황이었다.

그런데 성서 계명대 동산병원에 미인가 병상 129개가 있다는 말을 듣고 20일 오전 동산의료원장에게 미인가 병상을 활용할 수 있게 도와달라고 부탁드렸다. 계명대의 협조를 얻자마자 보건복지부 장관께 미인가 병상의 빠른 허가를 부탁했다. 지역 언론과의 인터뷰도 하며 미인가 병상을 빠르게 인가받았고, 이후 시내에 있는 구 대구동산병원의 거점병원 전환의 필요성을 설명하였다. 당시 군의관, 간호장교, 공중보건의 등 군 인력 차출과 계명대 대구 동산병원 감염병 거점병원 지정 등은 김부겸 의원이 많은 도움을 주었다. 빠르게 미인가 129병상을 확보한 덕분에 코로나-19 확진자 전용 병원을 마련할 수 있었다.

이후 시내에 있는 구 대구동산병원에 입원 중인 환자를 모두 성서에 있는 계명대 동산병원으로 전원시켜 대구동산병원 전체를 비웠다. 구 대구동산병원은 초기 248병상에서 400병상까지 늘려 코로나 환자를 치료하고 있다.

2월 23일부터 예방의학 교수들과 대책본부에서 코로나 확진자들을 효율적으로 치료하고자 경중과 중증으로 분류해 경증환자를 별도로 수용할 수 있는 시설을 마련해야 한다고 건의했다. 이후 메디시티 대구협의회장, 대구시의사회장, 경북대병원장 등 대구의 의료기관장들이 여러 회의를 거치며 새로운 치료센터 개념이 도입됐다. 이는 정부가 지난 3월 1일 추진한 생활치료센터의 배경이 됐다.

또 전 세계가 주목하는 새로운 코로나 검사법인 '드라이브 스루' 역시 대구에서 시작됐다. 지난 2월 21일 칠곡경북대병원장과 감염내과 권 교수가 드라이브 스루 검사를 제안했고, 22일 대구시청 회의를 거쳐 23일 칠곡경북대병원이 최초로 시행했다. 이후 영남대의료원이 더욱 발전시켰다.

의사로 구성된 260여 명의 대구시의사회의 의료봉사단이 확진자들을 대상으로 건강 상태를 확인하고 처방을 하는 '전화 모니터링'을 시행했다. 이는 국내와 해외의 극찬을 받는 시스템이 됐다. 이와 함께 공중보건의들이 직접 신천지 교인 등 코로나 검사에 소극적인 이들을 직접 찾아 검체를 채취하는 '이동 검진' 또한 대구의료계의 적극적인 대응을 잘 보여주었던 대목이다.

지난 1월 중국의 지인들을 통해 상황이 너무 빠르게 전개되는 것 같고, 감염 확산 속도가 너무 빠르고, 어떻게 감염되는지를 모르겠다는 것과 많은 환자가 사망했다는 것 등을 파악했다. 중국과 교류가 많은 대한민국, 일본 등으로도 확산이 빠르게 되리라 예측하였다. 대부분 귀 기울여서 듣지 않는 상황이라 지역 신문에라도 알려야겠다고 생각하여 1월 말 상황을 설명하였고, 지난 2월 3일 신문을 통해 전 세계 범유행 상황의 위기단계 격상과 함께 밀접·일상 접촉 기준을 명확히 세분화해야 한다고 강조한 바 있었다. 주장이

제기된 지 20일이 지난 2월 23일에서야 위기 단계를 정부에서 '심각' 으로 높였다.

초반에 대규모 감염을 예측하고 단계별 전략을 세울 수 있었던 배경엔 그간에 쌓인 경험과 노하우, 네트워크가 있었기 때문인 것 같다. 나의 군의관 시절 군지휘관 경험은 이번에 상당히 도움이 되었다. 1998년부터 감염병 예방사업과 연구논문발표, 예방의학, 피부과 교재 집필 등과 전시상황에서 대량전사상자 처리 훈련, 중증 환자 분류 등을 전후방에서 지휘했던 경험 덕분에 코로나-19 사태 초기에 빠른 판단을 내릴 수 있었다.

지난 2015년 메르스 사태 때 대구시의사회 총무이사로서 총괄 업무를 진행한 경험과 감염안심존위원회 위원장을 지내며 익힌 노하우, 지금 근무 중인 피부과병원에서 JCI(국제의료기관평가위원회) 인증을 받기 위해 많이 공부하고 경험한 것도 이번 일을 겪으면서 큰 도움이 됐다. 또한 협의회 의료관광산업위원장으로서 해외 여러 국가와 긴밀히 소통했던 것도 이번 코로나-19 사태를 예측하는 데 큰 일조를 했다.

코로나-19가 확산된 중국 각 도시의 소식을 직접 들으며 한국의 전파 추이를 예상할 수 있었는데, 독일 슈피겔과의 인터뷰에서 "곧 한국도 중국과 같은 상황이 될 것 같아 대구시장께 조언을 드렸다. 시장도 전문가의 의견을 듣고 최대한 정책에 반영해주었다." 라고 설명했었다.

22일 저녁 대구시의사회관에서 열린 보건복지부 장관과의 간담회에서 의료기관 폐쇄 및 의료인 자가격리 조치에 따른 의료인 부족 문제를 해결해 달라고 요구했었다. 대구시의사회장, 경북의사회장, 대구·경북 병원협회장, 경북대병원장, 중수본의 관계기관지원반장, 현장지원반장 등이 참석했었다. 대구·경북에서는 행정구역상의 제한 요인으로 선별진료소가 부족한 곳이 있고, 환자를 전원하는 것도 어려움이 있으니 선별진료소를 추가 설치해달라고 요청했다. 음압 이송장비 대여와 마스크 및 장비 구매의 어려움도 해결해 달라고 했다. 또 위험을 무릅쓰고 진료하는 의사 회원에 대한 도움과 감염병원으로 지정된 대구 동산병원에 의료인력과 보호장비 지원을 복지부장관에게 요청했었다.

임관된 새내기 간호장교들이 코로나-19의 전장인 대구로 배치된다는 방송을 보았다. 파릇파릇 피어나는 희망의 새싹들이 결의를 다지는 모습을 보며 우리도 용기백배되었다. 20여 년 전 군의관 시절 동료들과 의기투합하여 군진의학 활동을 하던 그때가 떠올랐다. 바로 그 순간 그들에게 감사와 격려의 편지를 보냈다.

대구 'A병원의 코로나-19'
발발 3주간의 기록

A병원장

A병원 원장

    이 글은 300병상 정도의 A병원 원장인 필자가 코로나-19 사태 중 병원 의사들과 간부직원들 단체대화방에 올린 글의 일부입니다. 아직 코로나가 완전히 종식되지 않은 상태에서 섣불리 내용을 공개하는 것이 부담스러워 익명으로 씁니다.

    2020년 2월 중순, 당시 우한폐렴이라고 불리던 괴질에 대한 진단키트는 보건 당국만 가지고 있었지 일반 병원에는 공급되지도 않았습니다. 2월 18일, 31번 확진자가 밝혀지자 2월 20일, 대구시가 폐렴 환자 전수조사를 위해 키트를 보내와서 병원에 입원 중인 폐렴환자를 대상으로 전수 검사를 실시하였는데, A병원에서 코로나 양성 환자가 나오게 됩니다. 감염 경로는 본원에 입원 중이던 환자 한 분이 2월 13일, 모 대학병원에 진료 받으러 갔다가 돌아오며 옮아온 것으로 추정된다는 것이 역학조사관들의 의견이었습니다. 당시 환자들은 물론 심지어 일부 의사들까지 코로나가 무서워서 덜덜 떨며 이성을 잃고 있는 어지러운 상황이었습니다.

    이 환자를 돌보아오던 필자는 1차 접촉자로 분류되어 코로나와의 전쟁 개전과 함께 바로 2월 21일부터 3월 6일까지 2주간 자가격리에 들어가게 됩니다. 여기의 글은 격리 중 직원들에게 보낸 문자인데 당시 심경을 그대로 나타내기 위해 구어체를 수정하지 않고 그대로 표기하였습니다.

A병원 원장

2월 22일 (토)

어제 제가 열이 38.3℃까지 올라 감염되었다고 확신하며, 당국의 지시로 코로나 검사를 받고 집에서 자가격리하게 되었습니다. 밤새 쫄았고 아침에 뉴스를 보니 타 병원 간호사, 공무원, 어린이집 선생 등은 신상, 처리 방법까지 자세히 나옵다. 양성판정 나오면 의료인은 전국뉴스 바로 탑니다. 그런데 알고 보니 음성은 통보가 안 오는 모양입니다.

2월 23일 (일)

우리 병원 간호사 한 명이 양성이라네요. 방역당국의 지시를 기다려보죠. 양성인 간호사는 31병동 밀접 접촉자여서 증상은 없었으나 금요일부터 자가격리 중이었고 키트가 모자라서 어제 검사받았답니다. 보건소로는 전화가 안 되어 자체적으로 31병동을 닫고 32병동을 열고 방역을 하기로 했습니다. 간호사 접촉자들은 자가격리 들어가고. 당국의 지시를 기다리기로 했습니다. 아울러 열나는 환자, 호흡기 증상 환자는 입구에서 돌려보내는 수밖에 없습니다.

2월 24일 (월)

"A병원 양성환자 4명 발생" 신문기사화됨

2월 25일 (화)

진료과장님들, 간부님들 연일 고생이 많으십니다. 저는 오늘자 ○○신문 기사의 댓글들을 보고 충격을 받았습니다. 지난 일요일 우리 병원 간호사 부친으로부터 "응급실 문을 왜 안 닫느냐? 왜 은폐하느냐?"는 전화를 받았던 것과 같은 맥락입니다. 어느 병원 문 닫았더라는 소문(대부분 기사화 되지도 않았음)이 우리 병원의 젊은 직원이나 그 부모님들한테는 당연하게 보였던 모양입니다. 사실은 소독을 위한 일시적 폐쇄인데. 지금은 전 국민이 어떤 형태이든 함께 스트레스를 받고 있습니다. 우한폐렴은 언젠가 종식될 것입니다. 그러나 저는 이번 사태로 인해 직원 상호 간 불신이 생기고 지역 의료시스템이 붕괴될까 봐 걱정됩니다. 진료과장님들과 간부 여러분들은 직원들의 의견을 잘 경청하셔서 최악의 사태에 대비해야 될 듯합니다. 제가 볼 때 지금은 준전시 상황입니다. 지금 제가 진료현장에서 제외된 상태에서 다소 이기적이지만 환자를 위하여, 수익 이런 거 따질 때가 아닌 심각한 상태라고 나름대로 판단합니다. 환자보다 직원들의 건강이나 안정을 최우선하며 직원 가족들의 위안 또한 절실히 요구되는 때입니다. 다시 한번 여러분의 노고에 감사드립니다.

2월 26일 (수)

밤새 안녕이라는 말이 실감납니다. 어제 검사 나간 직원 40명, 환자 6명 중 자가격리 중이던 직원 1명이 확진, 격리 중인 직원 1명과 환자 2명이 정밀검사 중이라고 들었습니다. 어떻게 지난 금요일부터 자가격리 중인 직원의 검사를 지금 하는지 궁금하기도 하고, 이제는 코로나가 토착화되어 검사한 검체의 10% 정도가 양성으로 나오는 것 같습니다. 아마도 검사스틱이나 검사기관의 처리량도 한계인 것 같습니다. 밀접 접촉자, 유증상자를 우선적으로 검사하도록 해야 되겠습니다. 이제는 양성자의 외부유입 차단은 현실적으로 불가능할 것 같습니다. 어떻게 하면 좋겠습니까? 일단 응급실 포함 신환을 현관에서 돌려보냅시다. 이제는 자체적으로 병원 폐쇄도 조심스럽게 고려해봐야 할 시점에 온 것 같습니다.

A병원은 2월 27일부터 3월 14일까지 방역당국으로부터 병원 폐쇄 명령을 받는다.

2월 27일 (목)

당분간 질병관리본부(질본)의 조치로 소나기는 합법적으로 피할 수 있게 되었습니다. 이제는 아무도 원망하지 말고 서로를 격려합시다. 우한폐렴 잡으려다 다른 환자 여러 명 잡게 생겼지만 이제 우리가 관여할 바는 아니죠. 질본에서 정해준 범위 내의 환자들의 생명과 건강이라도 지키는데 최선을 다합시다.

3월 7일 (토)

저는 본의 아닌 2주간의 자가격리를 끝내고 오늘 병원에 복귀합니다. 현장 복귀에 앞서서 무엇보다도 헌신적으로 환자를 간호하시다 감염된 간호사분과 가족분들께 송구스럽다는 말씀을 드립니다. 또한 그동안 병원을 굳건히 지켜주신 진료과장님들을 비롯한 직원 여러분들께 감사드립니다. 2주 만에 뵙게 되는 반가운 얼굴들과 본의 아니게 사회적 거리를 둬야 된다는 사실이 가슴 아프고, 저를 책망하고 계실 직원들과 가족분들께 무거운 책임감을 느낍니다. 아울러 거점병원에서 사투를 벌이고 있는 의료진들, 생계가 곤란해진 시민들을 생각할 때 고통을 나누는 의미에서 병원 돈이 아닌 제 개인 돈으로 성금을 조금 내기로 마음을 굳힌 상태입니다.(대구 사회복지모금회에 1억 원을 기부하였다.)

2주간의 격리 기간에 여러 가지 생각을 했었습니다. 우리 의사들의 소명이 무엇이냐? 그것은 바로 환자를 살리는 것이며 이 과정에서 우리의 위험도 어느 정도는 감수해야 될 것입니다. 코로나 폐렴이 일반 폐렴은 물론이고 계절 독감보다도 크게 위중하지 않다는 것은 확진자 5000명이 넘어가는 시점에서부터 밝혀지고 있지만, 정치인이나 소위 매스컴 타는 의사들은 아무도 이런 이야기를 하지 않습니다.(당시 우리나라에서의 사망률은 0.4%로 보고되었다.)

저는 바이러스와의 긴 전쟁은 적어도 대구에서는 이제 시작이라고 봅니다. 우리는 올바른 방호로 우리 자신부터 전염병에서 지키고, 코로나의 확산도 막으면서 우리 본연의 소명인 환자를 치료하는데 소홀함이 없어야 한다고 생각합니다. 지금도 우한폐렴보다도 더 위험한 질환으로 우리의 도움이 필요한 환자가 많이 있다는 사실을 직시해야 할 것입니다. 우리의 도움이 필요한 환자보다도 코로나-19가 염려되고 기한 없는 코로나 바이러스와의 싸움에서 본인의 건강이 염려가 되는 분이 계시면 한시적으로 휴직의 기회를 드리겠습니다. 코로나 확산 방지에 적극 동참하면서도 이를 두려워하지 말고 힘을 합쳐 싸워서 이겨냅시다. 여러분의 많은 협조 당부드립니다.

3월 14일 (토)

병원이 지난 16일 동안의 폐쇄 상태에서 벗어나 일요일인 내일 0시부터 응급실을 통한 입원·수술은 정상 가동이 됩니다. 아울러 코로나 환자의 본 건물 유입을 차단하기 위해 국가에서 장려하는 국민안심병원으로 지정을 받았습니다. 별관 1층 주차장에 직원들의 아이디어와 노력으로 멋진 간이 진료실이 완성되었습니다. 내원 환자 중 호흡기 환자들은 제가 전담하여 코로나 환자가 본관으로 유입되지 않게 할 테니 여러분들은 안심하고 진료하시면 됩니다. 물론 무증상, 비특이 증상, 뒤늦게 양성 나오는 사람, 타 질환과 동반 감염된 환자 등은 선별이 불가능하며, 야간 주말은 운용이 불가능해서 코로나 환자가 또다시 유입될 수도 있겠지요. 그렇다고 여기서 그냥 주저앉을 수는 없잖아요. 어차피 지금 상태가 지속된다면 본원도 앞으로 몇 달밖에 버틸 수 없다는 것은 누구나 느끼실 것입니다. 걱정은 하늘에 맡기고 주어진 여건하에서 각자의 자리에서 최선을 다합시다.

우리 모두 파이팅합시다!

춘래불사춘 春來不似春

백 봉 수

한신병원 신경과 과장

　나는 대구광역시 서구에 위치한 300병상 규모의 뇌신경재활병원에 근무하는 신경과 의사이다. 병원에는 뇌졸중이나 만성 퇴행성 뇌병변으로 고통 받는 분들이 입원해 있고, 대부분은 고령의 환자들이다. 우리 병원의 2층에는 반코마이신과 카바페넴이라는 강력한 항생제에도 내성을 보이는 장구균이라는 대책 없는 균에 감염된 환자들을 격리하기 위한 입원 병실이 있다. 면역력이 떨어진 우리 병원 입원 환자들이 이 균에 감염되면 치명적일 수 있다. 그렇다보니 입원 환자들을 보호하기 위해 항상 감염관리에 신경을 쓰고 있다.

　2019년 말 코로나-19가 중국 우한에서 발생한 이래 우리나라에도 확진자가 나타나기 시작했기에, 방역활동에 집중하고 긴장을 놓치지 않고 있었다. 2020년 1월부터는 병원이 자체적으로 방역 횟수를 증가시켰고 혹시라도 코로나 환자가 발생하면 어떻게 하여야 할지 구체적인 계획을 상상해보기도 했다.

　2020년 2월 중순 대구에서 신천지 교인인 31번 확진자가 발생하고 며칠 뒤부터 대구에서 확진된 환자가 속출하는 걸 보고는 '아, 뭔가 일이 잘못 돌아가고 있구나!' 하는 생각이 들었다. 2월 말 하루에 수백 명 이상의 환자가 발생하였으니, 매일매일의 일상이 살얼음판 위를 걷는 것 같은 불안감에 싸여갔다. 우리 병원에는 입원 환자가 많고, 보행이 자유롭지 못한 연세 드신 어르신들이나 퇴행성 신경질환을 앓아온 만성 장애인들이 많다. 그러므로 병원 내부 코로나 환자가 한 명이라도 발생된다면 면역력도 떨어진 이분들은 치명타를 입을 수밖에 없다. 가끔 병원에서 삶을 마감하시는 분들도 있으나, 지금까지는 의료진이나 환자들 모두 평화롭게 지낼 수 있었는데 오늘이라도 이들에게 코로나가 침범한다면 이분들을 어떻게 격리하고 소개시켜야 하는가 하는 걱정이 가시지 않았다. 그렇다고 '오늘도 무사히' 만 외칠 수는 없는 것 아니겠는가?

언론에서 신천지라는 교단에 대하여 들은 적은 있으나, 그건 나와는 무관한 저 먼 세상에 사는 집단들의 일이라 생각하고 있었다. 그러나 많은 환자가 발생하였던 신천지 대구교회 교인들의 명단을 입수한 행정당국이 병원 근무자들에 대한 부분을 알려주었기에, 우리 병원 직원 중에 의외로 신천지 교인도 있고, 그 가족 중 교인이 있다는 것도 알게 되었다. 무언가가 우리 주변에 잠복하고 있는데 언제 검은 속을 드러낼지 두려움은 점점 더 커졌다. 그러나 다행스럽게도 우리 병원 직원인 신천지 교인들은 바이러스 검사에서 모두 음성으로 판명되었기에 이제 큰 위험은 없겠구나 하며 조금은 마음을 놓았다.

2020년 2월 말 입원 환자를 돌봐주던 간병인 2명과 간호조무사 1

명이 발열증상을 호소하였고, 코로나-19 바이러스 검사에서 양성 판정을 받았다. 이들은 신천지교회와는 무관한 직원이었다. 다행스럽게도 방역당국의 통보 후 전 직원과 입원 환자들을 대상으로 한 바이러스 검사에서는 전원 음성 판정을 받았다. 그러나 코로나-19 확진자에 1차적으로 노출된 병력을 감안하여 병원의 2개 층에 있던 환자와 종사자 모두는 2주간 코호트 격리를 당하게 되었다.

나는 내가 코호트 격리 의사로 나서야겠구나 하고 생각했는데, 다행스럽게도 보건소에서 담당의는 자가격리가 가능하다며 선택사항을 제시하였다. 집에서 자가격리를 시작하고 있던 중, 이튿날 CCTV를 확인하니 마스크를 착용한 상태에서 병상의 회진을 돌았기 때문에 자가격리를 하지 않아도 된다는 방역당국의 연락을 받았다. 당일 바로 병원으로 출근했다.

확진자가 근무했던 2개 층의 환자들과 간호사들, 간호조무사들은 2주간의 코호트 격리가 본격적으로 시행되었다. 나를 포함한 진료 의사들은 격리된 2개 층의 환자에 대한 직접적인 회진은 없이 전화 연락이나 컴퓨터에 입력된 간호 정보들을 수합하여 처방을 하였다. 감염을 피하기 위하여 접촉을 최소화하는 수밖에 없었다. 응급한 방사선 검사는 레벨D 방호복을 입은 의료기사가 이동식 영상 기기를 옮겨와서 촬영하였다. 격리 중인 분들의 식사는 각 층의 엘리베이터 앞에 배식구를 내려두었고, 각 층에 같이 격리되었던 간호사들이 병실로 배식을 해주었다.

그 2주간의 기간은 정말 피가 말랐다. 눈으로 볼 수 없는 그 무엇에 대한 공포도 밀려왔다. 그러는 사이 인고의 시간 2주가 경과하였고 모든 격리자들에 대한 코로나-19 바이러스 검사에서 음성이 나왔다. 일상적인 병원의 활동이 허락된 것이다.

그러나 다시 정상으로 돌아간 기쁜 마음도 잠시. 폐렴 증상으로 입원 중인 환자의 폐 CT 영상검사에서 코로나-19 폐렴에서 많이 나타난다는 유리음영 소견이 보여 환자를 급히 1인실로 옮긴 후 2주간 면밀하게 관찰했다. 다행스럽게도 이 환자는 4차례에 걸친 검사에서 코로나-19 음성 소견이 나왔기에 격리를 해제하고 한시름 놓을 수 있었다. "자라 보고 놀란 가슴이 솥뚜껑 보고도 놀란다" 했던가?

다행히 이어진 2주간의 1차 코호트 격리 기간 동안 더 이상 코로나-19 추가 발생이 없었고 격리가 해제되었지만 이런 상황에서는 직원들 각자 스스로가 더욱 주의를 기울일 수밖에 없었다. 일상이 더 이상 일상이 아니었고 사회적 거리두기는 계속 유지했다.

코호트 격리 해제 후 입원환자 일부는 퇴원했고, 재원 환자 수는 줄었다. 또한 뇌졸중이나 만성퇴행성 뇌질환 환자들의 재활치료가 진료의 중요한 한 축을 담당하는 우리 병원은 시설이 격리되며 이 기능이 완전 차단되었다. 입원환자의 원활한 재활치료도 어려워졌을 뿐만 아니라, 병원 경영에도 큰 타격을 입게 되었다. 사회 전체가 침체되었고 정상적인 경제활동이 어려운 상황에서 병원만 예외일 수는 없다. 당분간 힘든 것은 충분히 받아들여야 하나, 문제는 이게 끝이 아니라는 점이다. 4월 들어서도 노인요양병원이나 정신병원을 중심으로 코로나-19 집단감염 환자가 계속 발생하고 있기 때문이다.

코호트 격리 기간 중 절친인 대학동기의 부친상 소식을 접하였다. 장례식장에 조문가기도 어려운 상황이기는 하나, 반드시 가보아야 할 자리라 몹시 고민이 되었다. 결국 고성능(KF94) 마스크를 쓰고 혼자라도 가겠다고 결심을 하고 친구들에게 연락하였다. 다른 친구들은 대부분 못 간다고 하였고, 특히 부의금 전달을 부탁하였던 친구 한 명은 구미에서 자가격리 중이라고 했다. 이 친구는 원래 체격이 건장하고 산악반 출신이라 체력도 대단한 건강 스타일인데 3월 초에 코로나-19에 감염되어 파티마병원에 입원했다고 했다. 우여곡절 끝에 퇴원한 후 구미에 가 있다고 했다. 처음 1주일 동안은 호흡기 증상은 전혀 없고 설사가 계속 발생하였는데, 코로나-19의 거의 반 정도는 아무 증상이 없거나 소화기 증상만 나타날 수 있다는 연구결과를 본 적이 있었기에 흉부영상사진을 촬영하였다. 여기에서 양측 폐의 폐렴소견이 발견되어 도말검사를 받게 되었고, 코로나-19 확진이 되었다. 음압병실 시설이 충분하지 않아서 기다리다가 어렵게 병원에 입원했는데 음압병실에서 격리된 기간 내내 전신 증상과 불안감에 시달린 것 같았다. 거의 죽다가 다시 살아난 듯하다고 했다. 나보고는 절대 코로나-19에 걸리지 마라며 신신당부했다. 그게 자기 마음대로 되는 것도 아니니 그 말을 듣는 것도 섬뜩했다.

그렇게 조심조심하며 근무하고 있었는데 3월 말 대구 시내 병원의 간병사들을 대상으로 한 전수조사에서 우리 병원 간병사 1명이 양성판정되었다. 다시 실시한 병원종사자 및 입원환자 전수조사에서 환자 중에서도 또다시 1명의 확진자가 나왔다. 이 간병인들이 있던 한 층에 대하여 2차 코호트 격리를 다시 2주간 하게 되었다. 나도 환자와 종사자에 대하여 도말 검사를 해봤지만, 나를 포함한 의료진들도 모두 3차례나 도말 검사를 받아야 했다. 이게 보통 불편한 검사가 아니었다. 통증은 물론 재채기와 구역질이 나고 눈물이 나기도 했다. 검사하는 사람들도 레벨D 방호복 속에서 땀을 뻘뻘 흘리며 몇 시간을 버티어야 하니, 내가 불편하단 얘기는 못 하였다. 이 상황을 몇 차례 겪어보니 웬만하면 방역당국과 의료진에게 감사한 마음이 절로 생기겠더라.

학교 다닐 때, 그리고 전공의 수련 시절에 뵈었던 교수님들 중 은퇴하고 요양병원에서 근무하는 분들이 있다. 오랜 진료 경험뿐만 아니라, 환자들과 연배가 비슷하시니 입원한 어르신들께 잘 공감해 주고 환자들의 불편함에 귀를 잘 기울여드릴 수 있다는 장점도 많다. 이번 코로나-19의 광풍이 장기 요양병원에 몰아치면서 은퇴 후 요양병원에 근무하시는 교수님들도 많은 피해를 입으셨다. 요양병원 건물에 코호트 격리되거나, 집에서 문밖출입을 제한하는 자가격리를 당한 분들도 있다. 학창시절 열심히 수술하는 모습이 인상적이셨던 어느 원로 교수님도 요양병원에서 근무 중 감염되어 모교 병원에 입원하였고, 아직도 힘든 시간을 보내고 계신다.

나의 어머님은 대구에서 자동차로 한 시간 거리인 경주에 살고 계신다. 나는 매일 전화로 안부를 여쭙고, 보통은 한 달에 한 번은 직접 찾아뵙는다. 2020년 2월 코로나-19가 대구에서 발생한 이후에는 두 달 이상 어머니를 찾아뵙지 못했다. 내가 코로나-19 발생 위험지역인 대구에 살고 있고, 또한 병원에서는 고위험군 환자들을 돌보는 의사라서 여간 조심스러운 게 아니다.

오늘 자로 병원 전 직원은 2차 격리에서 해제된다고 통보되었다. 코로나-19는 감염된 환자들뿐만 아니라 의료진들에게도 엄청난 고난의 시간이었다. 이게 마지막 역정이길 원하지만 언제 또다시 이 상황이 반복될지도 모르겠다.

춘래불사춘春來不似春 … 꽃이 만발하고 봄 새가 날아드는 봄이라지만 아직도 진짜 봄은 오지 않았다. 하루빨리 모두가 평범한 일상으로 돌아가는 그날까지 나라도 앞장서서 최선을 다해보겠다며 결심을 다진다.

영상의학과 의사가 경험한
코로나-19

이기만

대경영상의학과의원 대표원장

나는 83년 의과대학을 졸업하고 영상의학과 전공의 수련 후 군 병원과 종합병원의 영상의학과 전문의로서 근무하였다. 90년대 초 이곳 대구에서 영상의학 및 건강검진센터를 개원하여 일선 환자 진료를 시작했으니, 이 분야에 발을 들여놓은 지도 35년이 넘었다. 그동안 의학 기술의 진보는 눈부셨고 특히 영상의학 분야의 발전 은 실로 엄청났다. 내가 의업을 시작하던 1980년대 중반까지도 병 원에서 제대로 보기 어려웠던 첨단 진단 기기들인 MRI, CT, PET, 초음파 영상 검사가 이제는 보편화되었다. 요즘은 병원을 찾아오 는 환자분들 중 어떤 부위의 특수 영상 검사를 선택하여 촬영해 달 라는 분들도 많다. 이처럼 시민들의 의학적 지식도 상당하니 스스 로를 위하여 공부를 게을리할 수가 없다.

2020년 2월 중순, 31번 코로나-19 확진환자 발생 후 하루 수백 명 씩 환자가 발생하여 2월 말 이후 대구광역시는 패닉 상태에 빠져 도시 전체가 마비되었다. 4월 말에 접어들며 우리 생애 한 번도 경 험하지 못했던 코로나-19 사태가 다행히 진정되며 조금씩 일상으

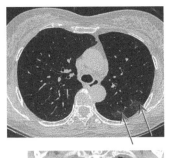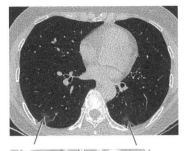
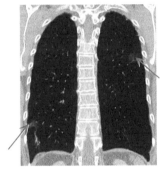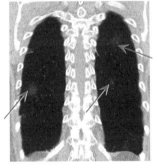

로 돌아갈 준비를 하고 있다.

　2월 18일, 31번 환자로부터 시작되었던 대구의 코로나-19 사태는 이곳에서 평생을 지낸 영상의학과 의사로서의 나의 일생에 기억될 엄청난 쇼크였고, 지금 전문의 16명을 포함한 100명 이상의 직원이 함께 근무 중인 병원의 운영에도 큰 충격을 주었다. 1997년의 IMF 사태, 그리고 10여 년 전 세계 금융위기로 우리나라 경제가 어려웠을 때에 외국산 고가의 영상 장비를 리스로 도입하여 운영하는 전문 영상의학과 병원은 엄청난 타격을 입었고, 그 이후 수년간 후유증을 극복하는 데 전력투구하여야 했다. 그러나 이번 코로나-19는 그때의 사회 경제적인 영향과는 전혀 차원이 다른 또 다른 사회 의학적 충격이었다.

병원에 다녀간 환자가 코로나-19로 진단되거나 의심되면 우선 방역당국에 신고부터 하고, 감염병의 차단을 위한 조치를 초응급으로 시행하여야 했다. 의료장비와 시설 방역을 실시하고 며칠 동안의 기관 폐쇄조치에 들어간다. 특히 환자가 코로나-19로 확진되면 진료 과정 중 바이러스에 노출되었을 가능성이 있는 의료인과 직원들은 바이러스 검사를 시행하고, 검사 결과에 상관없이 격리되어야 했다.

언론보도를 보면 코와 입 도말 검사에서 코로나-19로 확진된 의사 간호사를 비롯한 의료인들도 전국에서 100명 이상이 되었다고 한다. 코로나 바이러스가 검출되지 않아도 잠복기간을 고려하여 적어도 2주일 동안은 모든 활동이 꼼짝없이 동결되는 자가격리 조치가 취해진다. 그뿐만 아니라, 코로나-19 환자의 동선이 하나하나 언론에 공개되기 때문에 환자가 비록 초기 감기 증상으로 그곳을 방문했겠으나, 그 내과의원은 원장과 직원의 자가격리 기간뿐만 아니라 그 이후까지도 환자들의 방문이 중지되는 경우도 많았다고 한다. 지역에서 코로나 병원으로 소문이 나기 때문이다. 결국은 경북 경산에서 내과를 개원하고 있던 후배 내과의원장은 환자에게서 감염된 코로나-19로 아까운 생명을 잃었다.

그동안 대구 시민과 의료인은 합심하여 모든 어려움을 인내하며, 스스로 격리를 자처하며 열심히 코로나와 싸웠다. 이제 코로나-19의 큰 불길은 소멸되었지만 이 괴물은 지역사회에 숨어들어 언제라도 다시 빼꼼히 고개를 내밀 가능성이 있다. 영상의학과 개원의에게 충격으로 다가왔던 그 상황을 되돌아보며 또다시 소리 없이 닥칠지도 모르는 그 녀석을 대비해 본다.

2월 어느 날, 66세 여성이 명치와 우측 옆구리의 통증이 있다며 내과와 비뇨기과를 방문하였다. 이틀 동안 콱콱 쑤시는 통증으로 보아 콩팥의 결석이 의심된다며 약 처방을 했으나 증상이 완전하게 좋아지지는 않는다고 했다. 개인 의원의 원장은 통증의 원인을 확실하게 감별하기 위해 본 병원으로 복부 CT 촬영을 의뢰하였다.

CT 촬영 영상을 보니, 복부에는 신장이나 요로결석이 없었고, 주목할 만한 별다른 의학적 이상 소견도 없었다. 그러나 복부영상의 끝 부분에 포함된 폐에 뿌옇게 나타난 이상 소견이 보여서 폐 CT를 다시 촬영하였다. 폐 사진에는 검게 보이는 폐 부분에 약한 젖빛 유리 음영이 나타나는 바이러스 폐렴 소견을 보였다. 흔히 보는 바이러스성 폐렴 소견과도 다르게 폐 여러 곳에 작은 침윤 병변들이 보여 이게 혹시 요즘 문제가 된다는 코로나-19의 소견일지도 모르겠다는 생각이 드니 섬뜩하였다.

직원들에게 관련 조치를 취하고, 당장 환자를 수성구 보건소의 코로나-19 선별진료소에 의뢰하여 검사를 받게 하였다. 다음 날 코로나-19 양성 확진 소견을 받았고, 우리 병원은 그날부터 2주간 폐쇄하며 자발적 휴진에 들어갔다. 직접 환자와 마주쳤던 의사와 직원들도 바로 자가격리에 들어갔고, 격리 중 시행한 검사에서 모두들 음성으로 판정되어 2주가 지나 복귀하였다. 후일 많은 환자들을 경험한 감염내과 의사들은 코로나-19는 감염이 되어도 아무런 증상이 없는 사람이 80%에 이르고, 호흡기 증상 없이 복통이나 설사를 호소하며 병원을 방문한다고 말하고 있다. 그렇다면 이 여성 환자의 복통 원인이 코로나-19의 위장 증상이겠구나 하고 추측할 수 있었다.

며칠 후 경북 경산의 분원으로부터 허리 통증의 평가를 위해 의뢰된 83세 남자 환자의 척추병변을 감별하기 위해 요추 부위 CT를 찍었더니 또 비슷한 소견이 보였다. 이 환자는 기침, 가래와 같은 호흡기 증상이나 발열이 없었다. 코로나-19 폐렴을 의심하여 즉시 보건소에 신고하고 시설 방역과 함께 병원을 폐쇄하였다. 이 환자는 바이러스 검사에서 코로나-19로 확진되었고, 아이러니하게도 호흡기 증상은 코로나-19가 확진된 뒤 며칠이 지난 후에야 나타났다고 했다. 마침 국내외의 영상의학 학술지에 중국과 우리나라에서 투고한, 무증상 코로나-19 환자를 감별하는데 폐 CT 영상검사가 큰 도움이 된다는 논문이 게재되어 있었다. 아무 증상이 없는 환자에게 무턱대고 폐 CT를 촬영할 수도 없으나, 고위험군 환자나 가족 내 확진자가 있다면 바이러스 검사에서 음성을 보인다고 하더라도 의심되는 호흡기 증상이나 발열 소견이 관찰된다면 폐 CT를 촬영하는 게 도움이 되겠다는 생각이 들었다.

이후에도 몇 번이나 코로나-19로 의심되는 환자들이 우리 영상의학과병원을 다녀갔기에 방역 조치와 휴진을 반복하였다. 2월과 3월에는 코로나에 대한 공포로 대구광역시 전체가 얼어붙었고, 불안해진 시민들은 외출을 극도로 자제하니 모든 업종이 그렇듯이 우리 병원도 환자가 급감하여 동료 의사들과 직원들이 격일 교대근무하며 어려움을 견디고 있다. 이 힘든 시기에 우리 병원의 의사들은 환자가 급감하여 시간적 여유가 생기자 대구시청의 코로나 대책 상황실 근무에 자원하여 밤을 새웠다. 또한 3월 초부터 문을 열었던 생활치료센터와 선별진료소에서 무거운 방호복을 입고 자원 봉사하는 참의사의 모습을 보여주었다. 특히 우리 병원이 문을 닫는 주말에는 대부분의 의사들이 자원 봉사활동에 나가서 공중보건의사와 종합병원 의사들의 일을 도왔다.

이러한 시민들과 의료진의 간절함이 모여 코로나-19를 극복해 왔던 것 같다. 코로나-19 확산 초기 위중한 상황에 불철주야 잠을 설쳐가며 사투를 벌인 자원봉사자와 의료진, 그리고 대구광역시 공무원들의 노력과 생활치료센터 활용으로 긴 터널을 빠져나오는 것 같다. 특히 코로나의 공포가 최고에 달했을 2월 하순 대구시의사회장이 눈물 어린 호소를 하자, 모두 팔을 걷어붙이고 한달음에 달려왔던 의료인들의 헌신적인 봉사에 경의를 표한다. 모두들 고맙고 자랑스럽기 그지없다.

코로나-19는 스텔스 바이러스라고 한다. 소리 없이 침범하여 온 세상을 쑥대밭으로 만들었기 때문이다. 나는 영상의학과 의사로서 이렇게 CT 검사에서 우연히 볼 수 있을 정도로 무증상 감염자가 많다면, 이 병의 확산을 막는 것이 정말 어렵겠구나 하는 생각이 들고 아예 불가능한 게 아닌가 하고 한숨을 쉰 적도 있었다. 그러나 자랑스럽게도 우리는 이 괴물을 거의 퇴치하였다. 물론 질병관리본부에서 지금 우리나라의 코로나 대유행은 안정단계에 접어들었으나, 찬바람 불 때쯤 2차 대유행이 올 수 있다는 불안한 예보를 하니 아직은 끝난 게 아니다. 지금 상황이 조금 좋아졌다지만, 방심할 때는 절대 아닌 것 같다. 모두 잠시 느슨해졌던 마음의 끈을 다시 조여서, 코로나를 완전히 물리쳐 자랑스러운 대한민국 국민이 평범한 일상을 즐기며 살아가는 아름다운 우리 강산을 지키자.

대구에
가기까지

송명제

가톨릭관동대 국제성모병원 응급의학과 임상 조교수

2020년 1월, 중국에는 우한에서 시작된 코로나-19가 퍼지고 있다는 기사를 보았다. 우리나라도 설 연휴부터 심상치 않은 조짐을 보였지만, 지난 사스, 메르스 때를 교훈 삼아 이번에는 큰 탈 없이 지나가겠지? 괜찮겠지? 싶었다. 그러나 연휴가 끝난 이후부터 사스, 메르스 때와는 또 다른 분위기가 감지되었다. 결국 하루가 다르게 국가 검역체계가 강화되었으나, 대한민국 의료계는 걱정스럽게 상황을 주시하였다. 대한의사협회도 우리나라의 방역체계에 관심과 우려를 표하였다.

그러던 2월 18일, 대구에서 31번 확진자가 나오고, 2월 22일, 청도 대남병원에서 집단 감염이 발생하자 전국의 공중보건의사들을 대구, 경북으로 대거 차출한다는 소식이 들려왔다. 각 시도별 정원이 정해졌고, 각 시·군에서 공중보건의사들이 하나둘씩 대구로 향했다. 당시 대구로 간다는 것은, 보이지도 않고 위험성도 정확히 밝혀지지 않은 미지의 감염 바이러스와 사투를 벌이는 최전선에 간다는 의미였기에, 의료진들 입장에서도 매우 부담스러운 상황이었다. 하지만 많은 공중보건의사들이 담담히 대구로 향했다.

며칠 후 대한민국 감염병 단계가 주의 단계로 격상되었고, 각 광역지자체에서도 방역을 위한 여러 조치를 취하기 시작했다. 내가 공중보건의로 근무하던 경기도 안성시는 자체적으로 선별진료소를 운영하기 시작했고, 안성에 근무하고 있는 공중보건의사들이 돌아가면서 안성시 선별진료소를 지켰다. 안성의 선별진료소에도 확진환자들이 내원하기 시작하니 의료진들에게도 동요가 일었다. 신종감염병인 코로나-19에 대해 알려진 진료 프로토콜이 있는 것도 아니고, 어느 누구도 여기에 대한 전문가가 없다보니 내원한 국민들을 일차적으로 진료하는 우리 의료진도 긴장하였다. 시민들, 감염된 환자들 뿐만 아니라 의료진들도 두렵기는 마찬가지였다.

전국 대부분의 공중보건의사들이 선별진료소에서 코로나-19에 대응하며 지내던 중, 안성시 공중보건의사 대표가 우리 시에서도 대구로 인원을 차출해야 한다는 공지를 전달하였다. 그 소식을 접하고 곰곰이 생각해보니, 안성에서 대구로 갈 사람은 응급의학과 전문의인 내가 제일 나을 것 같다는 생각이 들었다. 아무래도 경험이 없는 사람보다는 메르스 사태 때 응급실에서 근무해본 경험이 있는 내가 좀 더 낫겠다 싶었다. 안성시 공중보건의사 대표에게 전화해서 갈 사람이 없으면 내가 가겠다고 연락을 했다. 그러자 대표는 현재의 추이로 보아 코로나 사태가 금방 잠잠해질 것 같지 않고 내가 자원해서 가버리면 차기에 또 차출 인원이 필요할 때 갈 사람을 다시 정해야 하는 어려움이 있으니 애초에 공중보건의 모두를 대상으로 다 같이 추첨을 하자고 했다.

2월 25일 추첨을 하여 3명의 인원을 정했는데, 2월 27일 1차로 차출이 확정된 1번, 3월 11일 차출이 확정된 2번, 3월 25일 차출될 가능성이 있는 예비 3번이었다. 대표는 내게 3번에 당첨되었다고 하면서, 가지 않아도 될 가능성이 높으니 좋겠다고 말하며 웃었다.

전화를 끊고 곰곰이 생각했다. 나는 응급의학과 전문의이고 메르스 사태 때 거점병원에서 감염병의 현장을 경험한 이력이 있으니, 다른 사람들보다 내가 가는 게 조금 낫지 않을까 하는 생각이 다시 한번 들었다. 그래서 일정을 보니 공중보건의사 복무를 완료한 후 취업하기로 되어있는 병원의 신입 교직원 오리엔테이션이 3월 2일에 있어 1번 일정은 어려웠고, 2번으로 바꾸어 가는 게 좋겠다는 생각했다.

결국 2번에 당첨된 선생님에게 전화를 걸어 순번을 바꿔서 내가 갔으면 한다고 얘기했고, 흔쾌히 수락해주셨다. 당시 그 선생님은 어떤 마음이었을지 궁금하다.

대구에 가기로 결정된 뒤, 가족들에게 말을 할까 말까 고민하다, 어차피 알게 될 일 먼저 말씀드리는 게 낫겠다 싶어 어머니께 전화를 드렸다. 내 전화를 받으신 어머니는 한참을 아무 말씀이 없으셨다. 다른 힘든 일 같았으면 웬만하면 나서지 말라고 하셨을 텐데, 나라 사정이 사정인지라 건강히 잘 다녀오라고만 하셨다.

많은 말씀은 하지 않으셔도 어머니의 마음이 전해졌다. 이럴 때는 내가 의사인 것 자체가 불효인 것처럼 느껴진다. 여러 걱정의 말을 건네는 다른 가족들에게도 지역사회의 코로나-19 감염이 이미 시작되었으니 보건소의 선별진료소에서 환자를 보는 것과 위험한 면에서는 큰 차이가 없다고, 가서 좋은 경험하고 돌아오겠다고 안심을 시켜드렸다.

어쩌다 내가 대구에 가게 되었다는 것이 많은 사람에게 알려졌고, 많은 지인으로부터 격려의 연락을 받았다. 여태껏 인생을 헛살지 않았구나 하는 생각이 들 정도였다. 걱정하는 지인들에게 항상 같은 말을 했다. 의사니까 가는 것뿐이라고, 건강히 잘 다녀올 테니 다녀와서 소주 한잔하자고. 자원할 때는 오히려 담담했는데도 주위에서 많이들 걱정을 하니 나까지 괜히 걱정이 되기 시작했다. 하지만 분명, '가서 코로나에 걸리면 어쩌지' 하는 두려움보다는 '내가 그나마 경험도 있으니 가서 도움이 될 수 있을 것 같아 다행' 이라는 생각이 더 컸다.

그렇게 시간이 흘러 3월이 다가오는데, 확진자가 폭증해서 의료인들이 부족하다는 소식이 방송으로 전해졌다. 내 일정을 보니 3월 2일 이후라면 언제든 가도 괜찮았기에, 일정을 조금 앞당겨서 가는 게 어떨까 하는 생각이 들었다. 보건복지부에 아는 분이 있어 연락을 드렸더니, 전문의가 일찍 가면 너무 좋다고 하셨다.

3월 3일, 경기도청 및 보건복지부에서 연락이 왔다. 3월 4일 2시까지 대구에 있는 제1생활치료센터인 중앙교육연수원으로 오라는 문자였다. 막상, 내일 당장 떠나야 한다고 생각하니 마음이 조금 싱숭생숭했다. 감염력이 매우 높다고 알려지기 시작한 신종 감염병이라지만 감염병에 대한 두려움은 없다고 자신했던 내가 이럴 줄은 몰랐다. 어쨌거나, 마음이 평온하지는 않았다. 이런저런 우여곡절과 심경변화를 겪고 3월 4일 2시에 나는 대구에 있었다.

그 이후 2번, 3번으로 추첨이 되었던 안성시 공중보건의사들에
대한 차출은 결국 없던 일이 되었다. 친구들은 내가 안 가도 되는
대구 파견을 자진해서 간 꼴이 돼 버렸다며, 멍청한 짓을 했다고 아
직도 이야기한다.·· 그러나 누가 뭐래도 나를 필요로 하는 위치에
적절한 때에 자발적으로 갈 수 있었던 나는 행복한 사람이다.

평범하지만 특별했던
대구에서의 3주

송 명 제

가톨릭관동대 국제성모병원 응급의학과 임상 조교수

2020년 3월 4일 오후 2시까지 대구 제1생활치료센터인 중앙교육 연수원으로 오라는 연락을 받았다. 바로 전날 통고를 받았고, 그날 아침 일찍 채비를 마치고 출발했다. 고속도로를 주행한 후 대구 도심에 들어선 순간 나는 깜짝 놀랐다. 과거 응급의학회 참석차 두 번 정도 대구를 방문한 적이 있었는데, 그때와는 분위기가 너무 달랐다. 길거리에 차가 없었다. 거리에는 사람들의 흔적도 보이지 않았고, 상가는 대부분이 임시휴업이라는 종이가 붙어 있었다. 혁신도시에 위치한 생활치료센터에 도착하니 입구에서 경찰이 신원 확인 후 들여보내주었다. 긴장된 분위기였고, 직감적으로 상황이 심상치 않음을 느꼈다.

제1생활치료센터는 코로나-19 확진자 중 경증환자 150여 명이 입소한 곳으로, 코로나 환자 폭증으로 음압병상이 부족해 운영하는 시설이었다. 병원 치료를 필요로 하지 않는 가벼운 환자들을 돌봐주며 지역사회를 감염에서 보호하는 목적으로 설치된 곳이다.

이곳은 전국에서 첫 번째로 지정된 생활치료센터였기에 상징성이 있는 곳이었고, 그 때문인지 언론과 사회적 관심을 많이 받은 곳이었다.

3월 2일 개소를 한 센터는 내가 갔던 날이 개소 3일째 되던 날이었고, 시스템을 갖추어 가느라 부산한 느낌이었다. 경북대병원 핵의학과 이재태 교수님께서 센터장을 맡으셨고, 같은 병원 내과 전문의 한 분이 파견 의료진으로 이미 와 있었다. 센터에 나와 함께 배정된 의사로는 두 명이 더 있었다. 한 분은 부산지역에서 개원하고 있던 60대의 내과 전문의로, 코로나-19 의료 인력이 부족하다는 소식을 듣고 본인이 운영하던 의원을 뒤로 두고 대구로 달려왔다고 했다. 부산에 소재한 의과대학을 졸업하고 오랫동안 양산에서 신장 투석 전문병원을 개원하신 분인데 고향 대구가 어렵다고 하니 마음이 편치 않아 가장 먼저 지원했다고 하였다. 다른 한 분은 서울에서 봉직의로 근무하던 젊은 여성 일반의였는데, 대구가 고향이고 부모님이 계시는 곳이라서 대구로 갈 의료진 자원봉사자 모집공고가 뜨자마자 자원했다고 했다. 그러고 보니 나처럼 공공의료에 속한 의사를 제외하고는 대구 출신 의사 두 분이 제일 먼저 달려온 것 같다.

첫날 우리가 생활치료센터에서 맡은 임무는 환자들이 격리된 방에 들어가 개별적으로 검체를 채취하는 것이었다. 처음으로 레벨D 방호복을 입어본 의료진도, 코로나 환자를 처음으로 대면해본 의료진도 있었으니 모두가 낯설고 당연히 긴장할 수밖에 없는 상황이었다. 다 같이 웃으며 잘하자고 다짐하며 파이팅을 외쳤다. 상당히 화기애애했던 분위기로 기억한다. 하지만 첫날 함께 방역복을 갈아입고 찍었던 사진을 보니 모두가 경직된 표정이었고 사진에는 엄중함마저 감돌았다.

센터에서 했던 일 중 다른 하나는 매일 아침 10시부터 환자들에게 전화를 걸어 상태를 문진하고, 검사 결과를 알려주는 것이었다. 전화 한 통이 짧게는 3분, 길게는 20분까지 이어졌다. 사연이 있는 환자들이 많았다.

어떤 환자는 내가 처음으로 전화를 하자마자 밖에 나가게 해달라고 했다. 사연인즉 환자 본인을 비롯한 남매가 총 넷인데 모두가 코로나-19 확진 판정을 받았다고 했다. 그런데 그들에게는 병세가 위중한 노모가 계셨고, 경북대병원에 입원 중이었는데 형제들이 모두 격리되어 있다 보니 임종을 지킬 수가 없을 것 같다고 했다. 내게 계속 마스크 잘 쓰고 다닐 터이니 제발 내보내 달라고, 안 되면 잠깐 외출이라도 하게 해달라고 했다. 내가 할 수 있는 것은 여기서 마음 굳게 먹고 극복하여 하루빨리 코로나 검사에서 음성이 나오길 기대하자는 말뿐이었다. 울컥했다. 열심히 설득을 했다.

또 다른 60대 여성 환자는 나에게 자꾸 남편이 잘 지내고 있는지 알려줄 수 있냐고 물었다. 남편을 엄청 사랑하는 아내인가 보다 싶었다. 그것도 맞는 말이겠지만, 남편이 파킨슨병 중증환자라고 했다. 남편이 병원에 갈 시기가 되어 여든이 넘은 시어머니에게 부탁을 하고 들어왔는데, 시어머니와 전화 연락이 잘 안 된다고 했다. 본인이 잠깐만 나가서 남편 상태를 살피고 오면 안 되냐고 물었다. 전화를 어찌어찌 끊었는데 또 가슴이 미어졌다.

코로나-19 이놈은 질병 자체도 괴롭지만, 여러 가지로 사람 마음을 아프게 하였다. 모두들 가슴 아픈 사연 한두 가지는 가지고 있었기에, 매일매일 환자들과 통화를 할 때마다 마음이 편치 않았다. 가슴이 아렸다.

시간이 지나면서 현장 분위기에는 적응이 되어갔고 마음도 많이 편안해졌다. 뒤늦게, 나 말고 다른 공중보건의사 3명도 차출되어 이 센터에 와 있다는 사실을 알게 되었다. 의대를 졸업하고 바로 공중보건의사로 온 후배 둘, 인턴을 마치고 온 후배 한 명이었다. 이들은 모두 인천 옹진군의 작은 섬에서 공중보건의로 의무복무 중인 젊은 의사들이었다.

모두 중환자나 대형사고에 대한 진료 현장 경험이 많지 않아 두려움이 많았을 텐데, 다들 처음에는 두려웠지만 막상 시작하고 나니 의사로서의 뿌듯함이 크다고 했다. 씩씩하게 근무하는 후배들의 모습이 대단하고 대견해보였다. 결국 우리는 예정됐던 2주간의 파견기간을 1주일 더 연장해 총 3주간 함께 대구에 있었다.

근무 후 짬짬이 시간이 날 때면 주위를 산책했다. 내가 있던 곳은 대구 동구의 혁신도시였는데 지명들이 독특했다. '반야월'과 '안심'. 지명에는 항상 유래가 있기 마련이기에 찾아보았다. 후삼국시대 때 고려의 왕건이 공산전투에서 후백제 견훤에게 크게 패한 뒤 도망을 갔는데, 신기동 일대를 지나갈 때 날은 반야였고 달이 중천에 떠 있었다고 한다. 이 일화에 유래하여 '반야월'이라는 지명이 생겨났고, 더불어 난을 피하여 지금의 동내동까지 이른 뒤 적국의 추격이 없어져, 한 줌의 땀을 식히고 숨을 돌리게 되었다며 그곳을 '안심'이라고 부르게 되었다고 한다. 역사를 좋아하는 내가 대구에 의료지원까지 와서 역사 탐방을 하고 있음을 알아차리고는, 다시 한번 역사학자에 대한 미련이 남아있음을 실감했다.

시간이 흘러 어느덧 3주가 지났다. 엄밀히 말하면 총 19일을 있었는데, 여기에서 일하는 동안 가장 좋았던 것 중의 하나는 맛있는 밥이었다. 대구에 오기 전에는 경상도 음식이 목포 출신인 나의 입맛에 덜 맞으면 어쩌나 걱정을 했는데, 생각보다 밥이 너무 맛있었다. 제공되는 도시락도, 밖에서 가끔 사먹던 음식도 나에게는 꿀맛이었다. 코로나 전장에서 고생한다며 걱정하며 연락하는 가족과 지인들에게도 밥이 너무 맛있다고 말했다. 그러면 다들 '잘 지내는구나.' 하며 웃으면서 전화를 끊었다. 모두 '고생하러 갔다. 생명이 위험하지 않나?' 하며 걱정할 텐데 돌아갈 때 통통하게 살이 쪄서 돌아간다면 체면이 말이 아닐 것 같아 큰일이다.

2020년 3월 대구에서 보낸 3주는 정말 평범하지만 특별한 일상이었다. 그곳의 모든 사람들이 그랬다. 각자 주어진 일에 몰두하며 사랑을 나누는 이웃이고 위대한 국민들이었다. 모두가 당황스러웠던 재난 상황에 의료인의 한 사람으로서 그 현장에 있었다는 것은 나에게는 매우 영광스러운 경험이었다.

싸우기 전에
이겨라

김형섭

국민건강보험 일산병원 재활의학과, 전 제천코로나생활치료센터장

검도에는 '싸우기 전에 이겨라' 라는 말이 있다. 죽도를 맞대기 전에 눈빛으로 상대방을 제압하라는 뜻이다. 나는 2020년 3월 9일부터 1개월간 충북 제천의 코로나-19 생활치료센터에 있었다.

제천으로 가는 것은 갑자기 결정되었다. 이전에도 코로나 진료를 위한 파견 신청을 한 적이 있었으나 자원자들이 많아서 순서에 밀렸다. 우리 병원 직원 모두가 대단한 열정의 소유자였기에 아쉬웠다. 그러나 한편으로는 코로나가 빨리 가라앉아 그 기회가 다시는 오지 않았으면 했다. 모두에게 3월은 설렘과 두려움으로 교차하는 새 출발의 시간이고, 산적한 일 처리에 너무 바빴기에 이 사태가 무사히 넘어가기를 진정으로 바랐다. 그러나 코로나-19 환자가 급증하며 생활치료센터가 설치되자, 나에게도 갑작스런 파견 명령이 떨어졌다. 급하게 짐을 싼 후 제천의 국민건강보험공단 인재수련원으로 내려가게 되었다.

나는 2008년 전문의가 된 이후, 입원한 뇌졸중, 뇌손상 환자의 재활치료와 외래를 방문하는 치매, 파킨슨병, 통증 환자의 진료에 주

력하여 왔다. 2019년 말 중국 우한에서 시작된 코로나-19 바이러스 감염은 재활의학과 의사인 나에게는, 마치 처음 대면하는 검우劍友처럼 완전히 새로운 상대로 다가왔다. 그에 대해 아무것도 모른다는 것은 두려움과 공포로 엄습하였다.

병원을 출발하기 전 감염내과 선생들과의 미팅에서 다른 병원이 운영하는 생활치료센터 현황에 대해서 조금 듣게 되었다. 코로나-19 확진자 중 경증 증상의 환자가 입소한다고 하나 병의 중증도 분류가 완벽하지 않은 경우가 많아, 중증환자가 가끔 있다고 했다. 중환자를 감별하기 위해 매일 흉부 X선 검사를 하라고 권유했다. 일상적으로 방호복을 입고 진료를 하며 중증인 환자가 발견되면 병원으로 이송한다고도 했다.

전문의 3명, 간호사 6명을 비롯하여 의료기사, 간호조무사로 구성된 의료지원팀이 과연 매일 150명의 감염자를 잘 관리할 수 있을까? 의료진의 감염과 안전도 걱정되었다. 그러나 상대의 눈빛도 보지 않았는데, 미리 겁을 먹을 것까지는 없다는 생각도 들었다. 코로나의 눈빛을 보기 전까지는 어떠한 판단도 미리 하지 않기로 했다. 출발 전 병원 관계자들의 회의에서 입소자의 의료적 처치에 대한 판단은 파견되는 우리 의료진에 맡겨 두고, 병원 경영진은 후방 지원을 잘 해달라고 부탁했다.

3월 8일 오후 1시에 센터에 도착해서, 차분하게 준비를 시작했다. 컴퓨터와 진료 장비를 설치하고, 진료소 및 검사 장소를 결정했다. 각자의 역할 분담과 당직 체계도 마련했다. 첫날 일을 마치니 밤 10시가 되었다. 그 다음 날 우리 센터에는 110명의 경증 확진자가 입소하기로 되어있었다. 의료진의 안전을 최우선으로 하며, 대면 진료는 최소화하는 원칙을 알렸다.

사전에 입소자의 상태를 파악하기 위해서 대구시의 협조를 받아 입소자가 도착하기 전에 설문지를 문자로 보냈더니 놀랍게도 80% 이상이 답을 해주었다. 연세가 있거나, 스마트폰 조작이 힘들 것 같은 분들에게는 직접 전화를 드렸다. 전체 입소자의 평균 나이는 35세였고, 아버지와 딸, 엄마와 아들, 자매나 형제 등 가족이 같이 입소한 경우도 많았다. 임신부와 호흡곤란 환자도 있었고, 고혈압, 당뇨 환자들도 파악되었다.

호흡곤란을 호소한 67세 남성은 폐렴이 확인되어 즉시 대구의료원으로 이송하였고, 입소 3일차에는 폐렴이 발견된 50대 여성도 이송하였다. 나머지 환자들은 제천센터가 닫을 때까지 함께했다. 하루 중 아침 저녁 2회 자가 모니터링 설문지를 문자로 보내며 환자의 상태를 파악하였다. 입소자의 80% 이상은 아무 증상이 없었다. 증상이 있다고 호소한 사람들도 이 정도의 증상이라면 대부분 병원을 찾아서 진료를 받을 정도는 아니라고 하기에 우선 안심이 되었다.

입소한 다음 날 57명에 대해 첫 바이러스 진단검사(PCR)를 시행하며 살폈더니 대부분 건강한 모습이었다. 불편하다는 증상을 호소하지도 않았다. 이 정도라면 2주가 지나면 모든 입소자가 퇴소할 수 있을 것 같았다. 그러나 막상 검사 결과에서는 상당수가 양성이나 바이러스가 존재함을 암시하는 약양성으로 판정되었다. 결국 4월 2일 마지막 검사를 시행할 때까지 최초 입소한 110명과 도중에 천안에서 온 환자를 포함한 130명 중에서 68명만 퇴소하였다. 바이러스가 계속 검출된 환자를 대구로 이송하며 제천센터의 문을 닫았다.

3월 중 생활치료센터 의료지원단 대표자들을 위한 SNS 대화방이 만들어져 다른 센터의 선생님들과 교류할 수 있었다. 생활치료센터가 의료기관인가에 대한 토론이 되었는데, 나는 센터를 의료기관으로 지정하는 것에 반대하였다. 경증 코로나-19 환자는 특별한 치료제가 없다. 여기서는 자신의 면역만으로 극복하는 것이며, 중증환자는 종합병원으로 이송하여 입원 치료한다. 즉 센터는 경한 증상의 확진자가 바이러스를 배출하지 않을 때까지 격리시키는 기관이다. 증상이 없거나 경하지만 단지 바이러스만을 배출하는 확진자를 환자, 감염자, 보균자, 입소자 중 어떤 범주로 정의할 수 있을까? 증상이 없는 감염자를 환자로 정의한다면 바이러스를 배출하는 것 자체가 병이라고 규정하게 되는데 그것도 많이 거북하다.

한의사 협회에서 조직적으로 면역력 증강을 위한다고 광고하며 입소자들에게 신청을 받아 무료로 한약을 보냈다. 그러나 치료효과에 대한 근거가 없고 부작용에 대한 자료도 없으므로 반입을 불허하였다. 이번 코로나 사태는 재난적 상황이다. 재난에 대해 재난적 대처를 하는 것이 옳고, 거기에 맞게 재원이 지원되어야 한다고 생각한다. 우리가 자원봉사하는 이 센터를 의료기관으로 지정하여 입원관리비를 받는다면 그 선의와 순수성이 훼손된다.

한 달간 제천에서 지내며 느낀 코로나-19에 대한 생각은, 기저질환이 없고 젊은 환자는 증상이 경미하거나 아예 없다는 것이었다. 누군가는, 소리 소문도 없이 나타나서 주변을 감염시키는 스텔스 비행기 같다고 표현하였다. 여기 환자들도 감염 후 심한 증상은 일주일 정도 지속된 후 사라졌다고 했다.

무증상 혹은 경증 감염자가 역병의 관리에는 어려운 문제가 된다. 보통 감기나 독감과 같은 호흡기 전염병의 경우는 증상 발현 전에 가장 큰 전염력을 가지게 되어 방역에 어려움이 있다. 이번 코로나-19는 무증상 감염자가 많으며, 증상이 사라져도 30일 넘게 바이러스를 배출하게 되므로 단기간에 해결되지 않을 것으로 생각되었다.

생활치료센터는 감염자가 확산될 무렵 경중과 무증상 감염자를 격리하여 지역 사회로의 확산을 막아 의료 대란을 막는 방파제 역할을 하였다. 이 센터는 자신의 감염 위협을 무릅쓰고 자원하여 참여한 의료진의 지극한 노력이 모여 성공했다고 믿는다. 결국 의료 자원의 효율적인 이용에도 큰 도움이 되었다.

나는 사명감 때문에 제천센터에 내려왔다고 생각한 적이 있었다. 그러나 솔직히 스스로를 과도하게 포장한 말이다. 나는 대구 시민의 생명을 구하기 위해 온 성인이 아니라, 내가 의사이기 때문에 왔을 뿐이다. 내가 재활치료센터에 있으면 재활의학과 의사가 되는 것이고, 전염병이 창궐할 때는 전염병과 싸우는 전사가 되는 것이다. 이번 코로나-19와의 전쟁에서 위기가 있을 때 더 단합하는 우리나라 국민들을 보았다. 위문품에 남긴 국민들의 정성 어린 손글씨를 보며 감동했었다. 영화 '범죄와의 전쟁' 중의 대사 한마디가 생각난다.

"학생은 공부를 해야 학생이고, 건달은 싸워야 할 때 싸워야 건달입니다."

내 인생에서 최대의 행운은 재활의학과 의사가 된 것이었는데, 이번에도 나는 또 다른 의사로서 코로나-19와의 전장에 나설 수 있었기에 아주 영광스러웠다.

코로나-19
환자 이송팀에서의 한 달

우성환

경북대학교병원 건강검진센터 의료기술직

2월 18일, 우리나라에서 31번째 코로나-19 확진을 받은 신천지 교인 환자가 나타난 후 2월 말까지 확진자 수가 매일 수백 명씩 나왔다. 도시에는 무시무시한 공포가 엄습하였다. 권역에서 공공의료의 가장 중요한 축을 담당하고 있는 경북대병원 또한 비상진료 체제로 전환하게 되었다. 방문 환자 수가 급감한 건강검진센터는 코로나-19 진료 전담 부서의 의료 인력 부족을 보충하기 위하여 파견이 결정되었다.

나는 코로나 환자 전담반으로 지원하였고, 환자 이송을 담당하기 위해 구성된 전담이송팀에 배속이 되었다. 하지만 코로나 광풍 속에 모두가 가졌던 막연한 공포심으로 인하여 이 팀에 적극적으로 지원하는 사람들이 별로 없었다. 해당자들을 적극적으로 설득한 결과 일반 환자 이송지원반과 수술실에서 파견 나온 14명에 나를 더하여 총 15명으로 코로나 이송팀이 구성되었다. 그리고 코로나 이송팀은 감염의 위험을 최소화하기 위하여 일반 환자 이송팀과는 별도의 대기 공간을 마련하고, 3조를 하루 3교대로 근무하는 형태로 운영하기로 결정하고 3월 1일부터 본격적인 업무를 시작하였다.

병원의 감염관리팀이 맡고 있던 코로나 환자 이송업무를 우리 팀에서 넘겨받은 것이다. 코로나-19 환자가 입원하고 있는 신경외과와 내과중환자실, 506병동 그리고 비상안전팀과 변전실이 긴밀하게 협의하면서 업무를 진행하였다. 전담이송팀 운영 초기에는 이송해야 할 코로나 환자 수가 많았을 뿐만 아니라 각 부서별 명확한 업무 지침이 없었기에 혼란스러웠다. 부서 간의 원활하지 못한 소통도 문제였다. 결국 관련 부서 담당자들과 전체 미팅을 하고, 자주 소통하여 각자의 역할을 명확하게 함으로써 업무를 매끄럽게 진행할 수 있었다.

3월 초, 초창기에는 응급실에 도착한 환자를 병실로 이송하는 실제 시간은 10분 정도였지만 응급실 앞으로 와야 할 119 구급차가 엉뚱한 위치로 간 경우도 많았다. 구급차는 전혀 다른 위치인 치과병원으로 가거나 장례식장, 병원 앞의 교회, 외래 건물로 갔고 가끔은 칠곡경북대병원으로 가기도 했다. 전국에서 지원을 나왔던 119구급차가 대구의 지리를 몰라서 생긴 혼란도 많았을 것이다. 연락이 원활하지 못할 경우 우리들은 답답한 레벨D 방호복을 착용하고 1시간 이상이나 응급실 앞에서 대기하여야 했다. 물론 119구급대원과 입원할 환자들 모두가 힘들었을 시간이었다.

코로나 환자 이송팀 동료들도 감염을 우려하는 가족들이 눈에 밟혀 아무에게도 알리지 않거나, 집으로 들어가지 않고 병원 근처에 원룸을 구하여 이 상황이 끝날 때까지 홀로 지내겠다는 분도 있었다. 아예 남편과 아이들을 시댁이나 친정에 다 보내고 홀연히 등장한 여성 동료도 있었다. 가족들은 나중에서야 남편과 부인, 아버지, 어머니가 코로나-19 환자 이송업무를 하는 것을 알고는 "아빠 최고!", "여보, 조심하시고, 건강하세요!", "우리 마누라, 사랑한데이!" 등의 메시지를 보내왔다. 시민들도 병원 큰길에 "당신들이 이 시대의 진정한 영웅이다"라는 플래카드를 걸었다. 우리도 용기백배하며 힘을 냈다.

　이송업무를 하면서 환자들의 가슴 아픈 사연들로 인해 가슴이 짠할 때가 한두 번이 아니었다.
　한 분은 기저질환으로 만성신부전을 가지고 있는 고령의 환자였는데, 코로나-19 치료 중 흉부 X-선 사진상 폐 병변이 급격히 악화되며 경북대병원으로 이송되었다. 환자는 입원 시 주치의로부터 병변이 급격히 악화되어 위험해질 수 있다는 설명을 들었고, 다른 치료와 함께 악화된 신장 기능 이상에 대하여 주 3회의 혈액투석 치료를 받았다.
　보호자가 들어갈 수 없는 격리 음압병상에 입원했는데, 입원 기간 내내 이 환자를 모니터링하고 방호복을 입고 치료하러 들어오는 담당의사도 힘들었을 것이다. 환자는 혼자서 겨우 식사가 가능한 정도이고, 화장실은 의료진 도움이 없으면 갈 수 없는 상태였다. 혈액 투석을 설득한 후 환자가 그것을 받아들이는 1~2주 동안은 지켜보는 간호사도 많이 안타까워했다. 나는 병실에 들어갈 때마다 "식사를 잘 하셔야 된다. 필요한 거 있으시면 말씀하시라."고 했으나 답변을 듣기가 어려울 정도였다.
　얼굴 표정만 봐도 매우 우울하다는 것을 알 수 있을 정도였다. 면회도 불가능하니 보호자들이 자주 전화를 했으나 환자는 귀찮다는 듯이 전화도 안 받았다. 자녀들은 환자가 전화를 받게 해달라고 울면서 간호사실로 전화했다. 보호자들은 "우리 어머님 어떻게 잘 지내시는지, 혈액투석 때문에 힘들어 하시는 건 아닌지…."라며 매달리다가, 말미에는 "어머니를 이제라도 편하게 보내주세요."라며 울먹였다. 주위에 있는 의료진 대부분이 울컥하였다. "그 정도는 아닙니다. 일단 치료 중이고 경과를 같이 봅시다."라며 보호자를 진정시켰다.

이후 혈액투석과 투약 치료를 병행하자 기분도 좋아졌고, 환자 본인도 삶에 대한 의지가 다시 생기는 것 같았다. 시간이 지나자 식사량도 늘고 말수도 조금씩 많아지면서 이젠 병실에 들어 갈 때마다 "나 때문에 고생이 많다." 그리고 혈액투석이 있는 날은 "또 내가 또 힘들게 하네."라며 따뜻한 말도 건넸다. 격리 환경과 혈액투석에 잘 적응하며 상태가 호전되니 의료진들 또한 진한 보람을 경험했다. 이 환자에게는 영영 불가능할 것 같았던 '희망'이라는 단어가 눈앞에 다가왔던 것이다.

코로나-19 환자의 상태가 나빠진다고 하더라도 보호자들이 환자를 곁에서 지켜볼 수도 없고 마지막 대화를 나눌 수도 없다. 자식들이 노부모의 임종을 지키는 것도 불가능해진다. 가족 한 명 없이 방호복 입은 의료진에 둘러싸여 격리 음압 병상에서 쓸쓸히 치료받다가 운명하는 환자들을 보면 정말 가슴이 아프다. 병동의 입원환자들이 보호자들과 함께 지내는 평범한 일상이 얼마나 소중한 것인지를 느끼게 된다.

또 한 명은 코로나-19로 확진된 3월 3일부터 40여 일 동안 내과중

환자실에 입원한 어린 환자였다. 학교 동아리 활동 중에 발열, 기침 증상이 있어 동네의원서 항생제 및 해열제를 처방받았으나 증상이 좋아지지 않고 반복되었다. 입원 당일은 발열과 호흡곤란 증상이 심해져 응급실을 통하여 중환자실로 입원하였다.

이 환자의 다른 가족들도 코로나 환자로 진단되어 다른 병원과 생활치료센터로 뿔뿔이 흩어져 입원 중이었다. 저산소증이 심해졌으나 코로나-19 특효치료제가 없는 상황에서 의료진은 ECMO와 각종 치료를 필사적으로 시도하며 약해져 가는 생명의 불씨를 다시 지피려 노력을 했다. 더 이상 희망이 없어 보이던 경우도 몇 차례 경험했다. 죽음의 문턱까지 다가갔던 환자를 보며 오열하는 보호자에게 최악에는 사망에 이를 수 있다고 설명하는 의료인들도 감정적으로 힘들었다. '지성이면 감천'인 것 같았다. 다행히 환자는 그 힘든 상황에서도 강한 정신력으로 삶의 끈을 놓지 않았고 조금씩 조금씩 상태도 나아지는 것 같았다. 아직은 병원에서 퇴원하지는 못하고 있으나, 확실히 많이 회복되었다. 마치 코로나로 힘들었던 대구가 조금씩 회복되는 모습처럼 의료진을 기쁘고 뿌듯하게 했다.

나는 한 달 뒤 코로나-19 환자 이송팀 책임자 일을 마치고 건강증진센터로 복귀했다. 함께 동고동락하던 동료들이 헤어지는 나에게 인사말을 보내왔다.

"처음엔 무섭고 겁도 나서 도저히 제가 선뜻 나서겠다고 말할 용기가 나지 않았습니다. 부담스러웠지만 용기를 내어 지원해서 지금까지 일을 해왔습니다. 우리 팀 모두가 고맙고 힘이 되었습니다. 힘들고 위험한 일이었지만 그동안 즐거웠습니다. 모두가 선생님을 중심으로 한마음으로 움직였고 정도 많이 들었습니다. 우 선생님이 조기 복귀하게 되어 아쉽습니다. 저는 남아서 끝까지 최선을 다하겠습니다."

"불안을 안고 시작한 일이지만 더 불안해하는 환자들을 보면서 용기와 책임감이 생겼어요. 소소한 일상에 감사합니다."

"회피는 죄악 같았고 이럴 때일수록 함께 힘내야 될 것 같아 지원했습니다."

처음 방호복을 입고 코로나-19 환자를 볼 때는 나도 감염되면 어쩌지 하는 막연한 두려움이 있었다. 하지만 시간이 지나면서 내가 감염되면 내가 간호하고 있는 환자, 옆의 동료 의료진들, 그리고 가족에게 피해가 가겠다 싶어 방호복을 입고 벗을 때 감염되지 않게 철저히 매뉴얼대로 하였다. 그리고 병원, 집 외에 다니는 동선도 최소화하였다. 처음 방호복 입을 때의 두려움은 방호복이 나를 지켜준다는 안도감으로 바뀌었다. 전화 통화나 물품 전달을 위해 오시던 보호자 분이 전해주던 "고맙습니다.", "고생이 많으십니다.", "방호복이 덥다고 하던데 힘드시겠어요."라는 말씀들이 큰 힘이 되었다.

그리고 가장 뭉클했던 "지금 보니 의료진이 애국자네요."라는 말은 오래오래 간직할 것이다.

코로나-19 무대의
'그때 그 사람'

이재태

경북대학교 의과대학 교수, 전 대구1, 2 코로나 생활치료센터장

장면 1 : 2020년 2월 20일 _ 택시기사

대구의 첫 환자가 발생한 이후 매일 확진자 수가 증가하고 있다. 모두가 패닉상태이다. 어제 저녁 퇴근길에 택시를 탔더니, 기사분이 뒤를 힐끔 쳐다보더니 말했다. "손님, 마스크는 안 하십니까?", "병원에서 일하며 하루 종일 착용하다가 퇴근하며 연구실서 옷 갈아입고 나오면서는 깜박했네요." 기사 양반도 마스크를 쓰지 않은 상태였다.

그는 잠시 차를 정지시키더니 아래쪽에서 주섬주섬 자기 마스크를 찾아서는 얼른 착용한다. 차가운 날씨에 밀폐된 공간에서 하루 종일 운전하는 기사분의 불안감이 쉽게 이해된다. 내릴 때까지 마스크 없는 상태서 택시에 앉아있는 것도 곤욕이었다. 괜한 스트레스를 주고 있으니 가해자가 되며 큰 죄를 짓는 느낌이다. 마스크를 쓴 기사가 말을 보탰다. "병원에 근무하니 정년까지 근무할 수 있어 좋겠네요. 부러워요." 이 상황에서는 딱히 드릴 말도 없더라.

이른 아침 출근 버스 타러 나오는 길은 한산하다. 등교하는 학생

들도 출근하는 직장인들도 거의 보기 어렵다. 버스 타고 그리고 내려서 병원으로 들어오는 길에서 세어보았더니 내가 만났던 수십 명 중 마스크 쓰지 않은 사람이 두 명 있었다. 마스크 끼고 건물 밖 흡연지정소로 나와 담배를 피우는 입원환자와 직원들, 커피숍 근무 아가씨들 모두가 희고 검은 마스크를 쓴 풍경을 보는 것이 짠하기는 마찬가지이다. 마스크 쓴 것 모르고 커피를 들이켰다가 바로 뱉었는데, 당황스런 것보다는 마스크 한 개를 버린 게 아까워 속이 쓰리더란 이야기도 들린다.

장면 2 : 2020년 2월 26일 _ 인도 학생 부부

환자가 폭발적으로 증가하며 대구가 '코로나-19 도시'라는 국제적 명성을 얻기 시작하자 많은 나라들이 대구와 인근 청도 출신에 대한 입국금지를 발표했다. 일본에서 교수로 근무하고 있는 친구가 아버님 상을 당했다. 코로나-19 때문은 아니었다. 그런데 일본에서 대구로 오는 항공편이 모두 취소되어 귀국도 쉽지 않단다. 더욱 기가 막힌 것은 대구를 다녀오면 일본으로 재입국이 불허된다고 했다. 봉쇄 기한도 정해지지 않은 상태이다. 시기가 신학기 개강 직전이라 아버님 마지막을 모시는 것도 못 하게 되었단다.

병원 연구실의 인도 출신 연구원과 학생들이 동요하기 시작했다. 우리 국민은 모두 마스크 구하기 전쟁에 참여하고 있었고, 부족하나마 여러 방향에서 공용 마스크가 공급되고 있었다. 이 와중에서 한국말을 잘 하지 못하는 외국인 학생들은 마스크를 사기도 어려웠거니와, 공용 마스크 배급에서도 제외되었다. 모두 실험실용 마스크 한 개로 오랫동안 버티고 있었다. 중소기업의 외국인 노동자도 같은 형편이었을 것이다. 아마도 이들의 스트레스도 극에 달했을 것 같다. 동료 교수의 인도 학생은 본국으로 돌아가는 비행기표를 알아보고 있었다. 코로나-19 본산지 중국을 거쳐 귀국하는 항로가 막히니 가격이 싸고도 편리한 표를 구하기가 쉽지 않은 것 같았다. 오후에 이들이 찾아와 인도에 가서 지내다가 대구의 코로나-19 사태가 안정된 후 돌아오겠다고 했다. 그래라고 했단다. 그런데 얼마 지나지 않아, 인도에 가지 않겠단다. 기껏 인도에 도착한다 해도 대한민국 대구에서 귀국한 사람은 2주간 격리시설에 수용된다. 집에 가려다 대신 가야 하는 인도의 격리시설은 깨끗하지도 않다니 격리 생활은 고행이 될 수 있다.

병원 진료진에 배급된 치과용 마스크와 여러 분들이 대구 의료진에게 마련해준 마스크 일부를 이들에게 전했다. 내가 인도인 연구원 프라카시 부부에게 해 줄 수 있는 유일한 배려였다.

장면 3 : 2020년 3월 5일 _ 코로나-19 부녀

코로나-19 확진된 후 집에서 자가격리 중인 코로나 환자 100명이 3월 2일 대구1 생활치료센터에 입소하였다. 센터의 입소 기준은 코로나-19로 진단되었으나 증상이 없거나 경증인 환자, 기저질환이 없는 65세 이하의 환자들이었다. 그러나, 확진자 수가 급증하여서 집에 머무르고 있던 이들의 상태를 제대로 평가하기가 어려웠다. 입원한 환자들을 살펴보니 87세의 고령자를 포함한 어르신들도 많았고, 어린이 환자들도 있었다. 어린이들은 대부분 부모와 동반하여 입소했고, 확진된 어린 두 아이와 함께 들어온 어머니도 있었다. 초등학교 고학년 여자 어린이는 부모가 병원에 입원한 뒤 실시한 검사에서 확진되어 이곳에 홀로 들어온 경우였다. 독방에 혼자 남겨진 아이는 극도로 불안한 모습을 보였고, 결국 며칠 뒤 아버지가 입원 중이던 병원으로 이송되었다.

가장 어려웠던 상황은 49세 아버지가 데리고 온 8세 여아였다. 이 꼬마아가씨는 입소 환자 명단에도 없었는데, 확진자인 아버지를 따라 들어왔다. 5일 전에 아버지와 함께 실시한 바이러스 검사는 음성이었다고 했다. 119앰뷸런스가 아버지를 데리러 갔을 때 합승을 했다. 바이러스가 득실거리는 생활치료센터에 들어온 미감염자 어린이…. 질병관리본부와 상의한 후 입소 이틀 뒤에 다시 바이러스 검사를 시행했다. 이번에도 음성이었다. 아이들은 평소에 감기를 자주 앓고 바이러스 수용체도 많이 없어 코로나 감염이나 증상 발현이 적다는 보고를 본 적이 있는데, 확진된 아버지와 원룸에서 1주나 같이 지냈음에도 멀쩡했다. 아빠에게 아이를 집으로 보내자고 했으나 마땅히 보낼 곳이 없단다. 엄마가 부재 상태였다. 대구시가 운영하는 아동지원센터도 알아보았으나 입소가 불가능했다. 밤새 고민하던 아빠는 외갓집에 보내겠다고 하더니 몇 시간 후 생각해보니 그것도 안 되겠다며 전화를 해왔다. 이 아이는 아빠의 모든 것처럼 느껴졌다.

아빠는 확진된 이후 딸과 지내면서 철저하게 마스크를 착용했고, 손발을 깨끗하게 씻겼으며 식사는 시간을 두고 따로따로 했다. 그렇다고 아빠가 언제 퇴원할지도 모르는데 환자 수용시설에 아이를 계속 둘 수는 없었다. 방역당국과 상의하여 아이를 아빠와 함께 귀가시키기로 결정했다. 지금처럼 아이에 대한 감염 관리를 철저하게 할 수 있다면 부녀의 역정은 해피엔딩으로 마무리될 수 있겠다고 확신했다. 무력감에 마음이 아리다. 집으로 돌아간 이 부녀는 빨리 쾌유되었으리라 믿는다. 우리 모두가 간절하게 빌었으니까.

장면 4 : 2020년 3월 8일 _ 50대 여성

"코로나-19로 진단받았으나 아무 증상도 없는 내가 코로나 감염이란 사실을 도저히 받아들일 수 없었다. 병원에는 입원할 병실이 없다고 하여 집에서 자가격리 중인데, 모두가 나만 쳐다보는 것 같고 나도 불안해서 견딜 수 없다. 방송에서는 마스크 구하려고 온 국민이 길거리를 헤매는 모습을 보여준다. 마침 대형마트에서 마스크를 독점적으로 싼 값에 공급한다고 하니 나도 인근 마트 앞에 늘어선 줄로 나섰다. 빗속에서 우산을 들고 이제나저제나 나의 순서가 오나 하고 기다리는 중 전화가 왔다. 자가격리 환자를 감시하는 방역당국의 전화였다. 자가격리 중 무단이탈했다고 야단이 났고, 나는 그 자리에서 잡혀 119앰뷸런스에 태워졌다."

이 여성은 바로 며칠 전 개소했던 대구1 생활치료센터로 이송되었다. 입소한 다음 날 아침에 만난 아주머니는 아직도 분을 삭이지 못하고 있었다. 모든 게 다 불만이었다. 집으로 보내달라고 했고, 앞으로 여기서 하게 될 검사도 믿지 못하겠단다. 며칠 동안 설득하였더니, 결국은 스스로의 처지를 받아들였다. 이후 식사도 잘하고, 자신이 감정을 억누르고 지내시다가 바이러스 검사에서 음성이 되어 퇴소하였다.

2020년 4월 5일부터 감염병관리 법령이 개정되어 감염병 환자가 격리나 입원 명령을 거부하거나 감염병 전파의 위험을 증가시키는 행위는 검찰에 고발하고, 재판에서 1000만 원 이내의 벌금이나 1년 이내의 징역형이 가능해졌다. 이전까지는 최대 300만 원의 벌금형이 최대 징벌이었고 신체적 구속이나 구금은 불가능했다. 방역당국은 이후 자가격리 조치를 위반한 사람들을 여럿 고발할 수 있었다.

장면 5 : 2020년 3월 19일 _ 50대 남성

코로나-19 진단 후 집에서 대기 중이던 가벼운 증상의 환자와 이미 병원에 입원해 있던 환자 중에서 증상이 약하고 젊은 사람들이 생활치료센터로 옮겨왔다. 생활치료센터로 이송된 환자들이 비워준 음압병실은 고령이나 질병 등으로 위험도가 높은 환자들에게 제공된다. 그러나 센터에 입소한 환자들을 다시 평가해보면 실제로는 경중이 아닌 환자들도 제법 있었다.

3월 8일 밤에 입원한 51세의 남성은 발열이 있고, 호흡도 가빴다. 나이는 젊은 편이었으나 힘이 없어보였고, 혈중 산소분압도 조금씩 떨어지고 있어서 계속 두면 생명이 위험할 수 있었다. 밤이 되면서 점차 상태가 악화되었기에 자정이 지나 경북대병원 응급실로 후송하였다. 이분은 과거에 간암으로 수술을 받은 병력이 있었으나, 자가격리 중 보건소의 전화 평가에서는 이런 과거력을 말하지 않았기에 센터 입소대상자로 구분된 경우이다. 다음 날 병원 음압병실로 이송된 후 며칠 동안에 증상 호전이 없었고 여전히 동맥혈 산소분압이 낮아 중환자실로 옮겨야 할 상태라는 소식을 들었다. 이후 이분의 상태를 더 이상 추적하지는 못하였다.

오늘 일간지에서 완치되어 퇴원한 어느 코로나-19 환자의 사연을 읽었다. 응급 후송을 갔던 바로 그 환자가 완치되어 언론과 인터뷰한 내용이었다. 이분은 집에서 며칠만 더 지체되었다면 생명이 위태로웠을 가능성이 높았으므로, 생활치료센터가 구세주가 된 경우였다. 그런데 이분이 음압병실, 중환자실을 오가며 투병하는 동안, 비교적 건강하셨던 부친이 코로나-19 감염의 악화로 갑자기 사망하셨다고 한다. 환자의 남동생은 중환자실에 있던 형의 건강을 염려하여 이 소식을 알리지 않았고, 부친은 작고한 날 당일에 바로 화장되었다. 사지에서 살아온 아들은 뒤늦게 아버지의 유고를 알수 있었기에 그의 사부곡은 가슴을 찌른다. 힘을 키우고 정신을 차리면 부친의 유골을 따로 모시겠다고 했다. 이 작은 놈 코로나가 여럿 불효자로 만들고 있다.

장면 6 : 2020년 3월 21일 _ 60세 의사회장

코로나-19의 아수라장 대구에서 대구시의사회장의 활약이 큰 주목을 받았다. 언론에도 대서특필되었다. 확진자 수가 급증하여 모두가 극도의 공포감으로 숨죽이던 2월 하순 그의 진가가 빛났다. 적지 않은 나이임에도 스스로 코로나 병원의 입원 환자 진료와 선별진료소의 검체채취 업무에 자원했다. 온몸으로 솔선수범했을 뿐만 아니라, 대구시 의사들에게 "우리 모두 내 고장 대구를 구하자"는 격문을 돌려 순식간에 엄청난 호응을 이끌어 냈다. 대구시 개원의사들은 조를 짜서 2000명 이상의 코로나 확진환자들을 분담하여 전화 상담을 하며 어려운 점들을 해결해주었다. 생활치료센터에 들어온 환자들은 매일 두 번씩 전화를 해준 의사들 덕분에 마음의 안정을 얻었고 희망을 볼 수 있었다고 했다.

오늘 검체채취 자원봉사 나온 의사회장의 목소리가 평소와는 다르게 실실 새는 것 같고, 어딘지 모르게 불편해 보였다. 마스크를 쓴 상태였는데 보기에 큰 문제는 없었다. 그의 사연인즉 며칠 전 바깥에서 넘어지며 얼굴을 땅에 부딪혔단다. 입 주위 얼굴에 상처를 입었고, 치아가 부러졌다는 것이다. 그러고 보니 얼굴도 조금 부었다. 이 와중에 할 일이 너무나도 많아서 아직 치과를 방문할 시간을 만들지 못했다고 했다.

모 소주회사에서 술을 만드는 에탄올 원액을 병원에서 코로나 소독액을 만드는데 써라며 대구시의사회에 기증하였다. 모두 외출을 삼가고, 식당들은 문을 닫으니 소주 소비가 없었을 것이다. 큰 생수통 같은 에탄올 원액 플라스틱 통은 개수도 많았지만 무게도 무거웠다. 의사회는 한적한 대구 월드컵경기장 주차장에 에탄올을 적재하고 회원들에게 필요한 회원들은 각자의 차로 분배받으라고 연락했다. 회원들이 모여드는 사이에 의사회장은 회원들에게 배급이 쉽도록 무거운 에탄올 통을 길가로 옮기고 있었다. 큰 플라스틱 에탄올 통을 가슴에 안고 옮기던 중 아스팔트길에서 발이 꼬이며 통을 든 채로 앞으로 고꾸라진 것이다.

그는 마스크를 쓰니 멍든 곳이 가려질 수 있어 좋다며 씩 웃으면서 바이러스 검사장으로 나갔다. 이번에 이 아사리한 현장에서 멋진 리더십을 보였던 존경스런 한 인류를 만났다. 그는 나의 대학 후배이자 친구의 동생이기도 하다.

2020년 5월 5일 대구를 연고로 하는 프로야구팀 삼성라이온스의 홈개막전에 그가 시구자로 선정되었다.

3월 2일 오전 처음 오픈한 생활치료센터에 갔더니 오기로 되어있던 3명의 공중보건의(공보의)들이 도저히 오지 못하겠다고 밤에 연락을 해왔단다. 3월 1일 아침 근무지에서 호출되어 대구의 코로나 전장으로 보내진 전남 어느 군의 보건지소 근무 의사들이었다. 당일 센터 개소 예정지로 와서 내일부터 입소할 코로나-19 환자 진료에 관한 업무 파악과 방역 교육을 마무리했으나, 저녁이 되자 모두 포기한다며 줄행랑을 놓은 것 같았다.

당시 코로나 도시 대구에 대한 공포가 상상을 초월했으니 이들의 행동은 충분히 이해할 수 있었다. 중국 우한에서 코로나-19를 처음 알렸던 우한 중앙병원 안과의사 이원량의 사망 소식에 가장 민감한 사람들도 의사들이었다. 방역당국은 부랴부랴 인천 옹진군의 외딴 섬에서 근무 중이던 공보의 3명을 새로 차출하였다. 이들은 이른 새벽 배를 타고 인천으로 나와서 부지런히 이동한 후 대구시청을 거쳐 센터에 도착하였다.

인적이 드문 적막한 섬에서 빠져나와 파견을 간다니 기뻐하며 새롭게 주어질 일을 기대하고 있었다. 그러나, 집결 후 대구에서 코로나 환자 진료에 투입된다니 모두가 긴장하는 모습이 역력했다. 저녁부터 입원 환자 돌보는 당직일정과 내일 할 일을 상의하자고 했더니 근무시간이 지났고 자기들끼리 상의할 일이 있다며 모두 사라졌다.

당장 밤부터 입원 환자를 돌볼 인력이 없으니, 이날 아침부터 하루 종일 일했던 경북대병원 내과 전문의는 당직을 자임하며 밤에 집에 가서 세면도구를 챙겨왔다. 공보의들은 다음 날 아침 9시가 되어서야 떨떠름한 표정으로 다시 등장하였다. 우여곡절 끝에 자원봉사 나온 선배 의사들과 대구시의사회장 등도 설득에 나서며 대화를 통해 업무를 조정하고 진료를 시작할 수 있었다. 며칠을 같이 지나자 이들도 이번 과업의 막중함을 이해하고 파견기간 동안 열심히 일했다.

3월 8일 늦은 오후 어둠이 깔리던 시간 경북대학교 기숙사의 생활치료센터에는 300명에 가까운 자가격리 중이던 환자들이 들이닥쳤다. 마치 봇짐을 든 한국전쟁 1.4 후퇴 시의 피난민 행렬처럼 보였다. 상황본부와 의료진의 준비도 끝나지 않은 상태였고 도대체 몇 명의 환자가 어디에서 오는지도 모르는 혼돈스런 장면이었다.

자원봉사 나온 군인, 간호 인력에 대한 방역 교육과 입소하는 환자들 파악에 동분서주하던 중 저녁 8시경 젊은 친구가 나를 찾았다. 오늘 오후 4시에서 11시까지 이곳에 근무하라며 배치된 8명의 공중보건의들의 대표라고 소개한다. 추운 날씨에 입소를 대기하는 분들 중 현기증 오한으로 졸도할 지경이라 호소하는 분들이 있으니, 우선 방역복으로 갈아입고 입구에서 처치가 필요한 의학적 상태를 보이는 분은 없는지 문진이라도 해보라고 했다.

잠시 후 대표를 통해 그건 할 수 없다고 했다. 감염병은 비접촉 진료가 원칙이고, 오기 전에 근무했던 국군통합병원에서도 그렇게 했단다. 그러면서 입소자가 모두 배정된 방에 들어간 후에 전화로 한 분 한 분 파악하겠다고 한다. 입소자 명단도 파악되지 않고 특히 병실에 모두 입소한 후 이들에게 전화 걸 수 있을 정도로 상황이 정리되려면 내일 하루 종일 걸릴 것 같았다. '그렇다면 오늘 밤 11시 귀하들이 원대복귀할 때까지는 할 일은 없다.'며 재차 부탁을 했으나 거부했다. 한 친구는 "병실에 들어간 뒤에 차차 연락하여 상태를 파악하는 것보다 입구에서 보는 게 결정적으로 도움이 된다는 증거가 어디 있는가?"라며 근거를 부탁했다. '아니 이런 자식들이? 이 친구들이 진짜 의사 맞나?' 하는 생각으로 순간 화가 났다. 그러나 자식들 연배의 젊은 의사들과 더 이상 말다툼 할 시간도 없이 닥치는 대로 일하다 보니 시간은 저만치 가있었다. 밤 11시가 넘어 모든 에너지가 소진되어 나도 퇴근을 해야겠다며 주변을 살펴보니, 이들은 흔적조차 보이지 않았다.

다음 날 입대 소집을 앞둔 전문의 급 공중보건의 10명이 배치되며 모든 상황이 해결되었다. 많이 혼란스럽고 씁쓸한 하루였다. 하긴 자기 목숨이 아깝지 않은 사람이 어디 있겠는가? 모든 게 불확실한 상황에서 섣불리 모든 일에 자신하는 것도 꼭 옳은 일 같지는 않다. 그러나 아쉬웠음을 부인할 수 없다.

장면 8 : 2020년 3월 26일 _ 50대 한국 여성

50대 여성과 아들 둘. 한 가족 중 세 명이 코로나-19로 진단되어 대학교 기숙사의 생활치료센터에 입소했다. 입소 후 며칠 지나지 않아 여성이 친정어머니가 갑자기 돌아가셔서 장례를 치루어야 한다며 퇴원할 수 있느냐고 물어왔다. 진단 후 며칠 지나지 않았으나 혹시나 하고 어머니와 아들 둘에 대하여 급하게 바이러스 검사를 실시했다. 이곳의 퇴원 기준은 하루 간격으로 시행한 바이러스검사에서 두 번 연속 음성이 나오면 격리해제가 된다. 아침에 검사하고 가장 빠른 시간에 결과를 확인하니 세 사람 모두 여전히 양성이었다. 또 1주는 지나야 검사를 다시 시행할 수 있다.

여성은 자기 집에 모친을 모시고 살았는데, 딸과 외손자들이 코로나로 입소한 뒤 비교적 건강하시던 모친이 갑자기 돌아가셨다고 오열을 했다. 오빠도 있으나 자기가 어머니를 모셔왔으므로 잘 보내드려야 한다고 하였다. 그러나 바이러스가 지배하는 이 냉혹한 현실은 따님의 마지막 효도를 허용하지 않는다. 20대, 10대의 두 아들은 가슴 아파하며 잠 못 이루는 어머니를 위로하느라 분주했다.

그 다음 주에 실시한 검사에서 큰아들은 음성 전환이 되어 집으로 갈 수 있었으나, 식사도 않고 눈물만 흘리는 어머니 걱정에 집에 갈 수가 없단다. 아들들은 2주나 더 퇴원하지 않고 번갈아가며 어머니 곁을 지켰다. 경북대센터가 문을 닫을 무렵 바이러스 검사에 양성이던 어머니는 다른 센터로 이송되었고 아들들은 집으로 갔다. 어머니는 떠나며 그동안 감사했다는 문자를 보내왔다. 극심한 스트레스가 면역력을 키우지 못하게 한 게 아닐까?

60세 정도인 여성이 퇴소하며 남긴 사연도 오래 마음에 남는다. 평생 가정주부로서 시어머니, 남편, 아이들을 돌봐 오다가 코로나-19로 입소한 분이었다. 환자가 발생하면 1차 접촉자인 전 가족은 자가격리 대상자가 된다. 이 상황에서는 바깥 외출이 불가하고, 방역상의 문제와 함께 스스로 위축이 되어서 외부 음식점에 배달음식을 주문하지도 못한다. 가족을 먹여 살리던 주부가 입소하게 되자 남은 가족은 좁은 공간에 머물며 오롯이 라면과 햇반, 그리고 인스턴트 반찬이나 김치만으로 세끼를 때워야 한다.

코로나-19로 입소한 주부는 따뜻한 도시락을 먹으면서도 가족이 눈에 들어와 마음이 편치 않았다. 감염은 되지 않았으나 자가격리자로 남겨진 가족들이 이렇게 지내야 하니 주부는 마음이 불편해졌다. 제발 시와 국가에서 남은 가족들 끼니를 좀 챙겨달라는 부탁이었다. 그러면서 또 속마음을 털어놓았다. 이제 집에 돌아가서 겪을 일인데, 코로나를 집에 묻혀 들어온 자기 땜에 가정에 큰 분란이 날 것 같아 몹시 두렵다고 했다.

아마 다른 가족 구성원은 모르게 그 종교집단에 나갔다가 코로나에 감염되었고 이 사태에 이르렀는데 퇴원에 즈음하여 그 뒷감당을 할 생각만 해도 머리가 아픈 듯 보였다. 완쾌되었다고 했음에도 고개를 푹 숙이며 퇴소 버스에 오르던 그 우리나라 주부 한 분의 모습이 우리나라 전통 주부들의 모습일 것이다. 그분의 뒷모습은 오랫동안 잔영으로 남는다. 환자와 의사만의 관계로만 보았던 코로나-19 연극의 무대 뒤에는 생각보다 어렵고 침울한 또 한 부류 엑스트라들의 삶이 있었다.

장면 9 : K대학교 학생회 임원들

위험성에 대해 잘 알지 못하는 미지의 바이러스병 환자들을 수용하기 위해 기숙사를 제공한다는 것은 대학으로서는 큰 결단이었다. 코로나-19가 창궐하던 3월 첫 주에 K대학교는 학생기숙사인 첨성관을 대구시 환자들의 생활치료센터로 제공하기로 결정하였다. 총장은 시장에게 최대한 협조하겠다고 약속을 하고 K대학교 학생회와 기숙사 자치위원회 대표들에게 양해를 구했다. 학생회 대의원회는 다가올 개학 일정에 준비해야 할 일도 있고 혹시 바이러스에 오염되면 건물 사용이 어려워진다며 투표로 이 제안을 부결했다. 그러나 워낙 위급한 상황이었기에, 우여곡절 끝에 총장은 시민들을 위해 기숙사를 제공하기로 결정하였다. 3월 8일 일요일 저녁부터 코로나-19 환자들의 입소가 시작되었다. 기숙사는 겨울방학 동안 3개월간은 사용되지 않았으므로 실내에는 찬 공기가 맴돌았고 가끔은 미처 청소하지 못한 먼지 덩어리와 거미줄도 보였다.

다음 날 K대학 총장, 대구시장을 비롯한 보직자와 학생회 간부들 간의 간담회가 마련되었다. 시장은 학생들과 대학의 결단에 감사하였고, 대구 시민이 없으면 대학도 없다며 같이 동행하자며 양해를 구했다. 학생들에게서 동의하지는 않았으나 하는 수 없지 않나 하는 분위기가 느껴졌다. 그러나 3월 신학기를 막 시작해야 할 시기에 캠퍼스에 들어오지 못하게 된 학생들의 반감도 만만찮았다. 학생들의 대의에 반하는 학생회라는 것이 존재할 수 없는 것 아니겠는가?

학생대표들은 학생들의 의견에 반한 결정에 대한 감정적 항의와 3주 후 원상 복귀 시 내부 집기를 교체해 달라는 등의 피해보상을 요구하였다. 어느 여학생 대표는 시장과 총장이 학생과 캠퍼스를 정치적으로 이용하고자 노력해서, 결국은 성공했는데 그래서 기쁘냐는 극단적인 발언까지 하게 되었다. 학생들이 겨우 이 정도인가? 참 섭섭하기도 했다. 서먹서먹하고 팽팽했던 모임이 끝나면서 학생들은 내부 방역을 잘 하고 있는지를 눈으로 확인해 봐야겠다고 센터를 방문하였다.

방역복을 입고 자원봉사 나온 또래의 군부대 사병들을 따라 환자들에게 도시락 배달 봉사도 같이하고 나니, 학생대표들의 태도도 달라져보였다. 그날 밤 학생들도 봉사활동에 참여하고 싶다는 요청이 왔으나 바이러스 감염의 위험도를 최소화하기 위해 투입 인력도 엄격하게 제한하여야 하는 센터의 사정상 허용할 수는 없었다. 현장의 사정을 제대로 알지 못하는 학생과 동창들의 비난을 공식적으로 대응해야 하는 학생 대표이자, 한편으로는 모두가 우리 지역에 살아가는 아들딸이자 대구 시민이기도 한 학생대표단의 양가적인 감정을 느낄 수 있었다.

K대학 기숙사 생활관은 3주의 임무를 무사히 완수하고 학생들에게 반납되었다. 기숙사 생활치료센터가 공식적으로 문을 닫던 날, 학생회장을 비롯한 대표들은 해단 모임에 참석하여 의료진과 봉사자들에게 그들의 속마음을 담은 감사의 손편지를 전해주었다.

장면 10 : 에필로그. 40대 공무원 남성

최대 383명의 환자가 입소해있었던 대구2 센터에는 의료진 외에도 대구시, 행정안전부, 보건복지부, 환경부, 경찰, 국방부 군인, 방역업체, 경북대병원 직원 등등 많을 때는 165명의 인원이 같이 일했다. 2020년 2월에서 4월까지 코로나-19의 현장 대구에서 가장 고생을 많이 한 사람도, 가장 욕을 많이 얻어먹은 사람도 대구시장을 비롯한 대구시 공무원들이었다. 나는 대통령부터 말단 지방 공무원까지 재난 상황만 생기면 왜 노란 점퍼 근무복을 입는가 하는 의문이 있다. 전제적인 모습이고 좀 촌스럽다. 그러나 노란 점퍼를 입고 현장을 누빈 대구시 공무원을 비롯한 각지에서 파견나왔던 공무원들의 노고는 박수를 받아야 하고 그들의 헌신은 잘 기억되어야 한다.

이들 중 특별히 보건복지부 김 주무관을 기억하고자 한다. 3월 2일 우리나라 최초의 생활치료센터 개소 장소에서 그를 만났다. 조금은 시커먼 피부에 역시나 촌티 나는 노란 점퍼 차림이 여느 공무원과 다르지 않았다. 그는 초창기의 혼란스런 일터에서 의료진들과 협조하며 진료 체계를 잡고, 여러 가지의 갈등을 해결하는데 능력을 멋지게 발휘했다. 집단 수용시설을 운영하는데 필요한 물자의 규모와 운영 방안에도 나름의 혜안이 있어 보였다. 2월에 중국 우한에서 귀국한 교민들을 수용한 충남 서산과 충북 진천의 수용시설에서 근무한 경험이 빛을 발휘한 것이다. 첫날 총리가 방문한 가운데 갑자기 100대의 앰뷸런스에 탄 코로나-19 환자들이 밀어닥치자 근무자 모두는 이들을 어떻게 해야 할지 안절부절못하였다. 이때 앞으로 나서서 환자들을 119차량에서 하차시키고 동선에 따라 시설 내부로 안내했던 사람도 그였다. 그날 그의 솔선수범과 전반적인 제안은 초기의 혼란을 줄이고 센터의 정착에 큰 도움이 되었다.

한 주를 같이 근무한 뒤 이번엔 경북대학교 기숙사의 대구 2센터 개소를 위해 같이 이동하였다. 여기는 규모가 작은 1센터에 비해 시설은 열악하나 인원은 많고 본부를 설치할 공간은 학생식당밖에 없었으므로 장내 정리가 정말 복잡했다. 처음 응급의료의 현장에 나왔을 대구시 공무원들도 정신을 차리기 어려웠을 것이다. 갑자기 그 어디로부터 쩡쩡거리는 투박한 경상도 사투리로 꾸중하는 큰 소리가 들렸다. 이 복지부의 6급 공무원이 감히 높으신 대구시의 국장, 서기관님들을 포함한 다른 공무원들을 압도하며 이들의 비능율적인 업무처리를 책하고 있는 게 아닌가? 엄연히 직급이 있고 나이도 있는데 말이다. 잠시 놀랐다.

다음 날 같이 앉아 이야기하며 그는 경북 봉화군 골짜기 출신이고 어려서부터 국가 공무원이 되어 벌써 공무원 짬밥이 20년이 넘은 베테랑이란 사실을 알았다. 이번에 코로나 현장으로 출장 간다고 하니 부인이 눈물을 찔끔 흘리더라고 했다. 아무리 업무를 조금 더 안다고 해도 연배가 높은 국장, 과장님들에게 그렇게 불손하게 대하면 되느냐고 물었다. 괜찮단다. 이렇게 혼란스러울 때는 미친 척하는 촌놈 같은 한 녀석이 나타나 돈키호테처럼 좌충우돌하며 길을 열어야 한다고 천연덕스럽게 말했다. 그러고 보니 생활치료센터의 본부장을 비롯한 과장들도 별 다르게 불쾌한 반응을 보이지는 않았다. 하여간 그 공무원 김주홍 주무관은 씩씩했고 멋졌다.

아직도 끝난 전쟁은 아니지만, 이런저런 분들의 정성과 혼신을 다한 노력 덕분에 이제는 코로나 바이러스 격퇴가 크게 어려워 보이지는 않는 것이다.

코로나
단상

친구야,
잘 가라

정명희

대구의료원 소아청소년과장, 대구시의사회 정책이사

벚꽃이 진 자리에 초록의 순이 돋아났다. 투명하고 밝은 햇살이 참으로 우리 인내심을 시험이라도 하는 듯 아름다운 봄날임을 상기시킨다. 살랑대는 바람에 모처럼 머리를 식히는데 휴대폰에 문자가 왔다는 알림이 울린다. 화면을 열어보니 부고였다. '동기의 본인 상'이라니. 갑자기 쩌릿한 아픔이 가슴 깊은 곳을 훑으며 뻗어간다. 며칠 전부터 상태가 안 좋다는 소식에 걱정하고 있었는데, "코로나 사망 개원의, 진료 과정서 감염" 결국 그가 코로나-19를 이겨내지 못하고 저 하늘로 먼저 가버린 것이다.

그는 코로나-19가 한창이던 그때에도 일반적인 외래 환자를 정성을 다해 오래도록 진료하였다고 한다. 새로 찾아오는 환자 진료뿐만 아니라 확진자에게 필요한 약까지 코로나-19로 마비된 보건소의 업무까지 대신하여 처방해주었다고 한다. 그가 도와야 하는 이들을 위해 마지막까지 몸이 안 좋아 쓰러질 때까지 진료했다고 하니. 대구에 코로나-19 확진자가 하루 수백 명씩 발생하고 특히 그의 진료실이 있는 지역에도 수많은 환자가 생겼다.

2월에 그의 진료를 받았던 환자 중에서 확진자로 밝혀진 이가 두 명이나 있었다니 진료하느라 지칠 대로 지친 그의 몸이 방어력을 잃었던가 보다. 환자 진료 과정에서 어느 순간에 감염되어 버렸던가. 결국, 그의 몸에 스며든 작은 바이러스와 싸워 이기지 못하고 그만 이승의 끈을 놓아 버리고서 훨훨 떠나버린 것이다.

의과대학 6년을 함께한 동기, 울고 웃던 그의 모습이 눈앞에 선하게 떠오른다. 사람의 앞날은 알 수 없다고 하더니, 얼마 전 설 연휴기간, 집 정리를 하다가 의과대학 졸업 앨범을 발견하고 앉아서 뒤적였다. 한 장 한 장 넘기다가 주소록이 있던 마지막 페이지에 이르렀다. 그의 주소에 눈길이 갔다. 체격이 좋아서 체육대회에서 씨름 경기가 있으면 꼭 이름이 오르내렸던 친구, 복사꽃 색깔의 티셔츠를 즐겨 입고 자리에 앉아 더운 여름날에 땀을 흘리면서도 묵묵히 공부하던 듬직한 덩치의 그가 경북 김천 출신임을 그때서야 알았다.

경북에서 대구까지 유학 온 친구, 그를 인턴 시절 잠시 만나본 후에는 마주 대한 적이 없다는 생각에 이르렀다. 살면서 인연이 닿았던 얼굴들은 한 번씩 보고 살아야지 속으로 다짐했었는데, 이제는 학창 시절 함께 공부하며 보았던 그를 더는 볼 수 없게 되었다. 옷깃만 스쳐도 인연이고 그것도 몇 억겁의 연이 닿아야만 옷자락이라도 스친다는데, 하물며 의과대학 6년을 한 교실에서 공부하고 내가 처음 자리 잡은 의료원에서 인턴으로 일했으니 그 인연은 참으로 크다고 하지 않을 수 없으리라. 말없이 공부하고 조용히 자기 일을 챙기던 이, 정말 태어나면서부터 의사가 되면 좋겠다는 사람이 있다면 바로 말이 없던 그이리라 여겼던 사람이었다.

대학을 졸업하고 군 복무를 마치고 같은 대학병원에서 전공의 수련을 하고서 각자의 자리로 돌아가 삼십여 년을 보냈다. 그동안 어떤 연유에서인지 다시 얼굴을 마주하지 못했다. 대구와 경북은 한 울타리이지 않은가. 가까이 있으면서도 어찌 그렇게 얼굴을 안 보고 살 수 있었는지, 같은 의사의 길을 걸어가면서도 어찌 그리 소식을 모르고 살았을까. 인턴 생활을 함께한 이들이 간혹 그의 이야기를 할 때면 나의 머릿속에는 핑크빛 티셔츠와 듬직한 덩치와 그의 선하게 웃던 얼굴이 떠올랐지만, 한 번도 만나지 못했음에 의아해하진 않았는데. 이제는 그를 볼 수도 만날 수도 없게 되었다.

전공의 수련을 받을 때, 은사님은 늘 말씀하시곤 하셨다. 당신이 미국에서 수련을 받았던 그 옛날, 그 힘들던 시절에 은사의 스승님도 누누이 강조했던 말씀이 바로 "의사가 가장 행복한 순간은 환자 옆에서 죽음을 맞이할 때"라고 말이다. 그러니 "환자 옆에 꼭 붙어 있어라"고 날마다 순간마다 일러주셨다고 하는 말씀을 되새겨보면 어쩌면 그는 행복한 사람이 아닐까. 환자를 마지막 순간까지 살피다가 떠난 그가 바로 세상에서 가장 행복한 의사가 아닐까 하는 생각이 든다.

코로나-19 확진자에 대한 전화 상담 봉사를 하다가 알게 된 그의 아이와 부인, 지아비와 그의 아버지가 환자를 정성껏 보살피다가 바이러스에 노출되어 세상을 떠나게 되었고 마지막 순간까지 환자를 위하던 의사로 이름을 얻었으니 그로써 위안으로 삼아보라며 위로도 되지 않을 위로를 건넸다.

"호랑이는 죽어서 가죽을 남기고 사람은 죽어서 이름을 남긴다"고 하지 않던가. 지극정성으로 환자를 위하다가 마지막 생을 다했으니 슬프지만 그래도 헛되지 않은 마무리라고 여겨야 하지 않겠는가.

이승의 문을 열고 나가는 마지막 순간, 세상에 나와 인연 닿았던 이들이 잘 가라고 인사하는 빈소를 만들지도 못하고 감염병 관리 차원에서 밀봉하여 바로 화장을 하였을 것을 생각하니 안타까울 따름이지만, 그의 아내는 그마저도 지어미를 힘들게 하지 않고 떠나려는 그만이 베풀 수 있는 배려심이라고 여긴다. 참으로 그는 복이 많았던 사람이었으리라. 한 생애를 살면서 부부가 그렇게 닮아가기도 어려울 터인데 꼭 빼닮았을 것 같은 그의 아내의 차분한 목소리를 들으며 좋은 세상에 가서 아프지 않고 온몸으로 행복하기를.

동기가 저세상으로 가버린 날, 나의 처지를 돌아본다. 언제 어느 때든 절대자가 부르면 갈 준비가 되어 있는가. 오늘이 나의 마지막이라 생각하면 정말 무엇을 먼저 준비해야 할까. 남아있을 사람에게는 무엇을 남기고 또 어떤 당부를 할 수 있을까. 마지막으로 숨을 내쉬면서 사랑하는 이에게 남기는 심중에 든 한마디는 무엇일까.

코로나-19에 묻혀서 일상을 잃어버린 우리들이다. 오랜 날이 지속하다 보니 점차 우울해진다. '코로나 블루'라고 하던가. 색색의 향기로운 꽃들은 유난히도 아름답게 피어나서 유달리 이른 봄이 찾아왔음을 만방에 알리지만, 온통 마스크 쓴 얼굴이다. 얼굴 마주하지 않고 모임도 나가지 않고 집회도 멀리하는 사회적 거리 지키자는 운동이 자꾸 연장이다. 새로 확진되는 이의 숫자도 많이 줄어들었지만, 이제껏 조심하면서 만들었던 지금의 상황이 갑자기 와르르 무너질까 조심스러워한다. 지금 큰불은 잡혔지만 언제 다시 잔불이 살아나서 화르르 타오를지도 모른다는 불안감에 선뜻 본래의 생활로 돌아가라고 해도 사실 그러기가 쉽지 않을 성싶다. 이젠 어느 정도 일상과 경제활동을 조금씩 하면서도 감염이 확산되는지 안 되는

지를 살펴보자는 운동에 동참하라고 한다. 어찌하든 불씨가 다시 살아나는 것을 막아보자는 의미에서 사회적 거리두기를 자꾸만 강조한다.

연장에 연장을 거듭하였기에 몸이 먼저 지치지만 그래도 어쩌겠는가. 희생되는 이 없이 이 시기를 무사히 넘겨야 하지 않으랴. 만화방창한 봄이라 더는 못 참겠다면서 둥지에서 훌쩍 뛰쳐나와서 봄볕을 마음껏 즐기며 해방감을 느끼고자 하는 이들도 더러 있지 않겠는가. 하지만 그러다가는 정말 큰코다칠 일이 일어날지도 모를 일이다.

코로나가 불러온 세상은 이전과 이후로 나뉘어 확연히 달라진 듯하다. 코로나에 세계가 멈춰선 사이, 히말라야의 산 정상이 모습을 드러내고 먼지 하나 없는 짙푸른 하늘이 우리에게 선물처럼 다가왔다. 그것을 우리에게 선사한 코로나-19, 정말 요사스러운 재주를 가진 바이러스라 쉽사리 물러가지 않을 것 같기에 피곤함에 지친 국민들에게 이젠 '생활 방역'이라는 숙제를 안긴다.

끝도 없는 사회적 거리두기 강행으로 사람들의 일상에 피로감이 몰려오지만, 서로 간에 적당한 거리 유지를 생활화하여야만 버텨낼 수 있지 않으랴. 알게 모르게 스며드는 신종 바이러스의 침범으로부터 소중한 이들을 잃지 않으려면 방역과 생활이 조화되는 생활 방역을 잘 계획하여 잘 지켜나가는 수밖에.

코로나-19는 자신은 증상을 느끼지 못하는 무증상 상태에서도 남에게 피해가 되는 감염도 드물지 않아서 입원 환자들이 곧잘 질문하곤 한다. 아무런 증상이 없는데도 검사만 하면 양성이 나오는 것은 무엇 때문인가. 검사가 잘못된 것은 정말 아닌가? 라고 말이다.

그런 이도 있지만, 입소한 지 거의 한 달이 다 되어서야 음성이 나와서 퇴소하려고 나서는 날, 갑자기 고열에 오한이 들어 119 차를 타고 상급종합병원으로 다시 직행한 이도 있다. 퇴소 전날 음성이던 것이 실려 간 그 병원에서 시행한 검사에서는 바로 양성이 나왔다니. 참으로 신종이라.

우리가 정말 한 번도 가보지 않은 신세계라고 여길 밖에는 달리 설명할 방법이 아직은 없는 것 같다. 특별한 치료제도 없고 백신이 개발되기까지는 오랜 시간이 걸리기에 언제 종식될지 모를 일이니 우리가 지금 할 수 있는 최선의 방책은 바로 사회적 격리를 잘 지키는 일이지 않겠는가. 아침에 일어나면 양치하고 삼시 세끼 밥을 먹듯이 몸에 자연스레 되도록 소독하고, 개인위생을 철저히 하는 생활 방역, 그것을 생활화하여 하루빨리 코로나-19 종식에 앞장서야 하지 않겠는가. 그래야 코로나-19를 위해 애를 쓴 이들의 노고와 아무런 대가도 바라지 않고 피와 땀과 눈물과 희생으로 헌신한 이들, 환자를 돌보다가 감염되어 고생만 하다가 가족의 얼굴도 못 보고 혼자 쓸쓸히 생을 마감한, 먼저 떠난 이들의 넋을 조금이나마 위로할 수 있지 않으랴 싶다.

잔인했던 날들이지만, 부슬부슬 내리는 비를 바라보며 선별진료소 야간 당직을 서고 있으려니 가로등 불빛 아래 꽃이 나비가 되어 흩날린다. 사람이 죽으면 나비가 된다던가. 저 멀리서 친구가 당부라도 하는 것 같다. 손 씻기, 마스크 꼭 하기, 적당한 사회적 거리두기로 물리적 거리는 멀어져도 마음만은 늘 가까이 함께하는 희망의 나날이 되기를 빈다고.

허영구 선생님을
기억하며

권태환

경북대학병원 의과대학 생화학세포생물학교실 교수

오호애재라….

허영구 선생님, 불의의 감염병으로 인해 선생님을 다시는 돌아오지 못하는 길로 떠나보내며, 제가 지금 이 순간에 선생님을 추모하는 글을 이렇게 쓰게 될 줄은 꿈에도 생각하지 못하였습니다.

이제껏 오직 환자들을 위해 최선을 다하며 대부분의 시간을 살아온 선생님에게 왜 이렇게 황망한 일이 생겼는지를 생각하면서 우리 모두는 선생님의 비보에 슬퍼하고 있습니다. 특히 선생님이 지난 2주 동안 같은 하늘 아래 학교에서 작은 길만 건너면 가볼 수 있는 모교 병원에서 코로나와 사투를 벌이면서 홀로 외로운 시간을 보냈다는 사실을 모르고 있었던 저는, 생각하면 할수록 원통하고 자책하는 마음으로 흐르는 눈물을 참아내기가 힘이 듭니다.

오늘 전국 의료계의 수많은 선후배와 동료들이 선생님의 비보에 애통해하고 평온한 안식을 기원해 주었습니다. 이번 코로나-19와의 전쟁에서 수많은 의사들이 자원하여 최일선에서 환자들을 돌보았고, 선생님도 그 누구 못지않게 정열적으로 환자 진료에 임하시던 전사였다. 선생님은 이 사회에서 마땅히 존경받아야 하며, 우리 모두의 참된 본보기가 되신 분이었다. 그러나 어린 시절을 선생님과 같이 보내며 동고동락하였던, 특히 저와 같은 경북의대 내과 전공의로 지냈던 동기들에게는 애도와 존경 보다는 그냥 이 순간이 찰나의 허황한 거짓이었으면 더 좋겠다는 생각뿐입니다.

선생님, 오랜만에 우리 모교 병원이 있는 삼덕동에 오셨지요? 여기에서 우리는 내과 레지던트로서 새로운 인생의 출발을 하였고, 같은 공간에서 동기들과 동고동락하며 서로 의지하고 공부하며 환자 진료를 하였습니다. 그 후 시간은 많이 흘렀으나 틀림없이 선생님은 오랜만에 찾아온 이곳에서 지난 2주 동안 머물며 우리들의 옛 기억을 회상하고 외롭게 병마와 싸우셨을 것입니다. 어제까지 선생님이 머물렀던 그 자리는 다름 아닌 30년 전에 선생님이 그리고 우리가 매일같이 밝은 얼굴과 환한 웃음으로 우리의 발자취를 진하게 새겨 놓았던 바로 그곳이었습니다.

"내과에 입국한 지 30년이 지난 이 시간에도, 눈만 감으면 우리들만의 공간이던 '그리운 의국 3년 차 뒷방'이 보이는 듯하다. 논문과 전문의 시험에 대한 부담 속에서도 서로를 위하고 서로를 보면 매일같이 웃음이 지어지던, 행복이 가득하였던 우리들만의 공간. 같이 앉아 수많은 환자 관련 슬라이드를 보고 또 보면서 치열하게 토의하며 공부하던 곳. 만약 시간여행을 한다면 그때 삼덕동 경북의대 부속병원 내과에서 꿈, 낭만, 웃음을 좇던 우리들의 젊고 패기 넘치던 모습을 다시 한번 보고 싶다."

이것은 경북의대 내과 100년사 책에 1989년에 내과 전공의를 시작한 우리들의 이야기 중 일부이며, 선생님도 읽고 좋아하셨던 구절입니다. 오늘은 그 말미에 한 문장을 꼭 덧붙이고 싶습니다.

"허영구 선생님. 언제나 내과 의국 뒷방으로 들어가는 문을 열고 들어오면서 짓던 밝은 얼굴과 함박웃음을 오늘도 꼭 다시 보고 싶습니다."

저는 솔직히 만약 그때로 다시 돌아갈 수만 있다면 선생님께 "2020년 따사로운 봄이 되면 환자 진료를 잠시 중단하고 좋은 곳으로 가서 진달래, 개나리꽃 나들이를 오랫동안 하고 오시라."고 강하게 권해 드렸을 것입니다.

그러나 제가 아는 선생님은 결코 특별한 이유 없이 환자 진료를 중단하실 분이 아니었으니 저의 간곡한 부탁도 들어주지 않으셨을 것 같습니다. 선생님은 찾아오는 환자들에게 최선을 다하던 순수한, 천상 내과의사였습니다.

전공의 수련 과정 중 내과 일반외래에서 선생님이 환자를 진료하시던 기억이 납니다. 선생님은 매일같이 병원의 다른 직원들 퇴근 시간에 맞추어 환자 진료를 끝내지 못해 원성이 많았고, 심지어 우리 동기들이 같이하는 저녁식사에도 참석하지 못하던 날이 많았지요. 무더운 여름철에는 큰 체구에 땀을 흘리면서도 환자들의 아픈 이야기를 끝없이 들으며 늦은 시간까지 진료에 정성을 다하던 기억이 납니다. 환자들의 이야기를 마음으로 많이 들으려고 했던 그 정성이 바로 제가 기억하고 있는 선생님의 모습입니다.

내과 수련 동기인 김 선생은 "불룩한 배 위가 터질 듯한데도 항상 가운의 단추를 단단하게 채우고 있던 그 넉넉한 모습과 소심하게 보일 만큼 순하고 착한 성격, 그리고 그 모습과도 너무나 잘 어울리는 어눌한 김천 사투리가 그립네요. 전화할 때마다 우리 연락해서 만나야지 하면서도 미루다 결국 다시는 만날 수 없게 되었으니 후회가 오래갈 것 같습니다."라고 추도하였습니다. 또한 "대학을 같이 다녔던 동기가 이렇게 허무하게 유명을 달리하니 지금은 충격이 심해 아무런 말도 못 하겠다."라고 애도한 또 다른 김선생은 지금도 슬픔을 달래지 못하고 있습니다.

선생님의 소식을 소개한 신문기사에 사모님께서는 "오직 환자만을 생각하고 열심히 진료에 임한 친절하신 의사 선생님이셨다."라고 전해 주셨지요. 하루가 지나기 무섭게 코로나 바이러스 감염 확진자 수가 급증하던 2월 말의 경산시. 분명히 진료실에는 고열과 기침이 나는 환자들이 무척 많이 내원하였을 텐데도 평상시와 같이 묵묵히 그리고 충실하게 진료에 임하셨습니다. 그것이 내과 의사에게 주어진 숙명임을 잘 알지만, 선생님의 소중한 생명을 앗아간 애통한 이유가 되었습니다.

많은 분들이 선생님을 추모하고 있습니다. 어제는 대통령까지도 선생님을 호명하며 국민들과 함께 애도하자고 하시더군요. 경산시에 사는 어린 학생들도 자신의 블로그에 선생님께 진료를 받았던 기억을 되살리며 추도를 할 정도로 선생님은 우리 사회에 꼭 필요한 분이셨습니다.

선생님을 이렇게 황망하게 잃어버린 우리들의 허탈감은 이루 말할 수 없습니다. 그렇지만 선생님의 그 마음을 잊지 않기 위해 그리고 우리 사회가 더 건강하고, 평화롭고, 조화로운 공동체를 만들어 가는데 저희들의 힘을 보태겠습니다.

이 쓸쓸한 봄에 만나는 모든 분들께 선생님에 대한 이야기도 많이 하고, 선생님이 전하고자 하신 따뜻한 인사도 전하겠습니다. 부디 영면하십시오. 그리고… 다음에 제가 선생님 만나러 갈 때는 그렇게 좋아하던 콜라 한 병은 꼭 가지고 가겠습니다. 그때까지 평안하십시오.

(2020년 4월 4일)

2020년 4월 5일 '동아사이언스' 기사 전제

환자 진료 중 감염된 신종 코로나 바이러스 감염증(코로나-19)으로 투병하다 숨진 60대 내과 의사를 추모하는 분위기가 의료계를 넘어 정치권과 사회로 확산하고 있다. 대한의사협회는 4일 서울 용산구 의협 임시회관 7층 대회의실에서 코로나-19로 희생된 고(故) 허영구 원장과 의료진을 추모하기 위한 묵념을 진행했다고 밝혔다.

의협은 앞서 3일 언론에 보낸 보도자료에서 "오늘 코로나-19에 감염된 의사 회원 한 분을 잃었다. 지역사회에 코로나-19 감염이 만연한 상황에서도 의연하게 자리를 지키며 환자 진료에 최선을 다하다가 코로나-19에 확진됐고, 증상 악화로 중환자실에 입원해 사투를 벌였으나 끝내 이겨내지 못했다."며 "참담하고 비통한 마음으로 13만 의사 동료들과 함께 고인을 추모한다."고 밝혔다.

경북 경산에서 개인 병원을 운영하던 허 원장은 지난 2월 26일 외래 진료 중 확진 환자와 접촉한 뒤 폐렴 증상이 발생해 경북대병원에서 입원 치료를 받았으나 심근경색 등의 합병증으로 투병하다 끝내 숨졌다. 코로나-19로 인한 국내 첫 의료진 사망 사례다. 정은경 중앙방역대책본부장은 "사망자는 코로나-19로 인한 심한 폐렴이 있었고, 폐렴을 치료하는 과정에서 심근경색증 치료를 받았기 때문에 현재로서는 코로나-19와 관련된 사망으로 판단하고 있다."고 설명했다.

의협은 "고인은 경북 경산에서 내과의원을 열어 지역주민의 건강을 지키며 인술을 펼쳐온 훌륭한 의사였다."며 "의사로서의 사명을 다한 고인의 높은 뜻에 13만 의사 동료들과 함께 존경의 마음을 담아 깊이 애도하며, 유족들께도 심심한 위로를 전한다."고 말했다. 의협은 회원들에게 "4월 4일 토요일 정오에 진료실, 수술실, 자택 등 각자의 위치에서 1분간 묵념으로 고인의 명복을 빌어달라."고 당부했다. 고인의 명복을 빌기 위한 추모묵념은 이날 정오에 전국의 진료실, 수술실, 자택 등에서 진행됐다. 정부도 사망한 허 원장을 추모했다. 권준욱 부본부장은 4일 오후 충북 오송에서 열린 정례 브리핑에서 "코로나-19 환자를 진료하던 중 감염된 의료인께서 희생되는 안타까운 일이 있었다."면서 허 원장의 죽음을 애도했다. 문재인 대통령도 4일 페이스북을 통해 애도의 뜻을 표했다. 문 대통령은 "코로나-19 환자를 진료하다 감염된 우리 의료진이 처음으로 희생되는 매우 안타까운 일이 발생했다."며 "너무도 애석하고 비통한 마음"이라고 밝혔다.

코로나-19와
공포

중앙이비인후과의원 원장

저는 청도에서 태어나 대구에서 고등학교와 대학을 졸업하고 현재 대구에서 이비인후과를 개원하고 있는 의사입니다. 작금의 사태를 보면서 산자수명의 아름다운 고향 청도가 좀비도시 취급을 받고, 사람들이 제가 사는 대구를 다녀오면 2주간 격리되며, 서울의 대학병원에서는 대구 환자를 받지도 않는다는 어처구니없는 사실에 화를 참지 못합니다.

과연 이러한 일련의 상황이 정상적인 것인지, 아니면 공포에 의한 과민반응인지 생각해봅니다. 청도에서 환자가 집단적으로 발병하고, 사망자도 많이 나온 것은 대남병원의 정신병동에 기인한 것으로 보입니다. 이는 정신병동의 특성상 전국 각지의 환자들이 5~20년씩 장기 입원한 경우가 많고, 이에 따른 기저질환으로 면역이 떨어진 상태에서 바이러스 감염이 치명타를 날린 것으로 생각됩니다. 정신병동의 특성상 집단 폐쇄된 환경도 한몫을 하겠지요.

하지만 제 주위 청도 친척분들 중에 아직 코로나-19에 감염되었다는 소식은 듣지 못했습니다. 단지 공포로 인하여 도시의 기능이

올 스톱되고 텅 빈 유령도시가 되었다고 합니다.

대구에서도 이러한 현상이 보입니다. 식당가는 대부분 문을 닫고, 자영업자들은 종업원을 내보내며 처절한 생존 몸부림을 칩니다. 모든 정상적인 일상생활은 사라졌습니다. 많은 분들이 이런 상황을 보며 내가 너무 오래 살았나 하며 세상 별일은 다 본다고 허탈해 하십니다. 코로나 때문에 죽는 게 아니라 굶어 죽게 생겼다고 자조하십니다.

과연 이러한 일련의 행동들이 옳은지 반문하게 됩니다. 잘 알다시피 이번의 코로나-19 바이러스는 변형된 새로운 코로나 바이러스입니다. 원래 감기의 3대 바이러스 원인으로 코로나, 아데노, 리노 바이러스가 있습니다.

박쥐에서 유래된 새로운 코로나 바이러스는 불치의 역병이 생겼다는 공포의 단초가 될 만합니다. 그러나 현재까지 조사에 의하면 치사율이 높지 않고, 신종플루보다 오히려 증상이 훨씬 가볍다고도 합니다. 사망자들도 대부분 기저질환을 앓는 사람들로서 어떻게 보면 감기나 독감에 걸려도 돌아가실 수 있는 노약자라고 생각합니다. 평소 건강한 분이라면 가벼운 몸살감기 정도의 증상으로 끝난다고 볼 수도 있겠습니다.

단 전파력은 독감의 2~3배에 달한다고 하니까 이런 점은 주의를 요하겠으며, 감염자중 극히 일부는 급속히 사망에 이를 수도 있다고 하니까 경각심이 필요합니다.

대구가 이렇게 코로나-19의 집단 발병지라는 오명을 뒤집어쓰게 된 것은 신천지교회 발병자에 의한 급속한 전파가 주원인인 듯합니다. 그러나 다시 돌이켜보면 이것이 전부는 아닐 겁니다.

신천지 신자 전수조사, 무증상자에게도 검사 실시, 그리고 대량의 검사가 가능한 대구의 첨단 의료와 이를 가능케 한 헌신적인 의료진 등이 복합적으로 작용하여 나타난 결과라 생각됩니다. 실제로 신천지 신자는 광주나 경기도, 강원도 등에도 많이 있다고 합니다.

전 세계에서 단시간 내 이렇게 코로나-19 검사가 가능한 나라는 오로지 대한민국 우리나라뿐이라고 확신합니다. 너무나 투명한 검사 결과 공개 등도 확진자가 많은 이유지만 그러나 또한 우리의 자랑이라고 생각합니다. 과연 일본이나 미국에서 이런 대량의 검사와 신속한 결과 공개가 가능한지, 혹시 의도적으로 검사를 실시하지 않아서 확진 환자가 적은 것은 아닌지 하는 의구심이 듭니다.

베르나르 베르베르는 그의 저서에서 공포심에 대하여 이렇게 이야기합니다.

1950년대 컨테이너 운반선이 화물을 싣고 스코틀랜드에서 포르투갈로 운항을 했습니다. 그런데 선원 한 명이 냉동 컨테이너 안에 갇히는 사고가 발생했죠. 선원은 당연히 얼어 죽었습니다. 그런데 놀라운 사실은 컨테이너 안에 화물이 없어서 냉동 장치를 작동하지 않았고, 온도는 섭씨 19도였다고 합니다. 선원은 냉동실 안의 냉기에 의하여 죽은 것이 아니라, 너무나 춥다는 자기만의 상상, 공포에 의하여 사망한 것입니다.

그는 심지어 죽어가면서 냉기에 의하여 죽어가는 고통을 상세히 기록했다고 합니다.

이와 같이 적절한 두려움은 사고나 병을 회피하는 데 필요 불가결한 것이지만. 지나친 공포는 누구에게도 도움이 되지 않는, 백해무익한 생각인 듯합니다.

저는 이비인후과 의사로서, 호흡기 질환의 최전선에서 일하는 의사로서 하루에도 수많은 감기, 몸살 환자의 입과 코를 들여다보고 치료합니다. 그러나 개인위생 수칙을 잘 지킴으로써 수차례 감기에 걸린 적은 있지만, 개원 20년간 단 한 번도 독감에 걸린 적이 없습니다. 물론 행운이 따라서 그렇다고도 할 수 있겠지만, 감기나 독감, 사스, 메르스, 코로나-19 등이 모두 전염성 질환이며, 충분히 예방 가능한 질환임을 반증하는 증거라고 생각합니다.

손 씻기와 마스크 사용, 평소 건강한 생활습관을 지킨다면, 코로나-19에 걸리지도 않겠지만, 설령 걸린다 해도 거뜬히 이겨낼 수 있다고 믿습니다.

모든 자영업자들이 몰락하기 전에, 너무 떨지 말고 대범하게 대처하여 불황에 죽어가는 시민들부터 살립시다. 병에 대한 적절한 경각심은 이 엄중한 시기에 꼭 필요한 습관이겠지만, 지나친 공포심은 오히려 공멸의 길이 된다는 생각입니다.

병의 예방은 중요하지만, 만일 걸린다고 해도 세계에서 가장 훌륭한 대구의 의료진이 있습니다. 믿어 주십시오.

지금 우리 대구·경북 사람들은 마치 세균 덩어리 취급을 받지만, 이 시기가 지나면 대량의 검사, 빠른 검사 속도, 투명한 환자 공개, 뛰어난 의료 시설과 헌신적인 의료진, 시민들의 의연한 대처 등으로 세계인의 칭송을 받는 메디시티 대구의 시민으로 거듭날 것을 믿습니다.

대구·경북의 위대한 시민들은 이 위기를 반드시 극복하고 자랑스러운 대구 경북을 다시 빛낼 것입니다.

대구·경북 힘내라!

(2020년 3월 15일)

운이
참 좋았다

김성호

영남대학교병원 병원장

올해 2월 1일 딸아이의 결혼식이 있었다. 이틀 전부터 감기 증상이 있어 못 온다, 서울·경기 지역에서 코로나 청정지역 대구에 오는 것은 민폐다 하며 여러 분이 연락하였다. 손소독제를 준비하긴했지만 결혼식 하객도 없어 예식을 잘 치를 수는 있을지 걱정하였다. 그러나 많은 하객들이 와주셔서 무사히 혼사를 치렀다. 혼사 후 아이들이 신혼여행 다녀올 때까지 대구는 물론 나라 안에서 코로나가 조용하길 고대하였다. 대구는 그때까지는 청정지역을 유지했다. 나는 참 운이 좋았다.

우리 병원은 국내 3번째 환자가 발생하던 1월 28일부터 '코로나-19 위기대응팀'을 구성하여 선별진료소 운영과 병원 출입문 관리, 교직원 및 방문객 발열관리를 시작하였으며, 교직원 해외여행 자제를 권고하였다. 핵심 진료 인력의 주 52시간 근무 예외 적용을 복지부에 요청하였으며, 주기적으로 대책 회의를 하면서 대량 환자 발생을 대비하여 단계적으로 격리병실 운영 방안도 수립하였다.

외래 발열진료실 준비, 코로나 바이러스 확진검사 시행 준비, 음압텐트·카트 구입 등을 준비하면서 대구에 뭔가 터질 것을 예의주시하고 있었다. 우리는 최대한 준비하고 있었다.

아니나 다를까 2월 18일 대구에 최초 확진자인 31번 환자가 나타났다. 2월 20일부터 병원장실 옆 대회의실에 '코로나-19 비상상황실'을 마련하고, 진료지원팀, 행정지원팀, 총괄운영팀(감염관리팀)을 편성하여 모든 진행에 있어 한자리에서 바로 의사 결정이 되도록 조치하고 내가 상황실장을 맡아 일사분란하게 대응하였다. 처음 전투를 시작할 때에는 지금 내원하는 감염자 대부분이 2월 18일 이전에 감염된 환자이므로 당시까지 알려진 바이러스의 특성을 고려하면 3주만 잘 견디면, 그 후에는 반드시 줄어들 것이라고 독려했다. 시민들은 철저한 마스크 착용과 외출을 적극 자제하여 성숙한 시민의식을 발휘해 준 덕분에 3월 둘째 주가 지나자 양성 확진자가 줄어들기 시작하였다.

2월 20일 시청 별관에서 관계기관 대책회의가 대구시장 주재로 열렸다. 대부분의 대학병원 응급실이 폐쇄되고, 많은 의료인들이 격리되어 코로나 환자뿐 아니라 코로나 환자가 아닌 중증 응급환자 치료에도 문제가 있어 의료인 격리 기준과 의료시설 폐쇄 기준을 완화해 줄 것을 요청하였다. 2월 21일 시청 회의에서 대구의료원과 대구 동산병원이 전담병원으로 지정되었고 각 의료기관은 의사, 간호사를 지원해달라는 요청을 받았다. 2월 21일부터 본격적으로 코로나-19 선별진료를 하였지만, 의심 환자는 폭발적으로 증가하는데 기존 검사로는 하루 수십 명밖에 검사를 할 수가 없어서 새로운 방식이 절실한 상황이었다. 그때 부원장과 총무부장이 드라이브 스루(Drive Thru) 선별진료소 설치를 건의하였다. 바로 준비에 들어갔다. 기존 방식으로 1명의 검사에 20분 이상이 소요되는데, 드라이브 스루 검사로는 2분 이내 검사할 수가 있다. 검사자와 피검사자 간의 접촉을 줄이고 노출을 꺼리는 피검사자의 익명성을 지켜줄 수 있으며, 검사팀원들의 안전도 보장할 수 있는 장점도 있다. 검사장도 천막이 아닌 공고한 컨테이너를 4동 설치하였으므로 강풍이 불어도 검사를 진행할 수 있는 'YU thru'를 고안하였다. 국내외 언론의 많은 관심을 받았고, 총 7000건 이상의 검사를 시행하였다. 일부에서 선별검사 자제 주장도 있었지만 감염병 특성상 빠른 검사와 격리가 필수적이라는 주장이 힘을 얻었고, 이 주장이 받아들여졌다.

환자의 특성상 음압병실에서 치료하는 것이 원칙이지만, 환자 수가 급격히 증가하는 것을 보고 증상에 따른 맞춤형 치료를 제안하였다. 무증상자나 경미한 자들은 자가격리(자가격리자는 의사가 전화로 상담이나 진료)나 격리시설(생활치료센터)로, 증상이 다소 심하면 격리병실로 입원을, 증상이 심중하면 상급종합병원 중환자실로, 지역의 중환자실이 넘치면 타 시도의 상급종합병원으로 전원을 하여 치료를 받아야 한다고 주장하였다. 모든 환자를 의료기관에 입원시켜 치료하자는 행정당국의 의견과 대립되기도 하였지만, 결국 3월 1일 정부에서 생활치료센터를 개소하여 환자를 격리 치료하기 시작하였다. 2월 29일까지 타 시도의 의료기관으로 전원하여야 할 시에는 지방자치단체의 허가를 받아야 하던 것을 나의 의견 제시로 국립의료원에 전원상황실을 설치하고 이를 통해 의료기관 간에 직접 전원할 수 있는 체제를 갖추게 되었다. 복지부 N실장이 많이 도와주었다.

최초 격리병실 근무 간호사 지원자 모집에 2시간 만에 모집 인원을 초과하여 자원해준 간호사들, 선별진료소 근무 및 격리병실 야간 당직에 흔쾌히 자원해준 교수들을 비롯한 고년차 전공의 선생들, 추운 날씨에도 선별진료에 나선 간호사 및 임상병리사 선생들, 밀려드는 확진 검사에 눈코 뜰 새가 없었던 진단검사의학과장과 팀원들, 격리병실 치료팀과 간호팀, 응급센터 의료진, 필요물품 조달을 맡았던 행정팀, 영양지원의 영양팀, 상황실의 감염관리팀, 자원봉사 간호사와 의사 등 모든 교직원들의 적극적인 협조로 선별검사를 가장 많이 한 의료기관, 격리병실 및 격리 중환자실 모두 운영한 병원, 본 병원에서 확진된 환자 중 자가격리 중인 환자에게 직접 전화진료 및 택배로 약 보내기를 한 병원이 될 수 있었다. 코로나 환자의 진단 및 치료, 중환자 관리, 자가격리 환자 관리 등에 전방위적으로 대구·경북 시도민 살리기에 적극 대응을 한 의료기관으로 자부심을 느낀다. 선별검사를 주저하던 취약계층 주민에게 무료 선별검사를 시행하기도 하였다. 나는 정말 운이 좋았다.

작년 12월에 문을 연 신축 권역응급의료센터와 기존의 권역호흡기질환센터의 좋은 시설도 있었다. 매일 SNS를 통해 전 직원에게 코로나-19 상황을 공유하였으며, 철저한 감염교육을 실시하여 왔다. 국민안심병원으로 승인받아 일반 환자 및 교직원을 코로나 양성 환자로부터 철저히 분리하여 우리 병원은 교직원 확진자가 적었고, 의료인 격리나 의료시설 폐쇄가 가장 적었던 병원이기도 했다. 모두에서 운이 좋았다.

이번 사태를 겪으며 감염 수준에 맞는 맞춤형 방역체계의 수립이 필요하다고 수차례 여러 통로를 통해 정부에 건의하였다. 이번에도 운이 따르길 기대해 본다. 우리는 지난 2달간 일치단결하여 코로나-19 사태에서 최선을 다했다. 우리 병원 동료들과 함께하였고 함께하고 있다는 사실이 자랑스럽다. 나는 그동안 정말 운이 좋았다.

힘내라, 우리는 이긴다!

대구는 이긴다! 반드시 이긴다!

서부전선
이상 없다

권영재
제2미주병원 진료원장, 정신건강의학과 전문의

한 달 전 우리 병원 아래층 대실요양병원에서 코로나-19 바이러스 감염환자가 대량 발생했다. 그 다음은 같은 건물 위층에 위치한 우리 병원 차례가 될 게 뻔하다. 나름대로는 방역에 온갖 힘을 다 쏟았다. 4월 초 질병관리본부에서 나와 우리 병원 직원들을 전수 검사했다. 전원 음성이었다. 직원들은 길길이 뛰며 기뻐했다. 정신과 의사인 나는 의사이면서도 감염병에 대해서는 무지했기에 전 직원 음성이라는 결과만 보고 덩달아 좋아했다. 전 직원들과 축하의 의미로 점심을 햄버거 파티로 했다. 그러나 그 기쁨도 잠시, 이틀 뒤에 열이 나는 환자가 한 명 생겼다. 코로나-19 바이러스 검사 결과 양성이었다. 다음 날 세 명에게서 열이 났고 검사에서 또 양성이었다. 그제야 직원들을 다시 검사하고 입원한 환자 전부를 검사했다. 다음 날 결과를 보니 직원 3명, 환자 19명이 양성이었다. 그 다음 날부터는 거의 매일 환자 수가 늘어났다. 4월 6일에는 직원 10여 명을 포함하여 총 185명으로 환자가 늘어났다.

이날 밤부터 전 직원의 출퇴근이 금지되며 모두 병원에서만 지내라는 지시가 내려왔다. 방역당국으로부터 코호트 격리(Cohort Isolation)명령이 내려온 것이다. 질병관리본부에서 기본 위생물품을 주었지만 격리당하고 있는 인원에 비하여 턱없이 모자랐다. 시청과 보건소에서 격리된 사람들에게 도시락을 주는데 그것도 점심과 저녁 두 끼만 주었다.

병실 현장에서는 당장 방역 마스크가 모자란다고 아우성이다. 근무 시간에는 방호복 안에 쓰는 N95 마스크를 끼라고 주는데 그건 매스컴에서도 자주 볼 수 있듯이 바이러스를 막는데 주력하는 마스크라 끈이 너무 조여서 쓰고 나면 얼굴 피부가 까지고 눌린 부위가 부어오른다. 일과가 끝나고도 이 힘든 마스크를 계속 쓰라고 하니 이거 말이 되나 하는 생각도 들었다. 코호트 격리는 전 직원과 전 환자를 검사하여 모두에서 두 번 연속으로 음성으로 나와야 끝난다. 과연 그날이 언제나 올까? 기약 없는 세월에 우리 직원들은 목숨을 걸고 근무를 하여야 한다.

더 큰 문제는 돈이다. 이번 달부터 직원들에게 봉급 줄 돈이 모자란다. 정부에서 보태준다고 하지만 환자가 반 이상 빠져나가고 열 명 이상의 직원이 입원해 근무를 못 하고 있는데 과연 옳은 대우를 해줄 수 있을까? 입원해 있는 직원들은 무급휴직이다. 병원 안에는 환자와 직원들이 서로 바이러스를 주고받으며 살고 있는 형국이다. 용케 코로나 병마를 피한다고 해도 그 다음에도 희망 대신 절망만 보인다. 굶어 죽게 생겼다. 영세한 인력산업인 중소병원의 결정적인 약점이 이 위기상황에서 목을 휘감는다.

나는 나이 때문에 고위험군으로 분류되어 병원에 있지 말고 집에서 자가격리하라는 지시를 받았다. 집에 오던 그날 밤 길거리에 벗꽃이 그리 흐드러지게 피어있었다. 오늘 창밖 풍경은 그 꽃은 다 졌고 목련마저 보이지 않는다. 이제는 꽃사과, 조팝나무가 한창 올라오고 있다. 지금이라도 저 길을 걷고 싶다.

자가격리 기간이 길어지니 사고와 감정의 장애가 온다. 처음에는 마땅히 격리되어야 된다고 생각했다. 마침 불교의 하안거夏安居 기간이니 이참에 나도 화두 참구話頭 參究나 하고 책도 읽고 글도 쓰고 신선처럼 살자고 좋아했다. 내 뜻대로 결정한 건 아니지만, 넘어진 김에 쉬어 가자는 심산이었다. 그러나 시간이 흐르면서 내가 무슨 잘못을 했다고 가택연금이 된단 말인가? 하고 화가 나기 시작했다. 내가 전두환 시절의 김영삼인가? 집에 강제로 갇혀있게….

나도 피해자인데 왜 강제수용 되나? 별의별 생각이 다 들었다. 김영삼은 국민들의 응원을 받았었는데, 나에게는 위문품이나 격려 대신 하루 두 번씩 관계 당국의 감시 전화가 온다. 문밖에도 못 나가게 하니 새벽에 혼자 계단이라도 오르내리며 운동을 하고 싶어도 못 한다. 참선도 화두가 들리지 않는다. 책도 머리에 들어오지 않는다. 음악도 길게 들을 수가 없다. 생각과 정서가 혼동이 되어 가기 시작했다. 생각이 삐딱해지고 감정이 요동을 친다.

친구들 문안 전화도 거의 받지 않는다. 다 귀찮다. 나는 카프카의 '변신變身'이 되었다. 주면 먹고 마냥 앉아서 TV 보고 잠만 자고 아주 퇴행해서 그야말로 한 마리의 곤충이 되었다. 평소 이기주의적 인간들을 야유하고 오직 상구보리 하화중생上求菩提 下化衆生만이 대장부의 갈 길이라고 큰소리치던 내가 이렇게 꾀죄죄한 꼴로 남들의 눈치만 보고 있는 꼴이 한심하고 불쌍하다. 나이 탓으로 자가격리 처분되었지만 그래도 뿌리치고 직원들과 함께하지 못한 나 자신이 몹시 밉다. 집사람도 원칙을 지킨다며 나를 바이러스 취급해 밥도 따로 먹고 이야기할 때도 마스크를 낀다. 슬프다. 남들은 만화방창(萬化方暢: 따뜻한 봄날에 온갖 생물이 나서 자라 흐드러짐) 호시절 도리앵화(桃李櫻花: 복숭아 자두꽃, 살구꽃) 즐기며 산에도 가고 여행도 하고 술도 마시며 인생을 즐긴다.

친구 동료들은 한 번씩 나에게 전화한다. 그들의 안부 전화가 나에겐 '아직도 증상 없나?', '바이러스 양성이 되었나?', '살아 있나?'는 걱정스런 말도 고깝게 들린다. 우리 병원 직원들은 격리병원에 환자로 입원해 있는 사람들이 죽을까 걱정하고 있고, 병실에서 환자를 돌보는 일을 하고 있는 사람들은 잠자리가 없으니 바닥에 매트리스를 깔고 잔다. 갑자기 좁은 병원이 코호트 격리시설이 되니, 샤워시설도 모자라 세수는 고양이 세수를 한다. 젊은 여자직원들은 화장품이나 기타 여성 물품이 필요할 텐데 아무도 이를 알아서 도와주는 사람이 없다. 시간이 지나도 식사는 도시락으로 점심과 저녁만 준다. 북남통일 되어서 아오지 탄광으로 끌려온 게 이런 기분일까? 안부를 물어오는 친구들에게 전화 끝에 "너희들 참 팔자 좋은 인간들이다."라고 혼자 비아냥거리게 된다.

레마르크의 소설 『서부전선 이상 없다』에 주인공 폴이 죽었다. 그는 일개 병사였기에 그날 군사령부 일지에는 "서부전선 이상 없다"라는 단 한 줄의 문장이 쓰여진다. 그는 남에게 귀중한 아들이며 사랑하는 연인이며 앞길이 창창한 귀중한 사람이다. 하지만 전쟁에서는 한 개의 부속품일 뿐이다. 우리 직원들도 부모들의 귀중한 자식이고 어린 애들의 엄마, 아빠, 배우자들의 아내와 남편들이다. 귀중한 존재이다. 그러나 아무도 이들을 기억하는 사람은 없다.

이들이 병에 걸려도 혹은 죽더라도 "대구의 코로나-19 발생은 줄어만 간다"는 기사만 눈에 띌 뿐이다. "재주는 곰이 넘고 돈은 되놈이 번다"는 말이 있다.

대통령과 질병관리본부장이 노란 옷 입고 언론에 나와 슬픈 표정의 연기를 하면 국민들은 '저 사람들 정말 고맙다. 투표도 저 사람들에게 해주어야지' 하고 박수를 친다. 전 세계의 듣도 보도 못하던 사람들까지 나서서 코로나 잘 막은 비법을 가르쳐달라고 전화를 했다며 방송에 나온다. 이들이 박수 받는 것을 즐기는 이때에도 전장에서 장기판의 졸들은 죽어가고 있다. 격리된 방에 갇혀서 모든 공로가 그들의 것이라며 호들갑을 떠는 뉴스를 보고 있으면 피가 역류한다. 며칠 뒤 코로나 검사에서 음성이 나오면 나도 바이러스와의 전투 현장으로 재투입된다.

'To be or not to be that is the question'

혼자 중얼거린다.

* 대구광역시 달성군 다사읍에 위치한 정신과병원인 제2미주병원은 2020년 3월 26일 첫 환자가 발생한 이후 코로나-19 감염자가 급증하자 많은 환자들이 대학병원으로 이송되었고 남은 환자 전체와 의료진, 직원 모두는 코호트 격리되었다. 2020년 3월 18일 같은 건물의 아래층에 위치한 대실요양병원에서 첫 환자가 발생한 후 8일 만이었다. 2020년 4월 11일 제2미주병원의 입원 환자 전수조사에서 4명이 더 진단되어, 전체 확진자가 190명에 달했다. 대실요양병원에서도 98명이 확진되었다. 4월 11일 제2미주병원에 남

아있는 환자들은 111명이고, 코호트 격리 중인 종사자 수는 29명
이다.

*상구보리 하화중생(上求菩提 下化衆生): 불교에서 위로는 진리
를 추구하고 아래로는 중생을 교화한다는 뜻이다. 대승불교의 수
행 주체인 보살은 마땅히 수행의 목표를 자리(自利)와 이타(利他)
에 두어야 한다는 말인데, 열심히 수행 정진하여 스스로 석가모니
부처님께서 성취하신 바와 같은 깨달음을 얻는 것이고 아래로는
중생들을 교화하여 참된 지혜와 자비의 삶을 이끄는 것이다. 자신
도 이롭게 하면서 타인도 이롭게 한다는 공동체적 정신을 표현한
말이다.

내일은 또 다른 태양이
뜰 것이다

권영재

제2미주병원 진료원장, 정신건강의학과 전문의

잔인했던 2020년 4월의 마지막 날이 내일모레다. 그러나 우리 병원 지옥 중생들의 고통스러운 4월은 끝나지 않는다. 우리 병원은 '코로나-19' 환자 발병 숫자는 줄어들었지만 양성 환자 발생이 계속되어 코호트 격리가 지속된다. 병실 근무자는 우주인 같은 방호복을 입고, 얼굴에는 용접공 같은 안경을 쓰고, 발에는 덧신을 신고 뒤뚱거리며 일을 한다. 간호사들은 퇴근을 해도 집에 갈 수가 없다. 잠자리가 없어 보건소에서 주는 매트리스를 땅바닥이나 소파에 깔고 잔다. 샤워는 언감생심焉敢生心, 세수조차 코만 씻는다. 도무지 희망이 보이지 않는 인생 같다.

어떤 병원들은 기자를 불러 방호복 입는 간호사들의 사진들을 올리며 천사 코스프레를 한다. 얼굴에 반창고를 여러 장 붙이거나 땀젖은 수술복을 보여주며 대한민국 코로나 바이러스 치료는 그들만이 다하고 있는 것처럼 느껴지게 한다. 역시 '눈치 빠른 놈이 절에 가서도 새우젓 얻어먹는다' 는 말은 불후의 진리다.

우리 직원들은 목숨을 걸고 일을 하건만 대구시는 물론 대구시민들도 강 건너 불구경이다. 직원 10여 명이 양성으로 판정되어 입원하게 되자 정부에서는 파견간호사들을 보내 주었다. 고마운 일이다. 하지만 이 사람들 때문에 우리 직원들은 분통이 터진다. 이들의 하루 일당 30만 원은 우리 직원들 일당의 몇 배나 되는 돈이다. 정신과가 특수과인 탓에 이들이 할 수 있는 일은 거의 없다. 체온을 재는 등 간단한 일밖에 못 한다. 모르는 사람들은 이들이 무료봉사하는 줄 알고 감동하며 박수친다. 그들은 일과가 끝나면 병원 밖에 있는 숙소로 퇴근한다. 수당도 옳게 받지 못하고 퇴근도 없이 병원에서 쪽잠을 자며 먹는 것도 제대로 먹지 못하는 상대적 박탈감에 우리 병실 간호사들은 운다.

동산병원에 집단으로 입원했던 직원들 중 2명은 완치되어 퇴원했다. 하지만 3명은 아직도 중환자실을 왔다 갔다 한다. 다행히 나머지 8명은 무증상 감염이다. 하지만 계속 바이러스 검사에 양성이 나와 계속 입원 중이다. 바이러스 때문에 죽지 않게 되었다니 안심은 되지만 이제는 굶어 죽게 될까봐 울상이다. 입원으로 근무를 하지 않았다고 2주일 치 봉급인 7~80만 원을 주고, 그 이후는 근무 때까지 무급 휴가라는 것이다. 이것이 아마 무노동 무임금이란 말인가 보다.

병원도 양성으로 진단된 환자 약 2백 명이 빠져나가 수입이 없으니 봉급을 줄 수도 없을 것이다. 입원 중인 직원들은 근무 중 병을 얻었으니 산업재해에 해당되고, 정부는 대구를 특별재해지구로 선언했으면 지금 일을 할 수 있든 없든 전 직원들에게 봉급과 보상금을 주어야 하지 않을까. 집에서 자가격리를 하며 병원복귀를 기다리는 직원들도 입원한 직원들과 똑같은 대우를 받는다. 무급휴가.

한 달 벌어 한 달 먹고 살던 그들이 병에 걸려 배를 곯게 생겼다. 두 명의 의사는 사직했다. 현명하다. 난리 중인데 사태가 좀 수습이라도 된 뒤에 나갔으며 하는 아쉬움은 있지만 따지고 보면 욕을 할 수도 없다. 이달 봉급이 낯 붉어지는 소액이 나왔으니 말이다. 다음 달도 계속 그렇겠다고 하는데 무엇 때문에 목숨을 걸고 병원에 나오겠는가. 아니 문을 닫을지도 모르는 병원에…. 중국의 병서에도 전세가 불리하면 도망가는 '36계'가 최고라고 했으니, 이 의사들은 정신과 의사이면서도 병법 연구를 많이 한 것 같다.

정신과 의사 빅토르 플랭클은 2차 대전 때 유대인이라는 이유로 죽음의 수용소에 잡혀갔다. '한식寒食에 죽으나 청명淸明에 죽으나' 그게 그런 삶이 되었다. 그는 죽을 날만 학수고대鶴首苦待하고 있던 중 먼저 온 고참이 훈수를 뜬다. '사는 데까지는 최선을 다해 살아야 한다'고. 참 실없는 놈 만났다고 생각했는데 막상 살아보니 그렇지 않다. 그런 지옥 속에서도 우정이란 것이 존재하고, 신통한 약도 없건만 아프면 동료들이 의사인 플랭클을 찾는다. 옳은 치료는 못 해도 환자들은 그의 존재만으로도 안도를 한다. 아침에 먹다 조금 남겨 둔 빵을 화장실에서 혼자 먹을 때 행복감, 작업장에 가다가 주운 신발 끈의 고마움, 그런 것에서 그는 삶의 의미를 느끼기 시작한다. 현재 이 자리만 생각하기로 한다. 남들과의 관계에서 존재의 의미를 느낀다. 그래서 전쟁 끝까지 그는 살아남았고 '의미치료(로고 테라피)'라는 정신치료 방법을 고안하기도 했다.

실망과 분노, 짜증, 우울만이 내 가슴에 그득하고 최고조에 달할 무렵, 빅토르 프랭클의 '의미'를 화두로 삼아 은인자중隱忍自重하던 '죽음의 수용소'에서도 어느 날 가느다란 한 줄기 빛이 내 눈에 보였다. 대구시의사회 이성구 회장의 연락이 온 것이다. 무엇이 필요한지 말하라고 했다. 구세주를 만난 기분이었다. 며칠 뒤 의료장비들이 배달되어 왔다. 덧신, 페이스 쉴드, 고글, 방호복, 컵밥, 마스크 등등. 코호트 된 병원에 이런 필수품이 턱없이 부족하다는 것이 있을 법이나 한 일인가? 병원 이사장이나 정부가 책임을 방기한 것이다.

며칠 뒤 또다시 비슷한 내용의 물품들이 쏟아져 들어왔다. 방호복이 넉넉하니 환자를 만나도 덜 두렵다. 방역 마스크가 있으니 일과가 끝나고도 낄 수 있어 너무 좋다. 나의 대학동문들이 마스크 천장을 보내왔다. 중고등 동기들의 '불우이웃돕기' 캠페인도 시작되었다. 칫솔, 치약, 양말, 간식, 내의 등의 생필품과 "박봉과 열악한 근로조건에서도 말없이 일해 온 여러분들과 같은 의료진들의 노고에 깊은 감사를 보냅니다"라는 편지가 짐 꾸러미 속에 동봉되어 있었다. 편지를 읽으며 직원들은 울었다. 소리 없는 수많은 눈이 우리를 보고 있다는 사실을 느끼고 우리가 외롭지 않다는 사실을 알게 되었다.

중고등 동기회에서 3차례에 걸쳐 간식과 식사를 더 보내왔고, 정신과 후배 여교수들은 홍삼을 보내주었다. 부산의 대학 동기는 면역 키우는 데 최고라며 비타민과 아연, 마그네슘을 보내왔다. 이런 보급품들이 늘어나니 이제는 강한 면역력이 생겨 코로나를 만나도 병에 걸려 죽기 힘들게 되었다. 영천의 친구는 소고기 장조림과 국, 명태보푸라기, 물김치, 산나물, 경주 친구는 닭개장과 엄나무 순,

팔공산의 친구는 추어탕을 보내왔다.

인정에 굶주려 울던 우리들의 통곡도 줄어들었다. 하지만 우리 병원이 처한 근본적인 문제는 여전하다. 직원들의 인권 문제나 복지 문제 그리고 경제적 보상 문제나 급여 문제다. 의료물품이나 위문품과는 또 다른 생계에 관한 문제이다. 병원에서도 문제 해결을 위한 노력의 시작도 없이 패닉 상태로 멍하게 있고 다른 기관도 돕고자 하는 기미는 보이지 않는다.

입원 환자의 2/3가 사라졌고 직원 10여 명이 아직도 입원 중이다. 직원들은 배가 고파 죽을 지경이다. 가장 큰 재난을 당하고 있는 우리 직원들을 좀 도와달라고 애원한다. 대구 최대의 피해자인 우리 병원은 왜 이렇게 가해자처럼 되어 괄시를 받고 있을까? 먼저 살려 주고 절차는 나중에 밟아 달라. 먼 훗날 우리 보금자리의 무덤 위에 돈다발을 던지는 것은 아무 의미가 없다.

며칠 뒤 병원 직원과 환자 전수조사에서 음성으로 나오면 나는 출근한다. 그렇게 되면 75세 된 노병의 방호복 입은 모습을 볼 수 있을 것이다.

"내일은 또 다른 태양이 뜰 것이다.(Tomorrow is another day)" 라는 말을 믿을 뿐이다.

(2020년 4월 29일)

직원에서
환자로

경북대학교병원 원무과장

"선생님이 접촉했다는 확진자는 누군가요?"

2020년 3월 3일 오후 4시 40분, 수화기 너머로 들리는 감염관리실 직원의 긴장된 목소리를 듣는 순간 뭔가 잘못되었다는 것을 직감했다. 난 그렇게 코로나-19 의심환자를 접수 단계에서 선별하고 직원을 보호해야 하는 일선 부서장에서 환자로 전환되었고, 운명의 맞은편에 서게 되었다. 내가 감염원이 되어 병원을 마비시킬 수도 있겠다는 생각에 당황하고 있을 때 감염관리실에서는 증상 발생 1일(현재는 2일로 지침 변경) 전부터 밀접접촉한 사람이 격리 대상이라며 3월 1일부터 동선과 접촉자, 마스크 착용 여부를 집요하게 물었다.

개인적으로는 동거하는 아내와 늦둥이 딸이 밀접접촉자이고 이틀 전 찾아뵈었던 노모도 위험 범위에 들었다. 코로나-19의 80%는 증상이 없거나 경중으로 진행되지만 일부는 중증이나 사망에까지 이른다는데 나는 어느 방향으로 진행될지, 고혈압에 만성질환을 달고 사는 노모가 감염되었다면 버틸 수 있을지, 온 가족이 뿔뿔이 흩어져 치료받아야 하는 건 아닌지, 이런저런 생각으로 잠을 이루지 못했다. 다행히 다음 날 가족 모두 음성 판정을 받았고 병원 내 접촉자로서 검사한 동료 직원도 코로나-19 검사에서 모두 음성이며 마스크와 단독식사 수칙을 잘 지킨 덕분에 격리자는 한 명도 없다는 이야기를 들었다.

확진 2일차 오후에는 대구시의사회의 의사 선생님이 전화하여 나의 건강 상태를 물었고 매일 상담 전화를 해주겠다고 했다. 매일 수백 명의 확진자가 쏟아지고 자택 격리자만 이천 명이 넘어가는 혼란 속에서도 기본적인 의료보호 시스템이 돌아가는 것 같아 조금은 안심되었다. 확진 3일차인 3월 5일 대구시로부터 국군대구병원으로 배정되었다는 입원 통고를 받았다. 다음 날인 3월 6일 금요일 아침에 119 앰뷸런스를 타고 경산 하양에 위치한 군병원으로 이송되었다. 자택 격리의 불편함과 가족들에게 감염시킬 수 있는 위험 부담에서 벗어나고, 혹시 증상이 악화되어도 의료진의 도움을 즉시 받을 수 있겠다는 생각에 안도감이 들었다.

군의관 면담과 폐 CT를 찍은 후 폐렴 소견이 있는 경우에는 1인실로, 그렇지 않은 경우에는 4인실 코호트 격리병실로 배정되었다. 나는 4C병동에 배정되었는데 4인실 8개로 구성된 병동이었다. 병실은 기존 재활치료실을 샌드위치 패널로 막아 급조한 시설로 음압기는 설치되어 있었으나 화장실과 세면대는 없었다. 화장실과 세면장은 복도 끝에 위치하여 병동의 32명이 공동으로 사용했는데 그나마 세면장은 세면대 3개와 임시 샤워부스 2개뿐이라 자주 막히고 물이 넘치기 일쑤였다. 당초 98개 병상을 갖춘 군병원인데 코로나-19 환자의 폭발적인 증가에 대응하기 위해 303개 병상의 국가 감염병전담병원으로 바꾸고 간호사관학교를 갓 졸업한 간호장교 75명 등의 인력을 지원받아 운영하고 있었다. 병동의 환자는 나를 제외하고는 모두 20~30대로 보였는데 신천지 예배 참석자를 전수 조사하던 시기였으니 이유가 대충 짐작이 되었다.

병원의 일과는 아침 7시에 시작하여 저녁 10시에 취침하는데 아침 8시와 저녁 7시에 각각 체온, 맥박, 산소포화도 및 증상 유무를 문자로 보고하였다. 식사는 세 끼 모두 외부 도시락이 배달되었는데 아침은 죽이 나왔다. 의료진은 약을 배달하거나 검체를 채취할 때를 제외하고는 대면하지 않고 문자나 휴대폰 통화로만 소통을 했다. 코로나-19는 치료약이 없다 보니 열이 나면 해열제, 근육통이 있으면 타이레놀을 주는 식의 대증요법만 처방되었고 환자는 오롯이 자기면역력으로 회복해야 했다. 나는 입원 4일차까지 가벼운 목 감기 증상만 있었고 체온이나 맥박, 산소포화도는 입원기간 내내 정상 범위를 벗어나지 않았다. 별다른 증상은 없었지만 코로나-19가 감염 후 7일에서 10일 정도 지나서 갑자기 상태가 악화되고 인공호흡기를 다는 경우가 있다는 말을 들었던 터라 초반에는 긴장의 끈을 늦출 수가 없었으나 시간이 지남에 따라 무증상 상태에서 회복되리라는 확신이 들었고 마음의 여유가 생기니 나의 감염 경로를 추적하게 되었다.

병원 원무과 근무의 특성상 무수한 환자와 방문객을 만났지만 특별히 3월 2일 병원 출입문 통제업무를 담당할 때 베트남 입국자로서 코로나-19 검사를 요구했던 환자가 뇌리에 맴돌았다. 그 환자를 안내하면서 선별진료소로 가는 펜스 철문을 여러 차례 접촉한 후 때마침 모 직원으로부터 코팅된 사인물을 건네받았는데 이후 손만 씻고 사인물은 소독하지 않은 채 만진 기억이 났다. 확인해보니 당일 내가 철문을 만진 시간에 그 철문을 통과한 환자에게서 채취한 검체 중 4건이 양성판정을 받았다. 그 철문은 평소 닫혀 있어 철문을 만지지 않고는 통과할 수 없었다. 그날 밤에 미세한 몸살기가 있었고 그 다음 날 약간의 인후통이 있기에 혹시나 하는 마음으로 코와 구강 도말검사를 했는데 양성판정을 받았던 것이다. 단정할 수는 없지만 코로나-19 바이러스가 딱딱한 물체에서 수일을 생존할 수 있다니 충분히 가능한 시나리오로 생각되었다.

입원 후 일주일이 넘어가니 답답함이 느껴졌고, 점점 퇴원만을 기대하게 되었다. 아무 증상이 없으니 바이러스 검사를 한다면 당장이라도 음성이 나올 것 같았다. 당시 보건복지부 지침상 격리해제는 발열 없이 임상증상이 호전되고 바이러스(PCR) 검사 결과 24시간 간격으로 2회 음성이면 가능했으나, 나는 진단된 후 2주가 다 되었으나 검사를 해줄 기미가 보이지 않았다. 화장실 한 번 가기 위해 8번이나 손잡이를 접촉해야 하는 열악한 환경 속에서 교차 감염에 대한 걱정에 피부가 벗겨지도록 소독을 했다. 우리 병원이 운영하는 생활치료센터에서는 입소 후 일주일부터 검사하여 꾸준히 퇴소시키고 있다는 소식을 들었기에 마음이 불편했지만 나 때문에 고생하는 의료진과 종사자들을 생각하여 불만을 표시하지는 않았다.

외부와 철저히 격리된 고립감과 아무것도 할 수 없는 무력감에 지쳐가던 3월 21일 토요일, 입원 15일 만에 드디어 PCR 검사를 실시하였고 다음 날 저녁에 음성 통보를 받았다. 내가 있던 병실에는 두 명만 음성이 나왔는데 양성 통보를 받은 한 친구는 실망감에 절규했다. 격리자는 2주 정도 지나면 벽과 대화를 시도하는데 그건 정상적인 반응이고, 만일 나의 대화에 대하여 벽이 대답을 한다면 당신이 비정상이라는 우스갯소리가 있을 정도로 경중 또는 무증상 환자는 병으로 인한 것보다 격리로 인한 심리적 부담이 컸었다. 2차 검사는 월요일을 건너뛰고 3월 24일 화요일에 시행했는데 다행히 2차 검사 결과도 음성이 나와 3월 26일 목요일 감옥에서 석방되는 기분으로 퇴원할 수 있었다.

코로나-19로 세상이 혼란스런 지금, 병원 직원들은 병원을 위해 무엇을 해주는 게 가장 도움이 되겠는가라는 질문에 "여러분이 코로나-19에 감염되지 않는 게 병원에 가장 큰 도움이 된다. 모두 조심하시라." 하던 말이 계속 귓가를 맴돈다. 모두 코로나 전투에 나설 때 조기에 전상을 입어 군병원에 후송되었다. 아쉽고 미안하기도 하다.

평생 경험하기 힘든 일을 겪으면서 국가가 나와 내 가족을 기억하고 챙겨준 것에 대해 큰 고마움과 자부심을 느꼈다. 힘이 되어준 가족과 쾌유를 기원해준 동료와 지인들에게도 깊이 감사드린다. 미증유의 국가적 재난 앞에 국민의 생명을 지키기 위해 소임을 다해주신 모든 분들께 환자로서 감사드리며, 특별히 나를 치료해준 국군대구병원 의료진과 관련자 모두에게 이 글을 빌어 감사의 인사를 전한다.

너무나 평범했던
그대

이재태

경북대학교 의과대학 교수, 전 대구1, 2 코로나 생활치료센터장

코로나-19 확진자 수가 폭발적으로 증가하며 바이러스에 대한 공포가 엄청났던 3월 2일, 우리나라 최초의 대구-1 생활치료센터가 설치되었다. 그날 오전부터 전국에서 지원 나온 119 앰뷸런스들이 집에서 격리 중이던 환자들을 실어나르기 시작했다. 인원과 장비를 제대로 확인하지도 못한 상태였으니, 이분들을 받아들일 준비가 채 되기도 전이었다. 입소자들의 명단과 상세한 이력도 제대로 받지 못한 상태였다. 하늘에는 언론사의 드론이 입소 장면을 촬영하고 있었으나, 혼돈스러웠던 현장에서는 속속 들어오는 앰뷸런스를 맞아줄 수 있는 요원도 배치할 수 없었다. 소방관들이 건물 입구에 도착한 차량에서 환자를 내릴 생각을 하지 못하니, 앰뷸런스들의 주차 행렬이 길어져만 갔다. 도무지 정리가 되지 않을 것 같은 현장에, 보다 못한 심장내과 양 교수가 분연히 레벨D 방역복으로 갈아입고 차량으로 다가갔다. 복지부 주무관이 인도해 주는 환자의 상태를 살핀 후 입원실로 안내하기 시작했다. 양 교수는 그날 아침에 현장 상황 파악을 위해 잠시 다니러 온 경우였다. 나도 엉거주

춤 그를 따랐고, 모두는 두려움 반, 궁금증 반 상태였다.

그런데 앰뷸런스에서 내리는 입소자 한 명 한 명은 모두 멀쩡한 모습으로 여행용 가방을 밀고 들어오는 게 아닌가? 대부분 깨끗한 차림의 젊은이들이었고, 여성이 더 많았다. 선입견 없이 본다면 마치 일본이나 중국으로 졸업 여행 가는 여느 대학생 여행단이었으나, 하나같이 고개를 숙이고는 마주하는 사람들의 눈길을 피하는 모습이 다를 뿐이었다.

1주일 뒤인 3월 8일은 그 전주보다 매섭게 추워졌다. 찬바람이 불던 저녁부터 대구-2 생활센터로 360여 명의 환자들이 쏟아져 들어왔다. 학생식당에 지원 본부를 설치하고 전산 준비를 하던 중 날이 어두워지자 앰뷸런스가 환자들을 이송하기 시작했다. 입소 수속을 위해 컴컴한 계단에서 기다리던 아주머니는 추위와 현기증을 호소했다. 어둠 속에서 얼굴도 제대로 확인하기 어려웠던 이날 밤의 모습은 모두 두툼한 겨울 외투 차림의 초라한 5~60대 중년 피난민들로만 느껴질 뿐이었다.

2월 18일, 대구에서는 처음 진단되었던 31번 환자가 신천지 교인으로 알려진 이후 신천지 교단이 2020년 코로나-19 대구 대폭발의 온상으로 지목받게 되었다. 신천지 교단은 전 국민의 지탄을 받았고, 대구·경북에 거주하는 신천지 교인 모두는 코로나-19 바이러스 검사를 받아야 했다. 덕분에 2월 21일 52명을 시작으로 그달 말까지 매일 수백 명의 확진자가 쏟아졌다. 비밀에 쌓여있던 종교집단 신천지교회가 대구교회 신도들의 감염으로 그 실체를 드러낸 것이다. 3월 중 대구의 모 아파트는 142명의 거주민 중 46명이 코로나-19 확진이 되었는데, 주민 중 94명이 신천지 교인이었다. 그야말로 연일 언론은 신천지 기사로 도배되었다. 이때 서울시장과 경기도지사는 신천지교회에 강력한 제재 조치를 발표하였고 경찰의 건물 압수수색에도 등장하여 인기를 끌었다. 2월 하순 이후 신천지 신도 감염자 수의 폭발적인 증가에도 불구하고, 신도들의 인권을 언급하며 신천지 교인 명단 확보에 이은 검찰고발과 압수 조치를 주저했던 대구시장은 이 양반들과 비교되며 엄청난 비난을 받아야 했다.

2020년 4월 9일 중앙방역대책본부는 31번 환자의 발병 이후 실로 52일 만에 대구에서의 환자발생 '0' 이라는 숫자를 보여주었다. 그때까지 대구에서 발생한 환자는 6803명이었는데 그 중 신천지 교인이 4259명(62.5%)이었다. 지역의 교인 10,459명을 전수조사하였으니 40.7%의 교인들이 코로나-19에 감염되었다는 엄청난 결과였다. 감염자 중 발열이나 기침, 인후통 등의 증상이 있었던 경우는 1/4에 불과했고 대부분은 아무 증상이 없었다. 이미 상당수가 아무 증상 없이 거리를 활보하며 다니기 시작하던 순간이었다. 이들에게 전수조사를 시행하지 못하고 확진자에 대한 격리조치가 이루어지지 않았다면 무증상 감염자에 의한 전파로 지역뿐만 아니라, 결국은 나라 전체가 엄청난 고통을 당했을 것이니 실로 생각만 해도 끔찍한 일이다.

내가 일했던 대구 생활치료센터에 입원했던 경증 코로나 환자 630명 중 60% 정도는 신천지 교인이었는데, 20~30대 연령의 여성들이 많았다. 특히 대구 2센터 입소자 중 미국, 중국, 일본, 오스트레일리아 국적인 7명의 외국인 이름을 발견했는데, 6명이 신천지 교인이었다. 외국인들은 입소 기간 동안 불편하다는 말 한마디 없었고 국이 포함된 매끼의 한식 도시락에도 별다른 불평도 하지 않았다. 하여튼 이 똑똑한 젊은이들과 다양한 외국인들을 포함한 30만 명 이상의 뇌를 완전히 무장해제시켜 추종자로 만든 90세의 교주 이만희라는 사람의 능력은 정말 불가사의하다고 할 수밖에 없었다.

나는 70대 어르신 한 분과 오랫동안 전화로 이야기를 나눈 적이 있다. 이분은 학교에 계시다가 퇴임한 분이었는데 퇴원 전이라 하실 말씀이 많은 듯했다.

"작년 가을에 가끔 등산을 같이 다니던 후배가 좋은 이야기 해주는 사람이 있는데 가자고 해서 따라나섰다. 거기의 모든 사람들이 너무나 잘 대해주고, 나처럼 인생을 마무리하는 사람들이 들어야 할 이야기를 많이 해주었다. 모임을 마치고 사람들과 식사도 하며 즐겁게 지낼 수 있었던 것도 좋았다. 6번 정도 그 모임에 나갔던 것 같다.

2월 어느 날 방송에서 신천지 교인들에게서 코로나 환자들이 발생한다는 뉴스를 보았다. 어, 이거 내가 가던 곳이란 생각이 들어서 갑자기 불안해졌다. 우선 가족들도 걱정되었다. 시골에 작은 농사를 지으며 마련해 두었던 작은 원두막 같은 집으로 홀로 나왔다. 시골에 들어온 지 얼마 되지 않았을 때 공무원이 빨리 와서 검사를 받으라는 전화를 했다. 경산보건소에 가서 검사를 받았고 다음 날 코로나 양성이라는 통고를 받았다. 그 무서운 우한폐렴에 걸렸다고 하니 무서웠다. 주위에 아무도 나를 도와줄 사람도 없으니 두려웠다. 시골집에서 혼자서 식사 조리하며 여기서 나 홀로 끝장내야겠다고 생각을 하며 지냈다. 인생 말년에 이렇게 되니 외롭고 서글프기도 했다. 며칠이 지나서 연락이 왔고, 119 앰뷸런스를 타고 생활치료센터로 들어왔다. 여기 들어오니 따뜻한 국이 있는 밥도 주고, 보일러도 잘 들어오니 살 것 같았다. 갑자기 아파도 나를 도와줄 의사가 있다는 것이 무엇보다 좋았다. 여기서 지내는 동안 모두에게 신세 많이 졌다.

마스크, 물안경, 두꺼운 방역복 차림의 의사, 간호사, 봉사자들이 고생하는 것 보니 많이 미안했다. 온종일 방 안에 있으면서 이 사람들의 발걸음 소리가 들릴 때마다 숫자를 헤아려봤다. 한 보폭이 60cm 정도이면 저 발걸음 소리를 거리에 곱해보니 우리를 위해 저 무거운 복장으로 몇 km를 오르내리겠구나 하는 생각을 했다. 여기서 지내는 날이 가면 갈수록 점점 더 미안해졌다. 지금까지 살아온 게 후회되는 것도 많았다. 그러다가 이제 퇴원을 한다.

선생님, 진정으로 고맙소."

신천지 교인들은 여러 곳의 센터에 입소해 있으면서 서로 교류하는 것 같았다. 여건이 좋은 다른 센터로 보내 달라거나, 다른 곳의 식사가 더 좋다고 말을 한 사람들도 있기 때문이다. 바빴던 한 주가 지나면서 센터에서 퇴원하는 환자들이 속속 나타났다. 나는 그분들 개개인에게 문자를 보내 지내는 동안 어려움이 없었는가를 확인하며, 퇴원 후에도 건강하길 기원했다.

3월 첫 주 센터에서 퇴원한 젊은 여성이 보낸 문자이다. 지극히 평범해 보였던 분이었다.

"저는 개인적으로 이번에 언론에서 많이 언급하고 있는 '신천지인' 입니다. 그리고 신천지인이기 전에 저도 자랑스런 대한민국의 국민이기도 합니다. 뉴스를 볼 때마다 방역을 위해 힘쓰고 있는 질병관리본부 및 병원 관계자분들 그리고 군인 및 소방대원들, 대구시에 죄송했습니다. 코로나-19 확산에 의한 피해가 여러 가지로 발생하게 된 부분에 대하여 신천지인 중 한 사람으로서 정말 죄송합니다. 그러나 저희도 어떻게든지 코로나가 확산되지 않도록 질병관리본부와 대구시에 적극적으로 협조하고 많이 노력 중입니다. 그리고 저도 입원 기간 중 빨리 완쾌하는 것이 나라와 대구에 도움을 줄 수 있는 방법 같아서 더 관리를 열심히 하게 되었습니다.

때론 언론에서 잘못된 기사를 보도해 신천지에 대한 오해를 가지게 할 때가 많습니다. 저희도 어쩌다가 코로나에 감염되었고 또 그런 부분으로 여러분들께는 큰 폐를 끼치게 되었기에 많이 죄송하게 생각하고 있습니다. 그러나 의료진 여러분들은 언론에 보도된 그 부분만 보고 저희들을 치료하지는 말아 주십시오. 부탁드립니다. 그런 저희들을 잘 치료해주셔서 여기 있는 동안 항상 감사했습니다.~^^

앞으로도 대구생활치료센터를 통해 많은 분들이 완쾌될 수 있도록 의료진분들께서 힘써 주십시오. 여러분들을 위해 기도하겠습니다. 다시 한번 대한민국 국민이자 신천지인 청년 한 사람으로서 의료진과 봉사자분들께 감사드립니다.^^

어느 간호사가 신문에 썼더라. "신천지도 사람이더라."
의료진에게 신천지 환자들은 너무나 평범한 그대들일 뿐이었다.

서울 의사의
대구 부모님

이은혜

순천향대학교 부천병원 영상의학과 교수

나는 경북대학교 의과대학을 졸업하고 상경해서 서울아산병원에서 전문의 수련을 받았고, 지금은 수도권 병원에서 영상의학과 교수로 일하고 있다. 이제는 대구에서 살았던 기간보다 고향을 떠나 다른 지역에서 산 기간이 더 긴 데다 대구의 코로나-19 감염 현장을 직접 겪어보진 못했다. 2020년 겨울과 초봄에 대구를 강타한 코로나-19의 강풍은 나에게도 큰 영향을 미쳤다.

대구에 계신 나의 부모님 이야기이다. 부모님은 그 시대에 흔치 않게 연애결혼을 하셨음에도 불구하고 최근 몇 년간 엄청 자주 싸우셔서 이러다가 두 분이 황혼이혼하는 것은 아닌지 걱정할 정도였다. 내가 보기엔 별것도 아닌 것으로 티격태격하셨으나, 부모님에게는 심각한 갈등이신 것 같았다. 그러던 차에 2019년 12월 초에 갑자기 아빠가 쓰러지셨다.

아빠는 당뇨나 고혈압이 없으시고 이제껏 한 번도 입원하신 적이 없었다. 뇌졸중 급성기 병원에 3주간 입원해 계시다가 퇴원을 하게 되었다. 그러나 뇌졸중의 후유증으로 보행이 불가능한 상태에서 콧줄과 소변줄을 끼신 아빠를 엄마가 집에서 혼자 돌보는 것이 도 저히 불가능하였다. 그래서 동사무소에 장기요양보험 등급을 신청 한 후 아빠를 부모님 댁 근처의 요양병원으로 옮겼다.

나는 큰딸임에도 불구하고 바쁘다는 핑계로, 그리고 생활비를 드 린다는 핑계로 부모님에게 무심한 편이다. 그래서 평소에는 두세 달에 한 번 정도 내려가서 부모님과 몇 시간 지내다가 올라오고, 명 절에도 기차표를 못 구한다는 핑계로 명절 아침 일찍 내려가서 밥 만 먹고 올라오곤 했다.

지금 부모님이 사시는 집은 내가 어렸을 때 살던 집이 아니기 때 문에 낯설고 왠지 불편하기 때문이기도 하다. 그랬던 나도 아빠가 입원하신 이후부터는 2주마다 병문안을 갔다. 병문안이라고 해도 콧줄을 끼신 상태고 간병인이 있기 때문에 식사 수발이나 그런 일 은 하지도 않고 잠시 있다가 오는 게 전부이다. 실제로는 엄마를 위 로하러 가는 셈이다. "느그 아부지 때문에 도저히 못 살겠다."라고 하던 엄마였는데 이제는 아빠가 집을 지척에 두고도 병원에서 꼼짝 도 못 하는 게 너무 불쌍하다며 밤마다 우시기 때문이다.

아빠는 의식이 점점 나빠지셨다. 초기에는 큰딸을 알아보셨지만 1월 초에는 나를 잠깐 쳐다보셨을 뿐 반가워하지도 않으셨다. 말씀 도 제대로 못 하셔서 필담을 나누었다. 설 연휴에 내려갔을 때는 아 직 주무실 시간도 아닌데 잠만 계속 주무시고, 말을 걸어도 잠깐 무 심하게 눈만 한 번 뜨고는 이내 다시 잠드셨다. 그나마 우리 가족 중에 아빠랑 의사소통이 되는 사람은 엄마밖에 없다. 50년을 같이 살면 눈빛만 봐도 통하는지…, 엄마는 매일매일 병원에 출근해서 아빠를 지극정성으로 보살폈다. 얼굴과 손발을 닦아주고, 양말을 갈아 신기고, 베개 커버를 바꿔주고, 끊임없이 대화를 시도하고….

나는 2월 말까지 병원에서 중요한 보직을 맡고 있었는데 2월 초에 내가 근무하는 병원에 코로나-19 확진자가 나오는 바람에 초비상이 걸렸다. 그리고 얼마 지나지 않아 대구에서도 확진자가 나오기 시작했다. 며칠 후 아빠가 입원해 계신 요양병원에서 면회를 금지한다는 문자가 날아오는 등 사태가 심상치 않았다. 엄마한테 요양병원의 아빠는 면회금지여서 가 볼 수도 없으니 바람도 쐴 겸 서울로 올라오시라고 제안했는데, 아빠를 두고 못 간다고 하셨다. 별거를 할 테니 방을 얻어 달라고 하소연하실 때는 언제였는지….

엄마를 겨우 꾀어 올라오기는 하셨는데, 생활 패턴도 다르고 아빠가 눈에 밟혀서 도저히 안 되겠다면서 사흘째 되는 날 아침에 내려가셨다. 하루 종일 아빠와 손주들을 보살피고 일찍 주무시는 엄마에 비하면 나는 야행성이다.

그 다음 날 병원장이 전 직원에게 '대구 방문 금지령'을 내렸다. 그리고 어느 호텔 결혼식과 신천지교회와 관련해서 대구에 다녀온 직원들이 있어서 이후 며칠 동안 검사를 시행했는데 나도 검사를 받아야 하는지 약간 갈등하기도 했다. 지난달에 아빠가 입원해 계신 요양병원의 환자, 직원, 간병인을 전수조사했는데 다행히 모두 음성으로 나왔다.

두 달이 지났지만 아빠는 아직도 '면회금지', '방문금지' 상태이다. 엄마가 집에만 있으니 너무 갑갑하다고 해서 동생네가 엄마를 모시고 포항에 물회 먹으러 한 번 다녀왔다. 사실 나는 이제 보직이 끝났고, 코로나-19 때문에 환자도 줄었기 때문에 주말에 대구 다녀올 시간이 충분하지만 아직 갈 수가 없다. 중간에 천안에서 엄마랑

동생네랑 같이 만나서 온천이라도 후딱 다녀올까 싶다가도 혹시나 병원에, 환자들에게 민폐를 끼칠까 봐 포기했다. 나는 교회가 알아서 오프라인 예배를 자제하면 되는데 정부가 강제로 예배를 금지하는 것에 마음이 편치는 않다. 그래도 혹시 나 때문에 여러 사람이 힘들어질까 싶어서 두 달째 온라인 예배만 드리고 있다.

내가 일하는 판독실과 초음파실, 유방센터와 연구실 사이의 동선, 집에서 병원까지의 동선 등을 생각하면 혹시나 하는 마음에 엄마를 만나러 갈 수도 없고 교회에 갈 수도 없다. 나는 일반인이 아니라 의사이고 우리 병원을 포함한 모든 대학병원에는 면역력이 떨어진 중환자가 잔뜩 있기 때문이다.

이번 대구의 코로나-19 사태의 시초가 조선족 간병인이라는 의혹이 있었다. 아빠가 입원했던 급성기 병원은 4인실이었고, 중년의 여자 조선족 간병인이 한 명 있었다. 24시간씩 교대근무라 무척 힘이 들었을 텐데, 아빠가 말도 안 되는 헛소리를 계속해도 천연덕스럽게 잘 받아주었다. 지금 아빠가 입원해 계신 요양병원은 8인실이고 중년의 남자 조선족 간병인이 있다. 이분은 6일 연속 근무하고 일요일 하루를 쉰다. 엄마가 매일 출근을 해서 그런지, 매주 용돈을 찔러줘서 그런지 싹싹하다면서 만족스러워했다. 근데 그 간병인은 설 연휴 직전에 고향인 중국으로 가버리고 다른 사람이 왔는데 너무 어설프다고 한다. 게다가 지금까지도 요양병원은 면회금지 상태라 이 간병인이 아빠를 제대로 돌보는지 확인할 길이 없다. 그래도 엄마는 매일 출근을 해서 로비에서 간병인을 만나 아빠 양말과 수건을 전달하고 어제 것을 받아온다. 토요일마다 용돈도 찔러주고….

그런데 고향으로 갔던 싹싹한 남자 간병인이 중국 춘절이 끝나고 다시 복귀할까 봐, 혹시 엄마가 그 간병인으로 바꿔달라고 요청할까 봐 절대 안 된다며 신신당부를 하기도 했었다. 현재까지도 그 조선족 남자 간병인은 돌아오지 않았다. 아직 중국에 있는 건지, 우리나라에 들어오긴 했는데 다른 병원에 취직해 있는지는 모르겠다.

전에는 이런 분야에 관심이 없어서 몰랐었는데 동대구역에서 칠곡으로 오가면서 주위를 살펴보니 요양병원이 얼마나 많은지 깜짝 놀랐다. 하긴 나도 아빠를 모실 수 없는 상황이고 대부분의 가정이 맞벌이를 하고 있으니 이 상황이 이해는 되지만 저 많은 요양병원에 누워있을 환자들을 생각하니 인간적으로 딱하다. 아빠를 포함해서 요양병원에서 정신을 놓고 계실 이분들의 '인간의 존엄성'이 제대로 지켜질 수 있을까? 병원비는 모두들 어떻게 감당하고 있는지 걱정스럽다. 장기요양보험의 요양등급을 받는다고 해도 병원비가 매달 백만 원은 들어가는데 몇 년 동안 누워있으면 가족이 온전히 부담하기에는 버겁다. 비록 우리가 낸 세금으로 정부가 생색을 내는 것이긴 하지만, 국가에서 간병인 비용까지 모두 책임지는 것도 버거운 일이다. 2026년에는 대한민국이 초고령사회에 접어들어 인구 5명 당 1명이 65세 이상의 노인이라는데 지금이라도 개인차원에서, 국가차원에서 이에 대한 준비가 필요한 것 같다. 이런저런 생각을 해보면, 나도 저축을 더 열심히 하자는 생각으로 귀결된다.

코로나-19 사태도 언젠가는 끝이 날 텐데 다시 '자유'로운 시기가 오면 나는 싫어하지만 엄마가 제일 좋아하시는 회를 사드리고 싶다. 회를 좋아하시는 아빠 생각에 엄마는 또 울먹이시겠지만….

오늘은 일단 엄마가 좋아하시는 참외라도 한 박스 보내드려야겠다.

남의 말을
좋게 하자

곽동협

곽병원 원장

　중국 우한 발 코로나 바이러스의 청정지역이었던 대구에 특정 종교단체를 중심으로 집단 감염자가 발생하면서 국제적으로 제2의 우한이란 오명과 함께 대한민국에서도 '왕따' 신세가 되고 있다. 타 지역에 신규 확진자가 발생하면 제일 먼저 대구와의 관련 여부를 추적한다고 했다.

　어느 어르신 환자가 서울 B병원에 대구 출신임을 속이고 입원한 후 시행한 검사에서 코로나 양성으로 판명되어 일부 병원시설이 폐쇄되자 해당 환자를 형사처벌을 해야 한다는 여론이 빗발쳤다. 그런데 사실 이 환자는 대구 출신이라 하여 서울의 다른 병원에서 진료를 거부해서 하는 수 없이 거짓말을 하게 된 것이었다.

　후일담으로 이 환자의 경우 입원 기간 내내 마스크를 쓰는 등 철저히 예방을 한 덕분에 B병원에서는 단 한 명의 추가 감염자도 나오지 않았다고 한다. 강원도에서 복무 중인 군인과 결혼식을 올린 본 병원의 간호사 역시 신혼여행에서 돌아오자마자 생이별을 하게 되었다. 대구를 다녀오거나 대구사람과 접촉하면 2주간 격리대상이 되기 때문에 남편과 오갈 수 없는 형편이 된 것이다. 대구사람이 타 도시로 출장을 갈 때 코로나 검사 결과지를 요구하는 경우도 허다하다.

대구의 코로나-19 집단감염이 보도되자 전국 각지에서 도움의 손길을 보냈다. 그러나 대구를 마치 바이러스 덩어리로 취급하는 일부 몰지각한 사람들의 극심한 비하 발언 또한 등장하였다. '대구 코로나', '대구는 구제불능이다.', '특별재난지원금을 주지 말아야 한다.', '수구꼴통 대구를 아예 우리나라에서 떼버리자.' 등 입에 담기조차 힘든 욕설을 인터넷에 올리는 사람들도 있었다. 실제 여당 대변인 입에서 '대구 봉쇄' 이야기가 나왔을 때도 대구사람들은 그저 속앓이만 했지 전염병의 공포가 덮친 대도시에서 예상 가능한 폭동의 조짐은 물론 정부를 향한 상경투쟁도 없었다. 중국 우한의 예에서 볼 수 있었듯이 대구가 아닌 여타 지역에서 이러한 차별을 받았으면 아마 크고 작은 폭동이 일어나 통제 불가능한 상황이 연출되었을지도 모를 일이었다. 하지만 대구 시민들은 도시 탈출은 커녕 외부 지역의 차가운 시선과 모욕적인 차별을 묵묵히 받아들이며 말없이 셀프 봉쇄로 코로나 확산 방지에 적극 협조하였다.

근본적으로 대구사람들의 잘못 때문에 우리나라에 코로나-19 바이러스가 창궐한 것은 아니다. 과거 전 세계를 호령했던 몽고제국의 칭기즈칸이 적에게 납치되었던 아내를 구출해보니 적장의 아이를 임신한 상태였다. 그러나 아내는 물론이고 뱃속의 아이도 받아들였다고 한다. 왜냐하면 아내의 잘못이 아니었기 때문이다. 마찬가지로 잘못이 없는 일반 대구 시민을 싸잡아 나쁘게 말하는 것은 지극히 삼가야 할 잘못된 행동이다.

중국에 이어 우리나라에서만 코로나가 창궐했을 때 'Corea'를 'Corona'로 조롱하면서 강 건너 불구경하듯 했던 세계의 여러 나라들이 지금 우리보다 더욱 호된 곤욕을 치르고 있다. 이 바이러스는 감염되어도 다수가 증상이 없거나 경미하나 전염력은 특별히 강하기 때문에 조심해도 누구나 걸릴 수 있는 질환이다. 따라서 어느 누구도, 어느 나라도 코로나로부터 자유로울 수 없다. 이런 상황에서 특정한 대상을 혐오하여 비난하고 나쁘게 말하는 것은 사태 해결에 아무런 도움이 되지 않는다. 마음에 앙금만 남기고, 사태를 악화시키는 언행이다.

　　대구에 연일 확진자가 500여 명 이상 나오던 2월 말 대구를 취재한 ABC 방송기자는 "이곳에는 공황도, 폭동도, 혐오도 없다."며 '대구는 코로나-19를 이겨내며 살아야 할 이 시대 삶의 모델'이라고 전 세계에 타전했다. 실제로 이 기사는 절망에 빠져있던 대구 시민들에게 큰 위로와 스스로를 되돌아보는 기회가 되었다.

　　대구·경북은 예로부터 신라의 화랑정신, 조선의 선비정신, 임진왜란 때 의병활동, 구한말 국채보상운동, 6.25전쟁 때 낙동강 방어선에서 나라를 지킨 국난극복의 보루였다. 이번 코로나-19 사태에서도 절제된 생활과 희생정신으로 감염병이 나라 전체로 퍼져나가지 않도록 최선을 다했다. 전시에 버금가는 비상 상황인 지금이야말로 코로나 극복을 위해서 서로를 비난하지 말고 남의 말 좋게 하는 풍토가 어느 때보다 절실히 요구된다.

(2020년 4월 20일)

대구의
힘과 희망

김대현

계명대학교 동산의료원 가정의학과 교수

나는 중국에서 발생한 코로나 바이러스는 초기에 차단하지 않은 바람에 신천지 신도들을 통해서 대구를 중심으로 폭발적으로 확산된 것으로 생각한다.

2020년 2월 18일, 대구에서 코로나-19 환자(국내 31번 환자)가 발견되면서 시작된 바이러스의 1차 대규모 공세를 이겨낸 4월, 두 달간의 전투에 지친 대구 곳곳에는 신록과 함께 꿈틀거리며 피어오르는 자부심과 자신감이 보이고 대구의 저력과 희망이 느껴진다.

코로나 첫 사망자가 생긴 2월 21일, 레벨D 방호복을 입고 새 학기 수업을 위해 중국에서 돌아오는 학생들의 선별진료에 나섰다. 환자가 대량 발생하고 있는 고향에서, 대구로 오는 직항편이 없어서 서울을 거쳐 밤늦게 대구에 도착한 중국인 학생들은 자신들이 전염병의 숙주가 되는 것이 아닌가 걱정하며 주눅이 든 모습이었다. 바이러스가 시작된 곳, 초기에 위험을 제대로 알리지 않은 중국 정부의 잘못은 있지만, 어린 학생들이 무슨 죄가 있겠나? 그 후 며칠간 대구에서도 환자가 급증하며 새 학기 등록과 입국을 포기하는 유학생들이 늘어나고 다시 본국으로 귀국하는 학생들도 생겨났다. 며칠 사이에 모든 상황이 역전되었다.

'역병(전염병)'은 오랜 세월 동안 집단 재앙, 타락에 대한 심판, 은유로 사용되며 다양한 의미를 발생시켜 왔다. 과학적 사고가 뿌리를 내리기 전에는 외부적인 사악한 기운이나 내면의 정신적 문제가 물리적이고 신체적인 현상으로 드러나는 것으로 해석하기도 했다.

수전 손택이 『은유로서의 질병』에서 썼듯이 질병은 침략이고 폭격이다. 대한민국 대구는 코로나-19로 인해 백 명이 넘는 전사자가 생긴 전시상황과 다름없었다. 대구는 바이러스 발생지라는 당치 않은 오명을 뒤집어쓰고 고군분투하는 코로나의 최전선에 놓였다. 대구 시민들 중에는 이러한 상황을 70년 전 낙동강을 피로 물들이며 사수했던 한국전쟁의 낙동강 전투에 비유하는 사람들도 있었다.

감염병 유행과 같은 재난 상황에서 사회적 불안과 분노를 어떤 개인이나 집단의 책임으로 전가하는 현상을 '마녀사냥' 혹은 '속죄양 만들기(scape-goating)'라고 한다. 유럽에서 흑사병 유행 시기에 마녀사냥이 활발하게 전개되고, 일본 관동대지진 때 조선인을 속죄양으로 몰아간 현상도 이런 이유에 근거한다.

환자는 자신의 병에 대해 책임질 필요가 없지만, 전염병 환자는 다른 사람에게 병을 옮길 수 있다는 불안 때문에 스스로 죄책감을 가지게 될 수 있다. 자신을 피해자가 아니라 감염병의 매개자로 간주하는 사회의 낙인(labeling)을 순순히 받아들이면 자신에 대해 부정적인 생각을 가지게 된다.

2월 말, 코로나 확진자가 걷잡을 수 없이 늘어나자 대중들은 신천지를 마녀사냥하고 일부 여론은 일시적이지만 대구·경북에 낙인 찍기를 시도했다. 다른 지역보다 일찍이 환자가 발생하여 코로나와의 전쟁 최전선에서 악전고투하는 대구·경북을 국가를 위태롭게 하고 물의를 일으킨 지역으로 간주하며 소외시키려는 여론이 있었다. 감염자의 집에 못을 박고 도시를 폐쇄한 중국의 우한처럼 대구·경북 지역을 봉쇄하자는 의견이 신중하게 검토되기도 했다.

집권당의 원내 대변인은 봉쇄라는 용어를 직접 사용하여 지역민 모두를 절망케 하였다. 해외로부터 바이러스를 조기 차단하지 못하여 발생한 전염병 대유행의 불안과 분노를 환자에게 돌리고 속죄양으로 만들려는 집단심리가 나타난 것이다. 무보수로 봉사를 자원한 민간 의료인의 노력과 성과를 폄하하려는 시도도 있었고, 고등학생이 폐렴으로 사망하자 의사의 정상적인 치료와 진단과정을 문제 삼기도 하고 대학병원 검사실을 폐쇄하기도 했다.

어쩔 수 없는 전염병의 집단 발생에 대구가 처한 상황과 국민들의 불안과 집단심리는 카뮈의 『페스트』에 나타난 것과 별반 다르지 않았다. 불안과 의료의 붕괴로 자칫 유럽 몇 개 나라에서와 같이 급작스럽게 생지옥으로 변해갈 수도 있는 도시를 죽음으로부터 건져낸 것은 대구의 의료인과 시민들이었다. 대구시의사회는 공공의 안녕과 이익을 위해 발 벗고 나섰고 의료인들에게 호소문으로 자원봉사를 요청했다. 대구 시민들은 성숙한 시민의식으로 자가격리와 사회적 거리두기를 실천했다. 지역의 많은 의료인들이 봉사를 지원했고, 멀리 다른 지역에서 생업을 던지고 달려온 의료인들과 자원봉사자들도 많았다. 도움을 요청하는 호소문을 듣자마자 1주일간 휴직하고 대구로 무작정 달려오신 서울의 김숙희 선생님, 광주시의사회의 봉사자들을 연결해준 서정성 원장, 두 달 동안 꾸준히 선별진료를 도와준 서울서 개원하고 있는 정인철 원장. 한 분 한 분 다급했던 당시에 땀으로 범벅이 된 얼굴들을 잊을 수 없다. 그 외에도 전국에서 달려와 도와주신 엄청나게 많은 선후배 의사와 간호사 선생님들과 뒤에서 묵묵히 일해주신 자원봉사자분들께 감사드린다.

재앙(Dis-aster)이라는 말은 방향을 알리는 별마저 사라진 캄캄한 상황을 뜻한다. 이들은 감염의 위험을 무릅쓰고 현장에 투입되어 『페스트』의 의사 리외(Rieux)처럼 목숨을 걸고 보이지 않는 바이러스에 맞서 저항했다. 이들과 연대하여 레지스탕스처럼 싸운 덕에 대구는 캄캄한 어둠으로부터 무사히 벗어날 수 있었던 것 같다. 코로나-19 사태는 이기주의와 개인주의가 만연한 이 시대에도 곳곳에 선의를 가진 사람들이 많으며 아직 살만한 세상이라는 사실을 확인해주었다.

새로운 확진자가 하루 10명 정도로 줄어든 지금, 가족들과 격리되어 고생한 수천 명의 코로나 환자들, 진료 후에도 가족들의 감염이 두려워 귀가하지 못하고 임시 숙소에서 쪽잠을 자야 했던 의료진, 환자를 돌보다 감염된 동료 의료인들이 겪었던 심리적 고통을 기억하고 위로한다. 국난 때마다 나타난 의병들처럼 선봉에 서서 바이러스와 싸운 의료인들과 자원봉사자들, 그리고 이들에 대한 국민의 격려는 앞으로 닥쳐올 코로나 2차 파동도 이겨낼 수 있는 힘이 될 것이다.

몇 달간의 자가격리와 사회적 거리두기를 통해 습관과 타성에 젖어 살던 스스로를 조용히 돌아보는 성찰의 시간을 가졌다는 분들도 있다. 하지만 대구는 한동안 바이러스를 옮기는 지역처럼 낙인찍힌 기억을 트라우마로 가지고 갈지도 모르겠다. 일시적이긴 했지만 재난의 책임을 감염자 집단에게 씌운 비난 때문에 완치 환자들 중에도 스트레스와 우울증을 겪고 있는 사람들을 진료실에서 자주 만난다.

코로나-19를 성공적으로 이겨낸 대구의 노력으로 세계적으로 국가 이미지가 좋아지고, 총선에서 집권 여당의 승리에 도움이 된 것 같다. 카뮈가 강조한 세계의 비합리성, '부조리'는 코로나와의 전쟁에서 더욱 구체화되었다. 공은 정치권이 가져가고 과만 대구에 남을지라도, 다시 이런 일이 닥친다 해도 대구는 굴러 떨어진 바위를 지고 산꼭대기로 한 발 한 발 올라가는 시지프스의 심정으로 세계의 부조리에 맞서 부조리를 뚫고 나아갈 것이다.

대형 코로나 바이러스 사태가 대구가 아닌 다른 도시에서 일어났다면 어떤 일이 벌어졌을까? 대구 시민들 대부분은 이러한 상황을 상상하지도 바라지도 않지만, 대구가 먼저 매를 맞은 경험이 앞으로 도움이 되기를 바란다.

코로나의 공격을 온몸으로 막아 승리를 쟁취한 대구는 이제 이러한 경험들을 바탕으로 더 큰 비전을 확인했다. 코로나 사태를 계기로 그동안 점잖게 가려두었던 자유와 원칙과 전통에 대한 신념, 도덕성 등 대구의 가치는 뚜렷하게 모습을 드러내고 대구의 미래는 보다 인간적이고 내면적이며 질적인 성장을 향한 길을 열었다. 정신없이 보냈던 2020년 봄에 '마녀사냥, 속죄양 만들기'의 기억을 딛고 서서, 다시 '대구의 저력과 희망'을 본다.

(2020년 4월 25일)

코로나-19에서
배운다

코로나-19 발생이
대한민국에 준 교훈

정기석
한림대학교 성심병원 호흡기내과 교수, 전 질병관리본부장

2020년 2월 18일 31번 코로나-19 환자의 발생은 대구·경북에 대량 환자 발생의 신호탄이 되어 순식간에 대구지역 의료는 마비상태 직전에 이르게 되었다. 다행히 이 글을 쓰고 있는 4월 23일 현재 대구는 다시 안정을 찾아가고 있으나, 그 상흔은 오랜 기간 대구 시민의 뇌리에 남을 것이다.

필자가 2016년 2월 3일부터 질병관리본부장직을 수행하면서, 초기에 가장 관심을 가지고 육성하고자 한 분야가 역학조사 역량 강화였다. 이를 위해 시급하게 시작했던 일이 유능한 역학조사관의 선발과 교육이었다. 감염내과 분과전문의 자격을 가진 의사, 감염관리실 근무 경력의 간호사 및 보건학 전공자 등 37명이 질병관리본부 소속 중앙역학조사관으로 선발되었다. 이전에는 군복무를 대신하는 공중보건의들이 단기간 역학조사관의 임무를 맡고 있었고, 그들의 전공은 역학조사와는 거리가 멀었다. 이번 코로나-19 팬데믹에서 보듯 역학조사는 질병 수사와 같은 것이다. 질병에 대한 지

식뿐만 아니라 조사 경험 또한 풍부해야 수준 높은 역학조사가 가능하다.

2020년 1월 20일 인천공항검역소에서 찾아낸 1번 환자의 발생과 함께 시작한 역학조사는 질병관리본부가 그간 수많은 도상훈련과 현장 출동 경험을 통해 닦아온 우수한 역학조사업무 기량을 여지없이 과시했다. 1, 2, 3, 4…로 이어진 질서정연한 확진자 발견과 음압병실 입원, 접촉자 조사, 추적, 격리 등은 메르스의 충격으로 재도약을 다짐하며 절치부심해온 질병관리본부 직원들의 열정과 헌신으로 이루어진 것이다. 역학조사관은 하루아침에 길러지는 것이 아니다. 경험 많은 선배가 끌어 주고, 다양한 분야의 지식을 쌓고, 평소에 역학조사 현장에 투입되어 경험을 축적해야만 비로소 홀로서기가 가능한 역학조사관으로 탄생하는 것이다.

내가 근무하던 당시에는 소두증 발생의 두려움으로 세계보건기구(WHO)가 국제공중보건위기를 선언했던 지카(Zika)바이러스가 2016년 3월 국내에 유입되었고, 같은 해 여름에는 15년 만에 국내에서 콜레라 환자가 발생했다. 그해 겨울에는 조류독감의 전파를 차단하기 위해 전국 각지에 역학조사관들이 출동했다. 일련의 사건을 거치면서 역학조사관들의 업무능력이 다져졌고, 필자는 환자들의 의무기록을 모아서 역학조사관들과 함께 의무기록의 해석, 일선 의료현장에서 의사들이 진단과 치료에 이르는 과정과 그때 발생하는 어려움 등을 토론하며 임상의사로서의 경험을 공유했었다.

메르스 이후 17개 시도에 역학조사관 2명씩을 선발하도록 규정이 있었지만, 확인해보니 이를 제대로 이행하는 시·도는 많지 않았다. 서울과 부산이 그나마 감염병관리본부를 만들어 형태를 갖추는 정도였고, 대구·경북도 그리 적극적이지 않았던 것으로 기억한다. 보건소 조직에도 감염병 대응팀은 항상 후순위였다. 평상시에 인적 자원에 투자하고 시스템을 정비하지 않으면 어떻게 된다는 것을 이제 우리는 알게 되었다.

대구에 투입된 중앙방역대책본부 간부들은 대구시가 이번과 같은 대량재난에 미처 준비가 안 되어 있어 초기 대응에 문제가 많았다고 지적한다. 평소에 240만 대구 시민을 위한 감염병관리본부와 전속 역학조사관들을 선발하여 준비를 했다면 좀 더 조직적인 대응을 지방정부 차원에서 할 수 있지 않았을까? 그나마 대구시의사회와 대학병원이 주축이 되어 혼란을 조기에 수습한 것은 불행 중 다행으로 메디시티로 특화된 대구 의료인들의 역량을 보여준 것이다.

대구의 코로나-19 재앙은 1월 27일 꾸려진 중앙사고수습본부(본부장 박능후 보건복지부 장관)가 방역대응 단계인 '경계' 상태를 너무 오래 고집했던 결과, 초기에 범부처적인 방역태세가 느슨했던 탓도 크다는 판단이다. 지역사회 감염의 기미가 보인 시점부터 '심각' 단계로 격상을 하고 총리가 본부장이 되는 중앙재난안전대책본부가 범부처적인 대응에 나섰다면, 큰 파도를 맞은 난파선 신세가 되지는 않았을 가능성이 높다.

방역 지침에 의하면 해외유입 감염병의 방역 단계는 '관심', '주의', '경계' 및 '심각'의 4단계로 구분하여, '심각' 단계는 국내 유입된 신종 감염병의 지역사회 전파 또는 전국적 확산이 있을 때 선포하는 것이다. 2월 들어 서울, 경기, 부산, 대구 등 전국적인 발생이 감지되고 있었음에도 '심각' 단계 선포를 2월 23일에야 한 것은 매우 잘못한 정책이었다. 확진자 숫자는 많지 않았지만 좀 더 일찍 대응태세를 강화했어야 하고 아니면 최소한 2월 16일 29번 확진자가 발생했을 때 '심각' 단계로 격상하고 보다 적극적인 정책을 폈어야 한다. 질병관리본부가 코로나-19의 국내유입 초기에 선제적으로 '경계' 단계로 올려 대응한 것은 매우 잘한 조치였고 이런 선제적 방역 기조를 흩트리지 않으려면 '심각' 단계로의 격상도 적절한 시기에 했었어야 하는 것이다.

수일간의 지체가 얼마나 영향을 미쳤을까 할 수도 있지만, 중국 환구시보에 나온 한 방역전문가는 한국정부가 정책 결정에 단 며칠이 늦어 대구에 대폭발이 생긴 것이라고 지적했고 이는 옳은 말이었다.

환자가 폭발적으로 증가할 때는 누구나 정신을 못 차렸겠지만, 4개의 의과대학을 보유한 대구시가 병원에도 못 가보고 사망한 환자를 발생시킨 것은 매우 안타까운 일이었다. 대구지역의 공공병원은 1월 말부터 일정 부분 병실을 비우게 하고 환자 발생에 대비를 시켰어야 하며 이는 공공의료기관을 관리하는 국가의 책무이다. 대량발생 초기에는 보다 더 신속하게 경증환자들의 수용시설을 수배해서 결정을 했더라면 하는 아쉬움이 매우 크다. 대구 인근의 공공 및 민간이 보유한 연수원 또는 콘도미니엄 등의 숙박시설에서 무증상, 경증 확진자들을 수용했더라면 중등증 이상의 환자들이 좀 더 수월하게 입원 진료를 받을 수 있었지 않았을까? 평시에 이런 동원령을 준비하고 있었더라면 얼마나 좋았을까?

메르스 사태 이후 감염병전문병원의 설립 필요성이 대두되었고,

필자가 본부장 시절에 영남과 호남지역을 대상으로 모집을 했으나, 대구·경북뿐만 아니라 대다수 지자체에서는 관심이 없었다. 만일 그때 대구에 감염병전문병원을 설립했더라면 좀 더 효율적으로 이 번 사태에 대처하지 않았을까?

반면 대구·경북이 코로나-19의 충격을 온몸으로 막아낸 덕에 우 리나라 전체와 국민에 기여한 바도 크다. 첫째, 국민의 경각심이 매 우 높아져서 방역당국의 지침에 적극 호응했다. 둘째, 집단 발생의 무서움을 직접 목격하였기에 정부가 긴장을 최고조로 유지함으로 써 타 지역의 발생을 적극 억제할 수 있었다. 셋째, 대구·경북을 제 외한 지방자치단체도 대구의 상황을 간접적으로 보면서 자기 지역 을 어떻게 지켜야 하는지 대책을 세울 수 있었다. 넷째, 하루에 500 명을 넘나들던 대구·경북 지역의 환자 발생 숫자를 한 자릿수로 낮 추기까지의 know-how는 세계적으로 주목받은 방역의 교범이 되 었다. 또한 달빛동맹의 한 축인 광주는 여러모로 대구의 아픔을 공 유하고 지원해 주었고, 전국에서 대구로 내려가 자원봉사로 힘을 보태준 의사, 간호사들의 헌신과 노력은 또 다른 우리 국민의 저력 이었다.

우리는 메르스의 아픔으로 질병관리본부가 강화되고, 전국의 의 료기관이 감염병에 대한 준비태세를 단단히 갖춘 덕과 온 국민의 자발적이고 적극적인 협조로 코로나-19의 발생 초기 대처를 서양 의 선진국들에 비하면 비교적 선방했다고 본다. 메르스의 교훈을 얻고 실천한 것이다. 하지만 앞으로 2차, 3차의 코로나-19 파도는 언제든 우리를 덮칠 기세이다. 그때가 왔을 때 같은 실수를 반복하지 않아야 하며, 이를 위해서는 각 분야 전문가들의 의견을 치우침 없이 수용하고 취합하여 최선의 정책으로 만들어내는 체계를 갖추어야 한다. 아직도 질병관리본부의 방역 원칙에 대한 의견이 충분히 정책에 반영되지 않는 것을 보고 있노라면 불안한 마음이 가시지 않는다.

부디 중국에서 들어온 바이러스를 대문을 활짝 열고 맞이했다가 그 바이러스가 전국에 퍼짐으로써 대구·경북이 당했던 비극을 다시는 되풀이하지 않기를 간절히 바라는 바이다. 끝으로 1월 20일 이후 지금까지 날밤을 새며 방역업무에 종사해온 질병관리본부 직원을 비롯한 각 지자체 방역 담당 공무원들께 마음속 깊은 경의와 감사를 표한다.

2020년 대구의 기억,
그리고 희망의 봄

김건엽

경북대학교 의과대학 교수, 대구광역시 감염병관리지원단 자문교수

2020년 2월 18일 화요일, 두어 달 조금 지났는데 까마득히 먼 기억 속에 있는 날짜인 것 같다. 대구시의 코로나-19 첫 확진환자가 공식적으로 발표된 날이다. 대구광역시의 보건건강과, 보건소, 감염병관리지원단, 대구의료원 및 대학병원 등 선별진료소의 직원들은 벌써 한 달 넘게 코로나-19로 휴일도 반납한 채 비상근무를 하는 중이었다. 나는, 그리고 우리는 '드디어 올 것이 온 건가' 하는 두려움과 걱정도 있었지만 지난 2015년 메르스 때의 경험과 그동안 감염병 관리 체계의 개선 및 훈련 등으로 잘 대응하면 될 거라고 긍정적으로 생각했다.

중국은 우한에서 12월 말부터 원인 불명의 폐렴 환자가 발생하였고, 1월 초 신종 코로나 바이러스 감염증이 원인이란 것을 공식 발표하였다. 국내에선 1월 20일 우한에서 인천으로 입국한 중국 여성이 첫 신종 코로나 바이러스 감염 확진자로 발표되었으며, 이후 서울, 경기, 인천 등 수도권 중심으로 환자들이 발생하였다.

일본에서 발생한 크루즈 내 감염, 우한으로 전세기를 보내 우리

교민들을 이송하는 모습 등을 언론매체를 통해 걱정스러운 마음으로 지켜볼 뿐 이 모든 상황이 대구와는 먼 이야기로 우리는 생각하고 있었다. 동영상을 통해 중국 우한에서 길을 걷다가 갑자기 쓰러지는 환자, 잠복기 감염 의심사례 보고 등으로 긴장을 많이 했지만 확실치 않다는 이야기와 함께 80%가 넘는 대부분의 환자가 무증상 또는 감기와 비슷한 경증이 많아 큰 문제가 없을 거란 보도와 논문들을 통해 비교적 안심하고 있었다.

2월 17일 국내 타 지역에서 발생한 30번째 환자까지는 국가지정 음압격리병실에서 치료를 받는 모습, 확진자의 동선 공개, 밀접접촉자의 검체검사 및 자가격리 등을 대구 시민과 의료인들은 텔레비전을 통해 지켜보는 정도였다.

2020년 봄, 대구의 기억

대구의 첫 확진환자가 2월 18일 질병관리본부를 통해 공식 보도되고 환자는 다음 날 10명, 그다음 날 23명, 50명, 70명, 148명 등으로 늘었고 첫 확진환자 발생 후 6일째 되는 날 첫 사망자가 발생했으며, 10일째 되는 2월 27일 누적환자 수가 1천 명을 넘게 되었다. 2월 29일 발표된 신규 확진환자 수가 741명으로 정점에 치달았다. 확진환자 진료로 대학병원 등 의료기관 응급실이 폐쇄되고 의료진들의 자가격리, 병동폐쇄 등이 발생하여 의료공백이 생겼으며, 코로나-19 환자의 폭발적인 증가로 이들 환자를 입원시킬 수 있는 음압병실 등이 부족해서 2천 명이 넘는 환자들이 집에서 대기하는 상황이 발생하였다. 그리고 자택대기 중인 환자가 병실을 기다리다 사망하는 안타까운 현실이 이곳 메디시티 대구에서 일어나게 되었다.

국내에서 산발적이고 역학적 고리가 확실한 코로나-19 환자 발생에서부터 원인을 찾기 어려운 대규모 지역사회감염까지 발생함에 따라 대구시에서는 공무원, 의사회, 감염병 전문가로 구성된 '대구시 코로나-19 비상대응본부'를 만들었다. 나는 2월 18일 밤늦은 시간 시장실에서 열린 비상대책회의에 참석한 이후 거의 매일 시청에 가서 방역 관련 자문과 회의에 참석하게 되었다. 중앙정부에서는 질병관리본부의 즉각대응팀과 범정부특별대책지원단을 대구시에 파견하고 2월 23일 위기 단계를 심각으로 격상하였다. 대구시청 10층에 있는 대강당을 중심으로 중앙부처 공무원, 대구시 공무원 및 감염병관리지원단 직원, 시의사회 임원 및 감염병 전문가가 함께 일하고 협력할 수 있는 공간이 마련되었다. 초기엔 대구시 상황이 너무 긴박하고 좋지 않아 다들 힘들어하고 소통도 쉽지 않았는데 같은 층에서 일하고 자주 회의하면서 하나둘씩 문제들이 풀리기 시작했다.

우선 병상 문제 해결을 위해 지역 내 공공병원 및 군병원, 민간병원의 병상 확보와 함께 전국에 있는 병원들의 병상 확보를 위해 노력하였으며, 집에서 대기 중인 환자들을 위한 대구시의사회 자원봉사단의 전화상담 및 중증도 분류, 경증환자를 위한 생활치료센터 도입 등을 추진하게 되었다. 특히 대구시의사회 소속 의사 170여 명이 환자에게 직접 전화를 걸어 매일 상담하고 환자 상태를 파악한 것과 3월 2일부터 시행된 생활치료센터는 집에 대기 중인 환자들이 치료를 받지 못하는 걱정과 불안을 해결하는데 큰 역할을 하였다. 2월 말 하루 수백 명의 확진자가 발생하는데 병원에서 치료받지 못하고 집에서 대기하거나 병실을 구하지 못해 구급차를 타고 이 병원 저 병원 병실을 구하기 위해 돌아다닌 기억은 지금 생각해도 아찔하다.

환자들을 치료하려면 충분한 의료 인력이 있어야 하고 이들 의료진이 감염되지 않도록 보호하는 것이 중요하다. 초기엔 많은 의료 인력들이 보호구 없이 확진환자와 접촉이 되어 2주간 격리되는 상황이 발생했다. 하지만 지침의 변경과 보호구 지급 등으로 대구 내 의료 인력들이 환자를 안전하게 볼 수 있는 환경이 마련되었고 지역 내 의료 인력들을 포함한 전국의 자원봉사자들이 대구로 달려오고 공중보건의사, 군병원 및 공공병원 의료 인력들의 지원으로 코로나-19 환자 진료와 검사에 큰 어려움이 없이 진행될 수 있었다. 중앙정부 및 대구시에서 환자 진료에 필요한 의료장비도 지원을 해주고, 의료용 마스크 등 보호구가 병·의원에 지급될 수 있도록 해주었다. 물론 초기엔 일선 현장에서 의료 인력이나 보호구 및 장비의 지원이 원활하지 않아 혼선들과 어려움이 있었지만, 회의와 소통을 통해 조금씩 자리를 잡아가게 되었다.

환자들의 치료 못지않게 중요한 것은 의심환자 및 접촉자들의 발견과 검사이다. 이를 위해 신천지 신도, 요양병원 및 정신병원 의료인과 환자, 간병인, 사회복지생활시설 종사자 등 고위험 집단에 대한 전수검사를 추진하였으며, 기존 검사 방법을 개선한 드라이브 스루 검사를 세계 최초로 실시하고 활성화하였다.

대구에서 확진환자가 폭발적으로 발생함에 따라 국내외 언론의 관심과 함께 낙인과 차별이 대구 시민과 의료진들에게 큰 상처가 되었다. 서울의 빅5 병원 중 한 곳은 병원 홈페이지에 대구·경북

거주자 또는 방문자는 병원 출입과 진료를 받을 수 없다는 내용을 게시하였고, 대구 봉쇄란 문구로 정치적으로 떠들썩했던 사건도 있었다. 중앙공무원 및 전문가 중 대구의 의료 상황을 제대로 파악하지 못하고 인터뷰한 내용과 말실수가 언론을 통해 보도되면서 지역에서 코로나-19 환자의 치료를 위해 사투를 벌이고 있는 의료진들을 힘들게 했다. 하지만 대구 지역을 위해 힘든 길, 먼 길 마다하지 않고 전국 곳곳에서 달려와 준 많은 자원봉사자분들과 대구 지역 환자분들을 따뜻하게 받아준 타 지역의 병원들과 생활치료센터 의료진들과 주민들이 있었다. 다시 한번 감사드린다. "대구는 당신들을 항상 기억하겠습니다!"

2020년 봄, 대구에서 희망을 보다

수백 명씩 발생하던 신규 확진환자 수는 첫 확진환자 발생 후 24일째 되는 3월 12일 이후로 백 명 아래로 줄었고, 병원과 생활치료센터에서 치료를 받아 격리해제된 환자가 늘어남에 따라 신규 확진환자보다 완치된 환자가 많은 골든크로스가 나타났다. 51일째 되는 4월 8일 이후 현재까지 신규 확진환자 수가 한 자릿수를 유지하고 있으며, 4월 10일과 17일에는 신규 확진자 발생이 없었다. 우려했던 대구·경북의 환자 발생이지만 수도권을 포함한 대한민국 어느 지역에도 대규모 확산 전파가 되지 않았다. 정말 다행스러운 상황이다. 대구는 큰 피해를 받았지만, 역설적으로 대구를 통해 대한민국이 코로나-19로부터 비교적 피해를 덜 받은 방역 모범국가로 인정받을 수 있게 되었다. 하지만 현재 유럽, 미국, 일본, 중동, 남미, 인도, 아프리카 등 전 세계의 팬데믹 상황은 심각하다. 대구는 지금도 긴장의 끈을 놓지 않고 혹시 올 수 있는 이차 대유행에 대응하고 준비하기 위해 최선의 노력을 하고 있다.

2020년 봄, 대구는 누구보다 힘들었고 대구에서 발길이 닿는 모든 곳이 아픈 상처투성이였다. 하지만 대구 시민 누구 하나 물건을 사재거나 대구를 탈출하기 위한 피난 행렬의 모습도 보이지 않았다. 접촉자들은 자가격리를 잘 지켜주었고, 나 자신과 가족 그리고 이웃을 위해 마스크를 열심히 쓰며 사회적, 물리적 거리두기를 조심스럽게 생활 속에서 묵묵히 실천하고 지켜주었다. 대구시의사회, 메디시티대구협의회, 지역 내 병·의원들이 힘을 합쳐 환자 치료 및 검사를 위한 병상과 의료 인력을 제공해 주었다. 코로나-19 전담 병원의 의료기관 책임보직자 합동대책회의를 이른 아침 시간 15회 넘게 진행하고 단톡방을 통해 수시로 현황을 공유하고 해결해 나갔다. 코로나-19에 감염되면 사망률이 높은 고위험 집단인 투석환자, 산모 및 신생아, 소아 환자를 위한 치료체계를 구축하기 위해 많은 분의 수고와 노력이 있었다. 집단 환자가 발생한 요양병원과 정신 병원의 환자들을 이송하고 병실을 마련하는데 많은 어려움이 있었고 시간이 걸렸지만, 중앙정부와 지역이 힘을 합쳐 해결해 나갔다. 또한 코로나-19 환자뿐 아니라 응급환자, 외상환자, 암 환자, 일반 환자들이 치료와 진료를 받을 수 있도록 지역 내 의료체계가 유지 되었다.

지금의 희망적인 확진자 숫자에 도달하기까지 잘한 것만 있는 것은 아니다. 그리고 현재 백신과 치료제가 없어 마냥 안심할 수 있는 상황도 아니다. 첫째, 대구에서 다수의 환자가 발생한 초기에 2015년 메르스 때의 음압병실 및 격리 등의 지침에 얽매여 많은 환자들이 자택에서 대기하였고 환자 중증도 분류에 의한 병상의 배정 등이 잘되지 않았다. 결국 생활치료센터, 지침의 변경으로 해결은 되었지만, 이 과정에서 중앙정부와 대구시의 조율이 쉽지는 않았다. 둘째, 사망률이 높은 고위험 집단인 요양병원과 정신병원과 취약계층에 대해 좀 더 적극적으로 환자 발견과 예방이 돼야 했었다. 물론 하루에 수백 명에 이르는 환자가 폭발적으로 발생하는 지역사회감염의 상황에서 쉽지는 않았겠지만, 현재까지 대구지역에 발생한 확진환자 수와 160여 명의 사망자 수를 좀 더 줄일 수 있지 않았을까 하는 아쉬움이 남는다. 코로나-19는 누구에게나 평등하게 오지만 이를 극복하고 회복해서 다시 일상으로 돌아갈 수 있도록 하는 것은 평등하지만은 않은 것 같다. 셋째, 방역의 주체는 방역 당국뿐 아니라 결국 대구 시민들이 되어야 한다. 대구시에서도 최근 시민 참여형 방역으로 전환하고 시민 생활수칙과 생활방역 실천지침을 지역 오피니언 리더가 참여하는 범시민대책위원회를 통해 시민운동으로 추진하고 있다. 하지만 행정과 전문가 중심이 아닌 코로나-19 이후의 시대를 살아갈 현장 속의 시민들이 적극적으로 참여하고 주도하여야 한다. 마지막으로 민간의료 자원의 공공재 역할을 볼 수 있었다. 하지만 또한 좀 더 공공의료 인프라가 필요하고 마련되어야 한다.

사람들은 저마다 아름다운 기억들과 돌아보고 싶지 않은 트라우마를 가지고 있다. 2020년의 봄은 훗날 나에게 어떤 기억으로 남을까? 소중한 것은 경험이고, 그 속에서 희망을 찾는 것이다. 많은 희생과 고생의 값진 경험만큼 위기 대응에 대한 시스템을 어떻게 갖추어야 할 것인가에 대한 고민이 필요하다. 희망을 그리고 볼 수 있다면 어떤 모습일까? 2020년 봄에 대구에서 시민들이 보여준 모습, 의료인들의 헌신적인 노력의 모습, 중앙 및 지방 공무원들의 봉사 모습이 아닐까 나는 생각한다.

루쉰은 『고향』에서 "희망이란 본래 있다고 할 수 없고 없다고도 할 수 없다. 그것은 마치 땅 위의 길과 같은 것이다. 본래 땅 위에는 길이 없었다. 한 사람이 먼저 가고 걸어가는 사람이 많아지면 그것이 곧 길이 되는 것이다."라고 하였다. 2월부터 시작된 코로나-19 상황에서 대구 시민과 대구 의료진들이 보여준 희망의 길은 함께 가는 길이라 외롭지 않았다.

대구 첫 2주의 기억
- 생활치료센터의 탄생

정호영

경북대학교병원 병원장

아직도 우리나라의 코로나-19 상황은 종료된 것이 아니기에 미리 이러쿵저러쿵 얘기하는 것이 이르다는 느낌이지만 기억이 더 흐려지기 전에 알고 있는 사실만이라도 기록으로 남겨야 한다는 생각으로 펜을 잡았다.

오늘은 마침 4·19 혁명 60주년이 되는 날이다. TV 뉴스를 보니 기념식에 참석한 모든 사람들이 띄엄띄엄 떨어져 앉아 있다. 대통령 부부도 예외는 아니다. 이어진 뉴스에서는 스페인과 프랑스의 코로나-19 하루 사망자 수가 900명을 넘었다고 하며 독일은 중국 최대의 수출품이 신종 코로나 바이러스라고 비난을 퍼붓고 있다. 우리나라는 드디어 하루 확진자 수가 한 자릿수라고 하고, 미국 질병통제센터(CDC)는 맹물도 양성이 나오는 엉터리 진단키트를 만들어 놓고는 겨울에 더 큰 전쟁이 있을 것이라고 하고 있다. 이 모두가 코로나-19가 바꾸어 놓은 세상의 풍경이다.

나는 어릴 적부터 미국과 유럽이 우리보다 앞선 최고의 의료시스템을 가진 선진국이라고 경외심을 갖고 부러워했었다. 또한 아시아의 이웃나라인 일본은 서양의 문물을 우리보다 일찍 받아들였고 일제강점기에 우리에게 서양의학을 전해준 나라였다. 그래서 우리가 의학을 배우러 외국을 가면 대부분 미국이나 유럽, 일본으로 가지 않았던가. 그런데 이 나라들이 코로나-19 때문에 의료시스템이 붕괴되었거나 앞으로 될 것이라고 난리들이다. 한국을 배워야 한다는 얘기들까지 나온다. 도대체 한국에서 무엇을 배워야 하고 왜 한국은 의료붕괴로 이어지지 않았을까? 그 해답이 될지도 모르는 첫 2일간의 좌충우돌을 포함하여 2주간의 전략 수정과정을 기억해 본다.

첫 이틀 (2월 18~19일) - 우왕좌왕과 좌충우돌

한국은 중국 국적의 35세 여성이 1월 19일 중국 우한에서 입국하여 다음 날 확진된 것이 신종 코로나-19 환자의 첫 시작이었다. 그이후 청정지역이던 대구시는 2월 18일에 전날 신천지 대구교회 교인(31번 환자)이 코로나 확진 판정을 받고 대구의료원 국가지정 음압격리병실에 입원했다고 발표했다. 동시에 환자가 다녀간 신천지대구교회, 퀸벨호텔, 새로난한방병원, 직장 C클럽 등이 줄줄이 폐쇄됐다. 환자의 증상은 발열, 두통, 오한 등으로 비교적 가벼웠다.

같은 날 경북대학교병원에서는 영천에서 온 47세의 남자(37번 환자)가 선별진료소를 통해서 메르스 때의 감염관리지침에 따라 코로나-19 감염병 의심환자로 분류되어 국가지정 음압격리병상으로 입원하였다. 신천지 교인인 그는 다음 날 양성으로 확진되었다. 증상

258

은 발열, 두통, 오한 등으로 가벼웠다. 대구 동산병원에서는 수성구 시지에서 온 37세 여성이 응급실에서 폐렴증세를 보여 검사 결과가 나올 때까지 응급실에 환자 유입을 중단한다고 했다.

같은 날 경북대학교병원 권역응급센터에 67세의 조현병 남자환자가 청도 대남병원에서 선별진료소를 거치지 않고 바로 들어왔다고 소동이 있었는데, 결국 밤에 코로나-19 양성으로 판정이 되었다. 이로써 경북대병원 권역응급센터는 18일 오후 11시 15분부터 폐쇄되었고 환자를 진료하였던 응급센터장을 비롯한 교수 및 전공의가 19명, 인턴 9명, 간호사 34명과 원무직원 등 모두 88명이 자가격리되었다.

영남대병원 권역응급센터도 의심환자로 잠정폐쇄되었다. 다음 날인 19일 오전 영남대병원 응급센터는 환자가 음성으로 판정되자 다시 개방했다가 오후에 확진자가 나오면서 재폐쇄되었고 30여 명이 격리되었다. 오전 11시 30분부터 같은 이유로 대구가톨릭대병원 응급실이 폐쇄되었고 68명의 의료진이 격리되었다. 대구의 대형병원 중 칠곡경북대병원과 파티마병원 응급실만 남은 상황이었다. 이제는 대구시의 심근경색이나 뇌졸중 환자를 포함한 중증 응급환자들이 문제였지만 메르스 때의 경험을 생각하면 어쩔 도리가 없었다.

외래진료실도 사정은 다르지 않았다. 응급센터가 뚫린 18일 오후에 대구시 감염병관리단장인 본병원 감염내과 김 교수의 외래로 45세 여성이 흉통과 열이 있다고 바로 찾아와서는 31번 환자와 같은 신천지교회에 다닌다고 하면서 교회에 자기와 같은 사람들이 많다고 말한 것이다. 이 환자의 검사에서 양성이 나오면서 김 교수와 외래 의료진들이 당시 기준대로 2주간 자가격리에 들어갔다.

선별진료소를 거치지 않고 응급실과 외래로 바로 들어온 환자 두 사람으로 인해 의료진을 포함한 100명 가까운 직원들이 자가격리 되었다. 환자 발생 이틀 만에 인구 250만 명 대구광역시의 상급종합병원들이 말 그대로 우왕좌왕, 좌충우돌이었다.

대구시 재난안전대책본부에서는 칠곡경북대병원을 제외한 대구의 상급종합병원 응급실이 모조리 폐쇄된 것에 대해 경악했다. 대구시장은 직접 병원장인 내게 전화를 걸어와서 응급센터를 언제 재개할 수 있느냐고 물었고, 향후 이러한 일이 되풀이될 것에 대한 대책을 요구했다. 병원의 입장으로는 시설의 소독과 방역은 1~2일이면 되지만 응급센터에 누워 있던 환자 수십 명에 대한 병동 입원이 문제였다. 평소에도 90%에 가까운 병상점유율로 인해 부족한 병상 때문에 응급센터에 정체되던 환자들을 빈 병상을 마련하여 입원시키는데 3~5일이 소요될 것이기 때문이었다. 그리고 더 큰 문제는 인력에 있었다. 이런 일을 두어 번만 더 당하면 자가격리 때문에 응급센터의 의료 인력이 남아나지 않을 터였다. 일단 시장에게 3일 안에 모두 정리하도록 최선을 다하겠다고 얘기했다.

밤새 대구시의사회 코로나 대책본부장으로 시에 파견되어 있는 민 본부장이 확진자의 증가를 실시간으로 SNS에 보내오다가 19일 새벽녘에야 오전 8시 30분에 시장 주재로 시청에서 향후 대책에 대한 메디시티대구협의회 이사(의료단체장과 대형병원장)들의 비상회의를 통보하였고, 오전 회의와 함께 기자회견까지 이어졌다.

시장은 환자가 없던 대구에서 확진자가 하루 사이에 10명이 늘었다는 보고와 31번 확진자와 같이 예배에 참여한 신천지 교인 1천 명에 대한 전수조사를 실시하겠다고 했다. 나는 기자들의 질문에 환자의 증가에 대비해서 이동형음압기와 음압카트가 더 필요하다고 했고 응급센터는 조속히 재개하겠다고 대답했다. 아울러 시민들에게는 발열·기침 등의 호흡기 증상이 있다면 곧바로 의료기관에 방문하기 전에 질본 콜센터(1339) 또는 가까운 관할 보건소로 신고하고, 안내에 따라주기를 바란다고 당부하였다. 확진자의 방문으로 인한 의료기관의 폐쇄를 막기 위한 최선의 조치였다.

18일의 31번 확진자에 이어 19일에도 대구에서 코로나-19 확진자가 대거 발생하면서 온라인에 뜬 키워드가 '대구 봉쇄'와 '대구 폐쇄'였는데 코로나-19 발병지인 중국 우한처럼 대구 출입을 통제해야 한다는 주장이 나온 것이고 이런 주장을 담은 청와대 국민청원 글이 등록되기도 했다. 이에 대해 정부는 "대구시를 봉쇄하거나 이동 중지를 명령하는 방안 등은 검토하지 않고 있다."며 '충분히 관리 가능하고 대응할 수 있다고 보기 때문'이라고 했다.

다음 1주일 (2월 20~26일) - 메르스 진료 기준으로부터의 탈피

경북대학교병원은 20일 오전에 코로나-19 대책본부를 만들어서 진료처장을 본부장으로 하고 직원 15명으로 구성한 비상상황실을 본관 2층에 설치하였다. 메르스 대책본부가 있은 지 5년 만의 일이었다.

같은 날 오후 2시에 대구시장이 시청별관 대강당에서 코로나-19 관련 유관기관 합동대책회의를 소집하였다. 대학총장들, 의료기관장들과 의료단체장들, 교육감과 교육청 관계자들, 부구청장들, 50

사단장과 제2작전사령부와 미군부대 관계자들, 상공회의소장과 지역 경제인들, 각 언론사 대표 등 70명 가까이 모여서 2시간 30분에 걸친 회의를 했다. 회의 도중에 시장이 환자의 대량 증가를 얘기하면서 잠시 감정에 북받쳐서 말을 못 잇자 교육감의 제안으로 좌중은 박수로써 격려를 했다.

대구는 첫 확진자가 나온 지 사흘 만에 39명에 이르는 확진자가 발생하면서 음압병상이 크게 부족한 상황이었다. 20일까지 확진자 중 음압병상에 격리된 환자는 31명에 불과하고, 나머지 8명은 자가격리된 상태로 입원 절차를 기다리고 있었다. 이 같은 상황에 대구시장은 긴급 브리핑을 통해 "바이러스의 유입과 확산 차단에 맞춰진 지금의 방역대책으로는 지역사회 감염이 퍼져 나가는 상황을 막기에 역부족"이라며 "정부가 대구시에서 건의한 의료인력 및 의료시설 확보 지원과 함께 방역 관련 정책 방향을 전환해줄 것을 요청한다."고 밝혔다. 대응 체계 변경이 필요한 시점이었다.

코로나-19의 경우 이미 확진 환자 수가 엄청나게 증가하고 있어서 5년 전 메르스 사태 때 대구 전체에 1명이던 경증 확진자를 대구의료원에서 경북대병원으로 이송시켜가며 국가지정 음압격리병상에서 치료하던 상황과는 크게 달라진 것인데 메르스 대응 기준을 그대로 적용하는 것이 부적절하다는 의견이 심각하게 제기되었다. 이에 메르스 때 만들어졌던 방역지침과 격리지침을 바탕으로 "코로나 바이러스감염증19 대응지침(4월 6일 7-4판까지 개정)"이란 긴 이름으로 된 지침에서 당시 밀접 접촉에 대한 기준도 변경되었다. 변경된 기준으로 응급센터장은 격리 해제되었지만 분류소에서부터 밀접 접촉한 나머지 인턴 선생들은 여전히 격리되었다. 격리된 채로 아무런 증상 없이 할 일이 없어진 인턴들이 고군분투하는 다른 동료인턴들이 안쓰러워 교육수련실장에게 보낸 인턴장의 격리해제 요청이 전국 언론에 알려지면서 국민들의 감동과 찬사를 자아내기도 했다.

21일 코로나-19 중앙사고수습본부는 대구의료원(373병상)과 계명대학교병원이 성서로 옮겨가고 남아있던 대구 동산병원(117병상)을 코로나-19 전담병원으로 지정했고 코로나-19 경중 확진자일 경우 음압 1인실이 아니더라도 일반 다인 1실에 배정할 수 있도록 일단 대구·경북에만 한시적으로 입원 기준을 변경했다. 또한 코로나-19 검사의 대상이 될 수 있는 기준인 '37.5℃ 이상의 발열과 인후통, 호흡기 증상이 있거나 중국 우한시와 후베이성에서 온 환자'를 '중국 전체에서 온 환자'로 확대해야 한다는 의견도 개진되었다.

22일 오전부터 경북대학교병원 응급센터는 방역과 기존 응급실 재원 환자들의 병동 입원을 마치고 재개하였다. 응급센터의 경우 여러 구역으로 나누어져 있는데 이제는 "확진자가 발견된 경우 해당 구역만 폐쇄, 방역한다."는 것으로 지침을 바꾸었다.

25일 오전에 대구시의사회장은 "5,700 의사 동료 여러분들의 궐기를 촉구합니다."라는 글을 통해 대구의 의사들이 코로나-19 대응을 위해 선별진료소와 격리병동 등으로 달려와 달라고 호소했다.

이 회장 본인이 앞장서서 자원하였고 자원의사의 숫자는 전국에서 하루 만에 250명을 훌쩍 넘겼다. 26일부터는 대구 파티마병원이 '코로나-19 산모전담 의료기관'으로 지정되어 임산부에 대한 대책을 마련하였다.

그 다음 5일 (2월 27~3월 2일) - 경증과 중증환자의 분리

27일 목요일. 집에서 입원 대기 중이던 대구의 70대 확진자가 갑자기 증세가 악화되어 병원으로 옮기던 중 숨졌다. 확진되고도 입원하지 못한 중증, 노령 환자의 입원이 시급하다는 지적이 나왔으나, 대구의 대형병원들은 이미 코로나-19 경증환자로 병상이 가득 차 있어 이송이 어려운 상황이었다. 경증과 중증환자의 치료 장소를 분리할 필요가 시급해졌다.

그 전부터 의심환자를 시설에 격리수용할 계획은 제기되어 왔으나 어디까지나 확진되면 병원에 입원시킨다는 계획이었다. 그러나 이젠 경증 확진자를 병원 이외의 시설에서 격리 수용하여 치료함으로써 병원은 중증환자의 치료에 전념할 수 있도록 할 필요가 절박해졌다. 의료붕괴로 이어질 악순환의 고리를 끊어야 할 시점이었다.

마침 이날 대구 지역의 심각성으로 인해 대구시를 방문 중이던 정부 주요 관계자와 나를 포함하여 대구시의사회장, 칠곡경북대병원장, 각 대학병원의 예방의학 교수 등이 늦은 밤 모여 별도의 대책을 논의하였다. 지금의 상황을 해결하기 위해서는 경증과 중증환자를 구분하여 치료 및 관리하는 체계를 구축하는 것이 절실한데, 급격히 늘어날 것으로 예측되는 확진자가 입원하지 못하고 자가격리되어 기다리다가 상태가 악화되는 것을 방지하는 것이 시급하므로 의료기관의 역할을 하면서 경증 확진자를 제대로 관리할 수 있는 시설(생활치료센터)의 운영이 필요하다는 데 의견을 모았다.

'격리'나 '수용'이란 단어는 피하자는 논의까지 했다. 이의 구체적인 실현을 위해 모임에 참가한 나를 포함한 정부 관계자, 의사회장이 각자 해야 할 역할을 정하고 당장 실행하기로 하였다. 우리에게 주어진 시간은 길어야 3일이라는 것에 모두가 동의했다. 논의가 끝나니 자정이 넘어 벌써 28일이었다.

29일 토요일 정오에 충북 오송에서 국립대학교병원장들의 긴급모임을 가졌다. 통보된 지 만 24시간도 채 안 되었는데 제주대병원장까지 10명 전원이 모였다. 국립대병원의 역할에 대한 회의였다. 나는 대구의 상황을 설명하면서 중증과 경증의 분리, 상급종합병원과 다른 병원의 역할분담, 생활치료센터의 필요성에 대해 얘기했고, 서울대학교병원장은 문경의 서울대병원 인재원을 경증치료센터로 준비하겠다고 했다. 이날 대한의사협회는 대구·경북지역의 급증하는 확진자 치료 및 관리에 효과적으로 대처하기 위해 생활치료센터와 같은 시스템이 필요하다고 발표하였다.

3월 1일 일요일 새벽에 전화벨 소리에 잠을 깼다. 보건복지부 관계자였다. 대구 신서 혁신도시의 중앙공무원연수원을 생활치료센터로 할 테니 경북대병원에서 맡아달라는 것이었다. 당연히 맡겠다고 하니 오후부터 바로 세팅에 들어간다고 했다. 우리에게 주어진 준비 시간이 길어야 3일이라고 했는데 바로 연락이 왔고, 다음 날부터 당장 확진 환자를 받기로 했으니 그야말로 일사천리로 진행되었다. 병원 비상상황실에 연락을 하고 정오 조금 지나서 기획조정실장 감 교수와 현장으로 가보니 우리 사무직원들과 간호부장, 약제부장, 간호과장들이 이미 도착해 있었다. 물자가 속속 도착하고 보건복지부의 손 과장과 김 주무관이 열심히 지휘하고 있었는데 특히 김 주무관은 진천의 우한교민 격리센터를 운영해 본 경험이 있어서 민첩하게 움직였다. 시설은 좋았고 군 병력까지 지원을 하니 다음 날 바로 환자를 받기에 무리가 없겠다는 생각이 들었다. 낙동강의 기적이 따로 없었다.

2일 월요일 아침에 병원에서 첨단의료복합단지 이사장을 역임한 이 교수에게 제1생활치료센터장을 부탁했다. 흔쾌히 수락하셨다. 곧 센터 개소에 맞추어 총리도 참석하니 같이 가자고 권유했다. 중앙교육연수원에 10시쯤 도착해서 자원봉사를 비롯하여 여러 부처에서 파견된 생활치료센터 구성원들에게 센터장을 소개하였다. 오전 11시 정세균 총리께서 보건복지부의 양 실장과 같이 도착했고 하루도 채 안 되는 시간에 세팅을 마친 손 과장이 자신 있게 브리핑을 했다. 생활치료센터장과 관계자들이 총리와 같이 둘러앉아서 당부의 말씀을 들은 뒤 총리를 모시고 첫 이송환자를 맞으러 연수원 입구로 갔다. 이슬비가 섞인 차가운 바람이 사정없이 몰아치는 사이로 환자를 태운 첫 앰뷸런스가 들어왔다.

전국 최초의 생활치료센터가 개소되는 순간이었고, 우리나라 의료시스템의 붕괴를 막는 역사적인 시작이었다.

(2020년 4월 19일)

드라이브 스루(Drive Thru),
워킹 스루(Walking Thru)

손진호

칠곡경북대학교병원 병원장

2020년 1월 20일, 서울·경기 지역에서 우리나라의 첫 코로나-19 확진자가 발생하였다. 칠곡경북대학교병원은 곧바로 2015년 메르스 감염병 유행 시에 사용하였던 천막형 선별진료소를 응급실 입구에 설치하여 향후 발생할 코로나 감염환자의 진료에 대비하였다.

천막형 진료소는 출입구를 지퍼로 여닫는 방식으로 출입이 불편하고 외기를 완전히 차단하지 못하는 한계가 있어 추운 겨울 날씨에 천막 내부에 보온 유지가 어려워 환자나 의료진들이 사용하기에 많은 불편감이 있었다. 또한 감염이 의심되는 한 명의 환자를 진료한 후에는 교차 감염을 막기 위해 천막 내부를 소독하고 환기하는 과정을 매번 반복해야 했고, 또한 의료진과 방역 담당 직원은 환자가 바뀔 때마다 새로운 방호복으로 갈아입어야 했기에 한 명의 환자 진료에 약 1시간이 소요되었다.

2월 18일, 대구에 첫 코로나 바이러스 확진자가 발생하면서 감염

환자 수가 하루가 다르게 폭발적으로 증가했고, 진단검사의 수요 또한 폭증하게 되었다. 대구에 확진자 발생 이전에는 하루 3~4명이었던 선별진료소 방문환자가 2월 18일부터는 하루에 수십 명이 대기를 하기 시작하였고, 단 한 개밖에 없는 천막형 선별진료소에서는 쉴 틈 없이 진료를 하여도 하루에 7~8명 이상은 검사를 할 수가 없었다.

증가하는 감염 의심 환자의 수요를 감당하기 위해 선별진료소의 확대가 필요하다는 판단으로 가장 빠른 시간에 설치 가능한 진료소인 컨테이너형 선별진료소를 추가 설치하고 2월 20일부터 운용을 시작하였다. 그럼에도 불구하고 하루 수용 가능한 감염환자 진료 건수는 실제 검사 요구 수요에는 절대적으로 미치지 못하였다.

2월 21일, 감염내과의 권기태 교수가 감염내과학회에 올려진 자료라면서 원장실로 들고 왔는데 인천의료원 감염내과 김진용 과장의 제안이었다. '대규모 코로나 선별검사'라는 제목에 2쪽으로 간략하게 기술되어 있었으며, 축구경기장과 같은 대규모 공간에 접수실, 환자 확인 및 신체계측실, 문진 및 검체채취실, 설명 및 안내실, 약국으로 이루어진 5개의 시설을 설치하고 피검자가 차량을 자가운전하여 운동장 트랙을 따라 이동을 하면서 접수, 검사 및 진료를 하면 대규모 검사가 가능할 수 있다는 개념이었다.

그러나 대규모 공간을 사용하기 위한 행정적 절차와 시간, 그리고 진료를 위한 전기 및 인터넷망 설치, 채취검체의 검사실로의 이송에 필요한 별도의 인력 필요와 이송 시간 소요로 인한 검사 결과 지체, 병원 내 환자 진료에도 부족한 의료진의 별도 파견 필요, 또

한 주민 민원의 소지 등 촌각을 다투는 현 상황에서 그대로 적용하기에는 현실적으로 어렵다고 판단되었다. 빠른 시간 내에 적용 가능한 우리 현실에 맞는 개선책이 요구되었다.

드라이브 스루를 위한 새로운 장소를 찾기보다는 각종 시설과 장비 그리고 진료와 검사에 필요한 모든 인력을 갖추고 있는 우리 병원의 기존 선별진료소를 개조하여 시행하는 것이 효율적이고 빠른 시간 내에 시작할 수 있다고 판단해 이에 맞게 변형하기로 하였다. 원래의 제안서에는 접수, 환자 확인 및 신체계측, 문진 및 검체채취, 설명 및 안내, 약처방의 5단계로 되어 있던 과정을 2단계로 간소화하여 좀 더 신속하고 안전한 진료시스템이 되고자 변형·개선하였다.

첫 번째 단계는 전화 통화로 검체채취를 제외한 모든 절차(접수, 예약, 문진, 설명 등)를 수행한다. 이는 병원직원과 환자의 접촉을 피하여 교차 감염을 차단하고 또한 환자에게는 대기시간 없이 진료받을 수 있는 편의성을 제공하고자 하였다. 또 진료비는 계좌이체나 신용카드를 통한 후불제로 시행하고 검사 결과는 피검자에게 문자로 발송하도록 하여 병원 직원과 환자의 접촉을 최대한 막고자 하였다.

이 방식은 차량을 자가운전을 해서 오는 분뿐만 아니라 도보로 오는 분에게도 동일하게 적용되도록 하였다. 두 번째 단계는 선별진료소의 가장 핵심적인 과정인 검체채취이며 예약된 시간에 차량을 자가운전하거나 도보로 선별진료소에 도착하면 바로 시행하게 하였다. 이와 같은 우리 병원 나름대로의 운영계획을 세우는 동시에 김진용 선생에게 전화로 아이디어 사용에 대해 양해를 구하였다.

2월 22일, 드라이브 스루 및 워킹 스루 선별진료소 운영 준비를 위해 기존의 선별진료소 컨테이너와 추가 도입한 컨테이너의 재배치와 음압장치 설치를 하였다. 늦은 밤, 대구시청에서 열린 대구시 코로나 바이러스 감염 대책회의에 참석하여 우리 병원의 드라이브 스루 검사에 대한 개요를 설명하고 다른 의료기관에서도 도입할 것을 제안하였다.

2월 23일, 드라이브 스루 및 워킹 스루 선별진료소 운영을 시작하였다. 이전의 천막형 선별진료소에서는 하루 7-8명의 검사가 고작이었지만 드라이브 스루와 워킹 스루 방식은 운영 첫 날의 검사건수 30여 명을 시작으로 매일 증가하여 시행 수일 만에 하루 100건을 훌쩍 넘기며 검사건수를 대폭 늘릴 수 있었는데, 기존 검사방식에 비하여 약 20~30배의 검사 속도를 보였다.

드라이브 스루와 워킹 스루 선별진료소는 검체채취를 제외하고는 전화통화로 진료시간 예약, 문진 등 모든 절차가 병원 방문 전에 이루어지기 때문에 진료받는 환자는 대기시간이 없는 데다 검체채취가 2~3분밖에 소요되지 않기 때문에 실제 환자의 병원 체류 시간이 매우 짧아 환자의 편의성 측면에서도 매우 긍정적이었다. 게다가 기존에는 선별진료소 앞에 대기 환자들이 줄을 서 있어서 환자 간 교차 감염 우려가 있었는데 전화로 진료시간을 예약함으로써 대기줄이 없어지면서 워킹 스루 검사를 받는 환자에서도 이러한 염려는 필요치 않게 되었다.

드라이브 스루 검사 시행으로 검체채취 건수가 증가함에 따라, 코로나 바이러스 감염여부를 실제적으로 판정해 주는 진단검사의학과로의 바이러스(PCR)검사 의뢰 건수가 자연히 증가하게 되면서, 원래 병원 내부에 있던 PCR검사실까지의 검체이송으로 인한 시간 소요와 병원 내로 감염원 유입 우려를 해결하기 위해 선별진료소 옆에 컨테이너형 검사실을 추가로 설치하여 검사의 신속성과 원내 감염 차단효과를 확보하고자 하였다.

드라이브 스루 및 워킹 스루 바이러스 검사방식을 운영하면서 경험한 점들은 다음과 같다. 밀폐된 실내공간이 아닌 자연 환기가 되는 실외에서 시행함으로써 바이러스에 의한 교차 감염을 최소화할 수 있고 실내의 진료실을 소독하는데 필요한 시간과 경비를 대폭 줄여 안전하고 신속한 검사가 가능케 하였다는 점이 가장 핵심 장점이다.

기존의 실내 검사에서는 교차 감염의 차단을 위하여 환자 한 명 진료 시마다 매번 레벨D 방호복을 갈아입어야 했다. 머리부터 발까지 온몸을 감싸는 방호복은 벗고 입는데 20분가량의 적지 않은 시간이 소요되고 통기가 되지 않아 착용 후 곧 땀에 젖게 되니 의료진의 육체적 피로의 주원인이다. 그러나 드라이브 스루 검사방식에서는 레벨 D 방호복보다 간편한 5종 보호구(수술용 가운, 고글, 얼굴가리개, 장갑, 앞치마)로 대체 가능하였고 한 환자의 진료 후에 장갑과 앞치마만 교체하여도 충분히 감염원 차단이 가능하여 의료진의 피로도 해소와 물자 절약 효과가 있었다.

최근 세계 여러 나라 뉴스에서 우리나라의 드라이브 스루 검사방식에 호의적인 보도와 함께 많은 나라에서 도입하여 시행하고 있다고 알려졌다. 우리나라에서 드라이브 스루 방식의 코로나-19 검사를 본 병원에서 처음으로 시행하였다.

자랑보다는 무엇보다 단기간에 신속한 코로나 검사를 수행하는 데 조금이나마 역할을 하여 이번 코로나-19 방역과 치료에 일조할 수 있었다는 점에서 많은 분들께 감사할 일이다.

이런 초유의 사태에서 감염의 위험 속에서도 밤낮없이 사명감으로 각자의 업무를 성실히 해주신 모든 직원에게도 깊은 감사를 드리며 조만간 선별진료소를 철거하고 일상으로 돌아갈 수 있기를 기대해 본다.

역사는
돌고 돈다

계명대학교 대구동산병원 병원장

계명대학교 동산병원은 대구지역 코로나-19 감염병 전담병원으로 지정되기 10개월 전에 대구 서쪽의 성서로 신축 이전하였다. 구舊병원은 규모를 줄여 2차 병원인 '대구동산병원'으로 개원하며 현 위치를 지키고 있다.

위기가 기회라는 말도 있고 세상은 돌고 돈다고 했다. 이번 봄 대구에서의 코로나-19 감염병의 급속한 확산이 우리나라의 엄청난 위기였지만 정부와 국민, 의료진들이 잘 대처하여 결국은 우리나라 방역의 우수성을 알리는 계기가 되었다.

2020년 1월, 국내에서 코로나-19 환자가 발생하자 동산병원도 조용히 만약의 사태에 대해 준비했다. 감염내과 교수의 의견에 따라 설 연휴 마지막 날 병원 보직자와 관계자들 모두가 출근하여 긴급대책회의를 하고, 감염관리실을 중심으로 내부 직원 교육과 내원객 통제, 환자 발생 시 이동 관련 훈련을 했다. 그러나 그 회의를 하던 때만 해도 그로부터 4주 후 우리 병원이 코로나-19 최일선 전담병원의 역할을 할 것이라 짐작한 사람은 아무도 없었다.

2월 18일, 우리나라의 31번 환자가 대구에서 확진된 이후 신천지 교회 신도들을 중심으로 환자들이 폭증했다. 그러자 대구시는 2월 21일 대구동산병원을 코로나-19 감염병의 치료를 위한 전담병원으로 전격 지정했다. 병원 본관 건물 전체를 코로나 병동으로 사용하기로 결정한 것이다. 이후 감염내과 교수와 수간호사들이 가장 먼저 코호트 격리된 본관 건물로 레벨-D 방호복을 입고 투입되었고, 지정 후 단 4일 만에 232명의 환자들이 입원했다. 그야말로 엄청난 재난적인 상황이 바로 눈앞에 펼쳐졌다.

대구동산병원이 갑자기 코로나 전담병원으로 지정되었으나, 전담병원 운영과 치료에 대해 제대로 생각하거나 준비하지 못한 상태였다. 첫 일주일 동안에는 모두에게 코로나가 무서웠고, 대단위 감염병원의 운영을 잘 할 수 있을지 스스로의 능력에 대해 확신할 수도 없었다. 우선 코앞에 닥친 문제점을 바로바로 해결해나가기에도 벅찼던 것이다.

전담병원으로 지정되어 우선 병원 본관 전체가 코로나 병동으로 바뀌면서 환자식당을 운영할 수 없었다. 영양실 직원들이 환자식 배식을 무서워하며 거부의사를 나타내었기에 결국은 모든 환자식은 도시락 배식으로 대체되었다. 전염병으로 오염된 병동의 청소나 대량의 폐기물 수거도 미리 대비하기 어려웠던 과제였다. 기존의 2차 종합병원으로 유지하던 병원의 역량으로 갑작스레 해결하는 게 쉽지 않았기에 대구시청이 나서 주었다. 폐기물 처리업체를 수소문하였고, 업체의 방역담당 직원들이 매일 세 차례 이상 방호복을 갈아입으면서 병동 청소를 해결해 주었다.

2월 하순으로 가면서 급증하는 환자를 수용하기 위한 216병상에서 465병상으로 확장해야 했다. 병원의 시설팀 직원들이 방호복을 입고 거의 1년간 사용하지 않던 병동들을 하나씩 점검하고 수리하였고, 필요한 물품들을 채웠다. 중환자실 증설에는 의료 NGO 단체인 글로벌케어가 전폭적으로 지원해주었다. 늘어난 입원 환자들의 진료를 위해 근무자 수가 늘어나자 직원 숙소가 충분히 준비되지 못했고, 방호복을 비롯한 필수 물자도 부족했다. 대구를 도우기 위해 파견되었거나 자원봉사 나온 의료진과 본원 의료진과의 의견을 통합한 진료체계의 일원화, 자원봉사자 처우와 관련된 사항, 입원 환자의 임의적인 병원 탈출 등등의 문제점 해결도 쉽지 않은 일이었다.

어느 하나 쉬운 일이 없었으나, 모두 머리를 마주하며 회의로 의견을 수렴하고 이것저것 정신없을 정도로 닥치는 대로 길을 열어나갔다. 모두들 정말 열심히 일했다. 2주 정도가 지나자 대구동산병원이 '코로나 성지', '대한민국을 지켜낸 최후의 보루'라는 평가가 나오며 국민들의 성원이 답지하기 시작했다.

많은 자원봉사자들이 동산병원을 지원해주었고, 의사출신 유력 정치인도 봉사하러 왔기에 동산병원은 전국 방송의 뉴스를 장식하는 중요한 장소가 되었다. 공중방송의 프로그램들도 많이 촬영차 방문하여 코로나 전사들을 응원해주었다. 병원 간호부원장은 결국 보건의료계를 대표하는 비례대표 국회의원이 되었다. 모두 바쁘고 힘들었지만 한편으로는 보람도 있었던, 잊을 수 없는 순간들이었다.

인류 역사에는 굵직굵직한 전염병 대유행이 있었다. 중세에는 페

스트가 서유럽 인구의 30%를 죽음으로 몰았고, 아메리카 신대륙에 상륙한 유럽인들이 옮긴 천연두는 엄청난 수의 원주민들을 몰살하였다. 20세기 초반 전 세계를 휩쓴 스페인 독감은 1차 세계대전에 의한 사망자보다 많은 희생자를 낳았다고 한다. 인류의 건강을 괴롭혀 온 전염병들은 효과적인 예방백신이 나오기 전까지 인류에게 엄청난 희생을 강요한다.

지금도 열대지방에 자주 발생하는 말라리아나 황열, 뎅기열 등은 여전히 정복되지 않고 있다. 우리나라의 역사를 보아도 결핵이나 나병, 장티푸스, 홍역, 천연두, 콜레라, 인플루엔자 등으로 많은 사람들이 희생되었음을 알 수 있다. 1500년대 인도에서 발병한 콜레라(호열자, 虎列刺)가 조선시대에 등장한 것은 1817~1821년이었는데, 기록에 의하면 단 10일 만에 1천 명이 괴질에 걸려 사망했다고 한다. 21세기인 지금도 우리나라는 OECD 선진국임에도 후진국 병이라 알려진 결핵 환자가 지속적으로 발생하고 있으니 감염병이 정복될 수 있을지는 아직도 난망하다.

우리나라의 의료기관은 사립병원이라 해도 의료의 특성상 공공의료 의무를 수행하지 않을 수 없다. 대구동산병원은 1899년 미국 북장로회 선교사들에 의해 제중원으로 시작되었고, 1906년에 현재자리로 이전하여 오늘날에 이르고 있다. 선교사들이 일제강점기엔 나병 환자들을 돌보기 위해 애락원도 설립하였다.

우리 병원의 전염병 치료와 관련한 내용으로는 1946년 7월 2일에 발행된 영남일보에 "행정당국과 도립병원이 노력했지만 역부족이었고 동산기독병원이 자발적으로 재난극복에 동참하였다"는 자료가 남아있다. 당시 대구 호열자는 걷잡을 수 없었으며, 1946년 12월 사망자는 1만1천여 명, 사망률이 60~70%였다고 한다. 당시 부족한 의료진과 약품사정으로 대구도립의원과 동산기독병원이 일반 환자 진료를 중단하고 호열자 치료와 검변에 매달렸지만 사정은 나아지지 않았다. 당시 동산병원이 호열자 격리병원 역할을 하던 회생병원回生病院에도 간호사를 파견하여 부족한 간호 인력을 지원하며 지역사회를 위해 헌신했다. 동산병원은 74년 전 호열자 치료에 앞장섰고, 이번에는 코로나-19 감염병 전담병원의 역할을 수행했다. 사립병원이지만 공공의료의 한축을 맡아 국가와 지역사회의 안위를 위해 최선을 다했다.

이번 대구에서 수천 명의 코로나-19 환자가 발생하자 각 대학병원 응급실이 차례차례 폐쇄되었다. 응급의료체계는 붕괴 직전까지 갔고, 감염환자를 위한 음압입원실이 부족하며 연일 입원 대기 중에 사망했다는 뉴스가 쏟아졌다. 121년 동안 지역민의 사랑으로 성장해온 우리 병원인데 지역사회가 어려움에 처해 있을 때 위기극복에 보탬이 된다면 어찌 동참하지 않을 수 있을까?

역사는 돌고 돈다. 다시 2020년에 동산병원에 엄청난 역할이 부여되었고, 우리는 그 일에 최선을 다했다. 나는 2월 21일 이후 우리 병원이 역사적으로 가장 참혹한 의료재난이 될지도 모르는 이 상황을 이겨내지 못할 어려운 일이라고는 생각하지 않았다. 사실, 이 모두가 반드시 해결해야 할 일이므로 어떤 일이 잘 되기 어렵다거나 결과가 부정적인 상황이 될 수 있다는 생각조차 할 겨를도 없었다. 당장 눈앞에 닥친 문제점을 해결해야 했고 다행스럽게도 그때마다 엄청나게 많은 분들이 적극적으로 도와주었다. 모병원인 계명대학교 동산병원의 인력지원 뿐만 아니라, 대구시와 광주시의사회를 비롯한 전국 각지에서 온 의사, 간호사, 임상병리사, 방사선사 등 전국에서 자원봉사를 위해 대구동산병원으로 달려와 주신 의사 100여 분, 간호사 250여 분 등 400여 분의 의료진들에게 다시 한 번 감사를 전한다. 일일이 나열하기도 어려울 정도로 많은 분들이 큰 도움을 주었다.

후세 역사가들은 대구동산병원이 2020년 코로나-19 전담병원으로 역할하기 위해 2019년 4월에 계명대학교 동산병원을 성서로 신축이전 한 것처럼 착각할 수도 있을 것이다. 그러나 모병원이 성서 캠퍼스로의 신축이전을 조금이라도 빨랐거나 늦었었다면 결코 대구동산병원이 전담병원의 역할을 수행할 수 없었을 것이다.

지난 1년 동안 톱니바퀴처럼 돌면서 모든 일들이 진행되어 왔다. 그동안 여러 상황이 잘 맞았고 행운도 많이 따랐다는 생각이다. 사실 코로나-19 전담병원 역할을 한 우리 병원은 대구 지역사회에 기여한 것보다 훨씬 많은 사랑과 관심을 받았다. 우리 직원 모두는 그 성원과 사랑을 돌려드리기 위해 더욱 심기일전하겠다고 다짐했다.

하루빨리 코로나-19가 빨리 종식되어 다시 평범한 병원으로 돌아가고 싶다. 그래서 지역민들과 사랑을 주고받으며, 친절하고 정성을 다한 진료로 보답하는 일상을 누리고 싶다.

코로나의 정점에서
희망을 보다

김용림
경북대학교 의과대학 교수, 경북대학교병원 코로나 대책본부장

대구에서 코로나-19 첫 확진자가 나오기 하루 전날인 2월 17일 밤부터 경북대병원에선 긴장감이 감돌았다. 경북 구미의 폐렴 환자가 신종 코로나로 의심된다는 귀띔이 있었기 때문이다. 이 환자는 대구의 영남대병원을 거쳐 경북대병원 응급실로 왔다. 격리상태에서 심폐소생술을 한 후 치료를 받았고 바이러스 검사 결과 음성판정이 나왔다. 새벽에 검사 결과가 나온 후에야 모두들 안심할 수 있었다.

잠시 한숨을 돌리려던 찰나 18일 오후부터 상황이 더 급박하게 돌아갔다. 대구에서 31번째인 신천지 확진자를 시작으로 환자 발생이 폭발적으로 증가한 것이다. 이 와중에 청도대남병원에서 응급실로 이송된 한 환자의 보호자는 그 병원에도 신종 코로나 환자가 있는 것 같다고 증언했다. 이 환자는 코로나 검사에서 확진되었고 곧장 이 환자에게 노출되었던 응급의학과와 내과의 교수, 전공의, 간호사 등 의료진 50여 명이 격리조치 되었다. 응급실은 18일 밤부터 3일간 폐쇄조치하게 되었다. 코로나가 아닌 일반 응급중환

자가 치료받을 수 있는 창구가 닫혀버린 것이다.

이 글을 쓰고 있는 3월 9일, 그로부터 3주 가까운 시간이 흘렀다. 처음 긴박했던 상황들을 떠올려보면, 마치 먼 옛날이야기처럼 아득하게 느껴진다. 하루하루 많은 일들이 생겼고 그때마다 급박하게 결정하고 신속하게 조치를 취해야 했다. 코로나의 확산으로 1~2주 사이에 외래환자는 반으로 줄어들었고 병상 가동율은 50% 가까이 떨어졌다. 위중하지 않은 환자들이 외래와 입원을 취소하고 수술을 미루는 상황이 벌어졌기 때문이다.

2월말부터 밀어닥친 코로나 환자를 수용하기 위한 음압병상 신축 작업이 응급으로 시작되었다. 2개의 중환자실과 2개의 일반병동을 음압병동으로 개조하였다. 줄어든 병상 가동율로 2개의 중환자실과 6개 병동을 폐쇄하고 폐쇄된 병동의 간호 인력들을 새롭게 마련된 음압병동에 집중 투입하였다.

음압병동이 열리던 날 기다렸다는 듯이 한꺼번에 밀어닥친 환자와 사망 환자들로 인해 투입된 간호사들의 공포와 피로감은 극도에 달하였고 곳곳에 좌절과 탄식, 공포감이 병동을 엄습하였다. 코로나 확진 환자를 진료하는 음압병동은 기본적으로 보호자가 없어 간호사가 음식 수발 등 보호자의 역할까지 해야 한다. 환자의 이동 시 감염방지가 담보되어야 하므로 환자의 전원이나 이동 시 손이 많이 간다. 예를 들어 CT를 찍으려면 이동식 음압카트에 환자를 넣고 동선을 확보한 뒤 엘리베이터 등을 차단하고 이동해야 한다.

특히 환자가 사망하게 되면 염습, 시신밀봉 같은 모든 일을 의료진들이 담당해야 하고 이것은 의료진에게 새롭고 고통스러운 경험이다. 더구나 간호사들은 레벨 D 방호복을 착용한 상태에서 이 모든 일을 해야 하므로 노동강도가 매우 강해져 2시간마다 로테이션이 필요하다. 코로나 환자를 돌보기 위해선 기존 간호 인력의 3배 정도가 필요하다. 음압병상에 투입되는 간호사들은 중환자실의 경우 중환자실 경력 소유자로 일반음압병상도 경력 간호사로 투입하였지만 다들 음압병상의 경험은 없어 모두들 새로운 환경에 힘들어했다.

상당수의 간호사들은 환자 접촉 후 감염의 확산을 피하기 위해 퇴근해서 집으로 귀가하지 않고 빈 병동에서 잠을 청하는 경우도 많다. 생활 패턴이 송두리째 바뀌다 보니 힘든 게 당연하다. 의사들은 오전 8시 이전에 출근해 밤 10시 넘어 퇴근하는 삶을 반복 중이다. 퇴근을 해도 계속해서 울리는 전화벨 소리에 잠시 눈만 붙이고 나가기 일쑤다.

전쟁터에 방어망을 겹겹이 치듯 현장에서도 확산 방지를 위해 3차 방어벽까지 쳤다. 응급실 앞에는 코로나 의심환자를 구별하기 위하여 별도의 진료 공간을 만들어 의중 환자가 바로 응급실로 들어오는 상황을 막았다. 응급실 안에도 발열 환자나 폐렴 환자의 경우 코로나 검사를 시행하고 검사결과가 나올 때까지 일반 환자와의 동선을 피하여 분리 조치하였다. 그러나 여러 가지 조치로도 완벽하게 감염을 차단할 수 없었다. 식도암이나 무릎 관절염으로 입원한 환자가 열이 나서 검사해 보니 코로나 양성으로 확진된 경우도 있다. 이 경우 환자는 환자대로, 접촉 의료진은 의료진대로 격리조치하고 보호자는 별도로 검사를 받도록 조치하고 자가격리를 시행했다.

국가지정 음압병상을 보유 중이던 경북대학교병원은 기존에 중

환자실 음압병상 3개와 국가지정음압병상 5개를 보유하고 코로나-19를 대비하고 있었다. 3월 9일 현재 중환자실 음압병상은 12개, 일반 음압병상은 45개까지 늘어났다. 병상이 확보되면서 처음보다 환자 치료에 숨통이 트였다. 감염내과, 호흡기내과 의사들이 최일선에 서 있다. 코로나 의중 환자의 진료와 코로나 검체채취를 위한 격리 외래와 선별진료소는 여러 과에서 의사들이 자발적으로 지원하여 봉사하고 있다.

전체적으로 인공호흡기가 필요한 위중한 환자 12명을 포함하여 중환자 30명 정도가 치료 받고 있고 의료진은 전신방호복에 전동식호흡장치인 PAPR이라고 부르는 우주복 같은 방역 장비를 착용하고 투입된다. 전신방호복과 PAPR에 연결되는 1회용 후드는 항상 재고량이 모자라 물량 확보에 물류행정팀들이 전력을 다하고 있다. 현장에선 의료장비와 물자가 가장 필요하다. 보호물자는 밖에서 살 수 있는 것들이 아니다. 의료진이 열심히 일하는 것은 마땅하지만 장비를 지원하지 않은 채 책임만 강요할 수는 없는 노릇이기 때문이다.

대구의료원이나 계명대동산병원 등 지역 내 코로나 거점병원에서 입원 중 상태가 위중해지면 경북대병원으로 전원이 된다. 대부분 폐질환을 가진 환자들이다. 병원에서 20년 이상 치료를 받던 한 환자는 최근 코로나 감염 후 기저질환과 결부돼 하루 이틀 만에 상태가 급속히 나빠져 돌아가시기도 했다. 고령이나 만성 폐질환, 투석 환자, 장기이식을 받은 환자는 악화 속도가 더 빠르다. 젊다고 안심할 수도 없다. 젊은 사람이 검사를 미루다 치료 시기가 늦어지는 경우도 있다. '사이토카인 폭풍'으로 위독한 중환자실의 20대

남자 환자가 대표적인 경우이다. 젊은 만큼 면역력이 과도하게 폭발할 수도 있기 때문이다.

일부 코로나 환자는 죄책감이나 미안한 감정도 갖고 있다. 지역사회 감염 차원이라며 그럴 필요가 없다고 다독이지만 그들의 마음을 모두 어루만지기엔 상황이 여의치 않다. 안타깝다. 병원에 있으면 시민들이 느끼는 걱정과 두려움, 공포가 의료진에게도 고스란히 느껴진다. 울먹이는 사람도 있다. 초기에 비해 상황은 안정돼 가지만 그렇다고 두려움이 완전히 사라진 것은 아니다. 다행히 상태가 좋아져 퇴원하는 사람도 늘고 있다. 인공호흡기 치료를 받다 호전된 사람도 있다. 다만 퇴원하는 환자들은 조용히 떠나길 원하고 있다. 의료진에게 "고맙다"는 인사는 누구 하나 잊지 않지만 과도한 사회적 관심은 부담스러워한다.

현장에서 일하는 의료진들도 두렵기는 마찬가지다. 감염 위험에 노출된 고위험군이기 때문이다. 병원에는 무증상자도 많기 때문에 어디서 어떻게 감염될지 모른다. 의료진의 자기 보호는 매뉴얼을 얼마나 준수하는가에 달려 있다. 의학적 근거에 기준한 마스크나 방호복, 각종 장구를 제대로 착용하면 문제가 없다. 하지만 탈진 상태에 놓인 의료진이 보호장구를 착용하는 매뉴얼이나 수칙을 이행하다 조금이라도 방심하면 감염에 노출될 위험이 있다. 신경이 쓰이는 부분이다.

신종 코로나는 특정 종교를 중심으로 확산한 측면이 있다. 대구가 아니었더라도 충분히 다른 도시에서도 비슷한 상황이 펼쳐졌을 수 있다. 2020년 2월 18일 이전까지 대구에는 마스크를 쓰는 사람도 많지 않았다. 어쩌면 우리도 방심했을 수 있다. 일상생활에도 많은 병이 있다. 신종 코로나는 독성이 강하다기보다는 강도는 세지 않지만 물밑에서 퍼져 나가며 잠식하는 경향이 있는 것으로 보인다. 너무 두려워할 필요는 없지만 경계를 늦춰선 안 된다. '사회적 거리두기', '손 씻기 등 철저한 개인위생 준수', '마스크 착용' 등 생활 수칙을 준수하면 이번 파도 또한 충분히 이겨 낼 수 있을 것이다.

대구의 의료기관에 있으면서 우리는 대한민국 국민의 위대함을 새삼 경험했다. 국민들은 대구를 응원하였고, 따뜻한 정성을 보내 주었다. 남녀노소를 불구하고 마스크, 간식, 성금 등 분에 넘치는 사랑으로 코로나-19에 찌든 우리 의료진들에게 용기를 주었고, 우리는 또 힘을 내어 코로나 전선에서 최선을 다하고 있다. 우리가 마음과 힘을 모은다면 신종 코로나도 무서울 것 없다는 것을 알게 되었다.

(2020년 3월 9일)

두 번의 기적,
그리고 다가올 미래

이진한

동아일보 의학전문기자, 의사

나는 기자가 아닌 의사로서 대구에서 3월 5일부터 10일간 의료봉사를 했다. 대구동산병원과 경주의 생활치료센터에서였다. 대구는 나의 고향이기도 하다. 나에게는 잊을 수 없는 세 환자가 있다. 이분들 덕분에 코로나 환자의 이송과 임종실에 관한 문제점들을 언론을 통하여 알릴 수 있었다. 모두 나의 소중한 체험이 바탕이 되었기에 특별히 기억에 남는다.

중환자실에서 만난 친구 어머니

"진한아, 나 성규다. 부탁 하나만 하자." 고등학교 동창인 성규로부터 다급한 전화를 받은 것은 의료봉사 3일째인 7일이었다. 74세의 어머니가 코로나-19로 확진되었다는 것이다. 감염 경로는 확인되지 않았다. 4일 입원 때는 걸어서 왔는데 다음 날부터 열이 나면서 폐렴 증상이 심해졌다. 갑자기 나빠지는 것이 코로나-19의 특징이다. 특히 나이든 사람들에게는 치명적이다. 주치의인 대구동산병원 호흡기내과 박교수는 상태를 살펴보다가 폐렴이 악화되는 것을 확인하고 중환자실로 올렸다.

대구동산병원은 원래 경증환자 위주로 보는 병원이었지만 입원환자들이 300명이 넘다 보니 이들 중에 10%인 30여 명이 중증으로 악화됐고, 또 이들 중에 3, 4명은 최중증으로 나빠지는 상황이 되다 보니 급하게 중환자실 3, 4개를 만들었다. 친구 어머니가 숨이 많이 가빠지자 주치의는 산소를 최대로 줬지만 산소포화도도 88%(95%가 정상치)를 가리켰다. 폐가 망가지고 있다는 뜻이다. 가슴 사진에서도 심각한 상황임을 확인했다.

박 교수는 "마음의 준비를 하라"고 친구에게 전달했다. 성규는 급하게 병원에 찾아가 "엄마 얼굴 한 번만 보고 싶다. 방호복을 입고 들어가면 안 되겠냐"고 애원했지만 다시 발길을 돌려야 했다. 일반인이 방호복을 입고 들어가면 감염의 우려가 꽤 높아진다. 방호복은 입을 때가 아니라 벗을 때 가장 감염의 우려가 있다. 하지만 의료진 한 명이 따라붙어서 도와준다면 감염을 최소화할 수 있을 것 같았다. 더 나아가 코로나 환자의 임종 때에도 보호자들이 볼 수 없다는 것이 안타까웠다. 나는 이러한 내용으로 신문에 기획기사를 쓰기도 했다.

이젠 어머니를 못 볼 것 같은 느낌이 들었던 것일까. 그는 '어머니는 정말 꼭 나으셔야 한다' 는 내용으로 애틋한 전상서를 나에게 보냈다. 열 장이 넘는 가족들이 함께 찍은 사진들도 포함되어 있었다. 어머니의 손녀와 사위 등의 편지도 포함돼 있었다. 8일 오후 방호복을 입은 뒤 무거운 마음으로 편지와 사진들을 들고 중환자실을 향했다.

그곳에서 친구 어머니는 '섬망' 증세가 심해져 혹시나 모를 사고를 막기 위해 손발이 끈으로 고정돼 있었다. 숨을 가쁘게 쉬고 눈을 꼭 감고 있었다. 아들의 편지를 큰 소리로 읽어줬고 사진과 편지를 어머니 손에 쥐어줬다. 그 내용을 들었던 것일까, 어머니는 사진과 편지를 손에 꼭 쥔 채 놓지 않았다. '지성이면 감천'이라고 했다. 9일 어머니는 그 죽음의 문턱까지 갔지만 다음 날 갑자기 호전되기 시작했다. 폐렴이 심해 양쪽 가슴 사진은 새하얗게 변했지만 다시 회복돼 폐가 점차 깨끗해졌다. 12일엔 중환자실에서 일반병동의 4인실로 병실을 옮겼다. 14일엔 산소마스크 대신 '콧줄'을 달고 있었다. 산소포화도가 97%로 정상수치였다. 어머니는 나의 손을 꼭 잡으셨다. 주치의였던 박 교수는 "가족의 지지와 본인이 살고자 하는 의지 그리고 의학적인 치료 등이 복합적으로 작용해서 기적적인 회복을 이룬 것 같다"고 말했다. 그리고 3주 뒤 친구 어머니께서 무사히 퇴원을 하시는 기적을 경험했다. 다음에 대구에 내려가면 꼭 만나야겠다는 생각을 하고 있다.

코로나 임종실 생기다

나에게 가장 보람되었던 일은 친구 어머니의 중환자실 입원을 계기로 가족들이 환자들을 옆에서 지켜보지 못한다는 사실을 널리 알린 것이다. 특히 코로나 환자의 임종 때 가족들이 직접 옆에서 지켜볼 수 있도록 하는 병원을 크게 소개한 기사는 많은 분들의 호응을 얻었다.

대구가톨릭대병원이 신종 코로나 바이러스 감염증(코로나-19) 위중 환자와 가족들을 위해 임종실을 3월 19일 열었다. 코로나-19

환자 가족들이 감염 우려로 임종을 지키지 못하는 안타까운 상황을 방지하기 위한 것이다. 이 병원 관계자는 "누구나 차별받지 않고 존엄하게 생의 마지막 순간을 맞을 권리가 있다"며 "격리돼 외롭게 임종을 맞는 환자분과 가족들에게 위안을 드리기 위해 코로나-19 관리병동에 임종실을 마련했다"고 밝혔다. 코로나-19 사망자들은 입원과 동시에 가족과의 면회도 차단된 채 죽음을 맞고 있다. 감염병예방법에 따라 시신이 화장될 때에만 가족 대표가 방호복을 입고 이를 지켜볼 수 있을 뿐이다.

대구가톨릭대병원은 음압병실 1인실을 임종실로 꾸몄다. 외부 공기와 차단되는 음압병실이어서 유지가 쉽지 않다. 병원 관계자는 "임종실은 편안한 분위기에서 품위있는 임종을 맞을 수 있도록 했다. 의미 있는 이별이 되도록 임종 돌봄을 제공하는 것"이라고 설명했다. 임종실은 가족 대표 한 명이 들어갈 수 있다. 입실 전 레벨D 방호복 착용은 필수다. 위중환자는 체내 바이러스 양이 많기 때문에 감염 위험이 높다. 이 때문에 병원들은 가족들의 환자 면회를 막았다. 이 병원은 가족 대표가 입실 전 방역 교육을 반드시 받도록 했다. 가족 대표는 레벨D 방호복을 입고 들어가 임종을 지킬 수 있다. 임종을 마치고 방호복을 벗을 땐 의료진의 도움을 받는다. 방호복을 벗는 과정에서도 감염 위험이 있기 때문. 가족 대표는 방호복을 입고 들어갔기 때문에 자가격리될 필요는 없다. 다만 가족 대표의 건강 상태와 연령에 따라 입회가 제한될 수 있다. 추가 비용은 물론 없다.

이와 관련해 코로나-19 환자들의 심리적 안정을 위한 '가족 치료'가 필요하다는 주장도 나온다. 위중환자들은 환각 등 의식장애 현상을 겪을 수 있다. 하지만 가족이 아닌 방호복 차림의 낯선 의료진을 보면 심리적으로 불안해져 상태가 악화될 가능성이 있다는 것이다. 이에 따라 코로나-19 위중환자를 효과적으로 치료하기 위해선 가족과의 유대감을 이어갈 수 있는 환경이 중요하다고 전문가들은 말한다. 실제 위중환자가 가족의 사진과 편지를 받은 뒤 상태가 호전된 사례도 있다. 정신건강의학과 S교수는 "사랑하는 가족의 이야기를 하거나 친숙했던 과거 이야기를 하는 것도 환자 치료에 도움이 된다"고 말했다. 일부 병원들도 가족 대표가 중환자실에 출입할 수 있도록 방침을 바꾸는 방안을 검토하고 있다. 이 내용의 기사를 쓴 뒤 실제로 대구가톨릭병원에서는 한 코로나-19 환자는 딸을 두 번 정도 만난 뒤 숨을 거두기도 했다. 많은 사람들이 기사에 호응을 해 주셨다. 급기야 5월 1일엔 방역당국도 코로나-19 확진자가 가족의 배웅 속에 죽음을 맞이할 수 있도록 지침을 만들기로 했다.

환자 이송 체험기

자원봉사 2일째 가장 힘든 일이 주어졌다. 3월 6일 오후 87세 윤 할아버지 상태가 급속히 악화되면서 타 지역 병원으로 급하게 이송이 생긴 것이다. 폐렴이 악화돼 숨이 점점 차는 환자였는데 치료받을 중환자실이 대구·경북엔 더 이상 없었다. 병원 측에선 전국에 다 연락했지만 어렵다는 이야기를 들었다. 정말 다행히 전북대병원에 자리가 있다고 연락이 왔다. 당시 전북대병원 원광대병원 등에서 대구의 많은 환자들을 받아줬다.

윤 할아버지는 2월 22일 고령에 심혈관 질환까지 있는 '고위험군' 환자였다. 아니나 다를까, 입원 뒤 일주일 만에 폐렴이 발생해서 혈중 산소포화도가 50%나 떨어지는 등 최중증 환자가 된 것이다. 함께 입원한 딸이 옆에서 간호를 했지만 증상이 나빠지는 것은 어쩔 수가 없었다. 결국 인공호흡기 및 에크모 등의 사용이 가능한 병원이 필요했던 것이다.

대구에서 전주까지는 180㎞, 2시간 반~3시간 거리였다. 원래 중환자 이송은 의료진들이 가장 힘들고 위험한 일이었다. 답답한 우주복을 입고 닫힌 좁은 공간에 환자와 함께해야만 하기 때문에 감염의 위험이 매우 높다. 환자 이송대원들은 휴게실 화장실에도 갔지만 방호복을 입은 상황에서 나가지도 못했다. 더구나 이송하다가 환자가 숨을 쉬지 않는다면 살리기 위한 모든 의료적인 행위를 해야 된다. 기관 삽관을 해야 되는 상황도 생긴다. 그러다가 방호복이 찢어지기도 한다. 2, 3시간 내내 긴장을 하면서 숨을 못 쉬어 고통스러워하는 환자를 달래고 용기를 줘야 했다.

"거의 다 왔습니다. 조금만 참으세요. 대학병원 가면 편안하게 숨 쉴 수 있습니다" 산소통에 산소량을 매번 확인하면서 환자에게 수십 차례 이런 말을 반복했다. 내 인생에서 가장 길었던 시간이다. 산소통도 1시간 반 지나니 거의 없어졌다. 다행히 여분의 산소통이 있어서 재빨리 교체를 했다. 함께 이송을 담당했던 소화기내과 박 교수도 순간순간 아찔한 경험을 해서 마음이 철렁했다고 했다. 무사히 전북대병원에 도착해 이송을 마쳤다. 돌아올 때는 녹초가 됐고, 다음 날 아침에도 일어나기 힘들었다. 기쁜 소식이 있었다. 16일 전북대병원에 전화를 걸어 환자의 생존 여부를 확인했더니 무사하다고 했다. 인공호흡기를 달고 치료를 받았던 윤 할아버지는 다시 건강을 회복했다는 것이다. 담당 주치의였던 전북대병원의 호흡기내과 이 교수는 나에게 감사의 이메일을 보내기도 했다.

이 교수는 이메일에서 "이 기자님, 저는 응급센터 엘리베이터 앞에서 본 이송 앰뷸런스로 오신 선생님들의 눈빛, 고글 사이에 숨겨져 있던 애절함과 땀방울을 기억합니다. 다행히 환자분 경과가 호전되었고 이러한 결과는 힘든 치료 과정을 잘 견뎌낸 환자분 외에도 이송 등과 관련한 빠른 결정과 힘든 이송과정 문제를 해결해주신 많은 분들의 도움이 가져온 결과라 생각합니다. 그래서 그분들의 노고에 더욱 감사드립니다"라는 내용이었다. 순간 감격에 벅차 눈물이 글썽거렸다.

윤 할아버지는 4월 3일 퇴원을 했다. 하지만 최근에 재양성 판정을 받고 4월 21일 다시 재입원을 한 상태다. 다행히 증세는 심하지 않다. 가족들은 "처음 입원할 때에도 희망의 끈을 놓지 않으셨다"며 "이번에도 의료진을 믿으며 끝까지 이겨내겠다는 마음이다"고 말했다. 이 교수는 "이미 큰 고비를 넘긴 만큼 꼭 이겨내실 것이다. 진심으로 응원한다"고 말했다.

당시 이송을 담당하면서 여러 가지 이송의 문제점도 많았다. 코로나환자 이송 때 산소통을 사용 시 119 구급차에도 설치가 돼 있었지만 감염의 우려로 사용하지 못했다. 결국 병원에서 따로 구한 산소통 3개를 싣고 갔는데 놔둘 공간이 없다보니 땅바닥에 뒹굴게 되는 상황이 생겼다. 이송 담당 의료진은 출발 전에 구급차 내 구조와 도착 시 현지 의료진 연락처 등을 알고 가야 도움이 된다. 방호복을 입었기 때문에 전화를 할 수 있는 상황이 안 되다 보니 운전을 담당한 구급대원이 그 역할을 해줘야 하는데 이런 역할 분담이 잘

되지 못했다. 실제로 앞으로 감염환자의 이송 시에 많은 교육이 필요함을 이번 첫 이송을 통해 느낄 수 있었고 이를 기록에 남기는 게 정말 의미가 깊다고 생각한다.

또 하나의 전쟁터

"싫어 싫어, 절대로 안 할 거야."

3월 13일 오전 경주에 위치한 대구·경북2생활치료센터는 매우 소란했다. 이곳에서 12일부터 의료봉사를 했는데 2일째 되는 날이다. 이날 오전에 주로 하는 일은 퇴소 예정인 환자의 바이러스 진단 검사를 하는 것이다. 내가 맡은 환자 중엔 성인 나이였지만 정신지체 장애인이 있었다. 하지만 검체채취를 거부하며 이리저리 피해 다녔다. 한동안 어르고 달랬지만 계속 도망가듯 내뺐다. 그러길 20분, 방호복이 그때만큼 얄미울 때가 없었다. 첫째 행동이 자유롭지 못해서다. 둘째 혹시라도 격렬하게 움직이다 방호복이 찢어지면 바로 밀접 접촉자가 될 순간이었다. 긴장의 연속이었다.

결국 시설에 같이 입소한 환자의 나이든 부모가 아들 양팔을 붙잡아준 덕에 검체를 채취할 수 있었다. 온몸에 땀이 줄줄 흘렀다. 부모 자신도 코로나-19 환자면서 자식을 위해 이렇게까지 애쓰고 있음을 아들은 알까. 겨우 면봉을 환자 코와 입안에 넣어 검체를 확보한 뒤 아이에게 한마디 했다. "그래, 이젠 너도 지긋지긋한 격리 생활에서 해방될 수 있겠다. 축하한다"

다음 날 아침, 이 가족의 검사 결과를 봤다. 그런데 이게 무슨 운명의 장난인가. 정신장애인 아들은 양성, 아버지와 어머니는 모두 음성이었다. 부모는 퇴소가 가능하지만 선택을 해야 했다. 어머니는 힘드셨나 보다. 결국 아들을 챙기고자 아버지만 남기로 했다.

퇴소가 결정됐지만 나가길 거부한 할머니도 있었다. 방문을 걸어 잠근 채 계속 있게 해달라고 호소했다. 알고 보니 신천지 교인인데, 퇴소 뒤 갈 곳이 없다고 했다. 이 여성은 의료진의 설득 끝에 간신히 생활치료센터를 떠났다. 그분에겐 정신과 상담과 복지 상담 등이 필요했을 텐데 그런 것까지 지원할 만큼 상황이 녹록치 않았다. 향후 생활치료센터에 심리상담 시스템을 갖추는 게 필요해 보였다.

내가 일한 경주의 생활치료센터에는 간호인력 19명, 공중보건의 6명과 고려대에서 파견된 의료진 2명 등 20여 명이 있었다. 이들이 190여 명의 경증환자를 돌보려니 일손이 모자라 의료진은 모두 하루 12시간 넘게 일했다. 이외에 보건복지부, 행정안전부, 환경부, 국방부, 119소방본부 등에서 파견 온 공무원도 60여 명 있었다. 생활치료센터가 만들어지기 시작한 3월 초엔 모든 게 혼란, 혼동 그 자체였다. 급하게 일을 진행하다 보니 파견 공무원도 뭘 어떻게 할지 몰랐고 그저 몰려드는 환자를 입소시키기에 바빴다. 가끔은 현재 경증이지만 중증으로 발전할 여지가 있는 환자까지 생활치료센터에 들어왔다. 환자를 꼼꼼히 파악하기가 불가능했다.

파견 온 의료진이 중심이 돼 하나하나 문제를 해결하기 시작한 것은 3월 5일부터다. 이런 혼란은 대구 중앙교육연수원에 생긴 생활치료센터에서도 마찬가지로 나타났다. 당시 센터장을 맡았던 경북대병원 이 교수는 "센터 운영의 중심이 의료진인지 보건복지부인지 행정안전부인지조차 정해지지 않은 상태였다. 초기 세팅이 잘 안 돼 있다 보니 갑자기 파견된 공중보건의도 어떤 일을 해야 될지 몰라 혼란스러워 했다"고 말했다. 생활치료센터에서 가장 도움이 됐던 것은 이동식 X레이 촬영을 할 수 있도록 지원이 된 것이다. 경증환자들만 입소했지만 폐렴은 X레이를 찍어봐야 하기 때문이다. 실제로 의심 환자들 50여 명을 찍은 뒤 폐렴 환자 1명을 찾아내 이송하기도 했다. 젊은 사람들이 많다 보니 강제적인 입소로 인해 마음이 우울해진 사람들도 있었다. 이들을 위한 심리상담 지원도 필요해 보였다.

지금 되돌아보면 이러한 시설을 결정하고 체계를 만드는 것은 정말 쉬워 보일 것 같다. 그만큼 노하우가 많이 쌓였기 때문이다. 이러한 내용들이 앞으로 혹시라도 또 생길지 모르는 새로운 감염 바이러스를 대비하는 데 큰 도움이 될 수 있길 바랄 뿐이다.

난세는
영웅을 낳고

경북대학교 의과대학 교수, 전 대구1, 2 코로나 생활치료센터장

 2020년 4월 둘째 주 우리나라의 코로나-19 신규 감염자 수가 매일 50명 이하로 유지되자, 앞으로는 격리, 폐쇄에서 생활방역으로 조심스럽게 전환하자는 의견이 개진되었다. 우리보다 늦었으나 더 강력한 코로나 쓰나미가 밀어닥친 미국은 이미 환자 수가 50만 명이 넘었고 사망자도 2만 명에 달했다. 뉴욕에서는 매일 발생하는 사망자를 처리하지 못해 뉴욕 앞바다의 섬에 집단 매장하고 있는 상황이 펼쳐졌다.

 모든 일에 거칠 것이 없었던 미국의 트럼프 대통령도 당황한 기색이 역력하다. 거의 매일 있는 백악관의 코로나 브리핑에서, 트럼프 옆에 서는 사람은 코로나-19 대응 태스크포스를 이끌고 있는 안토니 파우치 박사다. 트럼프는 3월 중순 "앞으로 2주간 가능한 한 집에 머물고 레스토랑, 바, 체육관 등 공중이 모이는 시설에 가지 말라."고 발표했다. 그러나 대통령 선거를 앞둔 조급한 마음에 그 내용을 발표한 지 일주일도 되기 전에 앞으로 한 달 내에 경제활동을 재개할 것이라고 발표했다. 그러자 파우치는 대통령의 발표 후

"아직은 사회적 거리두기 정책에서 후퇴할 때가 아니다. 경제활동 재개를 결정하는 것은 바이러스"라고 말했다. 그건 정치적으로 결정할 일이 아닌 것 같다는 이야기일 것이다. 트럼프도 파우치의 반대와 함께 감염자 수가 급격하게 증가하자 재택 권고를 한 달 연장할 수밖에 없었다.

물론 파우치가 대통령의 발표에 무작정 이견만 내는 것은 아니다. 트럼프의 의견에 이의가 있으면 퉁명스런 표정으로 조금 뒤에 팩트를 바탕으로 수정하는 것이다. 트럼프가 말라리아 치료제가 코로나-19 감염에 특효약이라고 하면 그는 "증거가 부족하다."고 반박하는 식이다. 그는 기자들의 질문에 "내가 마이크를 잡고 그를 깎아내릴 수는 없는 일이고, 대통령은 그렇게 말하고 나는 다음에 그것을 수정하면 된다."라고 했다. 트럼프 지지자들이 대통령 선거에 방해가 된다며 그에게 공공연히 위해를 가하자, 그는 "나는 이념이 없다, 나의 이념은 보건일 뿐이다."라고 했다. 언론도 "파우치 박사는 공개적으로 대통령과 의견을 달리하면서도 그의 귀를 잡는 능력을 소유했다."고 평할 정도이다. 우리가 만나고 싶은 보건 전문가가 보여 주는 멋진 카리스마이고 위대한 모습이다.

미국에서 코로나-19에 관해서는 절대적인 권위를 보여주는 안토니 파우치Anthony Fauci 박사는 NIH(국립보건연구원) 산하 알레르기 및 감염병 연구연구소(NIAID)의 소장이다. 나도 오래전 뵀던 분인데, 한참을 잊고 있었다. 이번에 TV로 보니 옛 모습보다는 확실히 나이가 더 들었으나 여전히 건강한 모습으로 국민들을 향해 또렷하게 설득하고 있다. 이분은 체격이 작은 이태리 혈통의 의사인데 알면 알수록 경이로운 분이다. 내가 내과 전공의 수련을 받을 1980년대 초 내과학의 교과서인 『해리슨의 내과학』 책에서 감염병 분야의 대표집필자이었다. 92년 미국 NIH에 연구 연수를 갔을 때 노벨상 수상자를 비롯한 이름만 알 수 있었던 전설적인 의학자들을 바로 앞에서 볼 수 있어서 좋았다. 파우치 박사도 그중 한 분이었는데, 그때 나이가 겨우 50세 정도여서 놀랐었다. 그는 1968년에 NIH와의 인연을 시작했고 1984년에 알레르기감염연구소 소장이 되었다. 80년대 초부터 AIDS의 병태생리를 이해하는 연구와 새로운 치료법의 개발로 유명해졌고, 각종 면역질환에 대한 연구로도 잘 알려진 석학이다.

내가 있었던 2년 동안 그가 캠퍼스를 걷거나 연구 페스티벌에서 즐거워하던 모습을 멀리서 볼 수 있었다. 특별 강연도 들었던 기억이 있다. 나의 전공분야와는 달라 이후 그분을 학회에서 만나 뵌 적은 없으나, 워낙 출중한 의사이자 의과학자이니 뉴스에서는 자주 볼 수 있었다. 에볼라, SARS, 조류독감 등이 세계적 이슈가 될 때는 미디어에 나타나고, 금번 코로나-19에도 어김없이 출전하여 묵직한 전문가적 대응을 하고 있다. 미국의 코로나-19를 대표하는 이 양반은 1940년생이니 우리 나이 81세이고, 무려 36년간 국립 알레르기 및 감염연구소 소장으로 재임하고 있는 의과학자다.

코로나-19 팬데믹 상황에서 흥미로운 일도 많이 일어나고 있다. 카리스마 있고 자존심이 강하며, 정략적으로 계산하는 정치 지도자보다는 전문 관료가 진짜 영웅이 되고 있는 것이다. 요즘 우리나라의 정은경 질병관리본부장이 국민공무원으로 추앙받고 있다. 코로나-19 사태에서 전문성을 지닌 여성이자 의사 공무원으로서 현 상황을 차분하게 설명하고 기자들의 질문에도 전문가적 소양으로 신중하게 답하며 국민의 신뢰를 쌓아갔다. 50대인 정 본부장은 복지부의 과장과 질병관리본부 보직을 경험한 보건직 공무원이다. 메르스 사태 와중에는 방역 실패와 관련된 징계도 받았다고 한다.

2020년 4월 미국의 신문은 코로나-19 팬데믹 상황에서도 '조용하지만 능력 있는 2인자들이 있어서 감사하다.'는 글을 통해 세계적으로 조명을 받고 있는 각국의 방역 수장과 전문가들을 소개했다. 미국의 앤서니 파우치 소장, 영국의 제니 해리스 보건부 차관과 함께 우리나라의 정은경 질병관리본부장도 소개한 것이다. 이들의 공통점은 일관되고 솔직한 논리, 정확한 정보에 기반한 분석, 침착한 대처능력, 직설적인 화법이며, 이를 바탕으로 국민들의 신뢰를 얻었다고 했다. 외신들은 정 본부장이 '바이러스는 한국을 이기지 못할 것'이라고 말하자 사람들은 본능적으로 그를 믿는다고 했다. 정 본부장이 자신 있게 말하자 국민들은 그녀의 말을 절대적으로 신뢰하며 안도한다는 것이다. 이미 우리나라의 SNS에서는 그녀를 나라를 구한 '전사', '영웅'으로 부르고 있다. 암튼 모처럼 보는 신뢰가 가는 멋진 보건직 공무원이다.

그러나 이러한 시간이 지나면 정 본부장도 그냥 주어진 임무에 충실했던 한 명의 공무원으로 남을 가능성이 많다. 파우치 소장은 저 위에 계속 우뚝 서있는 세계적인 전문가, 정 본부장은 임기를 마친 정무직 보건 공무원으로 기억된다는 뜻이다. 안토니 파우치와 정은경을 생각하면 우리나라 보건의료와 공공의학 분야의 현 수준을 보는 것 같아 여러 가지로 착잡한 생각이 든다. 로널드 레이건 대통령 시대인 84년, 우리 나이 45세에 소장이 된 것도 대단하지만 81세인 지금까지 그 자리에 있게 한 미국의 시스템은 숨 막힐 정도이다. 우리나라로 치면 전두환 대통령이 임명한 국책연구소장이 문재인 대통령 시대인 지금까지도 그 자리에 있는 것이다. 그냥 자리만 지키는 것이 아니고 그의 말은 교과서가 되고 논란이 있을 때 현안을 정리하는 사회지도자로 인식되고 있는 것이다.

우리는 깊이가 필요하고 업적이 축적되어야 할 연구소나 특별 인프라 기구의 기관장 임기도 3년이고 정권 바뀌면 적폐청산 차원에서 밀려나가는 사람들도 있다. 그러면서 그 자리를 대신 한 사람이 아무리 학술적인 업적이 화려하고 리더십이 출중하다고 해도 또다시 적당한 사람으로 대치될 것이다. 모두 정치 과잉이다. 이러한 상황에서는 국가 연구소의 유능한 연구원으로 지내며 일생을 멋지게 마무리하기가 쉽지 않다. 그 결과로 공공 영역에서의 인적 경험의 축적은 어렵게 된다. 매번 정권이 바뀌면 대통령이 임명할 수 있는 자리가 최대 2만 개나 된다고 하며, 과학자도 논공행상 차원에서 책임자를 바꾸니 정책의 일관성이나 연속성이 생길 리 만무하다. 이런 점은 국가에서 많은 연구비를 확보해주며 장비도 좋은 국가연구기관 연구직들이 연구비 확보도 용이치 않는 대학교수에 비하여 경쟁력이 취약한 원인이 된다. 당연히 국책연구소에 들어간 우수한 인재들은 그 분야에서 어느 정도 명성을 얻으면 대학으로 자리를 옮기려고 한다.

세계적인 권위를 지닌 외국의 연구소 리더들은 정해진 임기를 무시하면서까지 그 자리를 지키고 있다. 파우치 박사뿐만 아니라 재닛 우드콕 미국 FDA산하 약물평가연구센터장도 25년째 재임하고 있다. 79세인 2018년 노벨의학상 수상자 일본의 혼조 다스쿠는 교수로 은퇴한 후 아직도 고베선단의료재단의 이사장을 맡고 있다.

누가 나라의 리더가 되어 나라를 운영하든지 주요 국책연구소장이나 과학 정책 수장은 꾸준하게 가야 한다. 지금까지 잘나가던 고위 공무원들의 행적으로 미루어 보면, 이번에 코로나 사태가 없었더라면 정 본부장도 정당의 비례대표 국회의원 상위 순서를 받았을지도 모르겠다. 실제 작년 연말 그녀는 여당의 비례대표 상위권 유력 후보로 언론에 보도되었었다.

이 난국에서도 각 분야의 전문가라는 사람들이 여의도로 향하는 4.15총선 열차에 승차하고 있다. 판사는 사법개혁을 위해, 기자는 언론개혁을 위해 승차했다는 게 그들의 출사표다. 모든 게 결국은 정치로 연결되는 우리나라의 이 천박한 고리는 언제쯤 끊어질 수 있을까?

코로나 시대에
의사로 살아가기

대구파티마병원 신장내과 과장

"그대들이 우리의 진정한 영웅입니다!"

"대한민국 의료진을 응원합니다. 늘 곁에 있어 소중함을 잠시 잊는 산소처럼 감사한 마음을 표현 못 해 죄송합니다."

연일 코로나와 싸우는 의료진들에 대한 칭찬과 응원의 목소리가 이어진다. 심지어 직접 코로나 치료 현장에 나와 있지 않는 나 같은 의사에게조차 "선생님, 많이 힘드시지요? 부디 건강부터 조심하세요."라며 평소에는 잘 하지 않던 이야기를 하는 환자들이 많다. 요즘만 같다면 정말 의사 할 맛 난다.

하지만 불과 얼마 전까지만 해도 의사라고 하면 '돈 많이 벌고 자신들의 이익만을 도모하는 이기적인 집단'으로 비추어지는 일이 많았다. 코로나 사태가 생기기 전까지는.

왜 많은 사람들이 의사들에게 곱지 않은 시선을 보냈던 것일까? 사실 의사들이 경제적인 이윤을 추구하는 것은 죄가 아니다. 돈을 벌기 위해서만 의사가 되었다고 할 수는 없지만, 돈도 벌기 위해 의사가 된 것 또한 사실이다.

의사가 되는 길은 결코 쉽지 않다. 그야말로 극한 직업이다. 바늘구멍 입시만 통과한다고 의사가 되는 것은 아니다. 길고 힘든 의과대학 공부, 만만치 않은 의대 등록금, 수많은 불면의 밤과 혹독한 수련 과정, 그리고 개원을 하는 경우 병원을 차리는데 들어간 투자 자금 등을 생각하면 의사도 돈을 벌어야 한다. 다른 모든 직업이 그런 것처럼.

그럼에도 불구하고 의사들을 보는 일반적인 사회 인식이 그다지 좋지 않았던 것은 아마도 의사들에게는 직업을 떠나 더 큰 사명감이 요구되기 때문이리라. 바로 생명 존중!

나는 어릴 적 의사에 대한 막연한 로망이 있었다.

비행기에서 응급 환자가 발생하고 급하게 의사를 찾는다. 그때 "내가 의사입니다." 손 들고 나가서 환자를 살려내는…. 의사가 되고 나서 실제 그런 일을 몇 번 겪었다. 이탈리아행 비행기 안에서, 가족들과 같이 간 외국의 어느 해변에서, 그때마다 어릴 적 꿈꾸던 대로 흔쾌히 앞으로 나서서 환자를 돌보고, 심지어 심폐소생술을 해서 환자를 현지 병원에 데려다 주기까지 했다.

이번에는 대구에 닥친 코로나 집단 발병이다. 의료진이 부족하다는 소식에 전국 각지에서 자원해서 대구로 모여 든다는데, 정작 대구에 있는 내가 가만있을 수는 없지 않은가. 병원 근무 때문에 평일이 어렵다면 주말에라도 도와야겠다고 생각했다. 하지만 다시 생각해보니 내가 평소에 돌보는 환자들 대부분이 고령인데다가 투석을 하는 등 기저질환이 많아서 만에 하나 나로 인해 코로나-19 바이러스가 전파된다면 그 환자들에게는 치명적일 수 있을 테니 이번에는 직접 나서지 않고 "내 환자는 내가 지킨다."는 향토예비군 역할이 이번 코로나 집단 발병 사태에서 내가 해야 할 몫이라는 생각이 들었다.

많은 의료인들이 코로나 진료 현장에서 환자를 돌보다가 자신들도 감염되고 심지어 목숨을 잃는 일까지 생겼다. 진정 칭찬을 받아 마땅한 우리의 영웅들이다. 하지만 또 다른 한편으로는 "코로나 환자가 입원해 있는 위험한 병원으로 의과대학생, 간호대학생 실습을 나가지 않게 해 달라."는 청와대 국민청원 게시판 글도 있어서 씁쓸한 마음이 들었다.

코로나 사태는 언젠가는 끝나겠지만 의료계에서는 언젠가 닥쳐올지도 모르는 또 하나의 큰 어려움에 직면해 있다. 즉, 환자의 생명을 직접 다루는, 의료계의 국어·영어·수학이라 할 수 있는 내과, 외과, 산부인과 등 주요 과 지원자가 많이 줄었다. 수련 과정은 힘들고 의료 사고의 위험은 더 큰 반면 그에 따르는 보상은 충분하지 않으니 기피할 수밖에 없고, 이런 현상을 마냥 탓할 수만도 없다.

그럼에도 불구하고, 환자 치료에 절대적으로 없어서는 안 되는 주요 필수 과 지원자가 없어서 전공의를 구하지 못한 병원이 많다. 심지어 대학병원에서조차 심각한 실정이다. 이대로 가다가는 머지않아 어려운 환자를 돌볼 의사, 힘든 수술을 할 의사가 없어 코로나보다 훨씬 더 심각한 의료대란이 오지 말란 법도 없다. 의사는 필요하다고 급하게 단기간에 양성하거나 자원자를 모집해서 해결할 수 있는 인력들이 아니니.

지금도 많은 학생, 젊은이들이 의사를 꿈꾼다. 코로나 사태를 겪으면서 의료인에 대한 이미지가 많이 좋아진 만큼 선한 의지를 가진 의료인 지망생들이 더 많아질지도 모르겠다. 이들 모두에게 코로나 영웅들처럼 자기의 몸을 희생해가면서까지 남의 생명과 건강을 돌보는 의사가 되기를 바랄 수는 없겠지만, 이번 코로나 사태에서 보듯이 사회가 큰 어려움에 처했을 때 "나는 의사입니다."라며 손들고 나서서 달려갈 수 있는 의사, 어렵고 힘들지만 그래서 더욱 필요한 자리에 있을 수 있는 의사, 그런 의사들이 더 많아지는 세상이 되기를 꿈꾸어 본다.

오늘 드디어 코로나 최대 발생 지역인 대구에 더 이상 신규 환자가 발생하지 않았다는 기쁜 소식이 들려온다. 이 모든 영광을 코로나와 싸운 의료진들과 소방관, 공무원, 자원봉사자, 그리고 힘든 시간을 견뎌준 환자와 시민들에게 돌린다.

"그대들이 우리의 진정한 영웅입니다!"

노블레스 오블리주

주병욱

전라남도 강진군 공중보건의사

나는 전라남도 강진에서 공중보건의사(공보의)로서 병역의 의무를 수행하고 있었다. 코로나-19 감염 환자가 급증하면서 공보의들은 각지의 필요한 곳으로 우선적으로 차출되었고, 나는 대구 제2생활치료센터로 배정되었다. 병역의무를 수행 중인 국민으로서 당연히 가야 했지만 발길이 떨어지지 않았다. 한 가정의 가장이자 갓 백일이 지난 둘째 아기가 있었기 때문이다.

'내가 병역의 의무를 수행하고 있지 않다면 자원해서 갈 수 있을까?' 라고 스스로 물어봤지만 선뜻 답을 할 수 없었다. 나의 차출 소식에 가족과 지인들은 걱정스러워했다. 아버지께서는 "국가가 필요할 때 국민으로서 당연히 가는 것이 맞다. 부디 몸 조심해서 다녀와라."라고 하셨다. 가족과 인사를 나누고 급히 대구로 향했다.

이른 아침 경북대학교 학생기숙사에 마련된 대구 2센터에 도착하였다. 짧은 브리핑 후 검체채취와 환자관리 업무에 즉시 투입되었다. 검체채취를 하면서 가장 인상 깊었던 것은 채취 방법이었다.

중앙방역대책본부에서 배포한 '코로나-19 생활치료센터 운영 안내서'에는 "검체채취를 위한 공간이 필요하다." 정도의 설명밖에 없었다. 대구 2센터는 센터 운영안내서가 배포된 지 고작 일주일 만에 시작된 것이었다.

경북대병원에서 전담하던 이 센터는 환자와의 접촉시간을 최소화하고 환자의 이동 동선을 최소화시킬 수 있는 검체채취 방법을 고안했다. 검사자가 대상자의 방문 앞까지 이동하여 채취를 시행하는 것이었다. 개인보호구 외에 일회용 가운과 글러브를 추가로 착용하여 한 환자의 검체채취 시행한 후 새 일회용 가운과 글러브를 착용함으로써 더욱 안전한 검체채취를 가능하게 하였다.

환자 검체채취 일정을 잡는 것도 인상 깊었다. 센터 운영안내서에 의하면 환자의 퇴원을 위해서는 두 가지 요건이 충족되어야 한다. 첫째, 임상기준으로 해열제 복용 없이 발열이 없으며, 임상증상이 호전되어야 한다. 둘째, 바이러스 검사(PCR)에서 24시간 간격으로 2회 연속 음성결과가 나와야 한다는 것이다. 퇴소에 관한 기준은 있었으나 각각의 검사에서 다른 결과가 나왔을 때 어떻게 하여야 하는지는 명확하지 않았다.

이 센터에서는 결과가 음성이 나올 경우 지침대로 행하였고, 양성이 나오면 한 주 뒤 재검을 실시했다. 특별한 점은 결과가 모호하거나 미확정으로 애매할 경우는 48시간 이후 재검을 하는 것이었다. 검사를 자주 시행하면 환자의 불필요한 입원 격리 기간을 단축시킬 수 있다. 검사 비용은 증가하지만 환자의 사회복귀를 앞당김으로써 발생하는 경제적 효과와 입원 대기자에게 필요한 병실을 제공할 수 있다는 점을 생각해 보면 합리적이라고 생각되었다. 가장 큰 이점은 환자의 정신적인 스트레스를 줄일 수 있다는 점일 것이다.

환자들에게서 가장 많이 듣는 희망 사항은 하루빨리 자신의 가정으로 복귀하고 싶다는 것이었다. 또 환자들이 자주 묻는 질문은 "언제 검사결과가 나오나?" 였다. 코와 입을 도말하여 검체를 채취하는 과정은 생각보다 힘들기 때문에 검사를 자주 받았던 환자들도 검체채취를 하면 긴장한다. 나는 채취가 끝나면 환자들에게 잘 참았고 좋은 결과가 있길 바란다며 격려했다. 환자들은 지쳐 보였지만, 나에게 항상 고맙다고 하였다.

세상에서 격리당하는 것 자체가 얼마나 힘든지 알 수 있었기에 나는 의료진의 업무량이 증가하여도 자주 검사를 시행하여야 한다고 생각한다. 전화로 연락했을 때 퇴원이 결정된 환자의 기뻐하던 밝은 목소리는 오래 기억에 남았고 의사로서 보람되었다.

대구 2센터 의료진은 본인의 업무에만 집중할 수 있게 모든 환경이 잘 준비되어 있었다. 매우 인상적이었다. 생활치료센터라는 개념이 우리나라에 이번에 처음 도입되었음에도 모든 부서가 조화롭게 역할을 수행하며 성공적으로 운영되는 것이 놀라웠다. 대한민국 국민으로서 자랑스러웠다. 우리나라는 위기의 순간마다 국민들이 단합하여 잘 극복하는 능력으로 유명하다. 태안 앞바다 기름유출 사고와 세월호 사건 때도 그랬다. 이번 코로나-19 사태의 현장에서도 대한민국의 저력을 직접 목격할 수 있어서 영광이었다.

센터에서는 의료진 외에도 공무원, 군인, 소방관, 경찰관, 청소부, 방역요원 등 다양한 분야의 인원이 함께 있었다. 코로나-19와의 전쟁에서 의료진의 역할은 매우 중요하고 당연히 가장 주목을 받는다. 하지만 의료진 외에도 수많은 사람들의 도움이 있었다는 점을 잊어서는 안 된다.

내가 근무했던 현장에서는 이 모든 사람이 최선을 다해 자기 역할에 충실했다. 그중에서도 군복무 중 파견 온 병사들이 가장 눈에 들어왔다. 사실 나도 병역 의무 중이기에 한때는 대구 파견에 선택권이 없다는 것과 또 공보의로서 다른 의료진보다 수당을 적게 받는 것에 불만이 있었다. 하지만 현장에서 모든 사람들이 묵묵히 최선을 다하는 것을 보고, 또 국민들이 전해준 감사의 편지를 보고는 그 불만은 어느덧 사라졌다. 의료진에 가려 주목받지 못하고 충분한 감사와 존경을 받지 못하는 그들에게 이 자리를 빌려서 꼭 감사의 인사를 전하고 싶다.

나도 이 난국을 이겨내는데 조금이라도 도움이 될 방법을 찾아보았다. 우리나라에서는 생활치료센터가 새로 도입된 제도였기에 시행착오도 있을 것 같았다. 그래서 대구 2센터의 사례를 문서화하면 앞으로 개설되는 센터에 도움이 될 것 같았다. 근무 중 자투리 시간에 자료를 모으고 퇴근 후 문서화 작업을 하였다. 대한공중보건의사 협회의 도움을 받아 문서를 수정하였고, 완성하였다. 그리고 공보의 협회를 통해 배포하기로 하였다. 또 안전하고 효율적인 이 센터의 검체채취 방법을 소개하기 위하여 현장에서 동영상으로 촬영하고, 협회의 도움으로 편집하고 배포하였다.

'노블레스 오블리주' 는 신분제가 있던 당시에 귀족들과 높은 사회적 신분인 사람들의 도덕적 책무를 강조한 말이다. 신분제가 폐지된 오늘날 '노블레스'는 흔히 기득권을 칭하며 의사도 기득권으로 간주된다. 그렇다면 의사들도 도덕적 책무를 수행하여 국민을 통합하고 모범을 보여야 할 책임이 있다.

나는 이번에 국민으로서 도덕적 의무를 지키기 위해서 최선을 다하는 많은 사람을 만났다. 현장에서 만난 '오블리주 노블레스'는 의료진뿐만 아니라 스스로를 희생하며 타인을 위해 헌신하는 평범한 국민들이었다. 도덕적 책무를 실천하는 이러한 우리 이웃들이 사회를 건강하게 유지하는 귀중한 존재였던 것이다. 나는 이번에 기득권자가 아니라 노블레스 오블리주로 살아가는 교육을 받았다.

코로나-19 사태가 무사히 종식되기를 기원하며 다시 한번 모든 국민들에게 감사의 말씀을 전하고 싶다.

우리는 코로나-19에서
무엇을 배웠나?

마상혁

창원파티마병원 소아청소년과 과장,
경남의사회 감염병대책위원회 위원장

2019년 12월 중국에서 원인 미상의 폐렴이 발생한다는 보고가 나오기 시작하자 2020년 초 정부는 문제가 심각한 것으로 판단하였고, 국가 비상방어체제 구축을 시작했다. 그런데 시동은 제대로 걸리지는 않았다. 어려운 시기를 겪었고, 그 사이에 봄은 저만치 멀리 사라지고 있다. 나는 일선에서 이번 소동을 겪었기에 나의 경험을 바탕으로 우리나라의 방역체계를 성찰해 보려 한다.

- 선별진료소를 만들어야 한다

1월 25일, 병원에서 문자가 왔다. 중국에서 유행하는 폐렴을 대비한 회의를 하자는 내용이었다. 설날 연휴 중이던 일요일인 1월 26일 오후에 병원 관계자들이 모여서 메르스 때의 경험을 바탕으로 선별진료소 설치를 논의하였다. 제대로 된 준비가 덜 된 병원에서는 혼란스러워했으나, 며칠이 지나면서 점차 안정되어갔다. 그런데 이런 비상 상황이 생기면 순서대로 일을 진행할 수 있도록 매뉴얼이 준비되어 있어야 하나 이번에도 없었고, 순환보직 때문에 전문성 있는 보건행정가도 찾아볼 수 없었다. 혼란의 시작이었다. 선별진료소 운영은 병원의 책임으로만 던져졌을 뿐 이에 대한 방역 당국의 지원은 제대로 이루어지지 않았다. 이제부터라도 향후 감염 병 유행에 대비하여 지원책을 포함한 선별진료소 운영 지침을 만들 어야 할 것이다.

- 보건소는?

코로나 바이러스 유행을 시작으로 보건소는 비상근무에 돌입했 는데 정작 보건소에는 코로나 바이러스의 정체를 제대로 아는 사람 이 없었다. 공중보건의가 있거나 보건소장이 의사인 경우는 그나마 나았지만 대부분 보건소의 초기대응은 미흡하였다.

중앙 방역당국이 대응 매뉴얼을 제대로 주지 못하였으니 현장이 혼란스러웠다. 선별진료소는 설치되었지만 환자 검체채취는 쉽지 않았고, 민간 의료기관과의 소통 또한 문제가 많았다. 준비가 덜 된 상태에서 많은 업무와 민원인들의 욕설을 마주해야 했던 보건소 직원들의 고군분투가 있었으나 제대로 준비가 된 상태였으면 이러 한 고통은 줄일 수 있었을 것이다. 코로나-19가 종료되면 보건소의 기능을 다시 한 번 고민하고, 지역 의사회의 참여도 받아서 보건소 와 지역 의사회의 전문가들이 함께 보건소 운영을 해보면 좋을 것 이다.

- 대구시의사회, 시민들의 차분한 대응은 세계의 표준이 될 만하다

2월 18일, 대구에서 첫 환자 발생에서 대규모 환자 발생까지 짧은 시간 내에 대구는 도시 기능이 마비되었다. 혼란과 두려움, 영화에

서 본 그 장면이었다. 그러나 대구 시민들은 정말로 차분하게 잘 대응을 하였다. 의료진들은 누가 시키지도 않았는데 병원으로 모였고, 생업을 포기하고 대구시청으로 모여 힘을 합쳐서 대응하기 시작했다. 지금까지 세계 어디에서도 볼 수 없었던 일을 한 것이다. 밤을 잊은 채 모두들 열심히 일하면서 지혜를 모았고 덕분에 코로나를 극복할 수 있었다.

대구의 대응은 세계적인 표본이 될 수 있으리라 생각한다. 그러나 환자가 다른 지역으로 전원 되는 과정에서 환자 정보가 제대로 전달되지 않은 것은 재난상황이기는 하나 보건행정상 옥에 티로 남는다.

- 질병관리본부는?

2019년 12월 중국에서 원인불명의 폐렴이 유행한다는 것을 알고 난 후 전문가 회의를 미리 한 것은 잘했고, 메르스 유행을 경험한 정은경 본부장의 역할도 매우 훌륭했다. 외국에서 들어오는 위험인자를 제거하자고 주장한 것도 바람직한 것이었으나 정치적인 판단으로 인하여 결국 무산된 것 같아 유감이다. 그리고 질본의 다른 의견들도 제대로 받아들여지지 못한 것도 아쉽다.

초기 대응 매뉴얼의 부실, 특히 검체채취 방법의 설명이 부족하였고, 음압병실이 부족한데 굳이 음압병실에서 검체를 채취하고 진단을 위해 가래까지 채취하도록 명시함으로써 혼란이 야기된 것은 앞으로 개선되어야 한다. 워킹 스루, 상기도 검체로도 진단이 가능하고 하기도 감염이 의심되는 경우에만 가래 검체를 채취하는 것으로 가이드라인이 개정되었으면 좋겠다.

환자의 정보, 역학정보는 질본만의 재산이 된 것도 아쉽다. 지역의 감염병관리단, 혹은 의사회를 통하여 의료기관에는 실시간으로 전달되어 진료에 도움이 되어야 하는데 이런 부분은 많이 부족하였다. 또 17세 폐렴환자 사망 시 영남대병원에서 검사의 오류 문제가 제기되자 원인규명을 제대로 하지 않고 진단검사의학과 검사실의 검사 전체를 부정하는 실수도 있었다.

- 의사집단 내부 소통은?

감염내과 의사들은 이번에는 확실히 달랐다고, 많이 좋아졌다고 한다. 초기에는 이런 이야기가 맞다. 그러나 환자의 정보, 역학정보가 질본과 지자체장들의 책상에만 존재하고 실제 진료하는 의사들에게는 제대로 전달되지 않은 것이 반복되었고, 논문으로 나와야 겨우 내용을 알 수 있는 경우도 있었다. 의사회도 내부 소통이 되지 않은 것은 개선하여야 하고, 감염학회도 좀 더 열린 마음으로 의사 동료들에게 객관적인 정보를 보다 광범위하게 제공하는 역할을 해주기를 기대한다.

코로나-19를 지나면서 성찰해야 할 일이 또 있다. 이번에 우리가 본받아야 할 나라는 대만, 베트남, 홍콩이다. 이들 나라는 초기 봉쇄를 잘하여 대규모 환자 발생이 없었다. 세 나라는 초기에 감염 위험국가로부터 입국을 제한한 것이 효과적이었다는 것을 간접적으로 증명한 것이다. 솔직히 우리는 중국에서의 유입을 막지 않았기 때문에 문제가 더 커진 것으로 보이기 때문이다.

정치색을 띤 의사단체, 관변학자들이 많아진 현실도 개탄스럽다.

대한의사협회는 전문가 단체로서의 역할을 했어야 하는데 정치적 횡보를 보임으로써 전문가 단체로서의 자격을 상실하였다. 감염학회는 외국에서 유입을 막아야 한다는 공식적인 입장을 내었지만 일부 소속 교수들은 공식적인 자리에서 개인적인 정치적 성향을 반영한 의견을 말하며 혼란을 부추겼다. 앞으로는 특정 사람들과 단체의 언론 접촉은 제한해야 될 것이다.

코로나 때문에 인플루엔자가 빨리 사라졌다. 최근 10년 동안 인플루엔자 유행에 비하여 금년의 인플루엔자 유행은 매우 빨리 끝났다. 소아들의 백신접종 효과도 있었겠지만 백신접종의 효과가 3개월 정도 지속될 수 있다는 연구 결과를 바탕으로 생각해보면 개인 위생관리, 사회적 거리두기, 마스크 사용이 호흡기 바이러스 감염의 전파에 얼마나 효과적인가를 알 수 있는 잣대가 되었다.

그래도 우리는 코로나-19전투에서 비교적 선방했다. 우리가 잘 견딜 수 있었던 원동력은 무엇일까? 우리의 숙제는?

높은 시민의식, 의료진의 자발적인 참여가 가장 중요한 요인이었다고 생각한다. 공공의료기관의 역할도 강조되었는데 지방의 의료원들은 대구에서 발생한 환자들을 격리 입원시킨 공헌은 있지만 이것이 지방의료원의 존재가치를 증명하는 데는 아직도 부족하다. 앞으로 다가올 신종감염병의 유행에 대비해서는 지방 의료원의 역량이 턱없이 부족한 것을 받아들여야 한다.

코로나 바이러스 유행은 언제 끝날지 모른다. 코로나-19가 끝난다고 해도 신종 감염병은 또다시 찾아올 것이다. 국가는 신종 감염병 대비를 위한 비상 진료체계를 잘 짜고 전문가들의 의견을 있는 그대로 반영할 수 있는 소통 통로를 만들어 두어야 한다.

많은 손실과 희생을 겪었다. 이번 코로나-19사태 후에 대한민국의 공공의료를 다시 보강해야 할 것이다.

생활치료센터
환자들이
남긴 메시지

생활치료센터에서 퇴원하시는 분들께

퇴원을 축하드립니다. 그동안 고생이 많으셨습니다. 스스로 이 어려운 시간들을 견디시며 방역에 잘 협조해주셔서 좋은 결과가 있으셨습니다. 대구 치료센터에서 지내시는 동안 많이 불편하지는 않으셨는지요?

생활치료센터는 우리나라에서는 이번에 처음으로 시행한 제도입니다. 전염병이 대규모로 발생한 위급한 상황에서 병원이 아닌 시설에 증상이 경미한 분들을 입원하게 하여 치료를 시행하고 호전이 되면 가정과 사회로 복귀시키는 제도입니다. 완벽하지는 않으나 국가의 재원과 국민들의 성원으로 마련된 것입니다. 의료진도 최선을 다하려 노력했으나 처음이라 부족한 면이 많았습니다. 그동안 운영해 본 결과를 바탕으로 앞으로 개선해 나가겠습니다.

퇴원에 즈음하여 이곳에 지내는 동안 힘들고 불편했던 점과 개선했으면 하는 것을 문자로 남겨주시면 감사하겠습니다. 전국에서 오셔서 자원봉사 해 주신 의료진들에게 주실 격려의 말씀도 좋습니다.

퇴원 후에도 더욱 건강하시어, 모두 힘을 합하여 코로나-19를 빨리 퇴치합시다.

2020년 3월~4월
대구1, 2 생활치료센터장

318

♥

감사합니다.

저희들이 힘들었다니요. 아닙니다.

저희들을 위해 얼마나 애쓰시는지 제가 다 보았습니다. 많은 의료진분들과 봉사하시는 많은 분들의 정성과 노력으로 인하여 건강한 모습으로 퇴원할 수 있어서 너무나 기쁘고 감사합니다.

저는 퇴원하여 집으로 돌아가서 좋지만 아직 많은 분들을 위해 힘쓰실 분들을 생각하면 죄송할 따름입니다. 부디 건강 잘 챙기시길 바랍니다. 집에 돌아가서도 많은 의료진분들과 봉사하신 분들을 위해 응원하겠습니다.

감사합니다. ^^

♥

여러 의료진들과 도움 주시는 분들로 인해 불편함 없이 잘 지냈고 치료되어 너무 감사하고 고맙습니다.

다른 환자분들도 하루속히 완치되기를 기원합니다.

받은 이 고마움은 다시 돌려드리도록 노력하겠습니다. 감사합니다.

♥

정말 진심으로 감사드립니다.

이 코로나 사태가 모든 국민에게 어려움을 주고 있는 시점에 우리 대구와 또 대구에 있는 의료진, 그리고 전국 각지에서 지원해서 도와주시는 분들의 손길을 생각하면 정말 우리의 민족 정신에 뿌듯한 마음이 생기는 듯합니다.

때로는 좁은 방 안에서 이 한 사람의 처지만 생각할 때는 답답하고 괴로운 마음도 많이 들었지만, 얼마 전 TV에서 3일간 봉사하는 분들의 모습을 다룬 내용을 보면서 대구에 계신 의료진들과 전국에서 오신 분들과 또 국군 장병들의 노고… 참 어떤 말로 그 고마움을 표현해야 할지, 이렇게 격리된 곳에서 도움을 받는 입장에서 정말 진심으로 고맙다는 생각을 많이 했습니다.

비록 이 바이러스로 인해서 의료진들과 가까운 대화나 만남을 갖지 못했지만 영원히 우리 역사에 남을 아름다운 섬김이 되는 것 같습니다.

이제 다시 이곳에 들어온 환자들도 있는 것으로 알고 있는데, 빨리 이곳에 있는 그리고 전국의 환자들이 속히 치료받고 또 이 코로나가 하루속히 사라지길 바랍니다.

의사 선생님 그리고 많은 간호사님과 또 경찰, 소방관과 봉사해주시는 분들께 진심으로 감사의 마음을 전합니다. 여러분들이 계셔서 너무 든든하고 힘이 나고 또 하루라도 더 빨리 회복이 될 수 있었습니다. ^^

끝까지 이 코로나와 잘 싸워주시길 바랍니다. 함께 응원하고 기원합니다. 감사합니다.

♥

집에선 가족도 많고 시부모님도 계시고… 저 때문에 잘못되면 어떻게 하나 불안과 두려움에 심적인 스트레스도 많았고 입소가 늦어져 원망과 불신이 가득한 마음으로 입소했습니다.

집에 있을 때는 못 느낀, 의료진과 여러 선생님들이 고생하고 힘든 모습을 봤습니다. 정말 감사하고 회복할 수 있는 힘을 주시고 도움 주셔서 고맙습니다. 아직 제가 나가서 어떻게 지낼지 하는 불안과 두려움은 있지만 선생님들 덕분에 조금은 마음의 짐을 덜고 나갑니다. 일일이 인사 못 드려 죄송하고, 감사했습니다. 저도 빨리 회복할 수 있도록 노력하겠습니다.

저 개인적으로 불편한 점이 없었습니다. 제 자신을 돌아보는 좋은 시간이었습니다. 다시 한번 감사드립니다.

♥

생활치료센터는 참 좋은 안건이었던 것 같습니다. 의료진의 도움을 빨리 받을 수 있는 직통전화와 생필품 요청에 빠르게 응대해 주셔서 감사했습니다.

그런데 제가 주부다 보니…

다만 지내는 동안 가장 걱정되는 것은 가족들의 끼니 해결이었습니다. 왜냐하면 저로 인해 가족들도 자가격리를 하다 보니 거의 라면으로 대충 해결하는 것 같았습니다. 이런 얘기를 들을 때마다 제가 마음이 편하지 않았습니다.

지금부터 입소하시는 분들의 남은 가족들을 신경 써 주십사 부탁을 드리는 바입니다. 이곳에 들어온 후로 남은 가족들의 불만이 크면 클수록 퇴소 후의 가정불화로 연결될까 두려움이 커질 수밖에 없으니 이 점도 고려해주시면 좋겠습니다.

기뻐해야 하겠으나, 저는 아직도 마음이 무겁습니다.

♥

3월 9일 일요일에 입소할 때는 마음이 몹시 불안하고 우울했습니다. 일주일 동안 정성을 다해 보살펴주신 덕분에 지금은 많이 안정되었어요.

정말 감사드립니다.

본의 아니게 엄청난 민폐를 끼쳐서 정말 속상하고 죄인 같았어요. 빨리 일상생활로 돌아가서 소중한 가족과 열심히 살겠습니다. 이번을 계기로 대한민국 국민임이 너무 자랑스럽고 감사하네요. 한 분 한 분 모두들 정말 수고 많으셨어요~

고맙습니다. 잊지 않겠습니다. ♡♡

♥

감사합니다.

이런 일을 처음 겪어본 저는 너무나 당황했지만 많은 사람의 도움으로 잘 완쾌되어 나갑니다.

이번 일을 겪어보니 우리 대한민국은 정말 좋은 곳이라 생각합니다.

저도 이런 일들이 또 생긴다면 꼭 봉사하는 사람이 되겠습니다.

식사 챙겨주시고 트라우마가 있을까 봐 좋은 방송도 해주시고 너무 감사했습니다.

늘 건강하세요. ♡♡♡♡♡

♥

모든 분들께 감사할 뿐입니다.

자신의 건강과 국민의 건강을 생각해서 저를 이렇게 좋은 곳에서 격리시키면서 많은 분들이 관심과 사랑으로 베풀어주신 은혜에 감사할 따름입니다. 불편하지 않도록 최선을 다하시는 여러분들이 계심으로 대한민국의 미래는 밝습니다.

역시 이 나라는 한 민족입니다.

오해와 편견으로 얼룩진 사람들이 세상을 좀먹고 있는데 비해 여러분들과 같이 희생과 사랑으로 따뜻하게 보호해주시는 분들이 계셔서 살만한 세상입니다.

파이팅입니다. 수고하셨고 감사합니다~~

♥

여러 가지로 너무 감사합니다. ㅠㅠ

간식을 많이 주셔서 감사하긴 한데 건강상 좋지 않은 음식(라면, 과자, 빵)으로 생각되어 다 버리게 되었어요. ㅠㅠ 다음엔 면역력을 높이는 과일

을 더 많이 주시면 좋을 거 같습니다. ^^

그리고 운동을 적극 권면하는 방송을 해주시면 치료 속도가 빠를 것 같습니다.

정말 너무 감사합니다!!!!!!

♥

센터장님

이번 코로나 상황으로 너무 고생이 많으십니다.

부족함 느낄 것 없이 지원해주시고 의료인들께서 잘 케어해주신 것 너무너무 감사드립니다.

조금은 불편하고 갑갑했지만 창문 너머로 고생하시는 분들을 뵈니 죄송하고 미안한 마음뿐입니다. 코로나바이러스로 인해 지역사회가 감염될까 노심초사하고 마음의 어두움마저 드리웠는데 심리지원으로 마음을 안정시켜주시고 거듭 모든 의료인들 공무원들께 감사 인사드립니다.

감사합니다~

♥

입소자들의 편의 제공에 애써주신 생활치료센터장님 이하~ 의료진 선생님들과 도움 주신 모든 봉사자님들께 감사드립니다.

대구지역의 감염병 확산, 급작스런 비상사태로 모두들 고생 많으셨습니다. 확진자인 저희 또한 제2의 감염, 피해자이다 보니… 격리조치에 많이들 힘드셨을 겁니다.

억울하고, 속상하고, 일탈하고 싶기도 하고. 아픈 이들보다~ 건강하신 분들의 맘이 넓으시니깐~ 입소자들의 다소 불평, 불만 사항들은 개선에만 참고하시고… 맘엔 두지 마시고….^^

끝까지 애써주시길 당부드리겠습니다.

센터장님 이하~ 모든 봉사에 함께해 주신 분들 덕분에 저는 잘 견디고, 이겨내고 퇴소하게 되었습니다. 고생들, 수고들 많으셨습니다. ^^♡♡ 감사드립니다.

모두들 건강 조심하시옵길요~^^

♥

방 안에서만 지낸다는 게 답답하긴 했지만 몸은 편안하게 지냈습니다.

인터넷에서 의료진분들이 잠도 제대로 자지 못하고 밥도 편하게 먹지 못한다는 글을 보았습니다. 그 글을 보고 제가 이렇게 편하게 지내는 것에 대해 죄송한 마음이 들었습니다. 저보고 고생했다고 하시는데 정말로 고생하신 분들은 의료진분들이십니다.

감사했습니다. 안녕히계세요!

♥

네, 참 잘 왔구나!라는 집을 나섰을 때보다 안도의 마음…

지내면서 약보다 따뜻한 물이 필요하다는 의견에 당장 환자들 마음을 잘 들어주셔서 저는 인상에 남았습니다. 저는 이곳에 최고의 의료진을 보내 달라 기도했습니다. 제 기도 들어주셨기에, 이곳의 의료진께 깊은 감사 드립니다.

약보다 더 좋은 환경개선 관리 문제에 귀 기울여주시며 그동안 보살펴 주심에 감사의 인사 드립니다. 자가격리치료 경험을 토대로 일상의 경험을 나누고 싶습니다. 그동안 자원한 의료진님들의 성원에 보답해드리는 마음 간직하겠습니다.

코로나-19가 빨리 종식되기를, 그리고 의사 선생님들의 건강과 발 빠른 소통의 정신이 귀감 되시기를 저도 함께 기도드리겠습니다. 감사합니다. ^^♡♡

♥

　자가격리 기간 2주, 생활치료센터에서 약 2주간 있으면서 심적으로 지쳐가던 중이었는데 그래도 잘 회복되어 퇴원하게 돼서 너무 감사드립니다. 선진국에서도 보고 배우는 의료기술과 서비스 덕분에 다른 건강한 분들에게 더 이상 피해를 끼치지 않고 회복하게 된 것 같습니다.

　지내면서 아쉬웠던 것은 크게 없었고, 혼자 격리된 기간이 길다 보니 외롭거나 지치는 감정이 들었습니다. 물론 트라우마 센터의 방송이나 기타 여러 가지 서비스를 많이 제공해주셔서 힘이 되긴 했지만, 좀 더 격리기간이 더 길어졌다면 많이 힘들 수도 있었을 것 같습니다. 개인적으로 치료센터에서 지내는 동안 잠을 잘 못 자서 불면증이 생겼는데, 수면제 정도는 처방받을 수 있었으면 좋겠다는 생각은 들었습니다.

　깊은 배려와 노고에 다시 한번 감사드리고, 애써주신 모든 의료진분들과 봉사해주신 분들께 존경을 표합니다. 코로나-19 종식을 위해 앞으로도 애써주시리라 믿고, 하시는 모든 일들 다 잘 되시길 기원하겠습니다.

♥

　감사합니다.

　고생하시고 수고해주신 많은 분들 덕분에 제가 이렇게 완벽하게 치료받고 나가게 되었습니다.

　고맙습니다. ♡♡♡♡♡♡

　이 고마움은 평생 잊지 않겠습니다.

　꼭 저도 나눔과 배품의 삶을 살아가도록 노력하겠습니다.^^

　다시 한번 더 고개 숙여 감사드립니다.

　모두 힘내세요.

　건강하세요.^^

♥

너무 감사합니다. 여러모로 챙겨주시고 보살펴 주심에 저는 잘 나갈 수 있게 되어 감사합니다. 아직 남편이 중환자실에 있어 마음이 아프지만 수고하시는 의료진분들과 저의 기도 속에서 완치될 것을 믿습니다. 이 일에 많은 분들께서 쉬지도 못하시고 애써 주심에 정말 감사드립니다. 건강에 조심하시고, 이 일이 끝나는 날이 속히 오길 기도합니다. 너무 수고 많으시며 감사하고 감사합니다. 다른 분들도 속히 완쾌되시길 기도합니다. 사랑하고 축복합니다.

♥

안녕하세요. 경북대학교 대구2생활치료센터에서의 생활은 정말 이만큼 지원을 받아도 될까 생각이 들 만큼 풍족했고 자가격리 때에 들었던 걱정과 스트레스 없이 편하게 지냈습니다. 전기주전자와 옷걸이, 대야 등 생필품들을 넉넉히 챙겨주서서 불편함 없이 생활할 수 있었고 상황실에서 전화 받아주시는 분과 그곳에 계신 선생님들께서 질문을 친절히 들어주시고 또 이야기하여 주서서 편하게 저의 불편함을 얘기할 수 있었습니다.

매일 방역복을 입고 마스크에 고글까지 착용한 불편한 상태에서도 밥 나누어줄 때, 회진하실 때 선생님들 목소리가 들리거나 바쁘게 뛰어다니시는 소리가 들릴 때마다 너무 감사한 마음이 들었습니다. 퇴소하는 날 버스를 타기 전까지 생활치료센터에서 받은 크나큰 도움을 잊지 않겠습니다. 코로나-19의 최전선에서 방역을 위해 힘써 주시는 모든 분들께 감사를 드립니다.

♥

정말 감사합니다. 편히 잘 지냈고 규칙적인 식사도 고맙습니다. 모든 것이 고맙고 감사합니다. 수고하셨습니다. 사랑합니다. ♥♥♥

건강하시고 항상 행복하세요.

이번에 눈물을 많이 흘렸습니다. 죽을 수도 있겠다고 생각했습니다. 작은 위로도 넘 고마웠습니다. 모든 사람들이 사랑으로 극복하려고 노력하는 모습이 너무 아름다웠습니다.

♥

♥

안녕하세요.^^ 저는 집에서 증상을 심하게 겪고 이곳에 왔습니다. 다행히 이곳에 와서는 아무 증상이 없었어요. 잠자리가 익숙하지 않고 조금 힘든 것 외에는 햇빛이 잘 들고 봄바람이 살랑살랑 들어오는 곳이라 좋았습니다. 그리고 도시락도 맛나게 잘 먹었습니다. 매번 심리교육도 잘 들었고 도움이 되었구요.^^

지금껏 살면서 여유롭게 휴식을 해보지 못하며 살았는데 이번이 저에게는 코로나로 힘든 시간이었지만 좋은 기회였고 유익한 시간을 보냈습니다. 지원을 많이 해주셔서 너무 감사드립니다.

♥

감사드립니다. 너무너무 감사드립니다….

처음에는 당황스러운 마음이었습니다. 하지만 수고하시는 의료진과 봉사자들을 생각하면 미안한 마음이 들었습니다. 국가에 감사드립니다.!!!!!!!

저는 이번 격리 기간 동안 친정어머니께서 돌아가셨습니다.

처음에는 이를 어떻게 받아들여야 하나… 어찌 이런 일이 생기나? 말이 안 되는 상황이었어요. 혼자서 계속 기도드리고 울고 하는 시간들을 반복했습니다. 더 안 좋은 상황을 생각해보니 어쩔 수 없는 일이었더군요.

이제 산소를 찾아뵈어야겠습니다….

다시 한번 감사드립니다.

♥

예상치 못했던 코로나-19로 인해 생활치료센터에 입소하기 전부터 격리생활을 했던 기간으로 치면 한 달이 지났습니다. 저는 노트북을 가져와서 하던 업무를 할 수 있었기 때문에 불편함은 없었습니다.

다만 개선점이 있다면 입소 첫날 보일러가 제대로 작동되지 않았기에 감기증상으로 인하여 자가격리 때보다 건강상태가 좋지 않았습니다. 추후 입소 전 환경점검(실내온도)을 해주시면 감사하겠습니다.

그리고 환자들을 위해 수고하시는 많은 분들의 모습을 창문을 통해 내려다보며 너무나 감사했고, 또 한편으로는 봉사하시는 분들의 건강이 걱정되었습니다. 저는 이제 퇴소를 하지만 아직 남아있는 분들 때문에 수고하실 의사, 간호사, 공무원, 봉사하시는 모든 분들께 진심으로 감사드립니다. 그리고 건강하십시오. 여러분이 있어 대한민국 모든 국민들이 이 어려움을 이겨낼 수 있을 것입니다. 이름도 얼굴도 모르지만 여러분들의 수고를 잊지 않겠습니다. 감사합니다.

코로나 환자로 몇 주간의 시간을 보냈지만 그 두려움과 걱정을 조금이나마 이겨내고 버틸 수 있었던 건 본인 몸보다 환자를 생각해 늘 친절하고 상냥하게 인사해주시고 검사해주셨던 의료진분들이 계셨기 때문입니다.

코로나 환자로 진단되었을 때 처음에는 막막하고 겁이 났습니다. 그래도 이번의 경험을 통해서 좀 더 우리나라 의료진분들께서 얼마나 희생을 하고 열심히 하시는지를 깨닫게 되었습니다.

저에게도 의미 있는 경험이라 생각하니 지금은 오히려 뿌듯하고 힘써주신 의료진분들이 너무나도 자랑스럽습니다. 앞으로도 그 감사함을 잊지 않고 건강 잘 챙기면서 뒤에서 늘 응원하겠습니다. 그동안 정말 감사했습니다.

저 같은 환자에게 이런 시설을 마련해주셔서 감사합니다.

사실 처음 입소하기 전에는 우울감이 심했습니다. 코로나 양성 판정을 받고 죽는구나 싶었습니다. 치료약도 없다는데 내가 극복할 수 있을까 하는 생각도 많았고… 내가 육체적으로 건강한 사람도 아니고 정신적으로도 정상적이지는 않는데 내가 이렇게 살아서 뭐하겠노? 싶기도 했습니다. 퇴원하시는 분들을 보면 부럽기만 하고 제 자신에 대해 원망하는 마음이 커져만 갔습니다.

오늘 퇴원한다는 문자를 보고 나도 극복할 수 있었구나 하는 깨달음을 얻었습니다. 물론 아직도 마음적으로 회복했다고 말하기는 어렵지만 시간이 지나면 다 웃으며 지나갈 수 있겠지요? 매일 체온, 증상 등을 신경써주시는 의료진분들과 밥을 챙겨주시는 시청 관계자분들께 진심으로 감사드립니다.

처음에는 여기서는 약을 안 주시길래 여기엔 약이 없고 자연치유를 한다고 생각했는데, 약을 달라고 해야 약을 주시는 줄은 몰랐습니다. 제가 배운 것이 없어서 그런 거겠지요….

아직 코로나가 종식된 건 아니지만 봉사하는 분들, 공무원분들, 의료진분들 모두 최선을 다하고 있는 걸로 알고 있습니다. 항상 감사드리고 시간이 지나면 이 모든 것이 언젠가는 종식될 거라 믿습니다. 아직 저에게는 세상에 대한 부정적인 인식이 남아있습니다. 앞으로 마음적으로 조금 더 긍정적으로 나아가는 사람이 되겠습니다.

그동안 정말 감사했습니다.

♥

감사합니다.

코로나 사태 발생 이후 하루도 쉬지도 못하고 환자를 위해 최선을 다해 치료를 하시느라 정말 수고가 많으십니다. 물론 약간의 불편함은 있었다고 하더라도 이 정도의 불편함은 아무것도 아니라고 생각합니다.^^

오히려 평소에 바빠서 나를 뒤돌아보는 시간도 없었는데, 여기에서 그런 시간을 가질 수 있었습니다. 운동은 질색인데 건강을 위해 운동을 해야되는 것을 여기에 와서 처음으로 알았고, 아침저녁으로 하게 되었습니다. 그동안 먹고 살기 바빠서 연락을 못했던 친구와 연락도 해보고 나름 유익한 시간을 보낼 수 있었습니다.

아직까지 방심할 수 없는 상황이지만 앞으로도 조금만 더 힘을 내십시오. 집으로 들어가서도 방역을 잘 지키겠습니다.

♥

제가 이곳에서 2주라는 시간을 지냈습니다. 처음에는 답답하겠다라는 생각이 많이 들었었는데 조금 바꿔서 생각하니 저와 다른 환자분들은 몸과 마음을 편하게 하고 쉬면 되는데 의료진분들과 간호사님 그리고 제가 있는 곳 맞은편 건물에 보이던 군인들은 너무나 고생 많으셨습니다. 그 덕분에 아무 탈 없이 퇴원하게 되어 감사하다는 말씀을 전달하고 싶습니다. 갑자기 터진 코로나로 인해 다른 것을 포기하고 이곳에서 노력해 주신 의료진분들 군인분들께서 우리나라 대한민국의 영웅이라 생각이 듭니다. 코로나 완전 종식 때까지 조금만 더 힘내주세요.

다시 한번 감사하다는 인사 드리겠습니다. 정말 감사하고 고생 많으셨습니다.^^

♥

국민의 한 사람으로서 의료진들의 따뜻한 배려와 섬김에 진심으로 감사드립니다. 코로나를 이기기 위해 인내하는 기간은 충분히 무증상에 가까운 입장에서는 견딜 만했고 환경도 크게 부족한 건 없었습니다. 그러나 정부에 드리고 싶은 의견이 있다면 두 아이를 두고 온 한 부모 입장에서는 무척 신경 쓰이고 경제적으로 어려운 상황이었습니다. 긴급재난에 맞는 선 조치 후 보고와 같은 제도를 좀 적용해서 당장 긴급생계지원이나 보육

지원이 필요하다는 생각이 듭니다. 그동안 애써주신 의료진분들에게 큰 국가적 보상이 있어야 한다는 생각이 듭니다. 너무 감사드립니다. 이번에 정말 무서운 코로나를 경험했습니다. 백신도 빨리 개발해서 더 이상 어려움 없이 세계적으로 빨리 극복해 나갔으면 합니다. 감사드립니다.

♥

경북대학교 기숙사 생활치료센터 관계자분들께

입소 첫날부터 퇴실하는 날까지 한결같이 따뜻한 마음으로

도와주시고 함께해주셔서 진심으로 감사드립니다.

최일선에서 부족한 일손 가운데 밤낮 헌신하시는데도 불구하고

말 한마디라도 더 따뜻하게 해주시려는 마음이 느껴져 진한

감동이 되었습니다.

매일매일 상황실에서 친절하게 안내해주시는 분들,

맛있는 식사와 간식과 물품을 챙겨주시는 분들,

쓰레기를 정리해 주시는 분들,

힘들지는 않은지 아픈데는 없는지 자상하게 손써밀어주시는

의료진분들과 상담자선생님들, 엑스레이 검사해주신 분들...

한분한분의 소중한 손길들 덕분에 이겨낼수 있었던것 같습니다.

여기 계시는 모든 분들께서는 이 시대에 진정 아름다운 분들이십니다.

일하고

그동안 함께 해주셔서 너무나 감사드리고, 늘.. 꼭! 건강하시고

행복한 일만 가득하시기를 바랍니다. 감사합니다. ─1610호 올림─

♥ 마음을 모아 함께 일어서다 ♥

P.S 경북대학교
경북대학교 학생분들께
감사드립니다!

국립부곡병원
영남권국가트라우마센터
☎ (055) 520-2777

332

♥

　27**호 입소자입니다. 경북대 생활치료센터 의료진들과 관계자 여러분 덕분에 잘 치료받고 나갑니다. 정말 감사드립니다. 입소 후 생긴 좋지 않은 일에도 저희 어머니와 형제들에게 센터장님과 의료진분들께서 진심으로 공감해주시고 위로해주셔서 특히 더 감사드립니다. 생활치료센터에서 일하고 계신 모든 분들 정말 고생하고 계신 것을 잘 알고 있습니다. 이 상황이 종료될 때까지 건강과 힘 잃지 않으시길 마음속으로 꾸준히 기도하겠습니다. 감사합니다.

　▶ 이 어려운 상황에서 모친상에 마음 아파하시는 어머니와 동생 위로해 가며 자신을 이기느라 고생이 많았습니다. 가족이 같이 퇴소할 수 있었으면 더 좋았을 텐데 많이 아쉽네요. 먼저 퇴소하셔서 건강 잘 유지하고 가족 맞을 준비도 하세요. 퇴소 축하드립니다.

　22세 남. 52세의 어머니와 14세의 남동생. 가족이 코로나에 감염되어 입소했다. 입소 이틀 뒤 집에서 같이 생활하시던 외할머니가 갑자기 서거하였다. 평소 지병도 없던 분이시라는데 힘이 없어 링거 주사라도 맞아야겠다며 병원에 갔는데 바로 돌아가셨다고 했다.
　집에서 친정어머니를 모시는 모친이 절망했고 슬픔을 이기지 못했다. 아들은 다른 방을 쓰고 있었고, 검사에서 음성 판정을 받았으나 계속 바이러스 양성 소견을 보이던 어머니를 위로하느라 그 방을 들락거렸다. 주의를 주었으나 식음을 전폐한 어머니가 걱정되어 할 수 없다고 했다. 모자가 동시에 퇴소하기를 원했으나, 우여곡절 끝에 두 형제 중 형이 먼저 퇴소를 결정하고 반복 검사에 음성소견이 나와 3월 23일 만 2주가 지나 격리해제되었다.

♥

안녕하세요.

저의 잘못으로 이 병에 걸렸는데 이렇게까지 힐링하게 해주셔서 감사합니다. 센터장님 그리고 함께 코로나 퇴치를 위해 힘쓰고 계시는 의사, 간호사, 방역을 위해 힘써 주시는 모든 분들께 감사의 말씀을 드립니다. 고맙습니다. 앞으로 조심하면서 이 세상에 봉사하며 살겠습니다.

이제 한 시간 뒤면 저는 퇴소합니다. 지금 너무 좋습니다.

♥

너무 고마웠구요,

감사하다는 말씀을 드리고 싶었어요. 다들 그 자리에서 봉사와 헌신하시는 모습이 감동적이었습니다. 이번 일을 계기로 우리나라의 미래가 상당히 긍정적이고 더 밝아질 것이라고 확신합니다. 파이팅!

♥

많은 의료진분들과 도와주시는 자원봉사자분들 덕분에 여기서 약 3주간 편안히 잘 지냈습니다. 인생 살아가면서 생각 못 했던 것들을 체험하였고 새삼 여러 가지를 느끼고 감사하게 되었습니다. 이런 고난을 버티고 함께 이겨나갈 수 있기에 희망을 느낄 수 있었고, 이 모든 것이 한 단계 한 단계 성장하는 과정임을 배웠습니다. 비록 저는 안에 있느라 이 나눔의 사랑을 받기만 했습니다. 앞으로 건강하게 퇴소하여 제가 받은 사랑을 이 사회에 나눠줄 수 있는 사람이 되겠습니다. 모든 분들 건강 항시 챙기시고 이 과정을 잘 이겨나갈 수 있었으면 좋겠습니다. 감사합니다. 여러분들을 응원합니다.

♥

안녕하세요, 이렇게 문자로라도 감사의 인사를 전하게 되어서 감사합니다.

3월 8일 입소한 뒤로 계속 양성의 결과를 듣게 되니 심적으로 많이 지치기도 했었지만 경북대 학생기숙사에서 지내는 동안 저보다도 더 힘든 상황 속에서 매일 보호복 입으며 일하시면서 항상 친절하고 밝게 대해주셨던 관리자분들이 계셨기에 이겨낼 수 있었습니다.

한 명 한 명 관리하는 일도 많이 힘들 텐데도 조금이라도 더 챙겨주시려고 자주 체크하여 주셨기에 오히려 미안하고 죄송한 마음이 컸습니다.

꼭 얼굴 뵙고 한 분 한 분께 인사드리고 싶은 마음이었는데, 완치가 되지 못하고 경주로 오게 되었네요. 지금 대한민국뿐만 아니라 전 세계가 힘들고 어려운 상황에 처해있지만 대한민국의 국민이라는 게 감사합니다. 자랑하고 싶은 마음이 점점 커집니다. 어떻게든 한 명의 환자를 위해서도 위험을 무릅쓰고 애쓰시는 여러분들에게 진심으로 감사의 말씀을 올립니다.

대한민국, 코로나 이겨낼 수 있습니다!!

우리 모두가 함께 이겨내어 하루빨리 일상으로 돌아갔으면 합니다.

마지막으로 진심으로, 그리고 정말정말 감사합니다.

♥

생활치료센터에서 생활하는 동안 편하게 잘 지내다가 나왔습니다.

모든 의료진분들과 봉사자, 직원분들께 모두 감사드려요. 벌써 감사의 인사를 드렸어야 하나, 저 하나로 인하여 가족과 시댁분들이 2주의 격리 기간 동안 정말 고생을 하셨으므로 마음이 편치 못했습니다. 이제야 감사의 인사를 올리게 되었습니다. 저의 남편과 아들한테도 마음고생 많이 시켰는데 이제 모두 일상으로 돌아왔습니다. 이 모든 것이 여러분들 덕분입니다.

다시 한번 감사의 인사를 올립니다.

그동안 보살펴 주신 노고와 격려에 마음 깊이 감사드립니다. 의사 선생님과 더불어 모든 분들 고맙습니다. 사랑합니다. ♡♡♡

37일 길다면 긴 꿈 같은 여정을 다녀온 것 같아 훗날에 추억으로 남을 것 같아요. 환자 아닌 환자가 되어 보살핌을 받고 혹여나 아프지는 않은가 불편하지 않은가 늘 돌봐주셨는데, 감사의 마음을 표시도 않고 집으로 돌아왔습니다. 앞으로 건강하시고 늘 감사하는 마음으로 살겠습니다. 앞으로 건강하시고 좋은 날 빨리 오기를 기도하겠습니다.

생활센터 의료진분과 모든 분들 홧팅 ♡♡♡♡♡

불편한 것 없었습니다. 덕분에 하루빨리 퇴소하게 되었습니다. 모두가 힘든 가운데 혹시 저희들이 불친절했다면 이해 바랍니다. 그리고 의료진들 정말 고생 많이 하셨습니다. 저희들을 위하여 입원한 우리보다 훨씬 힘들었고 고생도 많이 하셨습니다.

모두가 한마음으로 웃음으로 치료하여 주신 덕분에 이렇게 빨리 완쾌하여 즐거운 마음으로 퇴소하게 되었습니다. 모두들 고생하셨습니다.

모든 의료진들, 또 옆에서 도움을 주셨던 군인 아저씨들… 모두모두 감사합니다. 그리고 사랑합니다. ♡♡♡♡♡♡

♥

코로나 생활치료센터 상황실에서 저희들을 위하여 밤낮으로 수고해주신 선생님과 간호사님들… 너무너무 감사합니다. 저희 환자들을 정성껏 돌봐주신 은혜 다시 한번 고개 숙여 감사드립니다. 오늘 같이 나가지 못한 환자분들에게도 잘해 주시리라 믿습니다. 잘 부탁드립니다.

그동안 감사했습니다.♡♡♡

♥

정말 감사합니다

집에 있기에는 가족들에게 걱정되는 부분이었고 경미한 증상으로 병원에 입원한다는 것은 더 큰 위험이 있을 것 같아 걱정이 되었습니다. 이 부분에 대하여 생활치료센터는 정말 좋은 방안이었다고 생각합니다. 혹시나 바이러스가 옮겨질 수도 있는 위험한 곳에 함께해주신 의료진분들 봉사자분들 정말 감사합니다. ♡♡♡♡♡♡

건의사항은 환자로서 마음이 편치 않았던 내용입니다. 사실 일부러 병을 옮기고 싶은 환자는 거의 없을 거라 생각합니다. 방송으로 "나오지 마세요! 다른 사람과 접촉하지 마세요!"라는 명령조의 방송이 한 번씩은 나를 병균 덩어리로 취급하는 듯해서 마음에 상처가 될 때가 있었습니다. 봉사자분들도 힘드시지만 말은 조금 순화되었으면 하는 바람만 남겨봅니다. 그러나 반대로 생각해서 내가 이 봉사를 할 수 있을까 생각해보면 저는 도저히 못할 것 같습니다. 그래서 여러분들께 정말 감사드립니다. 하루속히 이 상황이 끝날 수 있길 간절히 바랍니다.

의료진분들 봉사자분들 건강 꼭 챙기십시오. 모두 화이팅!!♡

♥

코로나로 인해 고생하시는 자원봉사자분들과 상주하고 계시는 모든 분들 덕분에 마음 편하게 지내다가 갑니다. 이곳에서 시키는 대로 규칙만 잘 따르면 코로나가 빨리 완치된다는 것을 알았습니다. 제가 이번에 받았던 사랑을 다음엔 저도 봉사를 하여 남을 도울 거예요.

정말 감사드려요….

♥

생활치료센터에서 치료하는 동안 많은 분들이 신경 써주시고 도와주셔서 편안하게 있다가 퇴소하게 되었습니다. 정말 감사드립니다. ♡♡♡

거의 한 달 가까이 생활치료센터에 있으면서 의료진분들께서 곳곳에서 힘쓰시고 있다는 것을 느낄 수 있었습니다. 여러분들께서 치료하는 모습을 보면서 정말 감사하기도 하고 죄송하다는 생각도 많이 들었습니다. 정말 너무 감사드립니다. 많은 일들로 인해 너무 힘드셨고, 지치셨을 것 같아 마음이 아픕니다. 코로나19가 빨리 종식되어서 의료진분들과 저희들을 도와주신 모든 분들이 휴식을 취할 수 있기를 간절히 바랍니다.

그동안 도와주셔서 너무너무 감사합니다. ♡♡♡ 항상 응원하겠습니다.

♥

안녕하세요.

너무나 따뜻하게 맞아주시고 정성으로 보살펴주신 모든 분들께 감사의 말씀을 드리려 이 글을 쓰게 되었습니다. 저는 대구에서 열심히 직장 생활을 하고 있었습니다. 어느 날 어느 순간에 저도 모르게 코로나-19가, 마치 영화에서 보던 장면이 현실로 저에게 다가왔습니다. 가장 걱정이 되었던 것은 물론 가족이겠지요. 다행히 저희 가족 모두는 건강해서 정말 다행입니다.

저는 확진 당시 어떤 증상도 없었으므로 가벼운 마음으로 이 센터로 이동하였습니다. 치료센터로 이동하는 순간에 여러분들의 응원이 담긴 현수막을 보면서 가슴 뭉클함을 느꼈습니다. 사실 정말 훌륭한 시설을 지원해주시고 여러 가지의 국가지원 물품들을 보면서 내가 힘들 때, 가족이 힘들 때 국가 및 여러 따뜻한 이웃들이 나를 보살펴 주는 것을 처음 알게 되었고, 이에 대한 감사의 마음을 가지고 여러 가지를 생각하게 되었습니다. 저 또한 앞으로는 이웃을 보살피도록 노력하겠습니다.

여러분들의 관심과 희생으로 인하여 저는 이제 건강하게 퇴원합니다. 이제 다시 정말 소중했던 평범한 일상으로 돌아가서 건강한 사회의 일원이 되도록 노력하겠습니다. 돌이켜보면 지난 한 달은 정말 힘든 시간을 보낸 것도 사실입니다. 하지만 그 와중에서 저를 믿고 응원하고, 도와주셨던 많은 분들에게는 감사의 마음을 꼭 전하도록 하겠습니다.

아직도 퇴원하지 못하며 힘겨운 시간을 보내고 계실 분들 "힘 내세요"라고 할 수 있습니다. 여러분들을 응원하는 많은 사람들이 있으니, 꼭 힘든 시간을 잘 이겨내시기 바랍니다.

감사합니다. 그리고 고맙습니다. 여러분들은 저의 영웅입니다.^^

당연히 음성이 나올꺼라 믿고 코로나 검사를 받은 건데 양성으로 확진을 받았을 때는 개인적으로 안 좋은 일도 겹쳐서 하늘이 무너진다는 말이 이런 거였구나 하는 걸 처음으로 느꼈습니다. 많이 슬펐습니다. 여기 들어오는 순간부터 눈물이 나고 대체 언제쯤 나갈 수 있을까 하는 불안감에 휩싸여 있었는데 심리상담 선생님들의 따뜻한 위로 덕에 많은 위안이 되었습니다. 입소해서 검사할 때마다 친절하셨던 의사 선생님들…. 양성이 나왔다는 재검사 결과를 말씀해주실 때 수화기 너머로 들려왔던 안타까워하시던 선생님의 목소리….

아침 운동 시간에 조금이라도 더 힘을 주시기 위해 앞에서 애쓰시던 관계자 선생님들…. 모든 분들 너무나 감사합니다.

대한민국에 태어나 이렇게 힘든 시기를 잘 견딜 수 있게 지원받는다는 것이 감격스럽습니다. 우리나라 국민이라는 게 너무나 자랑스러웠습니다. 코로나가 얼른 종식되기를 기원합니다.

감사합니다. 그리고 모든 분들 건강하고 행복하세요.

의료진과 봉사자 여러분 덕분에 잘 있다가 갑니다. 고맙습니다.

그동안 애 먹어서 죄송했습니다. 우리 아파트 전체에서 저와 남편만 코로나 감염이 되었어요. 들어오기 전에 동네 사람들의 따가운 눈초리를 받았어요. 여기에 들어올 때 신경이 날카로웠어요. 화도 많이 났고요. 그래서 우리한테 잘해주신 여러 분들에게 쓸데없이 심술을 부렸습니다. 모두 미안합니다. 이제 남편과 같이 완치되어 나가니 무어라 감사드려야 할지 모르겠습니다. 집에 가서 내일이나 모레나 바깥으로 나가도 괜찮은지요? 시내 나가면 약국에 가서 영양제 사먹고 면역력을 높이려고 합니다. 뭘 먹으면 좋은지도 좀 가르쳐 주세요. 한 달 반 동안 바깥에 나가지 못했어요. 그런데 아파트 사람들이 우리 보고 뭐라고 할지 그거는 걱정이 되어요.

모든 분께 감사를 드립니다. 위험을 무릅쓰고 이렇게 환자들을 돌보시다가 코로나가 옮지는 않도록 조심하시기 바랍니다. 이게 이렇게 오랫동안 낫지 않는 세균인지는 정말 몰랐습니다. 위험하지 않으면 집에서 그냥 조리하며 있으면 되지 않겠냐고도 생각했는데…. 오랫동안 여기 있으면서 코로나가 쉽고 가벼운 것이 아니라는 것을 알았습니다. 의사분과 간호사분들 절대 건강하십시오. 여러분들을 위해 기도드립니다.곧 여름이 오는데 이 방역옷 입고 있으면 너무나도 더울텐데…ㅜㅜ 더 이상 환자가 없기만을 바랄 뿐입니다. 남은 분들과 여러분들도 어서 집으로 가시는 날이 오길 바랍니다.모두들 고맙고 감사합니다.

　다시는 이런 일이 없어야 되고, 환자가 생기더라도 어디서라도 간단하게 약만 먹고 치료될 수 있기를 바랄 뿐입니다. 그래야 의사분들도 힘이 들지 않으시리라 믿습니다.모두들 수고하셨습니다. 정말 정말 감사합니다. 다들 꼭 건강하십시오.^^♡ 꼭요!!!

♥

　한 달 넘게 생활치료시설에서 생활하고 치료 받았습니다. 딱히 증상이 없었음에도 여기에 들어와서 지내며 검사할 수밖에 없었습니다. 여기 지내는 동안에는 의료진분들을 포함한 여러분들이 도와주신 덕분에 잘 지낼 수 있었습니다. 그동안 나가지 못해서 많이 답답했는데 저는 넣어준 여러 가지 간식들 덕분에 힘을 차리고 버틸 수 있었습니다. 또한 정신적 건강을 회복하기 위한 체조와 같은 프로그램은 많은 도움이 되었습니다.

　하지만 중간에 중앙 정부에서 잘 있던 시설에서 다른 시설로 옮기라 한 점은 정말 힘들었습니다. 어딘지도 모르고 정처 없이 이사 가는 것과 같은 느낌이었어요.

　전 세계적으로 유행하고 있는 코로나를 위해 싸우고 계신 의료진분들! 그동안 신경써주시고 도움주신 덕분에 나을 수 있었습니다. 저는 9번이나 검사를 받은 끝에 퇴소할 수 있게 되었습니다. 이 시국이 끝날 때까지 힘드심은 계속 되시겠지만 덕분에 저를 포함해서 퇴소·퇴원 하는 사람이 늘어나고 있습니다. 저뿐만 아니라 여기서 치료받고 가는 모든 사람들은 깊은 은혜를 입었습니다. 너무너무 감사드립니다.

　앞으로도 잘 부탁드리겠습니다! 감사합니다!!^^

♥

여기 계신 모든 분들의 정성과 노력으로 완치될 수 있었습니다~ 정말 감사합니다~^^ 특히 나라의 위기를 극복하기 위해 전국에서 오신 의료진 분들의 희생이 없었다면 어땠을까 하는 생각에는 순간 섬뜩하기도 합니다. 너무나 고맙다라는 말씀을 드리고요~ ♡♡♡♡♡♡♡ 다만 여기에서 그렇게 희생하다가 코로나 확진 판정을 받은 의사님, 간호사님들은 너무 안타깝습니다. 그들의 희생은 하늘도 알 것입니다. 꼭 회복될 수 있도록 저도 기원하겠습니다~! 그리고 안타깝게도 운명을 달리하신 우리 대구의 의사 선생님의 명복을 빕니다.

마음이 숙연해집니다. 아무튼 모두에게 정말 감사 감사드립니다~~^^

♥

코로나 진단받고 집에 있으면서 많이 우울했습니다. 화도 많이 났습니다. 처음 생활치료센터에 들어오니 모든 게 막막했는데, 어디에도 내가 말할 곳도 없었습니다. 아무것도 아닌 것인데도 의료진과 봉사자들에게 화를 많이 내어 죄송합니다. 다 저의 잘못인데 제가 뭘 잘했다고 쓸데없이 신경질을 내었는지 후회가 됩니다.

여기 있으면서 친절하신 여러분들 보면서 위안도 받고, 마음도 조금씩 안정이 되었습니다.

저는 이제 좋아져서 다시 집으로 갑니다. 그런데 그동안 고생하신 의료진분들께는 제대로 사과도 한번 못했습니다. 용서 바랍니다.

그동안 정말 수고하셨습니다. 고맙습니다. 감사합니다.

♥

아프기 시작한 날부터 오늘까지 약 50일이 지났습니다. 자가격리 중에 생활치료센터에 자리가 나서 들어오게 되었었는데 위험한 상황임에도 힘써주신 의료진분들 덕분에 이렇게 완치를 한 것 같습니다. 지냈던 시설이나 여러 가지 거주 상황은 모두 좋았는데 아무래도 답답한 마음이 가장 힘들었던 것 같습니다. 그럴 때마다 간식거리를 챙겨주시고 격려해주셔서 큰 힘이 되었습니다. 이제 코로나가 감소세이라니, 얼른 상황이 좋아져서 이 사태가 끝나기를 바랍니다. 이번에 가장 앞장서서 힘써주시는 의료진분들에게 꼭 감사하다고 전하고 싶습니다.

여러분들 정말 고생 많으셨습니다. 감사했습니다.

♥

생활치료센터에서 매일 아침 체조로 몸과 마음을 깨워주시는 것이 좋았습니다. 의료진분들과 봉사자분들이 많은 확진자들 속에서 감염 위험이 높은 데서 일하시는 것이 두렵기도 하고 너무나 힘드셨을 텐데요. 그래도 항상 웃으면서 저를 먼저 더 걱정해주시고 하셨기에 저도 힘을 얻어 마침내 퇴소할 수 있게 된 것 같습니다.

이름도 모르겠지만 땀 뻘뻘 흘리시면서도 증상 여쭈어 봐 주셨던 의료진분들께 더욱 감사한 마음을 전합니다. 빠르게 이 사태가 마무리되어 감사의 인사를 여러분들께 직접 전할 수 있는 시간이 왔으면 좋겠습니다.

여러분들 너무 고생 많으십니다! 저 또한 나가서 저 스스로를 돌볼 뿐만 아니라, 주변 사람들도 더욱 열심히 챙기겠습니다. 감사합니다.

♥

코로나-19 방역을 힘써주시는 의료진분들과 자원봉사자 등 모든 분들께 감사드립니다.

그리고 너무 존경스럽고요, 감사하다는 말밖에 해드리지 못해서 죄송합니다….

힘써주시는 여러분은 정말 영웅들이에요. 힘내세요!

선생님 너무 감사했습니다. 많은 배려를 해주셨기 때문에 부족함이 전혀 없었습니다. 의료지원팀 선생님, 간호사님, 또한 감염 위험군인 저희들을 위해서 도와주신 은혜에 너무나도 감사드립니다. 저로 인해 여러분이 감염될까 봐 너무나 걱정이 많았습니다.

선생님들의 사랑에 진심으로 감사드립니다. 평생 잊어버리지 않고 기억하겠습니다.

처음 확진받았을 때는 마치 하늘이 무너지는 듯한 느낌이었습니다. 어린 아들과 같이 확진을 받았거든요. 하지만 생활치료센터에 입소하면서 저의 느낌은 안정과 평온감 그 자체였습니다. 퇴소하면 꼭 코로나 치료하는 데에서 봉사해야지 하면서도, 막상 퇴원 후에는 생업 때문에 그리하지 못해 죄송할 따름입니다. 봉사해주신 의료진을 비롯하여 국군장병 여러분, 체조를 인도해주시던 체육 강사님, 또 보이지 않는 곳에서 애써주신 모든 분들께 진심으로 감사드립니다. 여러분 사랑합니다.

3월 5일 검사를 받고 7일에 확진되었습니다. 3월 10일 생활치료센터에 입소하였습니다. 확진과 센터 입소까지 너무도 길고 두려웠습니다. 가족에게 옮길까 봐….

센터로 들어오고 난 후 2주 만에 집에 돌아갈 수 있을 거라 생각했는데 생각보다 쉽지 않네요. 길고 긴 시간 약 60일 만에 돌아갑니다. 불안하고 우울하고 '왜 내가 이런 고생을 해야 하는지?' 하는 생각이 머리를 떠나지 않았습니다. 정말 힘든 시간이었습니다.

하지만, 입소 후부터 한 명 한 명 신경 써 주시는 의료진분들과 공무원 여러분, 자원 봉사자 여러분, 국군장병 여러분의 수고와 희생 덕분에 드디어 집으로 돌아가게 되었습니다. 특히 대구중앙센터로 옮기고 난 후에는 의료진분들이 세세하고 섬세하게 확진자들을 돌봐 주심에 깊은 감사드립니다. 긴~~휴가 잘 보내고 돌아갑니다.

저의 이 속내를 가족에게도 말할 수 없었는데, 여러분이 주시던 한 통의 전화가 큰 위로로 다가왔습니다. 진심으로 감사드립니다. 아침에 체조도 너무 좋았고 기분 좋은 하루를 보내게 되었습니다. 긴 시간이 힘들긴 했지만 여러분의 도움으로 이제 돌아갑니다. 감사합니다!

건강하게 돌아갈 수 있게 도와주셔서 감사합니다. 모두모두 감사드립니다.

한 가지 건의 사항을 드립니다.

코로나-19 확진자들의 건강상태를 차후에 추적 조사 부탁드립니다.

제 경우에도 몸의 상태가 변한 듯합니다. 다시 원래로 돌아오면 다행이지만, 아니라면 병원에 가기가 무섭고, 어떻게 해야 할지 걱정입니다.

♥

그저 감사할 따름입니다. 모두 친절하게 대해주셨고 식사도 정말 맛있게 보내주셔서 잘 먹고 잘 쉬어 바이러스를 이기고 퇴원하게 되었습니다. 감사합니다. 의료진분들의 따뜻한 격려와 관심과 수고를 잊지 않겠습니다. 그리고 많은 자원 봉사자 분들께도 진심으로 감사드립니다. 심리상담도 너무 좋았습니다.

베풀어주신 사랑 영원히 잊지 못할 것 같습니다.

코로나-19가 하루속히 퇴치되기를 바라며, 수고하시는 모든 분들도 건강하시길 기원합니다.

감사합니다.

의료현장 최일선에서 코로나와 맞서 싸운
의료진들의 소중한 경험

장 익 현
변호사, 전 대구지방변호사회 회장

코로나가 한창이던 2020년 3월 13일 대구지방변호사회 저스티스 봉사단원들과 함께 150인분의 샌드위치 점심도시락을 들고 대구의료원을 방문한 적이 있었다. 코로나와 싸우는 최일선 병원을 방문한다는 두려움은 아침 일찍부터 알 수 없는 긴장감을 가져왔다. 문득, 의료진들에게 도시락을 전하러 가는 기분이 이러할 진데 최전방에서 환자들을 직접 상대하는 의료진들은 어떤 느낌일까 궁금했다.

대구는 신천지 교인들의 집단감염으로 가장 큰 피해를 입었고, 한때 코로나가 창궐한 도시라는 불명예를 안기도 했다. 그러나, 이제와 생각해보면 대구에 코로나가 급속히 전파된 것은 우리 모두에게 기회이기도 하였다. 대구는 다른 어떤 도시보다 의료인프라가 잘 구축된 도시이고, 역사적으로도 공동체가 위기에 처했을 때의 시민의식이 남다른 도시이다. 대구는 세계가 지켜보는 가운데 보란 듯이 코로나를 이겨냈고, 그 과정에서 드러난 대한민국의 수준 높은 의료시스템과 성숙한 시민의식은 세계의 주목을 받았다. 의료진들이 의료현장에서 직접 겪은 세세한 경험들 역시 세계가 공유하고 싶은 자산이 되었다.

이 책에는 코로나-19 대구 의료현장 최일선에서 코로나와 맞서 싸운 의료진들이 느낀 공포, 그날그날의 긴박한 상황, 죽음에 이르는 환자들의 마지막 모습을 보면서 느낀 소회, 격리된 환자들의 심리변화 등 소중한 경험들이 담겨있다. 또한 이번 대구의 코로나-19를 겪으면서 우리가 배워야 할 점을 지적하는 것도 잊지 않았다. 책을 읽어나가다 보면 현장의 긴박감이 그대로 전해져 오기도 하고, 극한의 상황에서만 느낄 수 있는 안타까움이 전해져 울컥하게 되기도 한다.

이 책을 통해 코로나와 같은 공포의 전염병이 또 다시 찾아올 때 의료진, 환자, 시민, 정부 및 지방자체단체가 서로 어떻게 배려하고 준비해야 하는지를 배울 수 있을 것이라는 기대를 가져본다. 아직 코로나가 종식되지 않은 상황이라 조심스럽기는 하지만 다시 일상으로 돌아갈 수 있는 계기를 만들어준 의료진 여러분의 희생에 머리 숙여 깊이 존경의 인사를 보낸다.

숭고한 사명감과 노고에 경의를

김명섭

KBS '시사기획 창' 기자

2020년 3월에 코로나-19 확진 환자와 사망자가 가장 많았던 대구에서 8일간 머물면서 감염병 최전선에서 의료진이 사투하는 모습을 취재해 '코로나-19 최전선의 기록' 이라는 프로그램을 방송했습니다.

국가 재난방송사인 KBS 기자인 제가 기록한 것은 단 8일, 여기 사투의 현장을 지켰던 의료인들의 수많은 역경의 날들의 기록이 오롯이 남겨졌습니다.

의료인분들의 숭고한 사명감과 노고에 경의를 표합니다.

1판 1쇄 발행 ┃ 2020년 5월 15일
1판 3쇄 발행 ┃ 2020년 6월 10일

엮은이 ┃ 이재태
펴낸이 ┃ 신중현
펴낸곳 ┃ 도서출판 학이사
　　　　　　　출판등록 : 제25100-2005-28호
　　　　　　　주소 : 대구광역시 달서구 문화회관11안길 22-1(장동)
　　　　　　　전화 : (053) 554~3431, 3432
　　　　　　　팩스 : (053) 554~3433
　　　　　　　홈페이지 : http : // www.학이사.kr
　　　　　　　이메일 : hes3431@naver.com

ISBN_979-11-5854-232　03810